独角兽书系

# THE OTHER QUEEN

[英]菲利帕·格里高利 —— 著
陈言圆 —— 译

PHILIPPA GREGORY

另一个女王

金雀花与都铎系列

THE OTHER QUEEN

First published in Great Britain by HarperCollins Publishers Ltd. , 2008.

Copyright © Philippa Gregory Ltd. , 2008

Translation © CHONGQING PUBLISHING HOUSE 2022, translated under licence from HarperCollins Publishers Ltd.

版贸核渝字（2017）第277号

**图书在版编目（CIP）数据**

波琳家的遗产 /（英）菲利帕·格里高利著；陈言圆译 —重庆：重庆出版社，2022.5

书名原文：The Other Queen

ISBN 978-7-229-15882-8

Ⅰ.①另… Ⅱ.①菲… ②陈… Ⅲ.①长篇小说—英国—现代 Ⅳ.I561.45

中国版本图书馆CIP数据核字（2021）第113063号

# 另一个女王
LINGYIGE NÜWANG

[英]菲利帕·格里高利 著　陈言圆 译

责任编辑：邹　禾　许　宁　方　媛
装帧设计：徐　图
责任校对：杨　婧

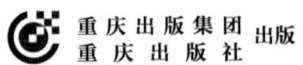

重庆出版集团 出版
重庆出版社

重庆市南岸区南滨路162号1幢　邮政编码：400061　http://www.cqph.com
重庆出版集团艺术设计有限公司 制版
成都国图广告印务有限公司 印刷
重庆出版集团图书发行有限责任公司 发行
E-mail:fxchu@cqph.com　邮购电话：023-61520646
全国新华书店经销

开本：890mm×1230mm　1/32　印张：14　字数：250千
2022年5月第1版第1次印刷　2022年5月第1版第1次印刷
ISBN：978-7-229-15882-8

**定价：88.80元**

如有印装问题，请向本集团图书发行有限公司调换：023-61520678

版权所有　侵权必究

## 菲利帕·格里高利
### Philippa Gregory

英国畅销作家，资深记者，媒体制片人。1954年出生于肯尼亚，后随家人移居英格兰，在获得萨塞克斯大学历史学学士、爱丁堡大学18世纪文学博士学位后，她出版了第一部小说《威德克尔庄园》，此书的畅销令她成为一名全职作家。此后她笔耕不辍，以严肃的历史背景为依托，融入女性写作者特有的细腻情感，创作了多部系列小说，其中"金雀花与都铎"系列作为她的代表作被多次改编为影视作品，收获广泛关注，也为她带来"英国王室历史小说女王"的美誉。

"金雀花与都铎"围绕14至16世纪的英国宫廷女性写作。许多女性在历史上并未留下浓墨重彩的痕迹，菲利帕结合想象与考据，丰满了史书间女人们的名字。这是一个相当庞大的系列，且仍在持续更新中。

在小说之外，她还写过童书、短篇集，并与大卫·巴德文及麦克·琼斯合著非虚构类作品《玫瑰战争中的女性》。同时，她还是英国广播公司第四频道《英国问答》的常客，都铎王朝时代频道的专家。

目前她和家人一起住在英格兰北部。她喜爱骑马、散步、滑雪和园艺，另外在冈比亚建立了一所园艺学习慈善机构。

## 金雀花与都铎 系列

另一个波琳家的女孩

女王的弄臣

处女的情人

永恒的王妃

波琳家的遗产

另一个女王

白王后

红女王

河流之女

拥王者的女儿

白公主

国王的诅咒

驯后记

三姐妹三王后

最后的都铎

献给安东尼

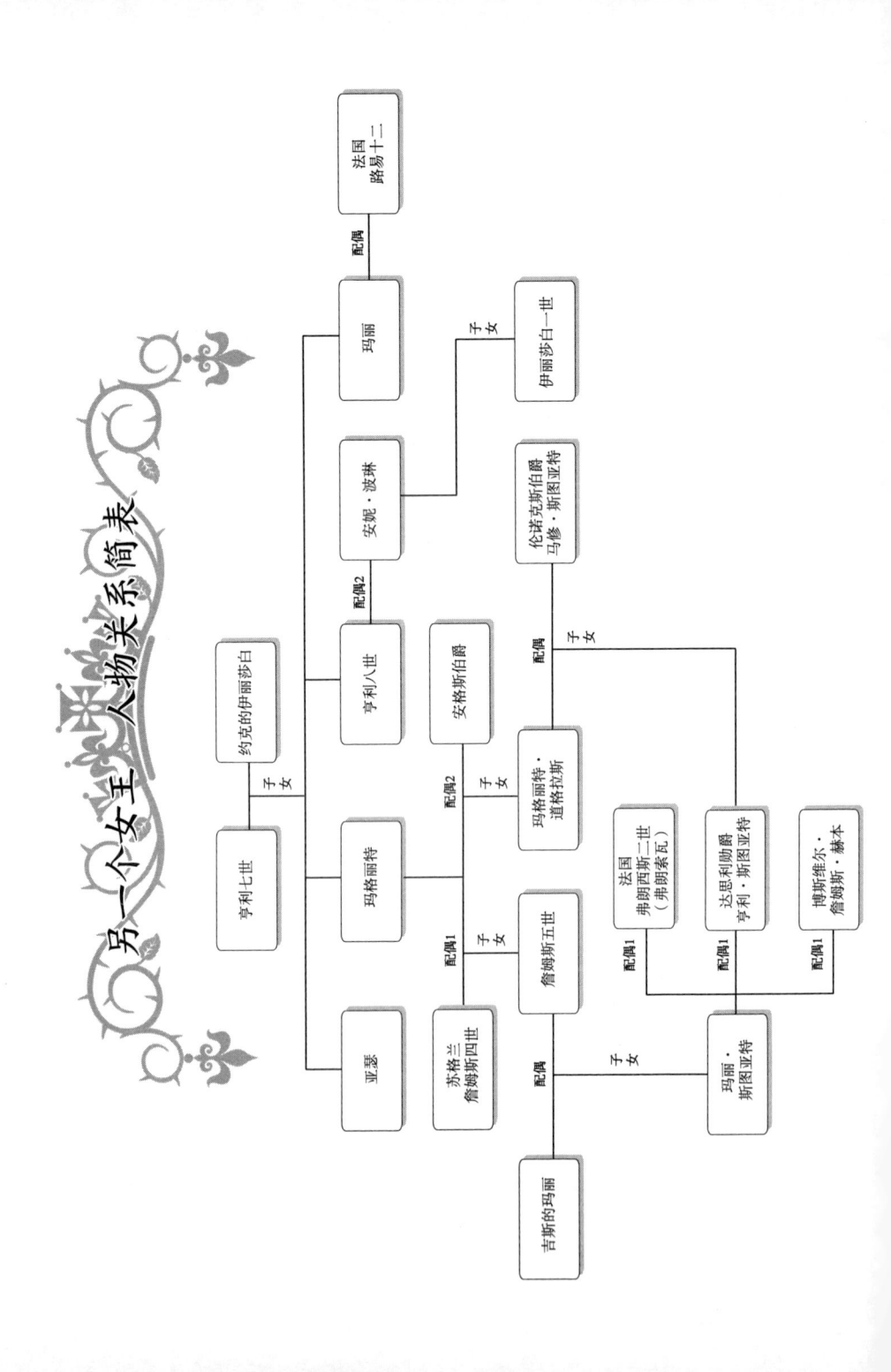

# 另一个女王 人物关系简表

```
                                        法国路易十二
                                             │配偶
                                            玛丽 ──子女── 伊丽莎白一世
                                             │
                                        安妮·波琳
                                             │配偶2
         约克的伊丽莎白                   亨利八世                 伦诺克斯伯爵
              │子女                        │配偶2                  马修·斯图亚特
              │                         安格斯伯爵                    │配偶
   亨利七世 ── 玛格丽特 ──子女── 玛格丽特·道格拉斯
              │配偶1
         詹姆斯五世
              │                    ┌─ 法国弗朗西斯二世（弗朗索瓦）配偶1
   亚墨   苏格兰              配偶  │
         詹姆斯四世 ──子女── 玛丽·斯图亚特 ──配偶1── 达恩利勋爵 亨利·斯图亚特
                                          │
                                          └─ 博斯维尔·詹姆斯·赫本 配偶1
                                             │子女
                                          吉斯的玛丽
```

# 1568年秋

贝丝　于德比郡　查茨沃斯庄园

每个女人都应该为了自己的利益选择一个体面的丈夫，因为在她的一生中，丈夫就如房子的前门一样显眼，代表着她的一切。她如果嫁给了一个败家子，邻居们会对她避而远之，因为没人想和一个又穷又寒酸的女人打交道；但如果嫁给了一位公爵，她就是公爵夫人了，每个人都会想和她交朋友。她可能是虔诚的，有修养的，诙谐、精明而美丽的，但是，如果她嫁给了个蠢人，"那个可怜的蠢太太"的称号将和她如影随形，直到死为止。

对于我的前三任丈夫，我可一直是心存感激的，如果没有他们作垫脚石，让我的身价步步高升，我也不会遇到现任丈夫，亲爱的伯爵大人。而现在的我，请称呼我为"什鲁斯伯里伯爵夫人"吧！我认识的会攀附权贵的小女人不少，但能和我媲美的还真没有呢！能有今日的地位都因为我懂得怎么发挥自己最大的优势、获取最大的利益。我做事向来全凭自己——白手起家、自我打磨，然后再卖个好价钱——我以此为傲。

这一点毫不夸张，在英格兰，还没有女人比得过我。就连我们的女王陛下，也只是靠着母亲的计谋和父亲子息匮乏才得以上位，根本不是因为她自己有什么了不起的本事。假如你把都铎王室的人当家畜喂养起来，第二个冬天就只能把他给宰掉了，他们都是可怜又软弱的畜生。而想要当都

# 另一个女王

铎的王后，就得费尽心思地策划婚礼、争宠上位和产下子嗣，否则，这个王朝就注定要被毁灭。

如果女王没能为我们产下一名健美的、拥护新教的男性继承人，那么就意味着她抛弃了我们，把我们卷入了另一场灾难。因为她目前的继承人是个年轻、虚荣、罪恶且狂热于天主教的女人。祈求上帝宽恕她的罪孽，拯救我们幸免于难吧。也许你时常会听到一两件苏格兰玛丽女王的事迹，但即使你已经听过上百遍，即使这些故事是出自她的狂热崇拜者的口中，你也不会听到一个只考虑自己的福祉，为自己着想，就连嫁人也会考虑如何得到最大好处的女人的故事。但既然女人只不过是一件财产，那么她为自己考虑前程、价码和未来的归属也就无可厚非了。否则还能怎样？自暴自弃吗？

不幸的是，我和我的庄园将被迫接待这个愚蠢的女人，就算只是短期，但也得等到伊丽莎白女王陛下做出如何处置她的决定为止。但是，除了我家以外，王国里还真再找不到另一处庄园能满足、保全得了她；再者，英格兰这地儿，除了迷恋我的新婚丈夫，还真找不出哪个男人能抵抗得了这妖妇的勾引魅惑。

不过，除了我自己和我的好朋友——威廉·塞西尔大臣以外，还没有人知道这项安排。当这位衣衫褴褛的女王被造反的大臣们赶出苏格兰，心怀绝望地到达怀特海文时，塞西尔就派了一位信使送来一封短信，询问我是否愿意收留这位女王。我给他的回信中只有一个字：行！当然了，当然行了，塞西尔对我的信任让我倍感荣幸。随着荣幸而来的是巨大的挑战和风险，不过风险越大，利益也就越多！这个新兴到来的伊丽莎白时代是为那些眼光独到、珍惜机会的人开放的。我已经能够预见自己将收获的荣誉和财富，只要我们能将这位皇亲国戚款待妥当，加以笼络。塞西尔完全可以相信我的能力。我会保护她，和她交朋友，为她准备舒适的睡房和精致的食物，会怀着一颗恭顺的赤诚之心来服侍她，还会像保护雏鸟一样，细心呵护她的安全，直到他做出决定为止。那时，我将完整地将她交给他的刽子手。

# 1568年秋

### 乔治 于汉普顿宫

我不是任何人的代理人,也不是任何人的传声筒,更不是任何人的哈巴狗。我既不是塞西尔的间谍,也不是他的刽子手。向上帝起誓,我真希望此刻没有在伦敦,没有接下这倒霉的差事,而是留在查茨沃斯庄园,和我亲爱的、纯真的妻子贝丝一起待在家中,享受安静单纯的田园风光,远离阴谋和王室的危险。虽然我不快乐,也不喜欢我的工作,但我会恪守职责,绝不怠慢——上帝知道,我一直都是尽忠职守的人。

"你被传唤来此的原因只有一个,就是策划执行苏格兰玛丽女王的死刑。"托马斯·霍华德[1]在汉普顿宫的走廊上追上我,耳语道。宫殿的仆人们早已将窗帘放下以备清洁,夜幕初临,走廊上黑暗、阴凉。两边墙上悬挂的画像,像受到惊吓而脸色苍白的听众,竖着耳朵向前倾身聆听。霍华德拉住我的手臂,警告我可能遇到的危险,让我有种已经身临其境的恐惧。

"我们必须给她安上罪名。别无他法了,别骗自己了。早在她出生时,塞西尔就断定苏格兰女王是英格兰的一个威胁。她可能以为离开苏格兰,到这里避难就安全了,但却让自己陷入另一个危险。塞西尔已经下令她必须死。这是他第三次试图治她的罪了。这次的执行者会是我们。不管我们愿不愿意。"

---

[1] 第四代诺福克公爵托马斯·霍华德三世(1536—1572)。

我低头看着霍华德，他是个矮个子男人，穿着体面、整洁，留有精心修剪过的胡须，还有一双明亮黝黑的眼睛。今天他在女王的大臣面前几乎暴跳如雷。虽然我们都对塞西尔充满怨恨——包括所有老臣，但是霍华德是最气愤最激动的一个。因为他是女王的表弟，霍华德家族的大家长，诺福克公爵。他原本打算成为她的首席顾问——但是她却一直总是对塞西尔宠信有加。

"女王已经亲自任命我调查她的表侄女苏格兰女王。我可不是刽子手。"我矜持地说道。一个人从我身边经过，脚步略有放慢，似乎有意偷听我们的谈话。

霍华德甩着他的大黑脑袋，对我的天真嗤之以鼻："伊丽莎白可能只是想取缔苏格兰女王的名号。但是威廉·塞西尔也不是什么善茬。他想让苏格兰像英格兰一样只拥护新教，至于天主教的女王，要么进监狱，要么躺棺材。不管哪种结果都一样合他的意。他才不会宣布她无罪，然后让她重回苏格兰即位。"

面对霍华德愤怒的控诉，我一点反驳的余地也没有，因为他说的都是事实。但是，他讲得太大声也太招摇！要是有人躲在这厚织锦挂毯的背后偷听该怎么办！而且刚才从我们身边路过的那个人肯定也听到了一部分谈话内容，要知道如果被人告密的话我俩的命就不保了！

"闭嘴。"我把他拽到长椅上，自己也挨着他坐下以便小声交谈，虽然这样子旁人是听不到谈话的内容了，但是我俩还是像极了密谋中的阴谋家，鬼鬼祟祟。也顾不了这么多了，反正这段时间整座汉普顿宫都像个阴谋家和间谍的巢穴。"我们能怎么办？"我轻声问道，"塞西尔就是想借这次调查来击垮苏格兰女王，我们有能力保证她不受污蔑、公平受审吗？"

"我们必须救她，"霍华德义正词严地说，"我们必须证明她和她丈夫的死无关，而且我们还得帮她重回苏格兰，坐回女王的位子。我们得保证她

## 另一个女王

伊丽莎白合法继承人的身份。她必须得是下任英格兰王位的继承人,当……"他生生把后面的话憋了回去。就算他是伊丽莎白女王的表弟,也不敢把"死"字用在她的身上。"真到了那个时候,也只有玛丽·斯图亚特——王位的合法继承人,能确保你我爵位的安全。我们有权利决定谁是下任继承人。为她争夺继承权就是捍卫我们自己的权利。"

他看出了我眼里的犹豫。又有两个人从旁边经过,好奇地打量着我们。我一阵心慌,起身准备离去。

"跟我来,"霍华德说道,"听着,这件事意义非凡,我们的命运是和她绑在一起的。你想,如果这次我们让塞西尔如愿以偿,将她送进监狱,或者捏造她谋杀的证据然后起诉她,接下来呢?他还会干些什么?"

我停下脚步,转身等着他继续。

"如果他认为我是王国的下一个威胁怎么办?那时怎么办?在我之后,他又认为是你怎么办?"

我想笑。"这不太可能,不管是你还是我。我们可是英格兰最有影响力的人。我是英格兰特伦特河以北最大的庄园主,而你,公爵大人,可是伊丽莎白女王陛下的亲表弟。"

"是。但这也是我们处于危险境地的原因,我们是他最大的障碍呀。他会将所有的敌人都铲除掉的,今天是苏格兰女王,明天就会是我,或者任何胆敢挑战他权威的人:珀西、戴克、萨赛克斯、阿兰德尔、达德利,然后会是你,我的北部的庄园主!必须阻止他!"霍华德用他低沉的略带抱怨的口气在我耳边说道,"你能阻止他的,不是吗?"

"不可能,"我谨慎地说,"女王陛下有权选择她的顾问,而且她对塞西尔的信任无人能及。他可是从她还是公主的时候就一直跟在她身边了。我们能给他安什么罪名?"

"偷盗西班牙的黄金!撺掇他们与我们宣战!和法国结仇!因为自己的

怀疑他将半个英格兰都视为叛国者，监视一切怀念旧制的人！看看现在的汉普顿宫！你从前有这么害怕待在这里吗？宫里全是间谍，满是阴谋诡计！"

我点头承认。这确实一点不假。塞西尔对天主教的反对和对异邦人的仇恨将整个英格兰都笼罩在阴霾之中。

"还有最让人无法忍受的是，"霍华德愤怒地说，"因为坏天气进入我们港口避难的那艘船被塞西尔下令彻查并且非法扣留！他让我们的国家变成了海盗，让我们在海上的贸易失去了安全！"

我再一次无法反驳。那艘西班牙的货船因为海上风暴被迫驶入普利茅斯港口，请求我们庇护，但是塞西尔——一个穷人的儿子，对船上的金子心生歹念，强行将它们占为己有。如果我们不将金子如数归还，西班牙皇室威胁将对我们下禁海令，禁止我们的海上贸易，甚至不惜和我们开战。我们完全处于被动，全是因为塞西尔的错。但是谁也拿他没辙，他可是有英格兰女王当靠山！

霍华德努力控制着他的愤怒。"愿上帝保佑我的想法是错的，你不会有一天来说我的担心是正确的，我们应该为自己而战。但是那时已经太晚了，我们中的一人已经被人陷害送上法庭了。愿上帝保佑塞西尔不会将我们一网打尽，我们也不会因为太过信任他而失去防范。"他停了停继续道，"在他的暴政下，我们只会忙于对付假想敌，而疏于对他和对政府的戒备。我们太过担心外敌，却忽视了保护我们的朋友。不管怎么样，你有你的意见，我也保持我的观点。从现在开始，我不会再说塞西尔的不是。你会对这事保密吧？一个字也不要泄露？"

霍华德脸上流露的神情彻底说服了我。如果女王的亲表弟，英格兰唯一的公爵大人，也会对一个只勉强称得上是王室仆人的人心存恐惧、极力反对，那么也就证明这个仆人已经越权到不知天高地厚了。我们全都将在塞西尔的权力阴影下苟延残喘，惧怕他的监视、他的情报网和他的无形的势力。

"这件事决不能让第三个人知道。"我轻声说，向四周望了望确保没人偷听。如果有人看到我们此刻的行为一定会大感吃惊，试想一位英格兰的伯爵大人，还有霍华德——英格兰唯一的公爵，居然害怕被人听墙角！但事实确实如此。这就是这十年来，在伊丽莎白统治下的英格兰：一个让人害怕自己影子的时代。在过去的十年里，我亲爱的英格兰仿佛被阴云渐渐地笼罩。

# 1568年冬

玛丽　于博尔顿城堡

我拒绝，拒绝任何不属于自己的礼袍。那些漂亮的礼服啊，点缀着昂贵的皮毛、精致的蕾丝衣领、雍容的天鹅绒和镶着金边衬裙的礼服啊，全都被洒上香粉、装进棉布袋，搁置在荷里路德宫中的衣帽间内了。我穿着盔甲，和博斯维尔一同骑着马出战，打算给叛臣们好好上一课，狠狠教训他们一顿，结果却发现在他们眼中我既不够格当一名教师，也不够格作女王，因为他们不仅打败了我，将我抓捕了起来，还以罪犯的名头将博斯维尔也缉拿归案。我被囚禁在拉克利文城堡之中，多亏我的聪明才智及时逃了出来，不然早就死在城堡里了！现在，在英格兰，他们居然以为我落魄到只配穿她的二手货?!他们是有多自以为是、我是得多卑下才会感恩戴德地接受伊丽莎白穿过的旧礼服！

如果他们敢像对待普通女人那样对待我，那他们简直就是神志不清。我可不是普通的女人！我是半个神子，独一无二，拥有天使之下贵族之上的地位。在天堂，有上帝、圣母、圣子，然后在他们三者之下有不同等级的天使们，像臣子一样。在俗世，也像在天堂一样，有国王、王后以及王子们，接下来便是等级不同的贵族、绅士、各种手工艺人和平民。地位最卑贱的，仅仅比禽兽高一级的，是可怜的女人们：那些没有家庭、丈夫或者财产的女人。

而我呢？显然，我是两个极端的综合体：作为这世间第二高等级的存

# 另一个女王

在,却同时也是最低等级的:一个没有家庭、丈夫和财产的女人。我是拥有三个女王头衔的人:因为我的父亲——詹姆斯五世是苏格兰的国王,自出生起我就是苏格兰的女王;我曾与法国太子联姻,和他一起加冕成为过法国的国王与王后;而现在,作为英格兰国王亨利八世的亲甥孙女,我是唯一真正的、合法的英格兰王位继承人,虽然他的私生女伊丽莎白篡夺了我的位置。

但是,瞧啊!同时我又是世间最卑下的:一个没有丈夫给予姓氏与保护的可怜女人,因为我的法国国王丈夫在加冕仪式过后一年便去世了,苏格兰的叛臣们又将我驱逐出境,我英格兰继承人的合法地位还被那无耻的红头发的丫头霸占!我,本应是欧洲最高贵的女人,现在却沦落到不靠她的庇护就会遭到苏格兰反贼们的毒手,不靠她的施舍就会连现在在英格兰的住所都失去。

我只有二十六岁,却如同已经度过了三次轮回,活过了三次!我本该是世间最高贵的,现在却变成了最卑下的。但是无论如何我仍然是女王,三顶王冠!生为苏格兰女王,加冕为法国王后,英格兰女王的合法继承人。注定了我这辈子只能穿名贵的貂皮礼服①。

我下令女侍玛丽·西顿和艾格尼丝·利文斯敦告诉博尔顿城堡的男女主人必须尽快马上将我所有的礼服、喜爱的物品和私人家具从苏格兰运送过来,因为我只会穿自己的漂亮衣服。我还告诉她们没有女王衣柜里的衣服,我宁愿破衣烂衫。如果不能穿上合乎女王身份的服饰,我宁可蹲坐在地板上,也不会安坐在王座上。

他们如此慌忙地服从我的命令让我有小小胜利的愉悦。从爱丁堡驶来的大货车载满了我的礼服、梳妆台、亚麻衣服、银饰和家具,但是我担心珠宝有所遗失。其中最为珍贵的一些,包括那串罕见的黑珍珠,已经从我

---

① 在16世纪的英国只有王室才能穿貂皮做的服饰,以显高贵的身份。

的珠宝箱中丢失了。它们是用欧洲最好的珍珠做成的项链,三串并连成一串的样式,所有人都知道那是我的专属。谁会如此不道德,趁机从我的损失中获利?谁会厚颜无耻地戴着从女王珠宝箱中抢劫来的珍珠项链四处招摇?谁会犯下如此卑贱的罪,在我为生死挣扎之际偷走了它?

我那同父异母的兄弟肯定闯进我的宝库偷走了它们。我那假兄弟曾发誓效忠,却仍背叛了我;我的丈夫博斯维尔曾发誓会赢得胜利,却还是被打败了。我的儿子詹姆斯,我最宝贵的儿子,我的宝贝,唯一的继承人,我曾发誓保护他,现在却在敌人的手中。我们都是违背誓言的人,都是背叛者,也都被人所背叛。而现在的我——只差一步就能迈入自由——在某种意义上又再次被人陷害了。

我原以为伊丽莎白表姑在得知我遭遇苏格兰人民反叛时,就会立马明白她在英格兰也会连带陷入危机之中。有什么不同吗?完全没有啊!我们虽在不同国家,但却同样统治着因为宗教原因而分裂、讲着相同的语言、渴望国王却只能让女王继位的不断制造麻烦的人民。我还以为她能够醒悟,明白女王们必须联合一气,如果我被人民拉下王位,有什么理由能够阻止他们对她施虐?但是她真是迟钝,上帝啊!她真是太迟钝了!她迟钝得像个蠢人,而我无法忍受这种愚蠢。当我要求得到通往法国的安全通行证的时候——因为在法国的家人会帮助我立刻恢复苏格兰的王位——她却还在浪费时间犹豫着下令进行调查,让人找来律师、顾问、法官,然后在威斯敏斯特宫召集他们。

天知道要审判什么?要调查什么?要知道些什么?全是无稽之谈!他们说我的前夫,愚蠢的达恩利杀害了大卫·瑞齐奥,我发誓复仇,还说服了情人博斯维尔伯爵用火药将他从床上炸了起来,趁他裸身穿过花园时勒死了他。

真是疯子!说得好像我真会允许王族成员遭受不白之冤似的,还是以

## 另一个女王

我复仇的名义。我的丈夫也应该和我一样不容侵犯。王室成员如上帝般神圣，任何有点智慧的人都不会筹划如此荒谬的阴谋。明知用一只枕头就能轻松而且安静地使一个醉汉窒息而死，只有白痴才会为了杀死一个人烧掉整座房子。难道博斯维尔这个苏格兰最聪明、乖张的人，明知在黑夜中用一把匕首就能置人于死地，却还是要派出半打人带着枪去杀人？

最后，而且最糟糕的是，他们说我嘉奖了这次失败的暗杀行动，怀着因为通奸而得到的孩子，和暗杀者博斯维尔伯爵一起私奔，为了爱和他结婚，并以完全不道德的名义向我自己的人民宣战。

我是无辜的，也没有杀过人。这就是事实真相，那些不相信我的人都是妒忌我的财富、美貌，或是因宗教因素记恨陷害我，又或者仅仅是因为我天生高贵的身份而嫉恨于心。那些控告全是肮脏的诽谤，恶意的中伤！但要去字字句句重复它们却是愚蠢之极，就像伊丽莎白的调查所做的那样。会相信官方调查结果的人才是真正的白痴吧。如果你胆敢说出伊丽莎白和罗伯特·达德利之间有奸情，或者指出其他和她有染的半打多的男人——从她丑闻漫天的那些年开始，从她的继父托马斯·西摩尔[①]开始，从她还是个女孩的时候开始——那么你就会被拖到地方执法官那儿，铁匠会将你的舌头给撕个烂！不过这样做是正确的。任何人都不能染指女王的声誉。女王必须在表面上是完美无瑕的。

但是如果你说我是不贞洁的——一个和她同等地位，和她一样受过圣膏油，却拥有她所缺少的父母皆有高贵血统的女王——那么你便可以在威斯敏斯特宫前，在前来听审的人们面前，重复那些莫须有的罪名，将它们称为证据。

为什么她会这么愚蠢，竟鼓励那些人对一个女王闲言闲语？难道她不明白，他们对我的诽谤不仅有损我的声誉还会危及我的地位，且会对她也

---

[①] 于1547年与亨利八世遗孀凯瑟琳·帕尔成婚。

造成同样的危害？任何对我的不敬都会使她的光环同样暗淡。我们应该维护彼此的地位声望。

我是女王，女王有女王的法则。我也曾像普通女人一样忍受一些可怕的事，但绝不会开口承认它们发生过。是的，我被绑架过，被囚禁过，被强暴过——但是我绝不，绝不会有所抱怨。作为女王，我必须是不容侵犯的，我的身体一定是圣洁的，我的仪表一定是庄严的。难道我应该抱怨所受的伤而失去那些强大的魔力吗？难道我应该为了换得同情而失去我的王者威严吗？我是情愿发号施令，还是只渴望能够发发牢骚？我应当做统治者，还是该和其他受伤的妇女一起坐在火炉边黯然哭泣？

当然，问题的答案清晰无比。当然，无人能同情我。他们可以爱我、恨我，甚至敬畏我，但是，我不会让任何人同情我。当然，当他们询问我，博斯维尔虐待过我吗？我什么都不会说，一个字也不会走漏。女王不会抱怨自己被虐待，我不会害自己遗失了圣洁。就算被虐待，我也会拒绝承认。不论是坐在王座之上，还是穿着粗衣粗布，我仍然是女王。我不是一辈子穿着土布却心怀奢望能够拥有穿戴天鹅绒服饰资格的平民。我凌驾于所有普通男人与女人之上。我奉天行事，受命于上帝。他们怎么会如此愚钝没有发现呢？我可以是世上最差劲的女人，但我仍然是女王。我能够和一打意大利大臣或者一个军团那么多个"博斯维尔"嬉笑喧闹，给他们每人写情诗，但我仍是女王。他们可以强迫我签上一打的退位书，可以将我永远囚禁在监狱，但是我仍然是女王，任何坐在王座上的人，都只是篡位者。我是女王，至死都是女王。这不是一个官位，不是一种职务，而是血统的延续。只要血液在血管里流着，我就是女王。我明白，每个人都明白，连心怀不敬的那些笨蛋们也都明白。

如果他们想要排除我这个威胁，只有一种方法，但他们绝对没有这个胆量。如果他们想要彻底排除我，就会犯下不容于天堂的罪孽，就不得不公然反抗神的意志。如果他们想要排除我，他们就得砍下我的头。

  动脑筋想想！

  要阻止我成为法国国王的遗孀、苏格兰的女王、英格兰王位唯一真正的继承人，只有我死这一个方法。如果他们反对我继承王位，就只能杀了我。我以我的王位、我的财产打赌，他们绝对没有这么做的胆量。对我下毒手，就像放逐一个天使，将耶和华二次钉死在十字架上一般罪孽深重。因为我不是普通的女人，我是神圣的女王，凌驾于所有俗人之上，只有天使才是我的上级。世俗之人不能将这样的我处以极刑。我受过圣油的膏，是被上帝遴选出的。我不能被染指。他们可以敬畏我，他们可以恨我，他们甚至可以反对我，但是他们不能杀害我。感谢上帝，因为这样我至少是安全的。我会一直是安全的。

# 1568年冬

贝丝　于查茨沃斯庄园

我的伯爵丈夫带来了威斯敏斯特宫里调查的最新消息（因为新婚的关系，我钟情于"伯爵丈夫"的叫法）。他几乎每天都会写信，告诉我工作上的烦心事儿，作为安慰，我会和他聊聊孩子们的表现，家里又做了什么样的馅饼，还有自家庄园新酿的苹果酒。他在信中说道，已经有人秘密地将那些罪恶的证据呈现给他了：那些情书，已有家室的玛丽女王写给同样已婚的博斯维尔伯爵，唆使情人如何向可怜的、年纪尚轻的达恩利勋爵——女王的时任丈夫——下毒手，同时又倾诉着对情人如火如荼的欲望。荒淫满纸的情诗，许诺下激情的夜晚，还特别提及法兰西式的欢愉招式。

我想那些法官们——我的丈夫，年轻的托马斯·霍华德，他的朋友萨赛克斯伯爵，还有拉尔夫·萨德勒老爵士，罗伯特·达德利，加上我的好友威廉·塞西尔，尼古拉斯·贝肯，托马斯·珀西，亨利·黑斯廷斯和其他所有人——在阅读那些令人震惊的胡言乱语时，一定会觉得荒唐之极，令人难以置信，大有暗地里发笑的可能。谁会相信一个将酒窖里装满火药以便制造爆炸来谋杀自己丈夫的女人，会每天晚上陪在丈夫的病床前，给她的情人兼同谋写情书？！

但是，法官们都是男人，诚实、睿智、德高望重的男人们。他们不会去问：在那种情境下，一个女人会怎么做？他们还不习惯从女人的角度来思考问题，不明白女人的本性是什么。他们只对眼前出现的证据感兴趣，

# 另一个女王

但是连我都看得出——眼前这些证据大部分都是杜撰出来的！为了诋毁她的声誉，某人可说是下了血本！偷取信件，模仿笔迹，先用法语书写，再译成苏格兰语和英语，然后将信件放进一个特别的小箱子里，箱盖上还刻着押花字母，是她名字的缩写（以防我们会误认为还有其他叫玛丽·斯图亚特的女人），最后为了让这个箱子被人发现，特意"藏"在女王专属房间中显眼的位置。这个人的手段简直高超得让所有人都对女王的不忠深信不疑。现在，每个看过这些信件的人都相信年轻的女王是个不知廉耻的荡妇，为了情欲和复仇，残忍地谋杀了她年轻的英国丈夫。

时至今日，对于这个聪明人的身份，我或许能猜得八九不离十。其实，但凡在英格兰的人，都对这个人是谁心知肚明。不过在这件事的处理上这个人居然没有延续他惯有的风格，这点倒是少见。可怜的女王将会发现自己根本不是他的对手，这个人的深谋远虑简直让人绝望。她会逐渐明白，就算这次没有掉入他的陷阱，这个人还会设计出更好的圈套，一次又一次，直到她香消玉殒为止。

虽然这次她的声誉不保，但自由并不是遥不可及的事儿。原本她那可恶的同父异母的兄弟是最大的障碍，但自从他夺得了摄政权并将她的儿子作为人质以后，审判庭上没有一个人再愿意相信他的话。他对她的仇恨是那么明目张胆，他的不忠是那么刺痛人心，甚至连塞西尔委派的法官们都对他厌恶至极。包括我的丈夫伯爵大人在内的所有法官都是笃信忠诚的高尚之人，对于奸诈的背信之人他们从来是不屑一顾的。苏格兰女王的所作所为固然让人不齿，但那些苏格兰贵族的背叛行为更让他们深恶痛绝。我打赌他们会宣判由于女王陛下受到臣民的不公对待，她应该即刻恢复王位，此后如何处置女王就是苏格兰人的事儿了，我们不会负任何责任。

# 1568年冬

乔治　于汉普顿宫

我的女王伊丽莎白陛下慷慨大度，超出所有人的想象。在流言蜚语漫天飞、众多怀疑罪证都指向她的表侄女时，女王陛下毅然下令将那些丑陋的书信永远地封存起来，然后帮助她的表侄女回到苏格兰，恢复其王位。伊丽莎白将不再姑息对她表亲的种种质疑；将不再容忍任何企图玷污苏格兰女王名誉的卑鄙行为。对于这件事，她是大度和公正的。如果听到那些令人发指的丑闻，我们绝无法做出公正的审判，所以伊丽莎白下令禁止了所有的流言和辩护。

但即使她是这样公正与智慧的独裁者，在她传唤我的时候，我总是有些许忐忑不安。

她没在王后厅中，也没有坐在那镶满珍珠和宝石的天鹅绒王座上接见大臣，虽然厅外和往常一样等候着几十个男人，想要趁晚膳前的小憩时分得到她的青睐。那些才入宫的新人要么摆弄着散落在各个角落里的乐器，要么在乌木桌上下着跳棋，那些老手们则在窗户外不停地晃荡，但也难以掩饰长时间等待的无聊。我看见了塞西尔，像往常一样警觉，穿着黑色外套，像个穷困的文职人员，正在和他的妹夫尼古拉斯·贝肯窃窃私语。他们背后徘徊着一个我不认识的男人，但我知道是才加入他们党派的新人，他的帽子拉得很低，把眼睛都遮住了，似乎不太想暴露自己的身份。在这个新人的后面还站着另外一个新人，弗朗西斯·沃尔辛厄姆。我都不认识他们,也不知道他们来自哪里,为哪个家族效命。事实是,他们中的大多数不属于任何家族——至少不是我认知里的家族。他们都是些毫无背景的人,不知从何而来,也不知所属何处,招之则来,挥之即去。

女侍官克林顿夫人穿过那巨大的双扇门,从女王的内室走了出来,我转了个身,她看见我,便和站在旁边的卫兵交代了几句,放我入室觐见。

卫兵比平时多了许多,城堡里每个门道和大门前都有他们的身影。我从来没见过王家宫苑里如此守卫森严。现在正是多事之秋;以前我们从不需要如此的守卫。但是现在有一部分人——其中不乏英格兰人——随时藏着匕首,想趁机要了伊丽莎白的命。这部分人不在少数,有些出人意料。既然另一个女王,他们所谓的真正的继承人,就在英格兰,那么选择就摆在了每个人的面前:拥护新教的公主或者罗马天主教的信仰者,在今天的英格兰,秘密信奉天主教的人可能比新教的拥护者多不止一倍。我们将如何生活?本是一家人的我们为何被生生划分成彼此敌对的新教徒与天主教徒?这是我属于塞西尔的难题,正是这个人对天主教无尽的仇恨使英格兰陷入越来越糟的境地。

"今天女王陛下精神可好?"我小声地询问道,"心情愉快吗?"

女侍官明白了我的意思,于是露出浅浅一笑。"还不错。"她回答道。她的意思是今天女王有名的都铎式脾气还没有释放。得承认,听到这句话我松了一口气。当得到女王要传唤我的消息时,我还担心她会因为调查无果的事儿斥责我。但是我又能怎么做呢?不管是达恩利的凶杀案、苏格兰女王与博斯维尔疑点重重的婚姻或是博斯维尔可能是凶手的事,表面上件件都罪孽深重,但是也有可能都和苏格兰女王无关。苏格兰女王也许并不是凶手而是受害者。但是除非博斯维尔在狱中招供一切,或者苏格兰女王为他的邪恶作证,否则谁也不知道他们两人之间到底发生了什么事。苏格兰女王的代表使臣甚至不会讨论这些事情。有些时候,我会害怕到不敢作任何推断。我不是个贪图肉欲的人，也不懂所谓惊天动地的爱。我对妻子贝丝的爱是一种恬静纯粹的感情；我们之间没有任何黑暗的交易。我不知道苏格兰女王和博斯维尔之间是一种什么样的感情，也宁愿不去猜测。

伊丽莎白女王坐在密室中火炉旁的椅子上，正好在那象征王族身份的金色帷布的下方。我走向她，脱掉帽子，弯腰行躬礼。

"嗯，乔治·塔尔伯特，亲爱的老家伙。"她热情地呼叫着我的外号，那是她给我取的。现在我可以确定她的心情不错了。她向我伸出手，我行了吻手礼。

她还是那个风情万种的女人。不论是在发脾气、心情不好皱眉的时候或者因为害怕脸色苍白的时候，她都是那个美丽的女人，虽然她已经三十五岁了。当二十多岁刚刚登上王位的时候，她就已经是个美人了，白皙的皮肤，红色的长发，当她一看见罗伯特·达德利，一看见礼物，或者一看见窗外向她示敬的民众，脸颊和双唇就会变得绯红。不过现在，她已是处事不惊，因为她看到的太多，学会了对一切都从容以对。她晨起戴上那害羞的面具，夜晚便换上另一副面孔。她红色的长发随着岁月而逐渐暗淡。那双黑色的双眸因为目睹过太多而学会多疑，变得尖锐。你可以从她脸上的表情洞见，她是个不乏激情却铁石心肠的女人。

女王陛下挥了挥手，女侍们便顺从有序地散开到了稍远处，以便我们放心交谈。"我有个任务交给你和贝丝，如果你愿为我效劳的话。"她说道。

"乐意之至，陛下。"我在心里快速地盘算着。她会和我们一起在查茨沃斯庄园共度这个夏天吗？要知道贝丝为了能在庄园里招待来北方旅行的女王陛下可是一直都在积极准备着。查茨沃斯庄园是贝丝的前任丈夫买下的，现在这座庄园属于我的妻子。如果女王陛下能大驾光临，将是一件多么荣誉的事儿啊！那是对我的无上荣耀，也是对花尽心思计划的贝丝的最好报答。

# 另一个女王

"他们告诉我,对我的表亲苏格兰女王罪行的调查结果证明她确是无罪的。我是依着塞西尔的建议一直想搜集她罪行的证据,却没想到半数大臣把垃圾箱翻了个底朝天,还将在卧室门外偷听的女仆的话当做呈堂证供死抓着不放。但是那些证据并不可靠,对吧?"她停下来等着我证实。

"是的,都是不可靠的流言蜚语,还有些苏格兰的领主们不愿意公开展示的证据,"我圆滑且老练地说道,"我拒绝接受它们,因为我向来不屑把诽谤作为证据。"

她点点头。"你不屑,嗯?为什么不屑?你觉得我想要一个圣人来为我效命?你是不是觉得自己太善良了,不适合辅佐我?是你把世界想得太美好,还是说你觉得踮着脚尖走就不会脏了鞋?"

我顿时词穷,干咽了口气。上帝保佑,但愿她此时没有筹划什么阴谋。有些时候,因为害怕,她也会失了公正的心而动些歪脑筋。"陛下,他们不敢公开是因为惧怕我们核实调查,他们甚至都不敢把那些证据递交给苏格兰女王的顾问们。我没有私下接受这些证据,是因为……这样做有失公正。"

她黑色的双眸射出尖锐的光芒。"有人说她不值得这份公正。"

"但是我是陛下亲派的法官,陛下您亲自指派的。"我的回答显得苍白无力,但是我能怎么说?"如果我是代表着陛下您,我想我必须得做到公正,我的陛下。如果我是代表着女王的公正,我就不能听信谣言。"

她的脸上没有任何表情,像是戴上了一张完美的面具,突然,她笑了起来。"你确是一位高尚的绅士,"她说,"我很乐意听到她洗清罪名。她是我的表侄女,一位高贵的女王。她应该成为我的朋友,而不是我的囚徒。"

我点头认同。伊丽莎白的亲生母亲就是被诬陷而因淫乱罪处以极刑的。很明显,她一定会站在被不公对待的女性一边吧?"陛下,我们本可以证明她是清白的,但是您在判决之前终止了调查。还是应该还她个公道,我们应该宣判她无罪。她现在可以成为您的朋友，您可以释放她了。"

"我们不用宣判她无罪，"她下令道，"这对我有什么好处？不过，她倒是应该回去苏格兰，继续当她的女王。"

我躬身行礼。"没错，正如我所想，陛下。您的表弟霍华德建议派一名优秀的顾问和一小队人马来保证她的安全。"

"哦，是吗？他是这么说的吗？"她一问直击要害，"你和我的表弟觉得谁合适做玛丽·斯图亚特的顾问呢？"

我不自觉地踉跄了一下。这真是伴君如伴虎：你永远都不知道什么时候会掉进陷阱。"自然由您做主，陛下。弗朗西斯·诺利斯爵士怎么样？还是尼古拉斯·斯洛克莫顿爵士？或者黑斯廷斯？其他值得信赖的贵族？"

"有人推荐苏格兰的领主们还有那位摄政王，说他们比起她来才是更好的统治者和邻居呢。"她不安地说道，"她是一定会再婚的，如果她嫁给了法国人或者西班牙人，让那些人做了国王怎么办？如果她将我们的敌人带到了我们的国界怎么办？连上帝都知道她选丈夫的眼光有多差。"

任何一个和我一样的朝中老臣都能从这些话中听出威廉·塞西尔的调调。从女王刚登基开始，他就不断地向她灌输着法国和西班牙是我国隐患的论断，让女王总是忧心忡忡，时刻准备着开战。由于他的所作所为，我们到处树敌，盟友越来越少，原本西班牙的菲利普亲王一直和我国相交甚密，他的国家是我们最大的贸易对象，法国则是离我们最近的邻居。但无论如何，像我这样会审时度势的朝臣，是不会公然违逆女王的。我保持着沉默，等待女王自己下决定。

"如果她恢复王位后嫁给了我们的敌人怎么办？我们将永远不能享有北部的和平了，你说呢，塔尔伯特？你觉得她值得信任吗？"

"您不必担心，"我说，"苏格兰军队绝不会踏过北部边界一步。请相信您的老部下吧，他们从没离开过北部的领土：珀西，内维尔，戴克，威斯

# 另一个女王

特摩兰郡的领主，诺森伯兰郡的领主，我们这些所有的北方领主们。我们一直保持着边境的安全，陛下。请信任我们。我们时刻武装准备着，按时征税，勤加操练。我们已经保卫了北部边陲几百年，苏格兰的军队休想击败我们。"

她向我投来信任的微笑。"我知道。你和北方的领主们一直是我们的好朋友。但是你觉得我该相信苏格兰女王统治下的苏格兰会有利于我们吗？"

"当然，当她回到苏格兰，还得大费功夫才能巩固她的王位。我们不用害怕她会对我们不利。她会希望得到我们的友谊，没有我们的支持她是不能重新坐上王位的。如果您派遣军队帮助她重回王位，她最终会感恩戴德的。您可以和她签订协议，以免她反悔。"

"这个提议不错。"她点点头，"确实是这样。反正我们也不能把她留在英格兰，没有合适的理由。我们不能囚禁一位无罪的女王。而且让她回去爱丁堡总比让她逃去巴黎制造出麻烦的好。"

"她是女王，"我坦言道，"不能怠慢了她。女王是上天命定的，登上王位是上帝的旨意。而且让她回去平息苏格兰总比内乱来得安全。自从她被赶下王位，北部边陲的治安日益恶化，原本那些流寇就无法无天，现在博斯维尔又被关了起来，他们更是猖狂得很。国不能一日无主，有一个女王即位总比没有的好。再说了，即使我们不帮她，法国和西班牙也会帮她恢复王位，如果真是这样，我们等于把他们白白送到了自己家门口，而且她还会对他们感激不尽，对我们却越来越戒备。"

"是啊，"她义正词严地说，像是已经下了决心，"我赞成你的观点。"

"也许您可以和她联盟，"我提议道，"两个女王之间的交易联合会更好些，比和苏格兰内乱中新生的政权讨价还价来得轻松。而且那个她同父异母的兄弟显然就是杀人案的凶手和其他一切的始作俑者。"

我已经好话说尽了。她一边点着头，一边抬起手来回摩挲着项上那串珍珠项链。她的脖子上戴着一串和皱领一般粗细的项链，那是一条用三串黑珍珠并连成一串的十分珍贵罕见的项链。

"他下手陷害了她，"我提示她，"她是天定的女王，但他却背叛了她还将她囚禁，这是违反天堂之法的罪孽，您是不会想和这种不敬之人打交道的。如果对自己的女王都会心生歹念，他还会得势多久呢？"

"我不会和叛徒做交易。"她澄清道。伊丽莎白特别忌讳任何企图挑战权威的人。刚登基的那些年她根基不稳，就是现在，她的王位继承权也不如苏格兰女王那般坚不可摧。伊丽莎白始终被标上亨利八世私生女的印记，她从来没有撤销过议会的这项决定，但苏格兰的玛丽女王却是亨利八世的亲甥孙女。她的血统纯正、合法而且高贵。

"我绝对不会和叛徒做交易。"她再一次申明。她微笑着，我似乎又看到了那个不知如何对待叛徒的刚刚登上王位的漂亮女子。她一直是她姐姐玛丽·都铎反对派的核心人物，但却聪明到从来没被发现过。"我想成为苏格兰女王公正的亲属，"她说，"她也许年轻愚蠢，犯了难以启齿的错误——但是她是我的亲人，是女王。她必须得到公正的待遇，必须重回王位。我已经准备好把她当成亲人来爱了，她应该回到她的王国去。"

"那将会留下女王陛下英明、慷慨的美名。"我说。对伊丽莎白大加赞赏总是没有害处的。再说，这也是名副其实。对伊丽莎白而言，这次无视塞西尔关于法国、西班牙威胁论的观点已是难得；对一个年轻又漂亮的女性表亲如此慷慨更是不易。毕竟伊丽莎白用尽计谋才得到王位，她没有任何理由去帮助一个有资格继承王位的亲属，她也有足够的理由去怀疑这样一位亲属。她很清楚被议会排除在外的继承人的感受和处境，也曾设计环环阴谋，残酷地杀害反叛者，将她的姐姐赶下王位。她本人一直以来都对她的姐姐虚情假意，又如何可能真的相信这位表亲呢？玛丽这个年轻、缺乏耐心的女王殿下就像当年的她自己。

她对着我微笑。"那么,塔尔伯特,我有任务交给你。"

我静待着。

"我想让你为我好好招待苏格兰女王,并且护送她回国——当时机适当的时候。"她说。

"招待她?"我重复了一遍。

"对,"她说,"塞西尔将会着手准备她的回国事宜;同时,你要好好将她安顿在你家,取悦她,给她女王应有的款待,当塞西尔通知你时,就护送她回爱丁堡,让她重回王位。"

这真是无上的光荣,光想想就让我兴奋得差点无法呼吸。让一个女王在家做客,并且护送她回国赢回王位!塞西尔要是知道这件事肯定会嫉妒死的:他的庄园还没有贝丝的查茨沃斯庄园一半大,虽然他正在疯狂地扩建,但是不够快啊,所以她才会寄希望于我们。我是唯一能担此重任的贵族。塞西尔没有像样的房子,而诺福克是个鳏夫,没有妻子。只有我拥有够格的大庄园和一位亲爱的、忠诚的、可靠的妻子——贝丝。

"这是我的荣幸,"我冷静地回答,"请相信我。"当然了,我想到贝丝,她肯定会非常高兴,查茨沃斯终于迎来了一位女王!我们将会是每个英格兰家族嫉妒的对象,他们都会想来拜访我们。我们家应该整个夏天对外开放;我们家应该变成一座皇家御苑。我要雇佣音乐家和舞者。我的房子会成为欧洲皇家御苑之一!

她点点头:"塞西尔会和你一起安排。"

我后退行礼,准备告退。她朝我露出微笑,是那种在公开场合面见平民时的闪亮迷人的微笑。

"辛苦你了,塔尔伯特,"她说,"我相信你一定能在这个艰难的时刻保证她的安全,让她平安到家。就只是这个夏天。你会得到丰厚的回报。"

"能为您效劳是我的荣幸，"我说，"一如既往的荣幸。"我边再一次躬身行礼，边向后退出了内室。当门被关上，门口的侍卫将长矛再一次交叉完毕后，我才允许自己吹着口哨庆祝突然而来的幸运。

## 1568年冬

玛丽　于博尔顿城堡

我忠实的朋友，罗斯教区的主教约翰·莱斯利从伦敦传来密信，说他不能再空坐在家，眼看着苏格兰王位空缺，却什么都不能做。他是随我一起被驱逐出境的。信中说道，虽然伊丽莎白下令进行的第三次也是最后一次调查不会得出对我不利的结果，但是法国的使臣也没有得到护送我到巴黎的许可。他担心伊丽莎白会另找借口将我滞留在英格兰，也许是一个星期，又或者是一个月，上帝知道会有多长时间：伊丽莎白有着异乎常人的病态般的耐心。但是我不得不相信她是友善的，毕竟她是我的表姑，也是一位高贵的女王。先不去管我对她的各种怀疑——私生女的身份，或是一名异教徒——我得记住她给我写的信，充满了关爱的信，允诺给我支持，甚至还送给我了一枚祈祷永保平安的戒指。

但是当她在犹豫、斟酌的这段不短的时间里，我的儿子还在敌人的手中，而且教导他的是一些新教的教徒。他只有两岁大，那些人会教给他些什么，我简直不敢去想象。我得尽快回去，以免儿子在此期间被灌输些破坏我们母子关系的东西。

那些忠心于我的人还在等着我回去；不能让他们永远等下去。因为那可笑的重婚罪，被囚禁在丹麦的博斯维尔也正在筹划逃跑。他本计划先让我逃出去，不过最后决定我们两人应该一起回到苏格兰重聚。但不管是不是和他一起，我都必须回到苏格兰，回到我的王位上去。我的身份是上帝赐予的，上天注定我是苏格兰的女王，我一定会克服重重考验，赢回王位！苏格兰是母亲用生命给我换来的王国，我不能让她白白牺牲，必须将王位传给我的继承人：我儿子，她的外孙，可爱的小家伙詹姆斯——詹姆斯王子，苏格兰和英格兰的王位继承人，我的宝贝儿子。

　　我没有耐心等待了，伊丽莎白动作太慢。我不知道儿子是否安全，也不知道有没有人好好照顾他的饮食起居。他的假舅舅，我那半个兄弟，从来没有喜欢过他；如果他把他杀害了怎么办？虽然负责保护他的是我的亲信，但是如果他们被围困在斯特灵城堡里了怎么办？我不能坐等伊丽莎白和我的敌人达成协定，将我送去法国关进某个修道院里。我必须回到苏格兰，再一次为王位而战。我不是为了坐以待毙才从拉克利文城堡逃出来的。我不会逃出了一个监狱然后静静地等着被关进另一个监狱。我必须得到自由。

　　没有谁能够明白失去自由对我意味着什么，伊丽莎白更不会理解，她本来就是在监视中长大的，从她四岁开始，囚禁对她来说只是家常便饭。但是我不一样，在法国的时候，我十一岁就有了自己的房间，开始自己做主了。母亲坚持认为我应该有自己的房间，专属于我的会客厅，还有随从，即使只是个孩子，在下属面前我也已经有了自己的一套规矩。所以，现在我无法忍受被囚禁的滋味——我必须得到自由！

　　使臣让我少安毋躁静等他的消息，但是我不能坐着干等！我已经没有耐心了。这正是我最健康、漂亮、适合生育的黄金年纪啊。他们竟然让我在囚禁中度过二十六岁的生日！他们居然敢如此对待我！我已经无法忍受了，我必须马上恢复自由！我是女王，生来就是人上人。他们会意识到我是危险的，我可不是温顺的囚徒。他们会知道我是属于自由的。

# 1568年冬

#### 贝丝　于查茨沃斯庄园

塞西尔的秘书写信告知我苏格兰女王玛丽不会到查茨沃斯做客。我本想在这里好好招待她，这里应有尽有，甚至还配有一个美丽的花园，绝对符合她的身份也能满足她的一切要求。但是她拒绝了，相反，她要去斯塔福德郡的图特伯里城堡：那个虽然在我们名下，却差不多荒废的城堡。我还得亲自动手将它从废墟状态打理成能让女王居住的地方，在这寒冷的隆冬之际。

"如果你家老爷舍得看看那些反对她的证据，她早就戴罪回到苏格兰了。"塞西尔在信尾的附言处写道，口气酸涩，"那么我们也可以安安逸逸地过个圣诞节。"

其实塞西尔没有必要写信来责备我。我早就提醒过老爷，那个调查不过是弄虚作假的一场秀，就像演员穿着小丑衣服在圣诞节里的表演一样。我明明就告诉过他，如果决定在塞西尔编排的剧里饰演一角，就得照着剧本一字不差地表演。但是他没按我说的做。其实是塞西尔选错了人，他不该让我家老爷来调查不贞的苏格兰女王，老爷他太过正直了，不适合做这种肮脏的勾当。所以啦，不光塞西尔没有抓到一个丑闻满天飞、不贞洁的女王，我也失去了丈夫在家的陪伴，而且还得在这冻死人的天气里重新装修、布置那座废旧的城堡。

塞西尔还写道:"真是抱歉,害你得安顿招待这个亚他利雅①,但愿时间不会太长,不过很明显,她也是亚他利雅的命。"

塞西尔说的这句话肯定另有深意,得益于男人的身份,他可以接受高等教育,而像我这样一个农夫的女儿是没有这样的机会的,所以他的话像是晦涩的密码一样,我一个字也不懂。不过幸运的是我亲爱的儿子亨利就在身边,现在正值学校放假,他的父亲,我的第二任丈夫卡文迪什去世时叮嘱我一定要让孩子接受绅士教育,于是我用他留下的钱让他和他的两个兄弟去了伊顿公学。

"亚他利雅是谁?"我问他。

"谁啊?没听过。"他回答道。

"真不知道?"

他神情慵懒地朝我笑了笑。他长得英俊潇洒,我极其宠溺他。

"我的母亲,伯爵夫人,这是对您有用的消息吗?在这个世界里,智慧可是要用钱才能买到的啊。就像您拿钱让我报告学校里听来的八卦,那我就是您的间谍,随时注意您的朋友罗伯特·达德利家里的动向。我知道我只是您众多的告密者之一。这次您愿意出个什么价来享受我的学业成果呢?"

"我早就付过钱了,你的导师费,"我回答道,"那可是一大笔钱。再说了,你肯定不知道答案,不学无术的家伙,学费全都白花了。本想花钱养个大学者,想不到养出个傻瓜来。"

他哈哈笑了起来。他是个英俊的小伙,所有富家子弟的坏习气都在他身上彰显得淋漓尽致。虽然是我的宝贝儿子,但他的恶习我向来看得通透。他从来都不知道赚钱的艰辛,也不明白我们的世界虽然充满着机会,却也危机四伏。他不知道我和他父亲为了让他和其他孩子过上舒适的生活而游

---

① 《圣经·旧约》中的人物,以色列国王亚哈与王后耶洗别之女,犹太国王约兰之妻。曾统治国家七年,后在政变中被杀害。

走在法律的边缘。他永远不会像我这样卖力工作,也不会像我这样忧虑。事实上,他从来没有"工作"和"忧虑"这两个概念。他从小丰衣足食,我却是挨着饿长大的。他只把查茨沃斯当成是他舒适的家,理所当然的所有物;而我却会为了保护它甘愿出卖良心和灵魂。如果我有足够的钱,可以给他买个伯爵的头衔,或者公爵,那样他就能开创一个新的贵族之家:卡文迪什家族。他会让卡文迪什这个姓氏荣登上流社会之列。他只要坐着,像温暖的阳光般开心地笑着,就能轻易得到这一切;上帝保佑他。

"您误会我了。我知道答案,"他说,"我不是您想的那样愚蠢。亚他利雅是记录在《旧约》里的一位女王,希伯来人的女王,她被控告犯了通奸罪,牧师们处死了她,为了让她的儿子约阿施继承王位。"

我立马冻住了笑容,这可不是玩笑话。"他们处死了她?"

"是啊。因为她的不贞,不能再统治王国了,所以他们杀了她,让她儿子做了国王。"他停了停,黑色的眼睛盯着我,闪烁着智慧的光芒,"不是有句老话吗,虽然上不得台面。妈妈,常言道,女人都不是当君王的料,不能干涉朝政。女人天生就是男人的附属品,天生服从的命,如果硬是想着发号施令,那就违反了做女人的道。亚他利雅的故事就是女人悲剧的典型。"

我伸出食指指着他的鼻尖:"这么肯定?还想再继续说下去?是不是还非得和我讨论一下女子无才便是德呀?"

"不,不!"他笑着说,"我只是想说这只是庸人们的误解罢了。我可不是约翰·诺克斯[①]。我一点也没有那么想过,妈妈。我一直觉得女人都是不简单的。就拿妈妈来说,虽然是佃户出身,现在却是一庄之主了!我就觉得女人也能做统治者。"

我笑着听他说话,但心里总觉得慌乱不安。如果塞西尔在信中把苏格

---

[①]约翰·诺克斯(John knox 1513—1572)英国宗教改革领袖,历经多次流亡,致力于传播新教教义,后被称为"清教主义的创始人"。

兰女王比作亚他利雅，那他就是在暗示我她必定会被迫退位给她的儿子，甚至有可能性命不保。很明显，塞西尔不相信这次调查的结果，他认定苏格兰女王不是清白的。塞西尔想让她名誉扫地，再被遣送回国。或者他还有其他更大的阴谋。他不会想着将她送上断头台吧？我已经不止一次地感到庆幸：还好塞西尔是我的朋友，作为敌人的话，他实在太可怕了。

我把亨利和继子吉尔伯特·塔尔伯特一起送回了学校——因为有工作必须完成所以不能陪他们过圣诞假期，只能让他们自己在伦敦好好享受节日了。他们愉快地接受了，欢快地骑着马一同朝南而去。他们就像一对亲密无间的双胞胎，一个十七岁，一个十五岁，一起上学，虽然我的亨利远远不及继子听话，而且总是带着他惹些麻烦。

然后呢，我不得不把我的漂亮房子，查茨沃斯，剥得干干净净，门帘啊，挂毯啊，地毯啊，亚麻布啊，全都打包装上马车准备运走。跟随苏格兰女王的有三十个随从，总得安排他们住下，图特伯里那儿什么家具都没有，更说不上舒适了。我命令查茨沃斯的大管家、餐厅和酒窖的男仆们、马房的马夫们赶快把食物、餐具、刀具、桌布、酒壶还有玻璃器皿也都装上货车运去那里，并下令木工房的师傅马上赶制出床、支架桌和长椅。我家老爷每年去图特伯里的次数不超过一次，只是把它当作打猎期间的落脚地儿，几乎没有配备什么家私。我自己是从来没去过的，一点想去的念头都没有啊！

查茨沃斯因此陷入一片混乱之中，货车上装满了货物，而我呢，还得跨上马背，亲自骑马率领车队赶过去，真是让人咬牙切齿！我领着车队，在浓雾弥漫的清晨出发，一路向着东南方前进，整整走了四天，沿途路过的村庄人情淡漠，路途艰辛，因为冬天的缘故天又黑得很早，给我们带来了不少麻烦。所有这一切，都是为了能赶到图特伯里，把那儿好好修葺一番，免得那麻烦的女王挑三拣四，弄得我们都不得安宁。

## 1568年冬

乔治　于汉普顿宫

"但是女王陛下为什么要让她去图特伯里呢?"我向威廉·塞西尔询问道。这个男人总是知道英格兰发生的所有事,秘密就是他买卖的商品,他垄断了所有秘密。"查茨沃斯应该是最合适的。陛下应该将她安排在那里呀?说实话,我自己都好多年没去过图特伯里了,你也知道,查茨沃斯是贝丝和她的前夫一起买下,作为和我结婚的嫁妆的,而且她把那打理得很漂亮。"

"苏格兰女王不会在你那待上很久,"塞西尔语气温和地说,"我宁愿她待在只有一个出口、配有卫兵室的地方,这样才好保护她的安全。这比起让她待在拥有五十扇窗户还有漂亮花园的房子里好得多,那会使她轻易溜到外面的。"

"你不会认为我们有被袭击的可能吧?"我为这个假设震惊不已。后知后觉地,我才发现他似乎相当熟悉图特伯里,真是奇怪了,他可从来没去过呀,听起来好像比我还清楚那里的情况,他是怎么知道的?

"谁能预知将来会发生什么,又或者像她那样的女人会想些什么,能获得什么支持。就像谁会想到一个受过高等教育、训练有素的人,拿到那些再清楚不过的证据和证人,却还得不出有罪的判定?谁会想到我召集了三次审判,还是没有结果?碰到她,你就变得这么糊里糊涂吗?"

"有罪?"我重复道,"你说得好像审讯一样。我以为只是协商性质,你不是告诉我这只是一次调查吗?"

"我担心因为这件事让陛下受委屈了。"

"怎么会?"我问道,"我想我们完全是按照她的想法做的。是她自己终止了调查,说是这对苏格兰女王不公平。她已经澄清了苏格兰女王的一切罪行。你应该高兴才是,我们不仅调查得彻底而且还证明了她的表亲是清白的。但是为什么陛下不邀请玛丽女王到王宫和她做伴呢?为什么她要让我们安排?既然她已经洗清罪名了,为什么作为表亲的她们,作为女王与继承人,就不能和平共处呢?"

塞西尔咯咯笑了起来,甚至还拍了拍我的肩膀。"你知道吧,你是最合适的人选。"他热情地说,"你是整个英格兰最高尚正直的人。你的妻子说得对,你确是一名身负荣耀之人。陛下一定很感激你将她的女王表亲保护得如此周到。我很确定所有人都很高兴你的调查洗清了苏格兰女王的罪行,现在我们都知道她是清白的。感谢上帝你证明了她的清白。现在,我们可有得忙了。"

我有点不知所措,得让他知道我的想法:"你不想她免于刑责吗?"我一字一句地说道:"所以你想让她到图特伯里,而不是查茨沃斯?"我有预感,什么地方出了差错。"我得提醒你:我只会公平公正地对待她,秘书长。我会亲自申请面圣,弄清楚陛下的想法。"

"这样最好不过了,"他快速地回答道,"我是,你也是。知道吗,女王有意推荐你为枢密院的议员。"

我愣了愣。"枢密院?"这事说来话长。其实作为家族的一员,我早已有了入升的资格,但是为了这个能进入的机会我已经等了很长时间,这是我一直梦寐以求的事情啊!

"是的,"他微笑着说,"陛下对你信赖有加,这次是,以后也会是。你愿意为女王陛下恪忠职守吗?"

# 另一个女王

"永远,"我说,"你知道的,永远。"

塞西尔微笑着:"我当然明白。所以好好保护另一个女王,直到我们把她安全送回苏格兰。千万别爱上她了啊,好人塔尔伯特。我听说她会让人情不自禁。"

"在贝丝的眼皮底下?而且我们结婚还不到一年。"

"贝丝确实是你和我们的保障,"他说,"向她送上我最诚挚的祝福,告诉她下次来伦敦一定得来我家坐坐。她会看到我有哪些进展。如果我没猜错的话,她会想要借鉴我的改建方案的,不过她可不能来挖墙脚。上次来的时候我发现她和我的泥水匠交谈甚欢,她还想把他带走好让他去装饰她的客厅。我发誓下次可不会再相信她只是想和那些工匠聊聊天了,她是想从我这偷走他们。我怀疑她用涨工钱作为诱饵哩!"

"她该把改建的事儿放下了,毕竟还得服侍玛丽女王,"我告诉他,"而且我想查茨沃斯的改建应该已经完成了,只是一座庄园而已,会有多费事?现在的样子已经够好了,对吧?她也不必再操心那些生意了,我会让管家们接手。"

"你永远也别想从她手中接手那些农场和矿山,而且她是不会停止扩建的。"他预测道,"你的新妻子是个了不起的投资人,她热衷造房子,偏爱房地产和贸易。她是个难得的女人,一个真正的实业家。她会在全国各地建造庄园,将你的地产扩展到整个英格兰;她还会为你组建一支船队,让你们的孩子们前程似锦。只有他们都得到公爵头衔,那时贝丝才会心满意足。她是个只能在财产中找到安全感的女人。"

我一直不喜欢塞西尔说这样的话。他从一个卑微的小职员一下子坐上贵族的位子,完全是个靠着女王的欢心发家的家伙,所以总是理所当然地认为其他人也都是靠着教会的衰落才发家致富,每座房子都是用从修道院里运来的石砖修造的。他赞扬贝丝的生意头脑,其实是想炫耀他自己;称赞贝丝的丰厚财产，是因为他觉得那样得到财产的方式值得令人赞赏。但是他忘记了一点，不是所有人都是靠投机发财的。在英格兰，早在教会腐败之前，我们中一些来自名门望族的人已是家产万贯，而且我们的爵位已经世袭了好几个世代。还有一部分人的祖先是1066年来此定居的诺曼底贵族。这些事情很重要，至少对我们中的一些人来说，本身已经足够富有，不会从神父们的手里偷东西。

不过如果我公然发表上述意见未免显得太过傲慢自大了。"我的妻子一直做着符合她身份的事情。"我说道。塞西尔对我扯扯嘴角，像是知道我在想些什么。

"伯爵夫人的行为和她所具有的能力都是再恰当不过的了，"他流畅地回答道，"而且她的地位非常高贵。众所周知，您是英格兰最尊贵的贵族，塔尔伯特。您的言行也在时时刻刻提醒着我们，您是怎样一个正直的人。我们所有人都非常欣赏贝丝的好眼光，她在我们之中一直是最有人气的一个。这么多年来，我亲眼看着她一次次靠着婚姻步步高升，而且乐此不疲。我们都指望着她把图特伯里好好打理，给苏格兰女王一个温馨的家。伯爵夫人是唯一有资格和能力的人选。除了她，没有一个人够格。如果选其他地方都会显得我们刻薄，只有贝丝知道该怎么做，只有她可以成功。"

我本来应该很乐意接受塞西尔的奉承，但是我们的话题似乎又回到了贝丝身上，而且塞西尔应该记住，在我娶贝丝之前，她什么都不是。

## 1568年冬

玛丽 于博尔顿城堡

今晚，我计划逃出博尔顿城堡，这个他们口中的所谓的"铜墙铁壁"，约克郡中的城堡。心里有个声音在说我不能这么做，但是我更害怕被困在这个国家，进退维谷。伊丽莎白就像趴在垫子上的姜黄色肥猫儿，只会做做白日梦。但是我必须得夺回王位，在我被驱逐的这段日子里情况已经越来越糟糕了。在苏格兰，还有支持我坚持不妥协的领主们，我必须立刻回去让他们可以安心。我的军队在时刻等待着我的命令。博斯维尔答应过我会从丹麦脱逃，回来指挥军队。我已经写信给丹麦国王，要求他立刻释放博斯维尔，他是我的丈夫，女王的配偶，他们怎敢仅仅凭一个商人女儿的一面之辞就认定博斯维尔和她有婚约而逮捕了他？真是岂有此理，一个如此下贱女人的话有何分量？我还有法国的军队做后盾，以西班牙的黄金作为他们的报酬。最重要的是，我的儿子，宝贵的继承人，我的宝贝，我的宝贝，我唯一的爱，他还在敌人的手中。我一点也不信任他们能照顾好他，他只有两岁大啊！我必须得行动！我必须得救他出来！一想到他没有得到良好的照顾，不知道我在哪里，不明白我是被迫离开他的，一想到这些我的心就像被火烧一样钝痛不已。我必须回到他的身边。

伊丽莎白可以整天游手好闲，但我不能。在她那荒谬调查的最后一天，我得到了一条消息，一位来自北部的领主——威斯特摩兰大人承诺可以助我一臂之力。他说他可以帮我逃出博尔顿城堡，带我去到海边。他的马队在诺斯阿勒尔顿城待命,船在惠特比港时刻准备出发。他说只要我发令,就会立刻把我送到法国,只要我安全到达法国的家——那里有我亡夫的家人,就是在那里我成长为了一位女王——我就会立刻时来运转了。

我不能再拖了,不能像伊丽莎白那样。我不会逃避,不会装病躺在床上假装什么都没有发生,不会像她一样。我是个会抓住机会的女人,而且是一个勇敢的女人。"好,"我对营救者说,"好。"我对命运之神说,对我的生命说。

他问我:"时间?"我回答:"今晚。"

我不害怕,我无惧一切。当我被谋杀凶手们囚禁时,是我一个人从自己的宫殿,荷里路德宫成功逃脱出来的;我还从林立斯戈城堡逃出过。他们会明白,虽然他们可以抓住我,但永远也别想关住我。博斯维尔曾经对我说过:"只要不是你心甘情愿,没有人能占有你。"然后我回答的是:"我永远是女王,没有人能命令我。"

博尔顿的城墙由粗糙的灰色大石块砌成,用于抵抗大炮的攻击。不过我准备了捆在腰间的绳子,一双攀爬时保护双手的厚手套,一双结实的靴子,这样我就能逃走了。窗户很窄,只比石头上的裂缝宽一点,但是我身型苗条、轻盈,足以从窗口翻出去,再滑下城墙。守门人找来了绳子,艾格尼丝·利文斯敦按照他的指示将绳子牢牢系在我的腰上。他在一旁比画着动作,让艾格尼丝检查绳子是否系得够牢。他是不被允许碰触我的,我的身体神圣不可侵犯,所以艾格尼丝必须亲力亲为。我专心观察着他的表情。他不是我的人,但是已经用钱买通了,报酬很丰厚,所以他工作还算尽心。我觉得可以相信他。我朝他笑了笑,他一定是看到了我因为害怕而微微发抖的嘴唇,因为他用那独特的北方方言对我说:"莫要怕。"我回以笑容,表示我听懂了他的安慰,然后看着他把绳子的另一端捆在了自己的腰上。等着他做好了准备,我就小心翼翼地从窗口翻了出去,然后坐在窗

## 另一个女王

沿上,向下看去。

上帝啊,我连地面都看不到。身下是一片黑暗,耳边只有风的号哭声。我抓住窗户的边框,一点都不敢动。艾格尼丝被我的动作吓得脸色苍白,那个守门人倒是一脸冷静。如果要走,现在是最好的时机。我放开了唯一可以依靠的边框,把全身的重量都放在绳子上,在漆黑中迈开步伐。绳子被拉得紧紧的,似乎变得相当纤细,我一步步向下倒着走,走入黑暗,没入虚无,我的脚稳稳地踩在城墙上,长裙因为夜风而左右不停飘荡。

才开始的时候,我怕极了,后来才慢慢地越来越有把握,特别是在感觉到守门人往下放绳子的时候。虽然不敢往下看,但我不停抬头目测下降了多少。我一定能成功的!自由已经离我不远了,我的脚已经感受到内心的喜悦,在石壁上不停地磕磕碰碰。感受着吹在脸上的自由之风,身下的黑暗也变得亲切起来,只要想到他们还以为我还被关在那闷热的小屋子里,我就兴奋不已,虽然现在还像一只钓上来的鳟鱼一样被绑在一条绳子上,但我又一次掌握住了自己的命运,这些都让我喜悦万分——又一次,一个女人的命运回到了自己的手中。

已经离地面不远了,在夜色的掩护下我匆忙跳到地面,然后把绳子松开来,用力拽了三下,他们收到我的暗号便将绳子拉了回去。在下面接应我的是我的男侍从和玛丽·西顿,我的第一陪嫁女仆,我一生的伙伴。另一个女侍随后就下来,我的第二女侍艾格尼丝·利文斯敦紧随其后。

大门口的哨兵戒备松懈:我可以看见他们在苍白的马路上站岗,但他们却不会在这漆黑的城墙下发现我们。马上就会发生能使他们分心的事情了——有人会在谷仓那儿放火,趁他们忙于救火的空隙,我们就能跑到大门口,那里有马儿在等着我们上路,最快的一匹属于我,在他们发现之前,我们已经扬长而去了。

# The Other Queen
## 08.9

  我静静地站着，没有一丝烦躁与不安，全身充满了渴望奔跑的兴奋，就好像能一口气冲到诺斯阿勒尔顿，冲到惠特比港口。力量充盈着我的身体，那年轻的生命的力量，那因为恐惧和兴奋而急需突破的力量，它胀满了我的胸腔，连手指都变得蠢蠢欲动。上帝啊，我必须得到自由。自由必须属于我。如果得不到它，我宁愿死亡，千真万确——得不到自由，我宁愿去死！

  我听到些许声响，那是女仆露丝爬出窗口长裙随风摆动的声音，守门人再度开始放绳子，她顺着绳子向下滑行。我能在黑暗中辨认出她的轮廓，那个顺着城墙向下行进的身影。突然，绳子猛抖一下，惹来露丝一声惊恐的叫声。

  "嘘！嘘！"我赶紧示意她闭嘴，但是她现在在六十英尺的空中悬挂着，听不见任何声音。玛丽冰冷的手滑进了我的手心。露丝没有再向下移动，守门人停止了放绳子，一定是出事了，接着露丝掉了下来，就像一个装着抹布的大布袋，那条绳子像是一条爬行的蛇，随着守门人放手，和露丝一起飞速往下掉落，惊慌的尖叫声在我们头顶响起。

  "砰！"露丝掉落在地的声音可怕至极。她的背一定断掉了。我立刻跑到她的身边，她痛苦地呜咽着，手却使劲儿捂住自己的嘴，竭尽全力，就算是这种时候了，还想着不能背叛我。

  "陛下！"玛丽·西顿过来拉起我的胳膊，"快跑！他们来了！"

  我迟疑了一会儿，露丝苍白的脸已经被临死的挣扎扭曲了。她此刻换成把拳头塞进嘴里，才没有痛叫出声来。我向正门望去，哨兵们已经听到了她的尖叫，正带着疑惑朝城堡方向而来；一个人跑在前面，呼喊着其他人；还有一个人从壁突式的烛台上点燃火把跟了过来。他们像猎犬一样，向四周扩开，奔跑着搜寻猎物。

  我把兜帽上的纱巾放下来遮住脸，试着躲进阴影之中。也许我们还可

# 另一个女王

以绕到城堡的后门，从那儿出去。也许能找到一个突破口，或者一个藏身之处。很快，城堡里面传来警报：他们已经敲响了我内室的警铃。黑色的夜空立刻被上下挥拨的火把照得通红。"嘿！嘿！嘿！"他们像催赶猎物的猎人那般叫嚣着，誓要将猎物逼出来。

我四处探索，心脏怦怦乱跳，随时准备逃走。但是他们已经用火把照出了我们的影子，然后有人大叫着："快看，她在这儿！截住她！围成圈！她在这儿！把她包围住！"

勇气一点一点从我身上消失了，就像血液流光死亡的感觉，全身冰冷。失败的挫折感如同嘴里放了一块寒铁，好似小马驹第一次被戴上马嚼子，满嘴苦涩。我想要逃走，想要把脸埋在地上放声大哭。但是我不能，因为我是女王。当那些人跑过来，拿着火把照着我的脸时，我必须鼓起勇气，掀开面纱，挺直腰杆，镇定地，高傲地，拿出女王的气势，即使我穿着女仆的服饰，戴着旅行用的黑色斗篷。我必须拿出女王的架势，以免他们像对待女仆般对待我。在蒙受耻辱的此刻，没有什么比维护王室的威严更重要。我是女王。凡夫俗子莫想染指我。我必须展示出女王的威风，在这幽幽黑暗之中。

"我是女王。"我用法语说道，但是声音太小了，而且能听到痛苦的颤抖。于是我把背挺得更直，并扬起下巴，大声说："我是苏格兰女王！"

感谢上帝他们没有伸手抓我，也没有拿手碰我。如果再遭到任何普通男人的暴行，我会抱耻而终。现在只要一想到博斯维尔触摸我乳房的双手，亲吻我脖子的双唇，浑身就像着了火一样炙热难耐。

"听着！你们不能碰我！"

他们围成圆圈，把我圈在中央，拿着火把弓着身，好像我是女巫一样，必须用围成圈的火焰才能抓住。其中一人说塔尔伯特大人——什鲁斯伯里的伯爵大人，正朝这里赶来。他本来正在和弗朗西斯·诺利斯爵士以及斯

## The Other Queen

克洛普大人共进晚餐，他们告诉他苏格兰女王像夜贼般准备逃跑，但是已经被抓住了。

他跟跟跄跄地赶来，疲惫地皱着担忧的眉头，看着我傲然独立着，披着黑色斗篷，面纱高高拉至两侧，便于他人识别我女王的身份，也以防任何不敬的行为。这就是我和他的第一次会面，他和一个高贵血统的女王的会面，一个浑然天成的女王，带着蔑视一切的神情，散发着王室的尊严，除了王位，拥有一切的女王。

我，是被困的女王。

## 1568年冬

乔治　于博尔顿城堡

　　他们把她圈在火把之中，就像对待被困住的女巫，准备处以火刑。我跑着上前，呼吸却变得越来越难，胸口绷得越来越紧，心脏也跳得越来越快。突然感觉到一股从她身上散发出来的肃清之气，而士兵们像被施了妖术，僵硬得一动不动。好像她是真的女巫，仅凭眼神就将他们变成了石头。她用手将面纱拉到两侧，我能看到她黑色的头发，剪成了顽童般参差不齐的短发，那白皙的鹅蛋儿脸颊，还有闪耀的黑色双眸。她就这样看着我，没有笑意，而我也直视着她。我应该躬身行礼，但我没有。我应该自我介绍，在这，我们第一次会面的此刻，但我没有。应该有人来引荐我、应该有个传令官来通报我的身份。我感觉自己赤身裸体般站在她面前：这里只剩下她和我两个人，面对面，如同烈火中纠缠彼此的敌人。

　　我盯着她，仔细打量着她的每一个细节，就像一个涉世未深的男孩。我想和她交谈，告诉她我是她新的房主和护卫。我想像一个优雅的绅士，来面见这位天之骄女，但是我一个字都没说，不管是法语还是英语。我应该斥责她，斥责这荒唐的逃跑行为，但是我没有，一个字也没说，好像一个懦弱无能之人，又好像被她的气势吓得说不出话来。

　　燃烧着的火把给她加上了一圈深红色的光环，照得她像一位火中的圣人，红色和金色相间的炙热中的圣人，但是弥散在空气中的硫黄烟火味又像极了地狱里散发出的恶臭。她看起来像是来自异时空的生物，分不清性别，却有着一种禁忌之美，如同冷艳的蛇发女怪，亦或危险的堕天使。看着她被火包围，透着一股奇妙和肃静，竟让我涌出一种无法言说的恐惧，仿佛面对着某种神兆，比如一颗火星四溅的彗星，预言着我的死亡与灾难之期。不知恐惧来自何处，站在她面前，我始终说不出一字，就像被迫屈从的门徒，跪拜在惊惧之下，却不知道是何原因。

## 1568年冬至1569年

### 贝丝　于图特伯里城堡

玛丽，这个麻烦透顶的女王，将到达的期限一拖再拖。听说有人告诉她图特伯里配不上她高贵的身份，所以女王陛下拒绝驾临，而且还要求入宫同她的好姑妈做伴。宫里正在举行为期十二天的圣诞节庆典，有盛大的宴席、舞会还有美妙的音乐，伊丽莎白自然是中心人物，而且心情甚好，踩着轻快的脚步，一边跳舞一边开心地笑，原因很简单，不光苏格兰这个威胁她国家和平的邻国正在自行崩解，而且最能威胁她王位的竞争对手，英格兰的另一位女王，他们的女王，现在也是她的阶下囚——或者应该说是尊贵的客人，反正我是准备这么称呼她，因为我正在努力把图特伯里打理得更好，而不至于给人一种临时搭建的地牢的错觉。

我必须得说，不是只有苏格兰的玛丽女王才会觉得汉普顿宫是欢度圣诞节的好地方，也不止她一个人能够预测在图特伯里度过漫漫寒冬是多么平乏无味的事情。朋友们写来的信中全是关于伊丽莎白求婚者的八卦消息，这个新的求婚者是奥地利的大公，一个能够让西班牙和奥地利哈布斯堡王朝与英格兰交好的厉害人物。但是伊丽莎白却拒绝了他的求婚，也拒绝了最后一次可以做妻子和母亲的机会。我大概能猜到宫里的情形：我的朋友罗伯特·达德利表面上和善却暗地里异常防范——他最不希望发生的事情就是他和女王暧昧的地下情会被终止。伊丽莎白终会沉浸在虚荣的美好之中，每天都会有人送她漂亮的礼物，而她的女仆们也会因此享受到那些被她丢弃的礼物，并且乐此不疲。塞西尔会精心算计，选择对他最有利的立场，不管结果如何。而我，应该在那儿旁观着，然后和宫里的每一个人聊八卦。

我的儿子亨利正在罗伯特·达德利家族当差，他的信中说达德利永远都不会允许有人取代他在伊丽莎白心中的位置，更不会同意奥地利大公的求婚，而且如果塞西尔趁此机会露出他的狐狸尾巴，他一定会毫不犹豫地和塞西尔决裂。至于我，倒是很支持她结婚——不论新郎是谁。上帝保佑她会答应吧。她已经是罕见的大龄女了：三十五岁的高龄，要想生育自是困难又危险，但是她定会咬紧牙关做到的。我们也必须拥有一个属于她的儿子，一个英格兰王位的合法继承人，毕竟，我们得把王国的明天握在手里。

英格兰就是一宗商品，和任何一处不动产毫无差别。我们得提前造好计划，得清楚谁会继承她；得推测出得到她的人会怎么使用商品；得知道谁是我们下一任主人，还有主人的计划与打算；得知道主人是路德教的信徒还是天主教的支持者。特别是我们这些住在由旧修道院改建的房子里，用着原教堂里的银餐具的人们，最着急得到答案。向上帝祈祷，祈求她能和这次的求婚者共结连理，给予我们一个新的、坚定的、拥护新教的主人，为了英格兰永恒的繁荣与昌盛。

伊丽莎白不是一个好伺候的主儿，我一边叫着木匠修理地板上的裂缝，一边这么想到。今年是我和丈夫新婚后的第一个圣诞节，第一个荣升为伯爵夫人的圣诞节，更该是第一个我以伯爵夫人的身份和我的伯爵丈夫在王宫里参加盛典的圣诞节。我本应该在那盛大的庆典上大放异彩，像雪花那般晶莹闪烁，向所有人张扬我新的高贵身份。但是，与此相反，伊丽莎白女王仅仅给了我们几天时间温存，就派老爷去博尔顿接苏格兰女王，又派我来这儿收拾废墟。

## 另一个女王

修葺废墟的时间越久,越是让我感到一阵阵耻辱,上帝知道,这一切都不是我的错啊。在我名下的任何一处房产都不会像这般破旧得不堪入目。我所有的财产——大部分都是从威廉·卡文迪什,我的第二任丈夫那儿继承来的——都经过了他精心的打理。我们一旦买下,便会立刻进行整修或改建,从不会买来后不管不问。卡文迪什擅长打理土地,精于农场买卖,这让他沾沾自喜,而我经营这些财产时也总是盈利的。他是个小心谨慎的男人,一个极有天赋的商人,一个不算年轻的男人,结婚时他已经四十多岁,而我只有十九岁。

他教导我如何制作家庭账本,怎么做每周结算,就像每个周日做礼拜般虔诚守时。当我还是个毛手毛脚的丫头时,会像等待老师批阅家庭作业的学生那般,把自己做好的账本拿给他检查,他则会在星期天的晚上和我坐在一起认真浏览,我们看起来好像是一起做着祈祷的父女,虔诚严肃,头挨着头,念念有词,不过嘴里吟诵的不是祈祷文,而是一连串儿的数字账目。

单独做账一个月后,他发觉我不仅热爱那些数字且天赋极高,便试着让我掌控一个他刚买来的小庄园的账本,并告诉我可以自己试着经营它,看看结果如何。我照做了。之后他购入更多的不动产,让我负责打理它们。我学会发放田里劳工和家仆们的工资,学会计算马车运输的费用和清洗窗户的价钱,再后来开始经营他的农场,打理我们的庄园,并坚持制作保存账本。

他教会了我只拥有土地和金钱是毫无意义的,比如那些老贵族们就只会一代代挥霍财富。如果一个人不知道自己所有资产的具体数字,不精确到几块几毛,那么财富对于他来讲就是没有意义的。不知道自己拥有什么的人就和一贫如洗的人没有区别。他教我爱上那些条理明晰的账本,教我懂得每周结算的重要,收入与支出是否平衡,具体的数目是多少,那时,才会知道自己是与时俱进还是固步自封。

卡文迪什告诉我，那些伟大的贵族们是不会这么做的。他们的管家们也不会像我们这样做账本，这是个新的方法，即把收入和支出列在一起以便做比较，这也是为什么我们会比他们更优秀。他告诉我，贵族们的佃户、土地、财产全都是混作一团不分离的，没有办法计算，所以——他们也就这么笃信——他们从不会去计算他们到底有多少财产。他们糊里糊涂地继承财产，又不清不楚地过继给后代，从不会详细登记，不管是盈利还是亏损，他们都不会记录。他们不会知道出租城区的住宅应该比出租麦田的租金更高；当他们征收赋税时，只是大概估计总数会有多少；当他们借钱时，也不会计算自己的财产数目；当战争胜利获得大量战利品或是继承婚姻财产时，他们会直接拖进保险箱，从来不会列出财产清单。而我们呢，新时代催生出的新一代公民，我们会记录每一次土地丰收，每一次土地买卖，每一次海上贸易，我们会亲自见证它们的成长。

慢慢的，卡文迪什和我逐步扩大我们的不动产和财富，每一处房产都是在旧式教堂的废墟中改建出来的。每增加一处新的产业，我就会制作独立的新账本，单独记录着各处的收支和盈利，比如租金、羊毛买卖、干草、玉米、铁矿或其他产品的收益。慢慢的，我知道了森林中长着的树木也有巨大的经济价值——当它们被砍伐做成木料的时候。慢慢的，我学会了估算山羊背上的羊毛价钱，还有圣诞节鹅肉的价值。卡文迪什雇来曾经在修道院服务的僧侣和修女，他们都是可靠的好人，而且在出租利用土地方面颇有经验，于是我便下定决心向他们好好学习。没多久，我已经能够独立处理管家们呈上来的各处产业的账本：我既是产业的监督人又是家里的大管家。不久后家里的所有财产都由我打理，大小账目我也都了然于胸，且都能良好经营，不断积累增长。

当然，所得一切并非一夜之功。我们结婚十年，生有自己的孩子——

# 另一个女王

八个孩子，愿上天保佑他们，也保佑把他们送给我的丈夫，还有他们与生俱来的财产。除了商业上的成就，卡文迪什还是政界的宠儿，在效命于托马斯·克伦威尔之后便荣升为国王陛下的亲信。他曾以王室督察使的身份巡访全国各处的教堂，评估各领地教堂的运作效率及财产状况，一旦评估不合格，便会收回主们的所有权，把一切财产转交回给宫廷。

但如果是那些盈利的、富有的教堂，经过评估后便应该立即进行大规模的改建，升级所有设施，以显对上帝的崇敬之情。道理很明显，如果管理教堂的是些好人，那么他们便应是上帝的好管家，绝不会浪费教堂的资源：比如布施给那些游手好闲的贫民，或是再修建些华而不实的附属教堂和医院。将上帝的财产交给那些真正知道金钱价值、知道如何合理开发利用的人，远比把它们交给贫穷的管家们来得好。

当然了，在这过程中我的丈夫也会购置私人地产。上帝明鉴，所有英格兰人都在买进土地，而且以想不到的超低价格，就如数不清的鲱鱼群一次性冲上了岸，我们就是那等待在岸边的渔妇，完全沉醉在意外丰收的喜悦之中。人们是如此疯狂地抢夺着旧式教堂的土地，简直是一场夺地大盛宴。威廉一边为王室作评估，一边私自买卖土地，没有人对威廉的做法产生异议，这更像是理所当然的，不会有人不明白，而且威廉并没有贪得无厌。

他是如何操作的呢？有合心意的地皮出现时，他便对其作低价评估，有时也会给其他人这样的方便。他会时不时收到礼物，或是秘密贿赂。这不是很正常的嘛！有什么奇怪吗？他是在为国王陛下服务，积极推进教堂的改建事业。他是在替天行道，铲除那些腐败的神职人员。既然如此，他不该得到丰厚的回报吗？我们让腐朽的老式殿堂焕然一新，正是为了重正耶稣之名。多么荣耀的工作！我的丈夫服从上帝，来摧毁天主教神父们陈旧腐朽的劣行，难道他不是绝对正确的吗？将腐败的天主教神父们手中的财产转移到我们手中，不是能更好地发挥它们的作用吗？这难道不是上帝的旨意吗？难道不是那天赐禀赋的真正涵义吗？

在此期间，我不仅是他的妻子，也是他的跟随者。一个野心勃勃的女孩，一个想拥有自己财产、在这天地之间寻得一席之地的女孩，一个绝不甘心再做穷亲戚的女孩。卡文迪什教会了我所有一切。愿上帝保佑他。

不久后，我告知他查茨沃斯出售的消息。查茨沃斯位于德比郡的哈德威克，正好在我老家附近，所以对它知根知底。原房主是我的表兄，在家族纷争中赌气卖了它，而现在的房主又被合法所有权的官司困扰，更是急于脱手。所以啦，我们一定不会吃亏，特别是对付这种陷入麻烦急于脱身的傻瓜。威廉和我英雄所见略同，买下它，一定是稳赚不赔的。于是，他以超低价买下了查茨沃斯，归于我的名下，并笃信它一定能成为英格兰北部最好的庄园，也是我们的新家。

当新的女王玛丽·都铎登上王位——谁会意料到她竟击败了拥护新教的候选人，我的朋友简·格雷？——他们便起诉了可怜的卡文迪什，控告他渎职、受贿、偷窃神圣罗马教堂的土地。原本被新教打压下去的天主教堂又死灰复燃，就像基督复活一般。那真是一段可怕的日子，处处充满了令人蒙羞的控诉：我们的朋友都以叛国罪被送入了监狱，亲爱的、可怜的简·格雷也因篡位而性命堪忧，宗教改革又掀起了腥风血雨，红衣主教们又回来了，宗教审判更是迫在眉睫。形势危急，我心里担忧不已，但是唯独有一件事，唯一让我感到安慰的事，也是唯一肯定的事：卡文迪什对自己偷窃的资产数目知道得一清二楚。他们也许会说卡文迪什留在行宫里的账本只是记录了些蝇头小利，但我知道，真正的账本，记录着所有明细、丝毫不差的那些账本，一定被他藏在了某个安全的地方。可怜的卡文迪什，我的丈夫，直到他死也没有洗清盗窃、贪污和欺诈的嫌疑，但我相信，在天堂里卡文迪什也还会继续写他的账本，然后圣彼得（相信他马上也会回来）会发现它们依旧准确到分毫不差。

卡文迪什仙去之后，所有的重担都落到了我的身上——他唯一的遗孀在这世上孤苦伶仃，为守住遗产殚精竭虑。他把所有的财产都留给了我，上帝保佑，因为他知道我一定能把它们保护周全。他不顾只有男人才能继承财产的传统和习俗，将所有一切都留给了我，而不是其他值得他信任的男性亲属。我是他的最爱，胜过任何人。他把全部都给了我。听清楚了！他把每一样东西都留给了我。

我发誓，绝不会背叛亲爱的卡文迪什。我发誓，青天为证，我会让那些躺在婚床之下的金子一块不差，所有从他那里继承而来的土地一寸不少，桌上的烛台一个不丢，墙上挂的图儿一张不缺，这就是我对他的承诺，一个称职的寡妇，为了它们的荣誉抗争到底。他把他的财富给了我；我有责任向他证明他的选择没有丝毫错误，他的愿望是值得人们敬重的。我保证不会弄丢一件东西，守护得到的一切，这是我神圣的职责。

然后呢，感谢上帝，由于另一位王室成员的死亡，对我的控告也很快偃旗息鼓。上帝显现神通保护了我的财富，作为一名新教徒的财富。天主教徒玛丽女王本想回收所有遗留在外的教堂地产，不仅要重建修道院，重新恢复天主教堂的地位，而且还想收回被那些"尽职"官员们吞掉的教堂财产，不过她只是白日做梦罢了，在她想要挖空我们之前，想要收回一切之前，上帝先收回了她的性命。继她死亡之后，我们迎来了新的统治者——伊丽莎白。

我们的伊丽莎白是位拥护新教的公主，不仅懂得优良资产的价值，还很明白我们的需求——和平、土地、稳定的货币。她显然正确地认识到了我们的忠诚对于她的价值。只要她保证不追回我们手中从天主教堂偷来的财富，保证天主教徒不会登上王位，保证我们的财产不会再受到威胁，那么我们永远是虔诚的新教徒，永远是她忠心耿耿的臣民。

## The Other Queen

伊丽莎白还是公主的时候我就和她走得很近，不仅是出于利益，内心深处也是真心钦慕于她的。我的父母是新教徒，一家人都服侍过伟大的弗朗西丝·格雷夫人①，我还曾陪伴过简·格雷女士，而且每一份工作我都十分卖力。罗伯特·达德利亲自带来伊丽莎白即位的消息时我正在哈特菲尔德城。在她的加冕仪式上，我以一位漂亮、富有的寡妇身份亮相（感谢我的卡文迪什，上帝保佑他），而我的下一任丈夫，威廉·圣·洛爵士正是她的总管，英格兰的总管大人。他在加冕仪式的晚餐上对我一见倾心。一个三十岁的漂亮女人，拥有足以和他匹敌的财产——卡文迪什留下的财产足以让我交易到一个更棒的丈夫，朗里特庄园的约翰·锡恩爵士也是候选人之一，当然，还有其他。但是，说实话，威廉·圣·洛相貌英俊，我甚是喜欢。虽然约翰爵士拥有能让每个女人都垂涎三尺的朗里特庄园，但是威廉·圣·洛的地产就在我的家乡德比郡，这无疑让我的小心脏跳得更快。

有洛作我的丈夫，加上一个新教徒的好女王，谁还会质疑我的过去，谁还敢对我家的好桌子和金子做的烛台说三道四——虽然那曾是教堂的祭坛和烛台。再也不用担心账本上突然多出的部分会找来麻烦——不管是那三百多副银质餐具，二十多个金子做的水罐，精致的威尼斯玻璃，还是一箱箱的金币。当然了，以我们崇敬、爱戴的新教的上帝之名，没有人会去招惹一位王室寡妇，一位与世无争、只对漂亮饰物感兴趣的女人。也不用担心从教堂那里贱价买来的土地会被没收了，本来它们也不该被没收。"汝莫扰踏庄之牛。"卡文迪什过去常对我说，有时候他也半开玩笑地说过，"上帝帮助那些自救之人。"

但是我们谁都不会——以女王之名发誓——谁都不会把图特伯里城堡当成一份礼物。装修整理它的费用比拆了它重建的费用还要多得多。我可

---

① 亨利八世妹妹玛丽之女，原名弗朗西丝·布兰登，与亨利·格雷成婚。简·格雷（十日女王）的母亲。

# 另一个女王

以想象卡文迪什看到这一切后会对我说的话："贝丝，亲爱的，城堡是个好东西，但是它能带来利益吗，它能为我们赚钱吗？"我们会丢下它跑得远远的，找到一个更好的投资机会，成本少又赚得多的机会。

我每想到卡文迪什的时候，总会对新丈夫伯爵大人感到惊奇不已。他的家族拥有半个英格兰的财富，时间已长达几百年，图特伯里只是一处永久出租的地产，但是时间过得太久，城堡已经太过陈旧，连最蠢的傻子都知道租它不能带来任何好处。当然了，我的丈夫是不会在意这种小细节的，他从来不会为盈利与亏损这种俗气的问题烦恼。毕竟，他是一位贵族，不像我的卡文迪什，只是一介商人。他也不像卡文迪什那样白手起家，不像我引以为豪的过去一样。我的伯爵丈夫有如此多的土地，如此多的仆人、佃户和从属，以至于他根本弄不清自己到底收入支出了多少。卡文迪什对此一定是嗤之以鼻的，这就是天生贵族的做法。虽然这也不是我做事的风格，但我懂得对这种贵族做派表达足够的钦佩之情。

图特伯里村里并没有任何不好的地方。这里的马路又直又宽，路边有一家口碑良好的酒馆和一家小旅店，旅店的前身是教堂的救济院，周围都是田野，我怀疑以前这里的收益应该不少。这里有经营不错的农场，肥沃的田地，还有一条又深又湍急的河流。这里地处低洼之地，并没有我所喜欢的乡村田野风光，陡峭不绝的绵延小山，然后是德比高峰下的深深峡谷。图特伯里村地势平坦，给人一种呆板的感觉，而图特伯里城堡就建在一座小小的土坡之上，看上去好像乳奶冻上的一颗红色樱桃。通向城堡的路依势蜿蜒而上，路的尽头是一扇气派的石头大门，门后是一座庄严大气的建筑，初见之时兴许会让人联想翩翩、期待不已，不过很快你就会失望而归了。挂毯墙的左边是一间小的石头屋，不仅有些倾斜，墙壁更是潮湿，楼下是大厅，楼上是厕所，旁边是厨房和焙烤室。你能想象吗，这就是苏格兰女王将下榻的地方。让一个在苏格兰林立斯戈城堡出生，法国枫丹白露宫殿长大的女王住在一座冬天照不进阳光，而且终日弥漫着附近垃圾堆臭味的城堡里，不会让人惊奇吗？

　　院子的另一边是城堡管理人员的住处，也是我和丈夫在此的栖身之处，一栋用石头和砖块修葺的建筑，楼下是大厅，楼上是卧室。感谢上帝，至少有个得体的壁炉，旁边可以放得下一棵圣诞树。这就是全部了。城堡从没有好好整修过，石头外墙上的砖块大都脱落掉进沟里了，房顶上的石板瓦也都松掉了，每个烟囱上都有乌鸦巢。如果苏格兰女王登上她卧室旁的高塔向外望去，整个村庄看上去就像一张扁平的奶酪片。茂密的森林和打猎胜地都在南边，北边多是平原，自然显得贫瘠些。总之，如果这是个好地方，我自会说服老爷进行重建，但关键是老爷他对这里兴趣缺缺，而我更是丁点儿兴趣都没有。

　　好吧，现在我有兴趣了！我们沿着山路前进，健硕的马儿们拉着满载的货车在稀泥浆里艰难地行进，靠着马夫们的吼叫："前进！前进！"它们才能紧跟上山队伍前行。城堡的门敞开了，我们跌跌撞撞地进去，看到里面情形的同时都被吓得目瞪口呆：破衣烂衫，随地吐痰，没有穿鞋的男童，没有帽子的马厩少年，一整群像是刚从土耳其船上逃出来的奴隶的人居然是贵族家里的仆人，居然就这样等着服侍女王！

　　我从马背上跳了下来，显然这群人没有上前帮忙的自觉。"听着，你们这群卑贱的无赖，"我恼火地说道，"在一月底之前，我们必须把这地儿收拾出来，现在就开工！"

## 1569年1月

乔治　于博尔顿往图特伯里途中

　　她是个喜欢想入非非、让人头疼、如瘟疫般难缠的女人；她是一场噩梦，是专业的捣蛋鬼，却也是一位真正的、了不起的女王陛下。我无法否认，无论在任何时间地点，即使在她惹上麻烦或者任性恶作剧时，她始终是一位真正的、了不起的女王陛下。我从来不曾遇到过像她这样的女子，也从来没有遇到过像她一样的女王。她简直是个极品：喜怒无常，活泼善变，而且我行我素。真是一个前所未见的非凡的生物。俗话说，比起平凡人，国王和王后离上帝更加亲近，但她却是让我第一次亲身体验到这一点的人。她确是上帝的宠儿，一位天使。

　　我无法喜欢上她。她轻浮、古怪又矛盾。某天，为了逃避在泥泞马路上行走的无趣和艰苦，她居然求我允许她从田野中央飞奔过去（我不得不予以拒绝）；接着又马上说自己又累又病，一步也走不动了。她怕冷，又怕吹风，健康状况很糟糕，身子的一侧长期疼痛难耐。她和其他孱弱的女子没什么区别。但如果真是如此，她哪来的勇气和力量敢从博尔顿城堡逃跑，而且只用一根绳子？她又是如何从苏格兰的朗格赛德连续骑了三天马逃到英格兰的怀特海文的，期间只有燕麦粥充饥不说，甚至还为了顺利逃脱把一头秀发剪得又短又乱伪装成男子？三天不停地骑马，没有安稳的睡眠，身边只有粗鲁的士兵，她的力量从何而来，那凡人无法拥有的力量来自何处？必是上帝赐了她力量，那威力无穷的神力，再加上女人们独有的天生的忍耐力。

必须得承认，我对她没有爱慕之情也没有忠诚之心，更不会像相信伊丽莎白女王一样地相信她。她像是水银般多变，又像是火焰与光芒的混合体，而一个想要镇守住王国坐稳王位的女王必须如土地般更加坚实一些才好。一个想要在男人们妒火中生存的女王，一个违背上帝制定的男权法则而登上王位的女王，必须是一个坚硬冰冷的女人，就像土里长出的岩石一般。伊丽莎白女王深谙此道，所以她的权力才会根深蒂固。我的女王有着都铎家特有的亲民气质和凡世贪婪之心。伊丽莎白，我的陛下，坚固不可摧毁，如男人般硬气冷酷。眼前的这位女王却是天上的天使，火焰与烟雾般飘忽不定的女王。

旅途期间（这次旅途让人有种没完没了的感觉）她受到了沿途百姓的夹道欢迎，他们挥着手向她致敬，为她祈福，这使得旅途比预期长了十倍不止。百姓们为了见她一面甘愿离开温暖的火炉在寒冷的十字路口等待一整天，这确实让我感到惊讶。难道他们没有听到关于她的丑闻吗？到过酒馆的人一定会听到一两句流言，那些从调查中不胫而走的关于她品行的评论。但事实上，每到一个城镇之前我都不得不派人前去公告：不管我们走到哪里，镇里的人都不能敲响教堂的钟声；不能让女王给孩子祈福，也不能让她为病人们祛除亨利八世留下的诅咒；不能剪下绿枝铺到地上以示欢迎，因为这好像是在为她的胜利而欢呼，就像她是进入耶路撒冷的耶稣一般，这是不虔诚的。

但是我的话一点也没起作用。这些北方的乡巴佬迷信又软弱，显然被这个女人糊弄住了，这个于他们高高在上的女人是那样的遥不可及，他们像崇拜月亮那样地爱着她。他们对她的热情远远超过了对女王的爱戴，对她的态度也不像对一个清誉有损的普通女人该有的态度。他们尊敬着她，像是比我还要了解她的为人、比我还明白事实的真相。好像他们全都相信，

# 另一个女王

她确确实实是天使的化身。

这完全是信仰在作祟，毫无理智的做法。这些人都是顽固的子民，还不能接受我们的女王伊丽莎白为国家带来的新的改变，为他们的教堂带来的改变。我知道，他们尽可能地维持着旧习，他们想要一个站在讲道坛上的神父，和以前一样做弥撒。也许这里有一半的人都会在星期天关上门做弥撒，学不会聪明。他们宁愿固守着他们的上帝，他们的信仰，宁愿相信圣母的普照，也不愿遵循新的土改法。整个北部一直处于宗教改革的最低谷，这儿的人们过于执着于旧教，而现在正好有天主教的女王经过此处，他们的本色就毫无保留地显现出来了：对她的忠诚、对自己信仰的坚守。他们是她的臣民，从心到灵魂。我不知道塞西尔派我护送她到图特伯里的时候是否考虑到了这些，也不知道他是否明白，在北部郡县中，伊丽莎白和新的信仰在这里影响甚微。也许他应该把她送到更南边？不过也许不管送到哪里，都会有她狂热的拥护者。上帝知道，英格兰到处都是天主教徒，也许一半的英格兰人已经相信这才是我们真正的女王；而另外一半人在看过她后也会爱上她。

这位女王的可怜的境遇和她的坏名声一样出名。她的腰间别着一串念玫瑰经时的念珠，脖子上戴着十字架，有时她激动时连脖子都会红，像少女害羞般的粉色红晕。当她从苏格兰逃出涉入险境时罗马教皇亲自为她祈祷。最坏的情况是，我们有时还会被人群围住无法前进，他们围成一圈低声为她祈祷，恐怕心里更希望她坐上王位，更希望教堂不要有所改变，而伊丽莎白为他们带来的好处也不能胜过这些希望。

那是因为这些人都不像我的贝丝——虽然只是中产阶级，却懂得抓住时机谋取利益。这些都是以前习惯去教会寻求庇护的可怜人，习惯弥留之际和洗礼之时必须有神父在场的人。他们见不得教堂被推倒，见不得修女们的医院和避难所被撤走。一旦神殿毁灭了，他们便不知道该去哪里祈祷；

一旦不能再给圣人点蜡烛了，他们便不知道谁还会救赎他们。他们不明白为什么圣水不再神圣了，为什么教堂前的圣水钵干涸了。修道院没有了，他们便不知道哪里还能寻得庇护；教会的厨房毁了，灶火也熄灭了，他们便不知道饥荒时到哪里领救济粮。不孕的女子再也不能到圣井边朝拜，病人们再也不能蹒跚到圣殿得到免费治疗。他们知道自己的福利被夺走了。无法否认，能让他们更幸福的保障确实被剥夺了。然后，他们选择相信这位来自远方的女王，身着黑色长裙，面戴白色面纱，活像个魅惑的新手修女，能重新带给他们幸福，所以他们簇拥着她，告诉她好日子就会回来了，告诉她耐心等待，就像他们一直在等着她一样。到最后，我不得不大声命令士兵把他们赶走。

也许他们只是被她的外表迷惑了。人们看到美丽的女人都会变傻，她的魔力如此之大，全都来自于她那双灵动的黑眼睛和浓密的长睫毛。他们出于好奇在路边等着她出现，借口为她祈祷，其实只是想要看看她的笑容。她挥手表示感谢，我得说，她表现得确实异常优雅。她对每个人都施以微笑，就像在和他们每一个人单独会面一般。每个见过她的人都会被迷倒，变成她终生的拥护者。她的存在感是如此明显和独特，就算是混在一群穿着旅行斗篷的女人中，也没有一个人需要询问我才能辨认出谁才是女王。她十分苗条，像一匹受过良好训练的纯种马儿，但是身材高挑，和男人一般高。她仪态端庄优雅，每一双眼睛都死死地被她吸引着。每当她经过，赞许声就像微风般在耳边萦绕不绝，她的一生就是在这赞许声中度过的。她的美丽如同皇冠般精致动人，她笑着，微微耸耸肩，算是对赞许的回应，那样子就像有某个人把貂皮的斗篷披在她单薄的肩上。

因为冬天没有鲜花，人们便挥洒着常青叶，铺在她前行的路中央。每次停下休息时，总有人为她呈上蜂蜜浆，妇女们让玛丽女王用手触摸她们的玫瑰念珠以求福安，俨然把她当做了圣人。每当这个时候我总是有意避

## 另一个女王

开,因为现在玫瑰念珠已是违法的东西,至少在某种程度上是犯法的。法律变得太快,总得有一段缓冲过渡期。我的母亲也有一串红珊瑚做的玫瑰念珠,而父亲每天都会在那大理石做的十字架前点蜡烛做祈祷,这个习惯已经持续了几十年。不过贝丝现在已经把这些禁忌的东西都搬走藏在了我们的金库里,把它们和她第二任丈夫从修道院里偷来的财宝混在一起。贝丝把它们全都当成有利可图的商品,不会把它们当成圣物,事实上贝丝不把任何东西当成圣物,这恰恰是一种新理念,与时俱进的思维方式。

每当我们路过立有圣像或十字架的已经荒废的路边小镇时,她总要停下来祈祷。那些已被废弃的雕塑前总有一支新点燃的蜡烛在燃烧,似星星之火,仿佛在宣战,在诉说着那永不熄灭的执着狂热之心。她坚持着,低下头祈祷,我没有阻止她,因为在她小小的祈祷中我感觉到了一些不寻常的东西……看她那低侧着的头颅,总觉得她不仅是在祈祷,更是在聆听着什么。我没有办法制止她,虽然知道有人看到这一幕,一定又会增长他们迷信天主教的士气。我能感觉得到从这小小的祈祷中,她似乎变得更加坚强,在这沉默中,和某个人默默交流着心声。是和谁呢?她的母亲?失去的丈夫?还是和她同名的——上帝的母亲——圣母玛丽亚?

我怎么会知道呢?我只用跟随国王便是了。国王是天主教,我亦是;国王信新教,我亦是;如果他改信伊斯兰教,我想我亦是。不用太在意吧!我从来不执着这些,也不认为应该在意,这是种非常棒的想法。幸好我是这样的人。我的家族从不会在宗教上固执己见,我们只要忠于国王和王后便是了。但是当我看到她的面庞被蜡烛的柔光照亮,看到她专注的微笑,那跪立在路边雕像前的身影……嗯,事实上,我也不知道到底看到了什么。如果是那些愚蠢的平民看到了这幅景象,一定会认为上帝显灵了。对我来说,只是看到了一个貌美如天使的女人,因为她就是天使,落入凡尘的天使。

某些夜晚时分,她会像毫无招架之力的少女般对我笑着说:"我是你的磨难。"她用法语说:"不用否认!我明白,也很抱歉。我是个大麻烦,什鲁斯伯里领主大人。"

她总是叫不准我的名字。她的法语口音太重,完全感觉不出来她的父亲是苏格兰人。她用英语说"伯爵"时还好,"塔尔伯特"也算勉强过关,但是"什鲁斯伯里"就完全发音不准了。她嘟着嘴唇努力想发准确,但最后都会变成"损斯贝侬",每次听到我都忍不住想笑。她确实很迷人,但我始终记得家中的娇妻和王宫里那位强硬的女王陛下。

"完全不会。"我冷漠地回应道,而那少女般的笑容马上变得支离破碎。

## 1569年1月

玛丽 于博尔顿往图特伯里途中

博斯维尔：

  他们正将我移往另一处城堡，图特伯里，在波顿附近。我将成为什鲁斯伯里伯爵的客人，但是不能自由行动。逃出后速来！

玛丽

  虽然一直低着头，规矩地坐在马背上，就像去弥撒途中的修女，但我仍然警惕着周围的一草一木。博斯维尔曾教导过我骑乘的正确方法：对一切都保持警觉，时刻留意着敌人的伏击、对自己有利的机会或是任何危险，尽可能多地记住周围的地形。英格兰迟早是我的王国，我是她的合法继承人，这片北方的土地将会是我大展宏图的起点。我不再需要大使们的密信，也不再需要好心主教——罗斯教区的约翰·莱斯利的专程告知也能清楚地知道，现在半个英格兰都在反抗着伊丽莎白的暴政，在期待着我的即位，这半个英格兰已经是我的囊中之物了。每经之地，我都会看到百姓们想要回到过去，回到那美好的旧时代的急切愿望；他们期盼着天主教堂的回归，也渴望着一个值得信赖的女王。

  如果只是普通百姓的支持，除了接受他们的赞许和礼物并回以感谢的微笑，我是不会有多余的想法的，毕竟他们不能给我实际的帮助，但并不只是如此。每到一个落脚站，总有人趁着晚餐的机会给我带来口信或是塞来密函。上帝保佑，什鲁斯伯里这个护卫做得挺失败。他叫人守住每个门口，却忘了还有许多窗户。英格兰有半打子的领主都给我送来保证，保证决不会让我一直被囚禁，也不会让我以囚犯的身份被押回苏格兰，他们发誓会让我重获自由。他们会说服伊丽莎白，让她遵守诺言，恢复我的王位，如若不然，他们将会以我的名义对她发难。反抗伊丽莎白的阴谋正在慢慢酝酿之中，就像石楠花根部燃烧着的火焰，不断悄无声息地扩散着，但表面却一派安详。迟迟不下决定，一再拖延我恢复王位的时间，这样的做法已经使伊丽莎白逐渐失去了议会对她的支持。大臣们全都明白，我才是唯一合法的继承人，他们力挺我坐稳苏格兰的王位，也力挺我成为英格兰的合法继承人。这不仅涉及法律的公正，更牵涉我的权力、英格兰的尊严和民心的所向。无论谁是现在的英格兰女王，她都应该搞清楚这层利害关系，清楚我的身份地位，并且向她的大臣和国民交代清楚自己的所作所为。无论谁是现任英格兰女王，她应该宣布我是王位的合法继承人，并且帮助我重回苏格兰王位，下旨要我在她去世后继任王位。如果她如此公正地对待我，我将给予她应有的敬重。

　　对很多人来说，伊丽莎白只是个冒牌货，一个笃信新教的私生子，利用那头标志性的都铎红发，趁我不在的空隙篡夺了我的位置。整个欧洲和半个英格兰都承认我才是真正的继承人，是亨利八世真正的合法继承者，而她只是一个被承认的私生子，或者更糟：公认的叛徒，背叛了前任女王——神圣的玛丽·都铎的叛徒。

　　现在这种境况下，我也只能花些心思，用点小计谋了。即使我出逃，也不会有人谴责我辜负了这强迫性质的"热情款待"。但是如果我在英格兰发起反对伊丽莎白的暴乱，那么不止我的家人，就连伊丽莎白的敌人也会强烈指责我的不是。到了那时，她就有正当的理由治我的罪，比如说叛国，我是不会冒这种风险的。那些领主们必须继续努力让我恢复自由，因为我

## 另一个女王

必须自由！但他们也必须是出于自愿。我不会煽动他们反叛自己的加冕君主。真的，我不会那么做。这个世界上有谁比我更坚信、更在乎：受膏的女王就应是统治者？君主的地位是不能受到任何质疑的。

前往图特伯里的途中，某天晚上我们在一家简陋的旅馆住下休息，我的第一侍女玛丽·西顿俏皮地问道："但是她的地位是合法的吗？"其实她只是把我以前说过的话又重复着说给我听罢了。

"当然是了。"我确定地说。只要我们还没有夺回王位，还没有实权在握，我会一直承认她是合法的。

"她是安妮·波琳的孩子，亨利八世还没和天主教公主离婚时怀上的。"西顿提醒我道，"国王亲自宣布过她私生子的身份，法律上也从没消除过，就连她自己也从没有要求取消，好像她惧怕提起此事。她能继承王位完全是因为国王在临死前没有其他继承人了，他的儿子、正室的女儿都死了，只剩下伊丽莎白，和他自己——一个在垂死中挣扎的老人。"

我转过身背对着她，手里拿着她的哥哥西顿领主刚刚送来的宣誓效忠的纸条。面前是温暖的壁炉，我将纸条丢了进去，看着它被点燃。"不管她是什么身份，不管她的母亲是谁，父亲是谁——哪怕是乐师马克·斯密顿[①]——无论如何，她现在是受膏的女王了，"我肯定地说，"她找到了愿意为她加冕的主教，所以她是神圣不可侵犯的。"

"除了那个主教，其他的主教都拒绝了她。整个教会除了这个犹大叛徒，其他人都拒绝了她。有些宁愿进监狱也不同意为她加冕，有些因为坚持信仰被杀害了，另一些也因为拒绝她被谋杀。他们都叫她篡位者，抢了你的王位。"

"也许吧。但是她已经是女王了。我绝不会加入任何把她拉下王位的组织。不管是什么原因，上帝已经允许了她成为女王。她已经受过圣膏了，

---

[①] 曾被指控与伊丽莎白之母安妮·波琳有奸情。

王冠已经戴在了她的头上，宝珠和权杖已经握在了她的手中，她不能被侵犯了。我不会成为拉她下马的成员之一。"

"上帝让她做了女王，但没有让她做一个暴君。"玛丽一语点破。

"正是，"我说，"所以，她能统治这个国家，但是她不能对我施以暴政。我会自由的。"

"上帝保佑，阿门。"玛丽虔诚地回应。放进去的字条已经化成了灰烬，火红的壁炉中心忽明忽暗。

"我会自由的，"我重复道，"因为没有人有囚禁我的权力。我生来血统尊贵，已经加冕为后了，受过膏，而且和国王结过婚。基督教的国度里没有比我更高贵的女王，整个世界也没有比我更高贵的女王。只有上帝在我之上。只有他能命令我，而他的命令就是让我获得自由，坐上王位。"

## 1569年冬

贝丝　于图特伯里城堡

我们成功了！查茨沃斯的家仆们和图特伯里镇招募来的佣人们——前者早已熟知我的脾气风格，办事颇合我意，而后者经我调教后也小有成效——和我一起将带来的贵重物品重新摆放到合适的位置，把凡是需要修补的、清洗的和遮掩的都尽全力修缮妥当。潮湿的灰泥墙上挂起了壁毯，堵塞的烟囱已清理干净，屋里的虫蚁蛇鼠已用火驱散，每处门廊都挂上了帘子，松动的地板已钉牢。总而言之，即使配不上女王的身份——我指的是房子本身而不是整理它的人——我们也已经努力把这里变得舒适宜居，至少不会招人抱怨了。伊丽莎白陛下也派人从王宫给我送来了一些物品，以示对她表亲的额外的关爱。我不得不说，送来的东西都是些二等货，不过只要能让那些阴暗、空旷的房间充盈起来，不再像间地牢，能让它更像一座正常的房子，都是大大有用的。

我和工人们所做的一切非常了不起，也非常棒。不过我并没有期待有人会送上感激之情：像我丈夫那样的贵族们、伯爵们，都认为房子是它自己建好的，自动清洁的，家具什么的都会自己长脚跑进来然后自己找到合适的位置。但是我为自己的工作自豪，也十分自得其乐。在英格兰，有些人驾驶着新造的船只航行到遥远之地寻求商机，像海盗般施行掠夺，发现新的国度，然后带回财富。而我的工作就在国内，造房子、置产业、经营，然后盈利。但不管是弗朗西斯·德雷克爵士式的跨国掠夺还是我的工作，其本质都是一样的：都是在为同一个新教的上帝效劳，而且我干净的地板和钱包里的金币都不辱圣名。

即便经过漫长的等待和准备，空气中的紧张程度还是在她的行李到来的那一瞬间达到了新的高峰，高塔上负责报信的女仆大叫着："我看见他们了！正往这边来！"屋里所有人都瞬间慌了手脚，各自逃窜，像是西班牙军队打来了，而不是一位年轻的女王驾到。我的胃里顿时翻江倒海，就像患了腹泻般难受。我急忙取掉系在腰部的麻布带子——它们是用来保护我的长袍不在清洁时弄脏的，下楼到庭院里去迎接这位讨厌的客人。

屋外大雪纷飞，寒风肆虐，不过她头上的兜帽和头巾很好地保护了她不受严酷天气的侵扰，因此映入我眼中的是一匹健硕的骏马和马背上缩成一团的裹在披风里的女人。我的丈夫就在她旁边，那匹骏马停下的时候，他朝她倾了倾身子，就在这一刹那，我突然有种奇怪的感觉，准确来说，是非常奇怪的感觉。他倾身向她，好像是为了避免她的不适或者麻烦；他的样子看起来像是要为她驱赶走四周的寒冷。这时我突然想起，就算在他向我求婚时，在我们的婚床上，为我们的圆满婚姻欢呼雀跃的时候，他都不曾如此对待我，不曾像是对待一个随时需要保护的脆弱女人，像是他发自内心那样想要保护我。

因为我不是那样的女人，因为我不需要他的保护。我一直都为自己的独立坚强而自傲。

我摇摇头，赶走脑袋里愚蠢的想法，迅速走上前。查茨沃斯的马夫牵住了她的马，我的管家为她稳住了马镫。"欢迎来到图特伯里，陛下。"我说道。

再一次对一位年轻女人说"陛下"让我感觉有些奇怪。伊丽莎白作为英格兰唯一的女王已有十年的时间了。她和我一起经历了岁月的洗礼，我已经四十一岁，她也有三十五岁了。而现在眼前这位年轻的女人正值二十

# 另一个女王

五六,却有和她一样的头衔。她是苏格兰的女王、英格兰王位的继承人,有些人甚至认为她才是英格兰真正的女王。英格兰现在有了两位女王:一位是备受我们敬重的伊丽莎白,而另一位则是可能的继承人玛丽,我呢,诡异地处在她们两人的中间,同时为两位女王效命。

我的丈夫伯爵大人已经从马上下来了,却没有向我打招呼问候便转向了她——他应该问候我,因为那才合乎礼节,虽然作为新婚妻子的我还不习惯这种问候。她向他张开双臂,等着他把自己从马鞍上抱下来。看着他们两人旁若无人般轻松默契地拥抱,我不禁想到过去十天的旅途中,他也许都是这样帮她下马的。她肯定轻盈得像个孩子,因为他能如此轻易地举起她,就像在跳舞一样。我知道他是举不动我的。她伸出一只戴着软皮手套的手向我问候,我恭敬地回以屈膝礼,整个过程她都没有从乔治怀里出来,另一只手还看似随意地搭在乔治的肩上。

"谢谢。"她说道。她的声音如音乐般悦耳,法国式的英语口音在忠实的英国人耳中听起来独具魅力,却又无法产生信任感。"谢谢你的欢迎,什鲁斯伯里夫人。"

"请进。"我回答,听到她说"什鲁斯伯里"那滑稽的发音的时候,我差点忍不住笑了起来。她听起来像个还在学习说话的婴儿说着"损斯贝侬"一样。我向她示意居所的位置,老爷投来一抹焦急的眼神,像是在询问我这地方是否能住人,我轻轻点头示意他不必担心。他应该信任我。我和他现在是一条船上的同伙,婚姻绑定的搭档。我不会让他失望,同样,他也不能让我失望。

宽敞的厅室里燃烧着暖暖的壁火,她走上去坐在靠近壁炉的木质椅上,椅子的位置是精心设计的,为了让她更方便地取暖。因为风向朝东,所以烟囱不会带回任何黑烟,感谢上帝。而且她应该会喜欢眼前的桌子,上面铺着上等的土耳其织锦,摆着我最好的从修道院里得来的金制的烛台。墙上的壁毯也是最好的上等品，由修女们亲自编制的，感谢她们。在卧室里，她会看到床上方挂着嵌有金线的布帘子，还有尊贵的红色天鹅绒床罩。

屋子里每一处都是明亮而温暖的，到处点着方形的蜡烛，那是女王专用的，石壁上的灯罩里火把也熊熊燃烧。她取下了兜帽，第一次，我看清了她的容貌。

我情不自禁地倒吸一口气，她是我这辈子见过的最漂亮的女人。她的脸就像一幅画，艺术家才能画出来的画。她有一张天使的面孔，有浓密的黑色秀发，剪得如男童般，刘海因融化的雪水而闪动光泽。她还有黑色的拱形眉毛和简直能扫到脸颊的长睫毛，瞳孔也是黑色的，幽黑而清亮，而皮肤像瓷器般白皙光滑，没有任何瑕疵。她的脸庞完美得像一尊天使雕塑，那是一张安详的，没有七情六欲的脸孔。但是让她如此与众不同、如此引人注目的还是她的魅力。她对着我会心一笑的时候，整个人都亮了起来，像是一束强烈的阳光，又像水面上的闪闪银光，又或是那能让人感到完全纯粹的愉悦之情的漂亮事物。如飞行中的燕子突然向下俯冲般让人感到活着的喜悦。这就是我愚蠢的第一印象：她的笑容就像仲夏黄昏中燕子的俯冲。而我的第二个想法就是，伊丽莎白女王必定视她如毒药，恨之入骨。

"这真是最棒的欢迎。"玛丽用法语说道，看到我皱眉不明所以，便又换作不太流利的英语说："你的招待很周到，谢谢。"她把手伸向火炉，然后站了起来。她的女侍们安静地走向前解开了她脖子上的毛领，又取下了湿的斗篷。她点头致谢。"什鲁斯伯里夫人，容我介绍我的女侍们：玛丽·西顿，艾格尼丝·利文斯敦。"她一边说，我和女侍们一边互相行屈膝礼，然后我点头示意家中的仆人将湿掉的斗篷拿走。

"请问您想喝点什么吗？"我问道。我从小就离开了德比郡，从小就开始学习标准的发音，即使这样，在此时、在这间房子里我的声音听起来似乎还是太粗鲁了些。该死的，我可是这片土地上最好的庄园的主人。我是

# 另一个女王

服侍伊丽莎白陛下的人，罗伯特·达德利和威廉·塞西尔是我的密友，但是当听到自己的口中冒出德比郡式的粗喉音时还是差点咬到了舌头。我尴尬地红了脸。"您想要一杯红酒还是加糖的热麦芽酒？"我问道，特意留心了发音，却又多了一股不自然的虚伪感。

"你觉得现在哪种合适？"她转头问我，好像很关心我的口味似的。

"我的话，一杯热的加糖的麦芽酒。"我说，"那是我从查茨沃斯的酿酒室带来的。"

她笑了起来，牙齿又小又尖，就像小猫的牙齿一样。"很好！就喝它吧。"她回应道，好像这酒是人间佳肴般美味，"你的丈夫告诉我你是位很能干的经营家。我肯定你的每样东西都是最棒的。"

我向备餐间的男仆点点头，随后他会呈上所有的东西。我向乔治笑了笑，他已经脱掉了旅行斗篷，正站在火炉旁边。我们两人会一直站着，直到她允许我们坐下。看着乔治，一位伯爵，在自己的家中像个站在主人面前的男仆似的，我第一次意识到我们不是邀请了一位客人到家里，而是进入了一位女王的厅室，从现在开始，所有的一切都必须依她心意，而不是按照我的喜好。

## 1569年冬

玛丽　于图特伯里城堡

"那么，您觉得贝丝夫人怎么样呢？"为了谨慎起见，玛丽·西顿用法语问道，她的语气里掺杂着一丝怨恨，"如您所愿？还是更糟？"

他们已经走远了，只剩下我们在这小得可怜的房间里，我放松力气向后躺进椅子里，让疼痛和疲倦慢慢渗出身体。今晚腰侧的疼痛特别厉害。玛丽跪在脚边，替我松开皮靴上的蕾丝带，然后轻轻地脱下靴子，好让我冰冷的脚可以取暖。

"哦，我听很多人说她很有品位，又是个极其精明的生意人，还以为会见到个佛罗伦萨的银行家般的人物呢。"我边说边调整语气。

"她和博尔顿的斯克洛普夫人不一样。"玛丽警告我。她把靴子放在火炉边晾烤着，然后跪坐到地板上。"我觉得她丝毫不同情您的遭遇。比较之下，斯克洛普夫人是个很好的朋友。"

我耸耸肩，有些焦躁。"那位夫人把我当成童话故事里的女英雄。"她是那类把我当成民谣中女王的人：一个在法国长大，拥有幸福童年，却在苏格兰长期守寡的悲剧女王。民谣歌手会把我描述成一个嫁给英俊却体弱多病的达恩利勋爵的女王，渴望着终有一天能有一个强壮的男人回来拯救我。吟游诗人则会将我描述成一位生来就被诅咒，在黑暗之星笼罩下出生的公主殿下。无论哪种版本都无所谓啦。人们总是喜欢编造关于公主的故事，王冠下的我们是逃不掉这种命运的，只需善加利用即可。如果一个女

## 另一个女王

孩同时拥有美貌和公主的身份，像我一样，那么她身后一定会有一群比敌人更可怕的信徒们。我一生中的大部分时间都在愚蠢信徒的崇敬和精明人的憎恨中度过，而且呢，这两类人都会编造关于我的故事，要么把我当成圣人，要么就当我是荡妇。但我不是两者中的任何一种，我是一位女王。

"我也没想过她会同情我，"我苦涩地说道，"贝丝夫人是伊丽莎白最信任的仆人，那个伯爵也是。否则我们也不会由他们招待了。我敢肯定，贝丝夫人对我偏见极大。"

"贝丝是坚定的新教徒，"玛丽提醒我，"她是布兰登家族的人，我听说她曾经服侍过简王后，她前任丈夫还靠着修道院的废墟发了财。他们说她家里的椅子全是从教堂里偷来的。"

我没有发表意见，不过轻轻歪了歪头，示意玛丽继续说下去。

"她那位前夫还在皇家督察会任过职，是托马斯·克伦威尔的旧属，"她轻声继续说道，"靠着这个才发了财。"

"废掉的修道院和教堂确实有利可图，"我若有所思地说道，"但是我想真正受益的应该是国王。"

"他们说贝丝的前夫不仅拿薪酬，还有别的灰色收入，"她小声说，"他从僧侣那儿拿贿赂，帮他们收敛财物，并且低价评估他们的资产。当他们的宝藏走私出去的时候也会从中抽取好处。不过等到宝藏安全运出后，他又会言而无信地找到他们，告发他们，然后把那些藏起来的财产占为己有。"

"倒是铁石心肠的人。"我说。

"贝丝是他唯一的继承人，"她告诉我，"贝丝让他改掉了遗嘱，本来他的哥哥才是继承人。他甚至没有把财产留给他们所生的孩子。当他死后，把所有一切都留给了贝丝，包括那些取之不义的宝藏，而且还把她提升至了贵妇的行列。就是借着他这个跳板，贝丝才高攀上了下一任丈夫，然后又故技重施，夺走了新丈夫的一切，把继承权从他亲戚手中抢了过来。他死了之后，又把所有一切都留给了贝丝。所以她才有那么多财产，所以她才能当上伯爵夫人：勾引男人，然后把他们的财产从家族中夺走。"

"所以——是个无所顾忌的女人，"我思量着，什么样的母亲会剥夺自己孩子的继承权，"一个在家掌握实权的女人，只为自己利益着想的女人。"

"一个逾矩的女人，"玛丽·西顿厌恶地说，"不懂得尊重丈夫和他的家族。一只会叫的母鸡。但却是一个识价的女人。"她的想法和我不谋而合——这是个敢从上帝的圣殿窃取宝藏的女人，那么从另一个角度讲她肯定也会收受贿赂了，哪怕只有一次，只有一个晚上。

"他呢？什鲁斯伯里的伯爵？"

我笑了起来："你还没看出来吗，他是个不可轻易冒犯的主儿，只会关心一件事，那就是自己的荣耀与声誉。我敢打赌，所有英格兰男人中，他是最在乎名誉的那个。"

## 1569年冬

贝丝　于图特伯里城堡

乔治和我分别坐在卧室壁炉的两旁，边喝红酒边聊着天，女仆们在我们后面忙着铺床。

"她在这儿住下得花我们多少钱呀？"我问道。

他动了动嘴，我立刻意识到刚才说的那句话又太直白生硬了。"请原谅，"我迅速补充道，"我只是为了方便记账。宫廷会拨经费给我们吗？"

"仁慈的伊丽莎白陛下向我承诺，她会负担所有费用。"乔治回答道。

"所有费用？"我问，"我们是要把账单寄给她吧？每个月寄一次？"

他耸耸肩道："贝丝，亲爱的妻子……能招待一位女王是一件多么荣耀的事啊，许多人求还求不来这机会。陛下早已向我许诺过，她会支持我们的。当然，我们也会从中获益。陛下把自己宫里的东西赏给她表侄女了，不是吗？我们家里现在就有陛下宫里的家具吧？"

"有倒是有，"我听着他那骄傲的语气，迟疑地回应道，"但都是些宫里的旧东西。威廉·塞西尔写给我的信里说，玛丽女王的随从总共只有三十人。"

老爷点点头。

"可是她带来了至少六十人。"

"哦，是吗？"他答道。

这真是让人费解，一个男人，而且还是一位贵族，带领着一支百余人的队伍走了整整十天,居然不知道自己带了多少人来。

"那么,我想,他们不会都想住进这里吧?"

"一部分人已经在村里的酒馆里住下了,但是玛丽女王的家仆——女侍、随从、女仆和男仆们——都住进来了,而且他们吃、喝、用都是我们掏的钱。"

"我们必须得按女王的标准来招待她,"他说道,"贝丝,你不觉得她从头到脚都散发着女王的光彩吗?"

这倒是一点不假。"她确实是个美人儿,"我说,"没见到本人之前还总以为别人对她美貌的赞扬有些夸大其词,在我看来她不仅作为女王是最美的,就算只是个普通人,也是极美的。但是她的言行举止……"我顿了顿,"你很喜欢她吗?"

他向我投来的眼神很是无辜,对我的问题更是感到惊讶。"喜欢她?我还从没想过这个问题。喷,不,她太……"他停了停,"她很麻烦,总是挑战我的极限。不管走到哪儿,她都是那些叛国贼、异教徒聚集的中心。我怎么会喜欢她?她可是总给我找麻烦啊。"

我暗暗高兴:"你知道她会在这儿待多久吗?"

"今年夏天她就会回去了,"他说,"调查洗清了她的罪名,我们的陛下也表明不会为难她。她确实遭受了不白之冤,苏格兰官员们的做法简直大逆不道,不仅囚禁她,还将她赶下王位,对于邻国的这种做法我们无法坐视不管。无故弹劾女王无异于逆天而行,我们必须阻止他们,这是违背上帝旨意的。她必须重回王位,叛乱者必须受到严惩。"

"护送她的任务也是我们的?"我问道。心里盘算着从这到爱丁堡途中有哪些城堡和庄园。

"伊丽莎白陛下会派军队保护她的安全,苏格兰的官员们已经同意她回去了,回去后将宣布她和博斯维尔的婚姻无效,而且会将谋杀她丈夫——

达恩利大人的凶手缉拿归案接受判决。"

"她还会是苏格兰的女王?"我问道,"塞西尔不是反对吗?"我尽量让自己的声音保持平和,但是心里仍然疑惑不绝,真是奇了怪了,像塞西尔这样精于阴谋的策划者,居然会派军队保护她回国?居然会让她舒舒服服、安安静静地回去?要知道,她可是塞西尔的敌人,而且现在恰恰在塞西尔的眼皮子底下。

"这和塞西尔有什么关系?"他问我,故意表现得迟钝不解,"塞西尔可决定不了谁是王室血统的继承人,虽然他意图掌控其他所有的事情。"

"他是不会让她再得势的,"我轻声说道,"多少年来他一直致力于将苏格兰纳入英格兰的统治之下,这是他的人生目标。"

"他不能阻止玛丽女王回国,"老爷说道,"他没有这个权力。而且,贝丝,你不觉得这次是个难得的机会,和苏格兰女王成为密友的机会?"

我等着那两个女仆铺完床,行过屈膝礼,出了房门才回答道:"当然,她可是英格兰王位的继承人。"我轻声说:"如果伊丽莎白陛下让她回到了苏格兰,就是承认她女王的地位和伊丽莎白表亲的身份,等于承认她继承人的身份。所以我想,只要伊丽莎白没有孩子,她应该会成为我们的女王。"

"上帝保佑女王,"乔治马上回答道,"我的意思是伊丽莎白女王,她的年纪并不大,健康状况良好,离四十岁还早。她仍然可以结婚、生子。"

我耸耸肩:"苏格兰的女王倒是正在生育的最佳年龄段,二十六岁,可能会比她的表亲活得更久。"

"嘘!"他示意我闭嘴。

即使在我们私密的卧室里,在两个忠诚的英格兰臣民之间,这样讨论女王的生死都是不允许的,是可以以叛国罪治罪的。实际上,在一句话中同时出现"死"和"女王"两个词都是不允许的。这就是我们的国家,一个说话都会被监视、被判刑的国家,一个只言片语就能送人走上绞刑架的国家。

"苏格兰女王真是被冤枉的吗?她真的没有杀死达恩利大人?"我问他,"你见过证据,确定她是无辜的吗?"

他的眉头皱了起来:"调查没有结论就无疾而终了,而且这些可不是拿来供女人们八卦消遣的。"

我略带恼怒地回答道:"不是为了消遣才问你的。"然后表情严肃地说:"这是为了你家族的安全与荣誉。"我停了停,注意到他在认真倾听,便继续道:"如果她真是那些人所说的那样——冷血地谋杀了自己的丈夫,然后为了自己的安全与权力嫁给了杀人凶手——那么有理由怀疑在她需要的时候会反过来谋害我们。我可不想一晚上地窖里就装满了火药。"

他惊恐地看着我道:"她是英格兰女王的客人,将会重回自己的王位,为什么你会认为她要攻击我们呢?"

"因为如果她和别人说的一样坏,那么她一定是个不达目的不罢休的女人。"

"我可以肯定的是,达恩利大人——她的丈夫也参与了反叛她的阴谋。达恩利大人不仅加入了反叛者的行列,而且是被她的兄长,同父异母的哥哥默里大人煽动的。我觉得是他们两人共同策划将她赶下王位,并且囚禁她,然后想以国王的身份登上王位,这样她的兄长就能通过达恩利这个傀儡暗中掌握实权。毕竟他们都知道达恩利身子太弱了。"

我点头表示赞同。达恩利还是个孩子的时候我就认识他了,是个被母亲严重娇惯的孩子。

"而支持女王的大臣们设计杀死了达恩利,博斯维尔应该就是其中一员。"

"但是,她知道真相吗?"我追问道。这是个关键性的问题:她到底参

# 另一个女王

与谋杀了吗?

他叹了口气。"我觉得她并不知道,"他客观地说,"所有证明她参与其中的信件都是伪造的,而其他的证据又未经验证。在他们往地窖装火药的那天晚上,她确实有出入那栋房子,如果她知道的话,肯定不会冒着危险进出吧,她当时还计划在那儿就寝。"

"那么,她为什么会嫁给博斯维尔?"我又追问道,"如果他是谋杀计划中的一员,为什么还要嫁给他作为报答?"

"博斯维尔绑架了她。"我那正直的丈夫轻声说道,几近耳语般微弱。他似乎因为女王受辱使自己也深受欺辱。"这几乎是确定的事实。有人看见博斯维尔强行带走了她,她不是自愿的。当他们回到爱丁堡的时候,他为她执鞭坠镫,所有人都知道她是他的俘虏,并没有参与那个阴谋。"

"那她为什么嫁给他?"我追问道,"为什么在她回到自己城堡后没有立刻逮捕他,送他上绞刑台?"

他转过头,我看见他的耳朵突然红了起来,不敢和我对视——老爷是个保守的人。"他不仅仅绑架了她,"他小声说,"我们都认为她被强奸了,被迫怀上了孩子。她知道如果事情败露,不管是作为女人还是女王,自己的清誉都将毁于一旦,唯一补救的方法就是和他结婚并且假装是自愿的。这样虽然声誉被毁,但至少能保住她的权力。"

我微微喘了口气。要知道,女王的身体是神圣的,只有在其邀请下才能亲吻她的手背,即使是在有需要时,医生也不能随便检查她的身体。虐待一位女王就如向圣像吐唾沫,任何有道德感的人都不敢这么做,对女王来说,被人强迫占有就如将她高贵和圣洁的外壳撕得支离破碎。

第一次,我对她感到同情。一直以来我都认为她是个信奉异教、贪慕虚荣的怪兽,却没有意识到她还只是个孩子,就已在尽力去统治一个满是禽兽的王国,还被强迫嫁给了其中最禽兽的那个人。"天啊,她是如何承受这一切的？她的精神还没崩溃简直是个奇迹。"

"所以啰，她对我们是无害的，"他说道，"她仅仅是他们阴谋的牺牲品，而不是策划者。只是个需要朋友和安全的年轻女士。"

门外响起一阵敲门声，这是家仆们集合后准备祈祷的信号。我的专职牧师也已经做好了准备，每天早晚我都会在家里进行祈祷。乔治和我走过去加入他们之中时，我的头还有些眩晕。我们弯腰跪在垫子上，那上面的图案是我亲手刺绣的。我的是一幅德比郡的风景图，老爷的则是他家族塔尔伯特的纹章。家里所有的奴仆们，从门童到管家全都跪在自己的垫子上，低着头，随牧师的指引开始晚间祈祷。牧师用英语念着祈祷词，这样我们所有人都能明白，都能直接和上帝交流。他为上帝之城祈祷，也为英格兰祈祷；他为天堂的荣耀祈祷，也为女王的安全祈祷；他为老爷祈祷，为我祈祷，也为那些我们关心的人祈祷；他感谢上帝带给我们的愉悦，说是在位的伊丽莎白的功劳，也是教堂里新教《圣经》的功劳。这里是一个虔诚的新教徒之家，我们每天都向上帝祈祷两次，作为基督教国家中最忠诚的新教徒，感谢他回报给我们的一切。这样每一个人——包括我在内——都不会忘记那些伟大的回报是因为我们直接拥护新教上帝。

这是天主教女王应该向我学习的地方。新教的上帝会直接给我们奖励，而且报酬丰厚，立竿见影。对于新教徒来说，上帝选民的标志即是财富、成功和权力。看看我的查茨沃斯，现在已经有三层楼高了，谁还怀疑这不是上帝的恩赐？如果他们看过我账本上的条条记录，从头到尾，谁还会怀疑我不是上帝的宠儿？

## 1569年春

乔治　于图特伯里城堡

虽然我每天都在等消息，但是仍然感到很奇怪，为什么陛下还不下圣旨准备苏格兰之行。我期待着拿到命令，充分准备，风风光光护送苏格兰女王回家。等待消息的日子里，天气一天天变暖了，而我们也开始了如同真正皇家宫苑般的生活。看着安排得力的妻子和那血统尊贵的客人，我不得不时刻提醒自己务必要谦虚谨慎，莫要自恃过高。玛丽女王看上去似乎很享受和我们在一起的生活，我也情不自禁地为她能成为我们的客人感到高兴。这段友谊会带给我们的好处自是不用多说，我也不屑去一一列举：我可不是为了利益和她交往的。但是很显然，能成为下一任英格兰女王最信任和亲密的朋友，好处自是不胜枚举，即使对于一个已经声名显赫的家族来说，也是很有优势的。

我没有等到陛下的命令，倒是等来了塞西尔的一封信，信里说不用多久，等到苏格兰使臣商议妥当女王回国和恢复王位的事宜，她就能离开了。苏格兰已经同意她的回归，她也将以女王的身份风光回国，时间就在这个月之内。

看完信，我心中的大石才总算落了地。之前就算知道调查洗清了她的罪名、陛下也承诺保护作为表亲的她，我还是焦虑不已。她太年轻了，没有顾问，也没有父亲或丈夫作为后盾，而且还要面对如此憎恨她的敌人！和她相处的时间越久，我越是期望她能安全回国，甚至希望她能取得成功。

# The Other Queen
## 07.9

她有那么一种气质——在此之前我从没在任何女人身上发现过——那种让人甘愿臣服的气质。家里一半的仆人们都已公开表示对她的喜爱。如果我是个单身汉，或者年轻个几岁，又或者是个彻底的情种，我会说，她确实是个妩媚迷人的美人儿。

同一个信使从伦敦带来了托马斯·霍华德也就是诺福克公爵的包裹，我慢慢打开它。诺福克公爵是极力反对塞西尔的，他敌视着塞西尔日益强大的权力，和在塞西尔规划下慢慢成型的让人害怕的英格兰，所以我觉得这个包裹里也许是让我加入阴谋陷害塞西尔计划的邀请函。如果他真的邀请我加入反对塞西尔的行列，我会很难拒绝。说实话，从情理上讲，我不能拒绝他，如果那个男人不约束自己的行为，将来出手阻止此人也是我们这些领主的任务。本来想找到贝丝后和她一起拆包裹，但是在好奇心的驱使下我打开了它，一个密封的小盒子从里面掉了出来，和着一封信一起到了我的手中：

什鲁斯伯里，请将信转交给苏格兰女王。这是一份建议她和我联姻的提议，而且获得了其他大臣的祝福。我相信你也能做出正确的判断。虽然还没有告知伊丽莎白女王陛下我的想法，但是莱斯特、阿兰德尔和彭布罗克都认为这是解决当前难题的好方案——让她带着与英格兰的牵绊回国，避免她嫁给其他国家的人。作为让拥护新教的英格兰人护送她回国的安全保障，这个提议是苏格兰大臣们提出的。我希望她愿意和我结婚，相信这是对她而言最安全的方案，也是唯一的方案。

诺福克

我想最好还是先把信给贝丝看看再做打算。

## 1569年春

### 贝丝　于图特伯里城堡

如我所料，玛丽女王把图特伯里当成自己的宫殿般安排着大小事宜，跟着她的节奏，我们的生活步调总是有条不紊。早晨，她会和书记一起做弥撒，我猜想那人应该是一位天主教神父。虽然我不该知道，也不该过问此事，但是仍得为他准备一日四餐，餐餐丰盛，而且每周五还要备上鱼料理。

我早就告诫了家仆们，对于玛丽女王寝宫中进行的异教活动谁也不准参加，连旁听都不允许；我希望那套让人困惑的罗马作风仅仅只限于她自己的寝宫之内，不要影响到其他地方。但是她总喜欢做完弥撒、吃过早餐后要我丈夫陪伴她外出骑马。我们的马厩里饲养着她的十匹骏马，每匹独享食槽，吃的也是我们这儿最好的燕麦片。当她和老爷，还有老爷的护卫们一同出门骑马时，便是我到小会客厅开始工作的时间。在那儿，我听取每一位管家的工作汇报，批阅合资人寄来的商业信件，或者进行私人会谈。

吸取了亲爱的卡文迪什的工作经验后，我发明了一整套自己的办事系统。每个庄园、每处房产都必须有各自单独的账本，并且各处收支独立。每片土地都是一个独立的王国，这样我就能保证它们都在盈利。这种方法说起来似乎理所当然，但实际上却是独一无二的。据我所知，还没有庄园主尝试过此种方法。和我不同，老爷的那些管家们仍然延续着传统，把所有账务合在一起，他们只是把土地当成兑换现金的保障，捐赠、买、卖、抵押或者留出规定的份额过继给继承人。优点是老爷的金库里现金充盈，缺点则在于他们根本不清楚哪些地产是盈利的，哪些是借贷的，或者哪些是负债的。如若经营不善，财产只会从地主的手中溜走，之后整个家族也会损失惨重。他们不会知道到底是赚钱还是亏损，只是不停地把土地抵押出去换成现金，再换成土地。事实上，土地的价值是不断变化的，甚至货币的价值也在变化，而这些不是他们能够控制的——他们永远也不能确定将来会发生什么。以上就是贵族们的理财方案，大气但也漏洞百出，相反，我的方法倒像是穷女人细数家珍般，每个周末都会来个彻底清算。当然了，贵族们的财产数额一般都大得惊人，他们只要做到不浪费就行了，但我和他们不同，我是白手起家的，自然明白其中的艰辛。所以啰，像我这样的庄园主——初来乍到的新人——必须得盯紧每一分钱和每一英亩土地，必须时刻警醒每一处变化。这是全然不同的一种土地观念，一种新奇的视角，在英格兰也算是前无古人，就是在全世界范围内，据我所知，也没有一个像我这样的女商人。

只有摆摊的商贩、拿鞋楦做鞋的鞋匠才会明白我的乐趣：清楚每一样商品的成本、从中赢得的利润以及收支平衡的账本带来的愉悦。看着那账本上笔笔增长的利润，只有经历过贫穷的女人才能从中体会到一种发自心底的安全放松的喜悦。没有什么比牢固的家、金库里的现金、房门外的土地和孩子们授衔并喜结良缘更能让我开心的了。对于我来说，世界上最美妙的事情莫过于金钱稳在怀中，谁也抢不走它。

赚钱自然是一股强大动力，但这也意味着亏损会严重打击我的积极性。玛丽女王来图特伯里的第一星期我就收到了财务部的信件，告知我以后每个星期财务部会发放五十二英镑给我用以支付苏格兰女王的住宿。区区五十二英镑！每个星期！

失望沮丧之余我并没有觉得惊讶。毕竟认识伊丽莎白的人都知道，从

# 另一个女王

她还是个一无所有的公主开始，就一直比较吝啬。从小到大，她享受过公主待遇，也经历过乞丐般的困境，这就养成了她分毫必省的吝啬习惯。和我一样，她也总是盯着小钱不放。但是我比她好多了，作为女王，招待自己的客人理应慷慨大方，而我只是个想从中谋些好处的臣民。

我又看了看信，以我们现在的住宿需求和娱乐活动的花费标准来计算，五十二英镑仅仅是实际花费的四分之一。远在伦敦的他们是按照三十个随从和六匹马的规格发放的经费，而事实上她的随从数量多了一倍不止，还有大量的崇拜者络绎不绝地登门拜访，且大都在餐点儿上。我们招待的不是一个带着随从的客人，而是整个宫廷。很显然，财务部必须支付额外的费用；很显然，苏格兰女王的所有旅伴都必须被遣送回家；很显然，我必须说服老爷向两位女王说明困境，因为除了他以外没人有资格指出她们的预算确实实施不了。而我的难题在于如何让乔治开口同意我的提案，因为身为贵族的他从来不知道如何理财，也从来没有碰过账本。我怀疑根本无法让他相信我们已经捉襟见肘了——现在就已经困难了，不用等到这个月底，也不用等到仲夏。

同时，为了维持图特伯里的日常开销和支付那些多余奴仆们的安顿费用，我不得不让查茨沃斯的管家把庄园里的一些次级银器拿到伦敦去变卖换现，因为我们已经坚持不到季末收取租金的日子了，需要的现金远远多于赚取的利润。当我写信给管家叫他卖掉六个银盘的时候，都忍不住嘲笑自己心中那股怅然若失的感觉。虽然那些盘子我从没拿来用过，但是它们是我的，原本好好地躺在我的金库里，现在却为了这点小事变卖了，真是让我心疼极了。

正午时分，打猎小队回来了，如果他们有所收获便会直接拿到厨房，猎回来的野味可是午餐的重头戏，毕竟人数太多，能有加餐也是众望所归。所有人都在我的厅室里用餐，因为这里面朝庭院，阳光正浓，而且女王常常在下午和我一起在这边的会客厅里做刺绣，比起她自己的寝宫，这里的房间要更加明亮一些，也方便我们坐在一起谈天说地。

女人之间的谈话没有什么新意：都是些无关紧要的小事儿，但大家都兴致高昂。她很擅长女红，是我见过第一个能与我相提并论的女人。她有许多漂亮的图样书，不时地从爱丁堡寄来，历经长途跋涉但都保存得很好。她会像小孩一样专注地看着那些书，然后兴奋地向我解释每个图样的意义和绣法。她还有拉丁铭文的图样，经典且意义非凡，个个都异常美丽，而且各自有着隐藏的含义，有些是神圣的标记，她说我可以把它们复制下来。

她的私人设计师不久后也赶来了图特伯里——他原本滞留在了博尔顿城堡。他开始为我们两人工作，设计图案，我看着他随意地在帆布上描绘出漂亮的花朵和具有象征意义的纹章。女王会对他说："在那上面画只猎鹰。"然后他漫不经心地寥寥几笔，一只老鹰就跃然纸上——鹰嘴上还衔着一片树叶！

能有一位艺术家为你服务是那么让人羡慕的事儿！她倒是觉得这是理所当然的，好像一位如此的天才，一位真正的艺术家的存在价值就只是为她的刺绣提供图样般简单。这让我不禁想起了亨利国王让大画家汉斯·荷尔拜因设计化装舞会的面具，那面具在舞会结束的第二天就碎掉了；又或者雇佣伟大的音乐家们专门为国王写催眠曲；还有那些专为伊丽莎白女王编写剧本的天才的诗人们。所以这些都只是国王奢华的福利。看着如此一位颇具天赋的艺术家为她服务，我依稀能想象到她从小开始的奢靡生活。围绕她身边的一切事物都是极品，上等货中的上等货；为她工作、跟随她的人们，也都是最富天分的人才。即使只是刺绣的图样，在她开始绣之前，也必须得加工成一件精致的艺术品。

今天，我们都在为她绣制一幅新的象征她尊贵身份的挂毯。绣好后会

## 另一个女王

挂在她座椅的上方，用以显示她女王的高贵身份。织工已经开始缝制深红色的背景了。以金线标记的草图上写着一句这样的话："*En Ma Est Ma Commencement.*"

"这句法语是什么意思？"我问道。

虽然这是我的房间、我的房子，她仍然享受最好的椅子，位置刚好在窗户和壁炉之间，我则要坐在一张低一些的椅子上，女侍们只能坐在靠近窗户的长凳上。

"那是我母亲的一句箴言，"她说，"意思是，'每一个终点都是另一个新的起点'。经历过那些艰难日子后，我决定把它作为自己的箴言。丈夫去世后，我从法国王后变成了苏格兰女王；当我从苏格兰逃出后，又在英格兰开始了新的生活；相信不久后，又会是一段新的旅程，回到苏格兰，重回王位，或许也会再结婚。所以，终点即是起点。我是海之女王，是潮汐之王，退潮后又是涨潮，终是源源不断地流向远方。总有一天，我将不再是尘世间的女王，而将成为天国之中所有王国的女王。"

女仆们像是草丛中探头打望的兔子，个个抬着头打量着眼前这位女王，听着她那几近荒谬的天主教式的"豪言壮语"，我立刻抬头怒视，提醒她们注意分寸。

"你愿意帮我绣字吗？"她提议道，"绣这些丝绸的感觉真是太棒了！"

我的手在意识到之前已经自动拿起了织物，真是柔滑的料子，我从来没见过如此漂亮的布料，心里止不住地兴奋，刺绣可是我一生中最钟爱的消遣呀："怎么会这么柔顺呢？"

"这是金线纺的呢，"她说，"真正的金丝线，看见它泛出的光泽了吗，你想试试吗？"

"如果您不介意的话。"我故作镇定地说道。

"太好了！"她高兴地说，脸上露出灿烂的笑容，好像真的很开心我们两人能一起刺绣,"你从那头开始,我从这头开始,一点点来,然后我们就能越来越接近中心了。"

我回以微笑,对着她,真是能情不自禁地心暖起来。

"结束的时候我们就能在中间碰头啦,像最亲密的朋友,头挨着头。"她说道。

我把椅子间的距离缩小了些,这样就能从她膝盖处拿到纺线了。"那么,"她轻声说道,一边绣字一边问,"请告诉我关于女王姑母的一切吧,你经常去她的寝宫吗?"

我确实常去她的寝宫走动,并没有夸大其词,当时我还做过资深女侍呢。从伊丽莎白还是公主的时候开始,我不仅是她的朋友,还是她朋友的朋友,更是她与顾问之间的信使。

"哦,那你一定知道她所有的秘密啦,跟我说说吧,那个罗伯特·达德利是怎么回事呀?真像外界传言的那样,他们深爱着彼此吗?"

我有些犹豫该不该和她讨论这个话题,但她把身子又向前倾了倾,怂恿道:"他还是那么帅吗?"她小声地继续道:"她以前还把他介绍给我呢,让我和他结婚,就在我刚到苏格兰的时候。但是我知道她肯定不舍得和他分开,拥有这么一个不离不弃的爱人真是幸运,要知道能真心爱上女王的男人少之又少。他会为了她奋不顾身吧?"

"直到永远,"我说,"从她登基成立自己的内阁开始,罗伯特就和她在一起了,从没有离开过。他们已经默契了好多年,彼此间拥有不计其数的小秘密和小玩笑,有时伊丽莎白只需看他一眼,他便知道她的心中所想。"

"那为什么不和他结婚呢,他还是单身嘛,"她问道,"为了把罗伯特介绍给我,她还特意封了他伯爵的头衔呢,如果罗伯特好到足够和我联姻,那么也肯定配得上她呀。"

我耸耸肩:"因为那个丑闻……"我小声地说,"罗伯特的妻子死后,丑闻也没有消失。"

"她就不能不管丑闻吗？勇敢的女王是不会惧怕丑闻的。"

"在英格兰就是不行，"我一边说着，一边心想就算在苏格兰也是不行的吧。"女王的声誉就是一切，如果失去了，其他一切也就跟着不复存在。而且塞西尔不喜欢罗伯特。"我补充道。

她瞪大眼睛："塞西尔连这也要管？"

"塞西尔并没有强迫过她，"我斟酌着回答，"但是我也没有听说伊丽莎白有反对他的先例。"

"她就百分百信任塞西尔？"

我点头道："当伊丽莎白还是个一无所有的公主时，塞西尔就是她的管家了，为她打理财产、看着她长大，就算是她的亲姐姐玛丽女王以叛国罪怀疑她时，塞西尔也设法保全了她的安全，之后又帮助她剿灭了策动阴谋的敌人。塞西尔总会站在伊丽莎白一边支持她，伊丽莎白也视塞西尔如父亲般尊重。"

"你很喜欢塞西尔呢。"她从我略带温度的语气中猜测道。

"他也是我真正的朋友，在我小时候和格雷家一起住的时候就认识他了。"

"但是我听说他相当有野心，不仅大肆修建府邸，还四处拉帮结派，简直把自己当成了世袭贵族！"

"有何不可呢？上帝不是教导我们要发挥自己的长处吗？我们所得的成就不正是上帝眷顾的结果吗？"

她笑着摇了摇头："我的上帝只会对他所爱之人施以考验，而不是赠以财富，但是你的上帝却有商人的头脑呢。塞西尔他——伊丽莎白总是听从他的指挥吗？"

"她只是听取建议而已，"我试着缓和语气，"多数时候会采纳，但偶尔也会犹豫再三，把塞西尔逼得耐心全无，不过总的来说，塞西尔的建议都是不错的，方案都深思熟虑，令人不得不服。"

"所以塞西尔在政策制定上有绝对发言权啰？"她继续追问道。

我摇了摇头："谁知道呢，他们总是私下商议的。"

"可对我来说意义重大啊，"她提醒我道，"因为他不是我的盟友，事实上，他是我母亲的宿敌。"

"伊丽莎白通常都会听取他的建议，"我重复道，"不过她也相当看重作为女王的裁定权。"

"她何德何能？"玛丽女王直言道，"我不明白在没有丈夫的情况下，她怎敢如此独揽大权。男人们博闻多才，是上帝按照自己形象创造出来的生物，因此也就拥有着最高的智慧。再说了，他们都受过高等教育，肯定比女人更加广博多思，而且也更勇敢、更果断。伊丽莎白居然还幻想在没有丈夫支持的情况下坐稳王位？"

我耸耸肩，没办法为伊丽莎白的独立做任何辩护，因为不光是玛丽女王，所有英格兰人都是这么认为的。上帝教导我们，女人永远只是男人的附属品，就算是伊丽莎白本人也从没反对过这一点，只是自己没有照做罢了。"伊丽莎白常称自己是王子呢，"我说，"她认为自己首先是个王族，然后才是女人。她是神授的统治者，受赐于天，塞西尔也承认这一点。不管她乐不乐意，她就是比别人——包括男人——更高一级，这无疑是上帝的安排，她也是别无选择的吧。"

"她可以在男人的指导下实行统治呀，"玛丽女王坦言道，"她应该为自己找到一位忠于英格兰的王子、国王或者贵族绅士，然后嫁给他，让他做英格兰国王。"

"但是并没有合适的……"我开始为伊丽莎白辩护。

玛丽女王微微摇头："合适的并不少吧，现在也有呢，她不是刚拒绝了哈布斯堡大公的求婚吗？我还在法国的时候就听说过那些事情了，法王甚至也向她推荐了人选呢。所有人都认为她会找到一个值得信任的国王，维护英格兰的稳定，然后以国王的尊严作为担保和其他兄弟国家签订和平条约，而不是作为一个善变的女人去和别国联盟，再然后呢，她会生下王子继承王位。有什么比这更自然合理吗？所有女人不都是这么做的？"

我迟疑着没有立刻回答。确实如此呢。这才是顺其自然的事儿，也是玛丽·都铎女王——伊丽莎白的姐姐——尽力去做的事，如同她英明的顾问们所建议的那样，眼前这位苏格兰女王一直也抱持同样的想法。议会的大臣们多少年来祈求伊丽莎白做的事儿，直至如今，所有人都希望发生的事儿，就是伊丽莎白尽快产下继承王位的男婴。单凭一个女人怎么能坐稳王位呢？伊丽莎白哪来的勇气？就算她英勇无比，继续逆道而行，怎样才能保住她的王权呢？时机不等人，很快一切都迟了，她会因为高龄生不出孩子的。到了那时，统治得再好又有什么用呢？留下一个没有继承人的王权有用吗？一份没有继承人的遗产有什么意义吗？如果她在动乱中离开，我们的结局又会如何？如果留下一位天主教的继承人，我们这些新教的臣民该如何是好呢？我的财产又会有什么下场呢？

"你在这方面的经验不少吧？"玛丽女王瞄着我说道。

我笑了起来。"伯爵是我的第四任丈夫，愿上帝保佑他，"我继续道，"很不幸，我当过三次寡妇，他们都是好人，是我爱过又失去的人儿，每一次都让我悲痛万分。"

"所以，就算是你也不相信一个女人不能只有财产而孑然一身，没有丈夫、孩子和家庭？"

确实不能否认，而且我也不是那种类型的女人。"我也是没有选择的。结婚前我没有任何财产，所以不得不为了家族的利益和自己着想。第一任丈夫在我们都还是孩子的时候去世了，只留下我微薄的嫁妆；第二任丈夫教我如何打理庄园，并把他的财产留给了我；第三任丈夫去世前把所有财产都写在了我的名下，所以我才能配得上什鲁斯伯里伯爵，他不仅给了我伯爵夫人的头衔，更是带给了我难以想象的巨额财富。而我，最初不过是哈德威克镇上一位穷寡妇的女儿。"

"你有孩子吗?"她问道。

"我生了八个呢，"我自豪地说，"幸得上帝垂怜，六个都活得好好的。大女儿弗朗西丝也已经育有一女，取名贝茜，是按我的名字取的。所以我不仅是母亲，也是祖母啦，希望我的孙子孙女越来越多。"

她点点头。"那你一定和我的想法一致了，一个没有孩子的女人不仅违背上帝的意愿，更是违背作为女人的天性，是不能延续昌盛的。"

虽然我确实是这么想，但也不能对她说实话。"我想伊丽莎白女王有她自己的意愿，"我大胆回道，"而且并不是所有丈夫都忠诚可靠。"

我只是随意说说罢了，但似乎戳到了她的痛处，她突然沉默了起来，更让我惊慌的是，她停下针线活儿，眼睛瞥向一旁，默默流下了眼泪。

"我并没有冒犯你的意思，"她轻声说，"我都明白，不是所有丈夫都是可靠的，全天下女人之中我是最有体会，也是最清楚的那一个。"

"陛下，请恕罪！"我大叫出声，被她的眼泪吓得魂不附体，"我是无心的，真没想到会让您如此伤心难过！是我考虑不周，但我真的没有议论您和您丈夫的打算，而且我根本不知道您的实际情况。"

"那你真是个例外，不管是在英格兰还是苏格兰的酒馆里，似乎所有人都知道我是什么情况。"她突然用手背拭去眼角的泪水，留下了睫毛上的点点泪珠。"你迟早会听说的，关于我的事儿，"她语气平稳地说，"你会听到的，说我是个荡妇，无耻勾引了博斯维尔伯爵并指使他杀害了我可怜的丈夫，达恩利大人。但那全是胡说八道。我是无辜的，请你务必相信我。你可以亲自观察我的为人。你认真想想，我是那种为了一时淫欲而自贬身价

# 另一个女王
*0.90*

的女人吗？"她用那梨花带雨的漂亮脸蛋向着我，说道："我看起来像是那种禽兽吗？我是那种为了及时行乐不顾犯下罪孽，也不顾荣耀、声誉，甚至不要王位的傻瓜吗？"

"您的生活真是满布荆棘坎坷。"我虚弱地回答道。

"童年时我就嫁给了法国王子，"她向我诉说道，"那是在野心勃勃的英格兰亨利国王统治下唯一能保我平安的做法，要不然他会绑架我然后奴役我的国家。我像法国的公主般被抚养长大，旁人是无法想象法国王宫到底有多么美丽的——雄伟的宫殿、漂亮的长袍、无尽的财富，所有一切唾手可得，就像活在童话中一样。但是我的丈夫死后，一瞬间，一切都结束了，不久后又传来我母亲去世的消息，直到那时我才真正意识到，是时候回到苏格兰继承王位了。这并不是痴人说梦，时机已经成熟，也没有人会因此责备我。"

我摇摇头，旁边的女仆们也好奇地停下工作，吃惊地张着嘴，一动不动地听着那段历史。

"仅凭一个女人的力量是征服不了苏格兰的，"她说道，声音低沉但又郑重无比，"知道实情的人都不会有异议。苏格兰早已因为内讧和同盟之间的竞争被撕得粉碎，这次的谋杀阴谋更是让她走到了尽头。其实她连国家都称不上，只是些零散的联盟聚合罢了。我从到那儿开始，就时刻面临着被绑架的危险。曾经还有位贵族想强迫我嫁给他的儿子，用婚姻来羞辱我。我不得不将他斩首示众，才得以在内阁面前维持了自己的尊严，证明了我的清白。苏格兰人就像野蛮人一样，只崇尚力量。因此，苏格兰需要的是一位冷酷无情的国王，统治军队，维持国家的完整。"

"您不会认为达恩利大人……"

她不可抑制地发出咯咯笑声："不！现在也不！我早该明白的。但是他曾是英格兰的王位继承人，而且他向我保证过，伊丽莎白一定会在我们需要的时候伸出援手。我们的孩子会理所当然地成为英格兰王位的继承人,然后统一苏格兰和英格兰。只要我结婚就不会再遭到任何袭击了。除了这个方法,我想不出还有什么办法能维护我的尊严和安全。当他第一次来苏格兰的时候,内阁里就有大臣向我推荐他,虽然不久后他们又都反戈倒向了。我的哥哥也催促我跟他早日结婚。而我呢——确实是傻傻地错信了他。那时他年轻、英俊、魅力四射又举止得体,颇得人心,待我更是礼遇有加,让我有回到法国的感觉。所以,我像个不谙世事的小女孩儿,以貌取人,认为他会是一位好国王。他的外表如此出众,年轻又英俊,举手投足间尽显王子风范,我的眼里再也容不下其他人了,而且他还是我见过的唯一一个清洗干净的男人!"她笑了起来,我也跟着发出笑声。然后她带着点畏怯深深吸了口气:"我再清楚不过了,只要他愿意,他就是一位迷人的年轻人。"

她耸耸肩,法兰西味儿十足:"好吧,你清楚了吧,知道后续了吧,你应该有亲身经历过,我爱上了他,*un coup de foudre*①,我为他而疯狂。"

默默地,我摇了摇头,虽然我结了四次婚,但是从来没有恋爱过。对于我来说,婚姻一直是一张需要谨慎权衡的商业合同,而且我根本不知道 **un coup de foudre** 是什么意义,也不喜欢它的发音。

"好吧,**好吧**,后来我嫁给了达恩利,一部分原因是想惹伊丽莎白生气,一部分是出自政治上的考量,还有一部分便是爱情了。草率行事的结果便是追悔莫及。他不仅是个酒鬼,还是个鸡奸犯,身体也不健康。他愚蠢地认为我有个地下情人,还向内阁告发说那人就是我的顾问,那个我唯一能依靠的、内阁里唯一正直的好人——大卫·瑞齐奥——他是我的秘书兼顾问,就像伊丽莎白的塞西尔,一个值得我信任的好人。可达恩利派出他无耻的爪牙闯进我的寝宫,在我的眼皮底下杀害了他,就在我的厅室里,

---

① 法语:一见钟情。

# 另一个女王

可怜的大卫……"她哭出声来,"我无法阻止他们,上帝作证我试过了,那些人朝他冲过去,他向我求助,往我的身后躲藏,但是他们把他从我身后拖了出去。他们也想杀死我的:其中一人拿火枪抵住了我的肚子,我尖叫了起来,还未出世的孩子还在我肚子里使劲蹬着小腿。那个人的名字是安德鲁·克尔——我永远不会忘记,也不会原谅他。他用枪管抵住我的肚子,我的儿子蹬着腿在肚子里反抗着。我觉得他想把我和肚子里的孩子一起杀了,杀了我们两个。从那时起,我就彻底明白了,苏格兰人都是些疯子,无法驯服的疯子。"

她抬手遮住双眼,似乎想要把那可怕的回忆赶出脑袋。我默默点了点头,没有告诉她其实我们早就知道了那场阴谋,我们本来可以保护她的,但却选择了沉默。其实我们大可以警告她危险将临,但我们没有。塞西尔让我们不要插手,就让她一个人陷入危险、孤立无援。当苏格兰政变,她的丈夫也泥足深陷的消息传来时,我们还幸灾乐祸了好一会儿,想象着她和一群野蛮人周旋会是什么样子。我们都以为,发生那样的事情后,她只能向英格兰求助。

"内阁的大臣们当着我的面杀死了我的秘书,就在我意图保护他的时刻,在我面前——在法国公主的面前!"她摇着头继续道,"之后事态变得越来越糟糕,他们变得更加肆意妄为,不仅把我关起来,还威胁要把我砍成碎片从斯特灵城堡的阳台上扔出去。"

我的女仆们都惊呆了,其中一人还惊恐地吸了口气,看着要晕过去的样子,我立刻狠狠瞪着她,暗示她注意场合。

"但是您逃出来了吧?"

她立刻露出淘气的笑容,像个古灵精怪的小男孩:"当时确实惊险得要命!我说服了达恩利,让人帮助我们从窗户逃了出去,然后趁着夜色骑了五个小时的马,虽然那时我已经身怀六甲。博斯维尔和他的军队在目的地等着我们，为我们护驾。"

"博斯维尔？"

"他是我在苏格兰唯一信任的人，"她轻声说道，"我后来才知道他是苏格兰唯一一个没有接受外国贿赂的官员，对我母亲和我都忠心耿耿。他总是站在我这一边，还率领军队护送我回了爱丁堡，流放了那些杀人凶手。"

"那您的丈夫呢？"

她耸耸肩道："听我说完。我不会在怀着孕的时候和丈夫分开的。在我分娩的时候博斯维尔守卫着我和他，达恩利是被他的前盟友杀死的，他们还想杀了我，但是那晚我恰好不在屋里。算是幸运吧。"

"太可怕了，太可怕了！"一个女仆小声说道。再这样听下去，恐怕她们都会皈依天主教了！

"确实可怕，"我厉声对那个女仆说，"出去把鲁特琴拿来，给我们弹弹。"这样她就再也听不见了。

"我失去了秘书和丈夫，凶手还是自己的内阁大臣，"女王说，"法国的家人也爱莫能助，全国一片混乱，博斯维尔却站了出来保护我，派出军队护驾，之后他就宣布我们结婚了。"

"那您和他结婚了吗？"我小声问道。

"没有，"她马上回答，"我的教堂和我的信仰都不会认可，他的原配还在世呢，现在又冒出个女人把他送进了丹麦监狱，那个女人起诉他犯了重婚罪，说他们已经结婚了好几年。谁知道博斯维尔到底和谁结了婚呢，反正不是和我。"

"那您爱他吗？"我问道，心里想着眼前这个女人以前就被爱冲昏过头脑。

"我们从没有谈情说爱。"她直截了当地说，"从来没有。我们从没有像

# 另一个女王

情侣那样交换情书和定情信物，我们从没开口谈过爱，我没对他说过，他也没向我表白过。"

一阵静默，她并没有正面回答我的提问。

"然后呢？"又一个听得着迷的笨蛋女仆出声问道。

"然后我的异母兄弟和他奸诈的盟友们派出军队袭击了我和博斯维尔，我俩一同骑着战马迎战，肩并肩，就像战友般，但是我们输了——就是这样简单。当我们陷入持久战时，友军也跟着流失了。如果博斯维尔一鼓作气开战的话，我们可能会取胜，但是我不忍心骨肉相残，所以延误了战机，他们拿谈判条件和虚假的承诺拖延时间，我们的军队在此期间撤退了不少。最后我们达成协议，博斯维尔顺利逃脱，他们却拒绝为我放行，还把我囚禁了起来，让我流产，我的双胞胎儿子就这么没有了。正在我病重和悲痛的时候，他们逼我退位，后来我的哥哥登了基，这个叛徒，他不仅变卖了我的珍珠项链还软禁了我的儿子……我的孩子……"她一向低沉没有起伏的声音，此时第一次变得颤抖了起来。

"您会再见到他的，肯定。"我对她说。

"他是我的儿子，"她小声说道，"我的亲生儿子，他应该被作为苏格兰和英格兰的王子培养长大，而不是囚禁在那些异教的蠢人、那些杀死他亲生父亲的凶手、那些不忠于上帝和自己国王的人手中。"

"我的丈夫说您马上就能回去了，就是这个夏天，快了。"我对她说，虽然心里不赞同老爷的说法。

她抬起了头。"我需要军队护送我回去，不是只要能回爱丁堡就行了，我还需要一位丈夫，能治得了那群大臣，还要把他们的军队镇压下去。你写信给伊丽莎白的时候一定要告诉她珍惜我们的亲情，她必须帮我回到王位，我将再一次成为苏格兰女王。"

"陛下她是不会听取我的意见的，"我说，"但是我知道她正在计划着帮您回到王位。"虽然这有悖于塞西尔的意愿。

"我犯过些错,"她缓了缓语气继续道,"都怪我不够果断英明,但那也是情有可原的吧,至少我还有个儿子呢。"

"您会被宽恕的,"我真诚地说,"如果您有做错过什么,那也是……无论如何,就像您说的,您还有个儿子,任何有儿子的女人前途都是光明的。"

她忍住了眼泪,点头道:"他会成为英格兰的国王,"她深吸一口气,"英格兰和苏格兰的国王。"

我没有作回应,私下讨论女王的死期是违法的,任意揣测她的继承人也罪同叛国。我脸色难看地盯着女仆们,她们立刻会意,聪明地低下头继续做着女红,假装什么都没有听到。

她的心情竟像小孩子一样立刻变得好了起来。"呵,我也变得越来越像病态的高地人了!"她大声吩咐道,"西顿夫人,请叫侍从进来高歌一曲,我们来跳舞,不然什鲁斯伯里夫人会觉得身在监狱或是葬礼现场呢!"

难道我们不正是一群监狱中的囚犯吗?我笑了起来,然后派人拿来酒和水果,又请来了音乐家,当老爷在晚餐前回来见到我们的时候,我们正在转圈跳舞,而苏格兰女王站在中间,打着节拍指挥,看到我们找错了搭档乱成一团便哈哈大笑起来。

"你应该向右、向右!"她大声道,"Gauche et puis a gauche!"她作了个示范,然后笑着对老爷说:"大人,教教你的妻子,作为她的舞蹈老师我太没面子了。"

"是您的错啊!"感受到她的好心情,老爷也开心地回答道,"错了!错了!真的是您。您不该责怪伯爵夫人,真的不该。Gauche在英语里是左边的意思,陛下!不是右边,您指挥错了呢。"

她开心地笑着,向我的怀里扑来,并像法国人那般亲吻了我两边的脸

## 另一个女王

0.96

颊:"呀,抱歉啊,贝丝夫人!你丈夫说得对!我教错了。我还真是笨呢,英语真难说,你的舞蹈老师真是逊透了。好吧,明天我就写信给巴黎的家人,让他们送来一位舞蹈老师和几个小提琴手,这样他就能教我们了,我们一定会跳得很棒!"

## 1569年春

乔治　于图特伯里城堡

晚餐前我把贝丝拉到一边,告诉她:"我们的客人就要离开了,她要回去苏格兰,今天塞西尔写信通知了我。"

"不可能。"她坦言。

我差点忍不住点头。"听我说,"我提醒她,"伊丽莎白陛下亲口说会让她回去的,君无戏言。我们会把她送回苏格兰,风风光光地回去,在我们的陪同下。"

贝丝目光灼灼,说道:"我们就要熬出头了,感谢上帝,她也许会送我们一处边界的大庄园,也许有好几英亩大,或者好几英里。"

"那是我们应得的封赏,"我纠正道,"也许还有她颁发的感谢勋章。不过,我这儿有另外一样东西。"我把密封的包裹和诺福克的信拿给她看:"你觉得我应该交给她吗?"

"这里面是什么?"

"我怎么会知道?盒子是密封的。诺福克信里说是求婚的信物。我可不会去窥探。"

"只要涉及玛丽女王你就有权查看。你还没有拆开过吗?"

贝丝有时真是让我震惊!"夫人!"我差点忘了,贝丝不是生来就有我这般的地位,并不是天生的伯爵夫人,不是天生的塔尔伯特家族的人。

她眼神暗了暗,意识到自己错了。"但是老爷,我们不能看看诺福克公

## 另一个女王

爵写了些什么吗?如果你把信给了她,就相当于站在了诺福克那一边。"

"其他领主都赞同了,他们也都支持诺福克。"

"其他领主没有被陛下亲自任命来做苏格兰女王的守卫,"贝丝分析道,"其他领主也没有在这儿亲眼看着你把信交给玛丽女王。"

我此刻无比纠结,玛丽女王既然在我的家里做客,我就不能监视她。

"塞西尔知道这件事吗?"她问。

"诺福克不会信任塞西尔,"我暴躁地说,"所有人都知道塞西尔想要控制一切,他的野心让人无法忍受,霍华德家的人要结婚可不会征求威廉·塞西尔的同意!"

"对,但是我还是想知道塞西尔会怎么想。"她做出沉思的样子。

我恼怒得语无伦次:"我的夫人!塞西尔会怎么想我一点也不在乎!霍华德同样也不会在乎塞西尔的想法!你,也不应该在乎!他不过是伊丽莎白的管家,以前是,现在是,以后也只能是。他不该自以为是地给我们出主意,我们可是这个国家的领主,而且已经世袭了几百年!"

"但是,老爷,陛下只听塞西尔的呀,我们也应该听取他的建议。"

"塔尔伯特家的人绝不会听塞西尔这种人的建议。"我自负地说道。

"当然,当然了。"她安慰道,终于明白我是不会让步的了,"那么,把包裹给我吧,晚餐后我会交还给你,到时就能给玛丽女王了。"

我点点头。"贝丝,我不能监视她,"我说,"她是我的客人,我得尊重信任她,不能把她当成犯人来对待。我是塔尔伯特家的人,不能做任何有失身份的事情。"

"当然不会,"她说,"交给我就行了。"

我们喜气洋洋地走进餐厅,女王难得吃得这么香,她的病痛已经痊愈,也度过了舒心的一天,和我外出骑马,又跟贝丝作了女红,还跳了舞。晚餐后,贝丝出去安排家里的事务,我便陪着女王打牌。没多久贝丝回来了,把我叫到会客室的一旁，然后告诉我她认为我是对的，玛丽女王应该拿到信件。

我深深松了口气。在这段婚姻关系中我不能处于下风。贝丝应该清醒地意识到，我才是一家之主。她可以如其所愿地管理着家里的大小事宜，我不会阻止她，但是她要明白管家和主人的区别。她是我的夫人，我的管家，但她绝不是一家之主。我们是塔尔伯特家族的人，我贵为枢密院的成员，还是什鲁斯伯里伯爵，不会做任何有辱身份的事。

我很高兴贝丝深明大义，我不能截住女王的信件，她是我的客人。而诺福克是个有身份的贵族，他知道自己的底线在哪里。我不能沦落成塞西尔那样的人，连自己的朋友和家人都要监视。

# 1569年春

玛丽　于图特伯里城堡

我们一起在什鲁斯伯里家的餐厅用了晚餐，饭后伯爵询问我是否有时间谈谈，我们便走到窗前，看起来像是在看院中的风景。院子里有一口井，还有些庭院植物，不少家仆在院里无所事事地闲逛，上帝啊，这里真是又丑又小。

"我有个好消息，"他说，和善地低头看着我，"今天下午收到了威廉·塞西尔的来信，我很荣幸地被任命为您准备回国事宜，您马上就能回国重登王位了。"

他善意的脸突然变得模糊不清起来，我感到一阵眩晕，视线模糊不清，但感知到他绅士地扶住了我的手臂。"您头晕吗？"他问，"要我叫贝丝过来吗？"

我眨了眨眼。"并无大碍，"我真心实意地说，"我只是太高兴了。就像……上帝啊，大人，你给我带来了这辈子最好的消息。我的心脏……我的心脏……"

"您不舒服吗？"

"没有，"我快乐地说道，"从你我相见到现在，我还是第一次感觉这么好，我的心不再痛了，疼痛飞走了，我又能期待幸福了。"

他看着我露出开心的笑容。"我也很高兴，"他说，"我也是，就像笼罩在英格兰上空的阴影终于消失了，我心里的阴影也消失了……我会为您安排好护卫和马匹,护送您回国,我们应该在一个月之内就能启程。"

我对他展开微笑:"是的,越快越好。我都等不及见我的儿子,回到真正属于我的地方了。那些大臣们会接受我的吧,他们会臣服于我吧?他们保证过了!"

"他们会接受您的,"他向我保证道,"他们已经承认您的退位是不合法的,是被逼的。而且,这儿还有一样东西能给您更多的安全。"

我等待着,偏着头,微笑着看向他,控制好情绪,没有表现出亟不可待的神情,对付这种含蓄的男士,就得放慢步调表现得迟钝些,不然他们会被灵敏机智的女人吓跑的。

"我收到了一封给您的信,"他略带尴尬地说道,"是诺福克公爵送来的,托马斯·霍华德,也许您知道?"

我又偏了偏头,不置可否,然后又向他露出微笑。

"收到信时我有些不知所措,"他继续道,比我还要紧张,"这是您的信,但是却送到了我的手中。"

我保持着微笑。"你有什么问题吗?"我和蔼地问道,"既然这信是给我的?"

"问题在信的内容,"他严肃地说道,"我不能转交出一封有不妥内容的信件,但是我不能去偷看别人的信,特别是给女士、给女王的信。"

我忍不住想把他那张堆满苦恼的脸捧在手中然后亲吻他皱着的眉头。"大人,"我温柔地说,"让我来解决。"我伸出手。"我会当着你的面看信,你也可以自己看,如果你觉得这封信里面有任何不该我看到的内容,就拿回去,然后我会忘记它,这样谁也不会受到伤害。"我迫不及待地想要看到那封信,但仍然控制着自己急迫的心情,不让他发觉,我的手自然地展开,笑容依旧甜美动人。

"好的。"他同意了,把信交给我后,便退到了一边,双手背在背后,

## 另一个女王

像个站岗的警卫,不一会儿又尴尬地踮起了脚尖,好像在为自己不恰当的姿势微微苦恼着。

看到信的第一眼我就发觉信上的封蜡被人动了手脚,虽然痕迹很模糊,但凭我常年被人监视的经验,还是立刻意识到这封信已经被人偷看过了。但我仍然装作毫不知情,不动声色地撕开漆印。

上帝,看到信上内容的一瞬间,我差点控制不住内心激荡的喜悦,多亏童年起长年在法国的公主礼仪训练才让我保持住了表面的冷静。信上的字像是在我眼前不停地跳着舞,我不得不读了一遍又一遍,这封信对我而言太重要了。信不长,内容直白,但却是我踏出这儿重回苏格兰、回到我儿子身边,再次登上王位的通行证加安全保障。天知道我多想离开这建在垃圾堆上的城堡,逃出这监狱般的城墙。罗斯主教说过这一天总会来的,我也一直期待着,没有放弃希望。这显然是一封求婚信,是可以让我重获幸福的绝佳机会。

"你知道他的想法吗?"我问道,刚才什鲁斯伯里为了避嫌转过身去了,现在正背朝着我。

他立刻摇起了头。"他在写给我的附信里提到会向您求婚,"他说,"但是他还没有征求过伊丽莎白女王的同意。"

"我结婚不需要她的同意!"我厉声说道,"我不是她的臣民,她没有权力干涉我。"

"是的,但诺福克需要啊,只要是女王的近亲都必须征得她的同意。而且您不是已经结婚了吗?"

"正如你调查所知,我和博斯维尔的婚姻是无效的,我是被强迫的,这段关系应该马上废除。"

"是的,"他迟疑地说,"但是您拒绝过他吗?"

"是他逼我的,"我冷酷地说,"仪式是被迫举行的,不具备法律效应,我有再婚的自由。"

他下意识地眨了眨眼，似乎对这突如其来的真相有些措手不及，而我却仍然保持着微笑。"我想这正是解决当下难题的妙计，"我愉悦地说道，"和她的表亲结婚，这样你的女王不会再怀疑我了吧，她会看到我对英格兰和她忠心耿耿。这样一位丈夫也可以让她完全放心，而且霍华德大人能帮我夺回苏格兰的王位。"

"是的，"他再一次开口，"但是仍然需要陛下的许可。"

"他很富有吧？他在信中提到自己财产丰厚，正好我需要一大笔军饷呢。"看着什鲁斯伯里因为财产这个敏感的话题而变得微妙不已的神情，我真想大笑出声。

"这我就不太清楚了，我没考虑过这个问题，不过，他确实是一个有经济头脑的人。"他终于承认道，"我想，说他是继伊丽莎白陛下之后英格兰的第二大地主并不过分，整个诺福克郡都是他的，北方也有好几处庄园，他不仅有军权，而且和多位苏格兰领主交情甚密，他们对他印象很好。虽然诺福克是新教徒，但是他家族里也有天主教的拥护者。也许他就是能帮助您保住王位的最佳人选。"

我微笑着，心中自是早就清楚公爵拥有整个诺福克郡，而且手下还有成千上万的士兵。"信里说这是苏格兰领主们的提议。"

"我相信他们是想……"

让我完全受制于一个男人，我心里苦笑着替他说完。

"让您拥有一位优秀的伴侣和一位稳定的顾问。"什鲁斯伯里补充道。

"公爵说其他上议院贵族们也同意了这个提议。"

"是的，他也告诉我了。"

"包括罗伯特·达德利爵士吗？伊丽莎白最好的朋友？"

"是的，他也同意了。"

"那么，只要他同意了，就意味着伊丽莎白也会同意，达德利是不会做任何让伊丽莎白失望的事情的。"

他点点头，这些英格兰男人反应真是迟钝，就像磨坊里咯吱转的老机器，脑子一点都不灵光。"当然，当然，那自然是，您说的没错，确实如此。"

"这不就得了，就算现在公爵还没有征求女王的意见，迟早也会，没有什么可担心的，伊丽莎白和我的内阁都同意这项建议吧？"

他又一次停下来想了想："是的，几乎可以肯定，是的。"

"那么，也许我们已经找到解决所有问题的方法了。我该回信给公爵，告诉他我接受他的求婚，然后再问问他的打算。你看清楚了吧，这封信确实是寄给我的。"

"当然，"他说，"您完全可以给他回信，而且达德利大人也同意了……"

我点头赞成。

"如果威廉·塞西尔也知道的话，我会更放心。"他自言自语道。

"哦，你想要征求塞西尔的意见吗？"我故作天真地问道。

他果然发火了，和我预测的一样。"不！除了女王陛下，谁都别想指使我做事！我是贵族法庭的审判长，是枢密院的成员，谁都没有资格任意驱使我，威廉·塞西尔更没有资格！"

"那么，威廉·塞西尔会怎么想都和我们没有关系。"我耸耸肩，"他不过是个忠心的奴仆，不是吗？"果然，听我说完后他立马点头赞同。"只是女王的秘书，不是吗？"

他再一次重重点了点头。

"那他的意见就不会妨碍到我了，血统纯正的女王可不是他管得了的，而且还有你这位上议院的贵族呢，不是吗？我会听从诺福克公爵的安排，等他去通知伊丽莎白女王，还有包括塞西尔在内的大臣们。他有权利自行决定什么时候向众人宣布婚约。"

我踱步回到壁炉旁的座位，拿起针线，继续做着女红。贝丝抬起头向我这看了看。我的手因为激动正颤抖不已，但脸上仍然一片平静，就像刚刚和她丈夫讨论完天气和明天外出打猎的琐事。

感谢上帝，感谢他听到了我的祈祷。这确实是能让我最快、最安全地回到苏格兰，夺回我的儿子和王位的办法了，而且有一个支持我的、野心勃勃的丈夫和他实力雄厚的家族做靠山，不仅让我的安全得到了保证，还有利于我顺利继承英格兰的王位。他可是伊丽莎白的亲表弟！和他结婚的话，就意味着我的儿子不仅是斯图亚特家族的孩子，还是都铎家族的亲属。

诺福克公爵是个英俊的男士，他的妹妹——博尔顿城堡的斯克洛普夫人昔日向我做过不少承诺，说忠于我的苏格兰大臣们会想办法和他接触，询问他是否愿意出手相助；说他会偷偷溜进博尔顿城堡的花园里来一睹我的芳容；还说他肯定会对我一见钟情，然后向我求婚并成为苏格兰的国王。那还用说吗！那段时间里，我可是每天都穿着最漂亮的长裙到花园里散步，低垂着双眼，带着一丝体贴的微笑。如何做到风姿绰约可是我从小的必修课呢！

诺福克公爵一定是一位正直的男士——在我的调查案中，他也是法官之一，一定也听到过关于我的负面传言，但是他并没有信以为真。虽然他是新教徒，但这正是对付苏格兰官员的优势，也利于我继承英格兰的王位。最棒的是，他非常了解如何跟一位女王相处。他是女王的亲属，伊丽莎白同样也是由公主升为女王的，因此他不会像博斯维尔待我般粗俗无礼，也不会像达恩利那般嫉妒我。他会很清楚，作为女王的我，需要的是一位真正的丈夫、同盟和朋友。也许这是我人生中的第一次，能够找到一位既爱我又尊我为女王的人。也许这是我人生中的第一次，能够找到一位可靠的男人做丈夫。

　　感谢上帝,我真想欢快地翩翩起舞!虽然端庄地坐在椅子上,但我仍然能感受到脚趾头正在丝绸制成的拖鞋里快乐地跳着舞。我一直坚信自己能反败为胜,也坚信终点即是另一个起点!只是,出乎我意料的是,这一天竟来得这么容易,这么舒心,这么快!

# 1569年春

贝丝　于图特伯里城堡

威廉·塞西尔亲启：

　　请一定看看随信寄来的由诺福克公爵送给我们客人的信。信是由我丈夫转交给她的，并且是密封的。她和我丈夫都不知道我偷偷看了信的内容然后给你抄送了一份。相信你对此事已经有了主意，我会无条件站在你这边。

你的朋友，<br>
贝丝

## 1569年春

玛丽　于图特伯里城堡

亲爱的博斯维尔：

　　伊丽莎白女王的亲表弟，诺福克公爵托马斯·霍华德已经向我求婚，并答应用他的力量帮我夺回苏格兰的王位。我们应该庆幸，因为我和他的关系，孩子们将会既是苏格兰又是英格兰的继承人。当然，为了能和他结婚我必须解除和你的誓约，所以请你尽快同意解除婚约，我是被迫的——我会一直坚持这个立场。我也会继续要求丹麦国王释放你，他答应我，只要我一重登王位，就立刻还你自由，之后我们就能在苏格兰再会了。我会一如既往地等着你。

你的，
玛丽

# 1569年4月

贝丝　于图特伯里城堡

　　塞西尔传来消息说苏格兰女王可以做好准备启程回苏格兰了。我们所有人都有种马上就能脱离图特伯里这座监狱的喜悦与放松。他说我们终于可以把女王接到一座符合她身份的宫殿里去，可以像正常的贵族般生活，而不是在一座吉普赛人式的避难所里挣扎了。

　　所有一切都将不同了。玛丽女王能拥有更多的自由：她可以接待访客，还可以随意外出骑马。她将以女王而不是嫌疑人的身份生活。塞西尔甚至还写信给我说招待女王的经费已经由财政部下拨，而且会将拖欠我的费用一并还清，我们的要求也会在不久的将来兑现。我们将待她如上宾，热情服侍这位女王，直到她这个月下旬启程回爱丁堡，并在仲夏之际重回王位。

　　好吧，我承认，我想错了。原本以为塞西尔绝不会放她离开，看来是我错了。我还以为他会把玛丽女王一直困在英格兰，不停地以调查为由拖延时间，直到能找到或者伪造出足够的罪证为止，将她终身囚禁于此。还以为她会一辈子悲惨地在某座高塔之内过完余生。但是我错了。塞西尔一定另有计谋。他总是让人猜不透，我们这些朋友和盟友只能警醒着时刻跟随他。谁也不知道塞西尔现在打算干什么。

　　也许是因为玛丽女王和诺福克的联姻，又或者是因为他觉得一位高贵的女王、受过膏的女王不能一辈子被关在屋里。或者，老爷是对的，塞西尔在伊丽莎白那儿逐渐失宠了。他光芒璀璨的时间太久，终于也到了日蚀的时候。又或者塞西尔的飞扬跋扈惹怒了其他贵族,所以我的老朋友决定暂时屈服,就像我们年轻时候寄人篱下那般不得不隐忍。我的儿子亨利现在在达恩利手下谋职,他写信告诉我最近就有两次,塞西尔公然和某个贵族撕破了脸,而且事态一次比一次严重。西班牙黄金事件对他伤害极大,即便是女王陛下也觉得他做得太过火了,而且也下令要归还塞西尔偷取的西班牙金币。

"即便如此,你还是要好好维持和他的友谊。"我谨慎地给亨利回信道,"塞西尔是在放长线钓大鱼,而且女王陛下是不会亏待曾经帮助过她的功臣的。"

苏格兰女王和我们所有人都将迁移到老爷的温菲尔德城堡,那里非常雄伟壮观。女王为能离开图特伯里而欢喜雀跃。她没费大力气就打点好了一切:女王亲自安排家仆们把行李装上马车,她的私人物品、衣物、珠宝也在拂晓时打包好了,宠物鸟也已经装上了车,她还下令一定要让她的宠物狗坐到马鞍上去。她会和老爷一起在队伍的最前方并肩前行,而我还像以往一样,跟随在家具货车旁边,像他们的仆般尾随其后,在前方马蹄溅起的泥浆中步步维艰。

清晨,他们启程上路了,天气清爽宜人,鸟儿们在春风中歌唱,云雀在荒野中向着晨光飞翔。但是等到我收拾好行李上路时,天却下起了雨,我不得不将面纱掀起盖在头顶,翻身上马,然后领队走出院子,顺着泥泞的山路下行。

我行进得相当缓慢,简直让人痛苦不已,老爷和女王却能在青青草地上悠悠慢跑着前进,老爷他熟知树林中的马道和捷径小路,可以带着她轻松穿过潺潺小溪,飞驰在高高的荒野之上,继而顺道而下到达河流边绿荫葱葱的小道,他们的旅途充满着愉悦欢乐,身旁甚至还有六个旅伴解闷。相比之下,我却因为要看护货车和家具,不得不跟随着笨重的马车在泥泞路中缓缓而行。途中如果车轮坏了，我们得在大雨中修上几个小时的车，再继续上路；如果遇到马儿瘸了腿，我们得把它从车杆里拉出来，到下一个村庄再重新雇一匹。工作如此艰巨，如果我是个娇小姐的话可能会抱怨满腹了吧，但我不是，我不是生来就享福的大小姐，而是一个从小干着粗活长大的女人，即使是现在，我也乐在其中，干得很顺手。我可不屑于扭捏作态，非得装成一副金贵模样。钱，是我自己努力赚来的，这是值得炫耀的骄傲。在娘家，我是第一个靠自己发家致富的人，实际上，整个德比郡内，我也是第一个如此成功的女人——第一个根据自己的眼光和判断力挣钱的女人。这也是我如此热爱在伊丽莎白统治下的英格兰的原因：因为像我这样出身卑微的女人，也能靠自己闯出一片天地。

沿着河岸再走几英里就能到达温菲尔德了，黄昏已经悄然来临，大雨也跟着偃旗息鼓了。虽然全身上下都湿透了，但是我仍然时刻准备着以最优雅的仪态进入老爷最喜爱的庄园。我们沿着山谷底部前行，惊扰了道旁的雌红松鸡，它们四处逃窜，急急跑进河水里去；还有凤头麦鸡，在天幕下啾啾叫唤着。很快我们便看到了温菲尔德城堡，矗立在一大片浸水草地的对面，雄伟壮观，绿树环绕，就像天堂里金碧辉煌的王宫，袅袅水雾萦绕其下。小河边蛙声阵阵，麻鸭也在欢快歌唱。河岸上树木葱郁，像是一条绿色的丝带环绕着整座城堡，白蜡树终于成荫，柳树则在微风中沙沙细语，摇曳着茂密的枝条，像是随风飘荡的丝绸窗帘。突然，画眉鸟悠扬的歌声划破黄昏的天空，仓鸮白色的身影如鬼魅般穿过我们眼前。

这，是塔尔伯特家族的财产，由我的丈夫继承得来。而我，则将它当做嫁入豪门的福利：属于我的瑰丽的宫殿，我的家。这里像是一座大教堂，雄伟的石头建筑群上点缀着高高的白色拱形窗户，高瘦的塔楼在夜幕中清晰可见，四周的树林就像飘浮在塔楼下的新绿色的片片云朵，白嘴鸦啼叫着带来了黑夜之神。我们风尘仆仆地驶近庄园，仆人们即刻敞开大门迎接

# 另一个女王

一路艰辛的队伍。

我早已先派了一半的家仆回来准备，所以几个小时之前，当女王和老爷在阳光明媚的下午到达城堡的时候，一队音乐家已经在大门前迎接他们了；进入大厅，厅内两头的火炉也早已准备妥当，足以供他们取暖，仆人和佃农们则位列两侧，弯腰向他们行礼。当我到达的时候已是黄昏，剩下的家具、贵重物品、画像、金器及其他物品也随我安全抵达。当我进入大厅时他们正在共进晚餐。只有他们两人，坐在贵宾桌上：玛丽女王坐在原本属于我丈夫的上座，盛装着身，面前摆着三十二道菜式，而老爷坐在女王旁边的次座，拿着金子做成的长柄勺从大银盘里为她盛汤。那个盘子是从一座大修道院里得来的，勺子是院长的东西。

我从大厅后门进来的时候他们甚至都没有察觉，本想着加入他们，但突然又犹豫了起来。我的头发和脸上还裹着沿途的灰尘，衣服湿透了，从靴子到膝盖的部分全是泥浆，而且全身散发着马儿汗水的味道。正当我犹豫时，老爷抬头发现了我，我挥手示意假装自己不太饿，想先上楼去卧室休息。

她看起来神清气爽并且年轻动人，黑色的天鹅绒和白色的亚麻服饰恰好衬托出一股骄奢的贵气，因此我不能如此衣装不整地加入他们。显然，她有足够的时间清洗换装，那黑色的秀发如同燕子的翅膀，丝滑柔顺，乖巧地收拢在白色的兜帽之下；那脸颊白皙且嫩滑；当她俯视大厅，展开诱人的微笑并向我伸出白净的手时，美丽得如同画像中的仙女。第一次，人生中的首次，我觉得自己着装如此不整洁，更糟的是，我竟感觉……自己老了。以前我从不会有这种感觉。过去的几十年中，经历的四次求婚过程中，我总是年轻的新娘，比大多数人都年轻。我一直都是一位漂亮的、年轻的、善于家务、精于管理、衣着整洁、眼光时髦、拥有超越年龄的睿智且掌握着自己命运的女人。

但是今晚，此刻，第一次，在我的房子里，我气派的大厅里——本是最让我放松、自豪的地方——我却意识到自己不再年轻，已经是一个年长的女人了。不，事实上，连年长的女人都称不上，我已是一个老女人，一个四十一岁的老女人，不能生育，没有了身价升值的空间，一个财产到达顶峰，容颜也已逐渐衰老的老女，我已经没有任何未来可言，人生历程差不多已经走完了。但是苏格兰的玛丽女王，这个世界上最美丽的女人之一，年轻得足以做我的女儿，天生的公主殿下，受封的女王陛下，正坐在餐桌前和我的丈夫共进晚餐，在我的桌子旁！而他正倾身向她不断靠近，近了，更近了，他的眼睛注视着她的嘴唇，独享着那妩媚的微笑。

## 1569年5月

乔治　于温菲尔德城堡

壮丽的庭院中,我牵着马儿等待着。大厅的门敞开了,她走了出来,穿着为骑马而特意准备的镶着金线的天鹅绒长袍。我并不是个注重细节的男人,但是我还是立刻发觉她身上的长袍是新制的,不然就是那顶软帽是新的,或者其他什么是新的,反正在这美丽的早晨,在这暖暖晨光中,她看起来就像镀了一层金光,让漂亮的庭院变成了一个装着罕世珍宝的珠宝盒。我不自觉地冲着她露齿微笑着,等我意识到的时候,觉得自己简直像个傻瓜。

她穿着秀气的红色马靴,迈着轻巧的步子走了下来,全身洋溢着自信的风采。她伸出手,像往常一样,我亲吻她的手背以示问候,然后就像任何近臣都会对女王做的一样,将她举上马鞍。但是今天,我突然感觉有些笨拙僵硬,就像我的脚突然变得太大了。我既担心马儿会趁我举起她的时候跑开,又觉得也许我把她抱得太紧了,有举止不端的嫌疑。她的腰肢纤细,轻若羽翼,但是却很高挑,头顶可以达到我脸的位置。我甚至可以闻到那金色天鹅绒软帽下的秀发散发出的淡淡幽香。没有任何征兆的,我感觉身体越来越热,竟像个男孩般脸红了。

她认真地看着我问:"什鲁斯伯里?"发出的音却是"损斯贝依",因为她仍然发不准音。我愉快地笑了出来。

她立刻回以笑容,"我还是没发准吧?"她问,"这次还是不对?"

"什鲁斯伯里,"我说,"什鲁斯伯里。"

她的嘴唇翘了起来,像是要给我一个吻,然后努力出声:"索斯贝依。"说完自己又笑了起来。"还是不行,不然我换个称呼?"

"就叫我损斯贝依吧,"我说,"还没有人像您这样称呼过我。"

她站在我的前面,我把双手并拢成杯状方便她借力上马。她紧紧握住马儿的鬃毛,我轻而易举地把她托上了马鞍。我还没有见过哪个女人像她一样骑马:法国式的,两腿分开跨在马背上。当贝丝第一次看到她的骑马姿势,还有她露在外面的马尼拉马裤时,说如果她像这样骑马外出一定会引起骚乱。因为这样不合礼节。

"法国的王后陛下凯瑟琳·德·美第奇,就是这样骑马的,每一位法国公主也是。你的意思是说她和我们都错了?"玛丽女王正声道。贝丝连耳朵都染上了猩红色,在她耳边道着歉,然后说这在英格兰确实不合时宜,如果女王不想横着坐在马鞍上的话,可以坐在马鞍的后部座位上,在男仆的后面。

"可是这样,我就能和男人骑得一样快了。"玛丽女王说道,但事已至此,尽管贝丝嘟囔着说女王骑得比护卫快对我们而言并非好事,也阻止不了她了。

从那天起,她便一直像男孩般双腿分开骑马,长袍均匀地散开在马儿的两侧。她像贝丝担心的那样骑马飞奔,像男人般迅速,有些时候我不得不使出全力才能追上她的速度。

我开始检查她带跟的马靴是否安全地踩上了马镫,有一瞬间,她的脚停留在我的手掌上,小巧的高足弓型的脚。当我握住它时,心里不禁产生了一股怜惜之情。"踩稳了吗?"我问。她骑的是一匹十分高大的骏马,我总是觉得太大不安全。

"是的,"她回答道,"走吧,大人。"

## 另一个女王

我登上马鞍,点头示意护卫出发。即使是现在——她回程的计划正在筹划,和诺福克的婚礼也在计划之中——她胜利在望的时刻,我还是被要求必须守卫在她身边。真是荒唐至极,像她这样高贵的身份,在自己表亲的国家骑马外出却要被二十个男人时刻跟随,确实是对她的侮辱和亵渎。她是女王,上帝明鉴,她已经做出了自己的承诺。不信任她就是对她的冒犯。我以我的行为为耻。当然了,这也是塞西尔的命令。他根本不明白当一个女王做出承诺后意味着什么。他就是个笨蛋,也让我变成了笨蛋。

我们一路谈笑着骑下山坡,经过了一片茂密的树林,开始沿着横穿树林的河边漫步。地势开始升高,我们刚走出树林,迎面就来了一群骑马的队伍,大概二十个人,全是男的,我勒马停下,然后朝原路看了看,想着要不要调转马头打道回府,如果他们胆敢袭击我们的话。

"跟紧了!"我厉声对护卫们吩咐道,伸手朝腰间的佩剑摸去,很快发现自己并没有佩剑出行,心里不停自责为什么在这危机四伏的时期还敢如此掉以轻心。

她朝我看来,神情淡定,嘴角保持着微笑,这个女人并没有害怕。"他们是谁?"她问,语气里只有好奇没有一丝惊慌,"我们打不赢他们,但是我们可跑得比他们快。"

我眯着眼睛仔细看了看,随后笑了起来:"哦,是珀西,诺森伯兰大人,我最好的朋友,还有他的亲戚威斯特摩兰大人和他们的随从。我还以为真的碰上麻烦了呢。"

"嘿,真巧!"珀西边骑边对我们大叫道,"真是巧了,我们正打算去温菲尔德拜访你。"他脱下帽子行礼道:"陛下,"他对她弯下腰。"见到您真是荣幸,巨大的荣幸,意外的荣幸。"

我没有接到任何拜访的消息,塞西尔也没有告诉我此种情况应该怎么做。我有些迟疑不定,但这些人是我的朋友和亲人,我不可能将他们拒之门外。好客的我自然会友好问候他们。我的家族作为北部领主，已经延续了几个世代，总是对陌生人和朋友们慷慨地敞开大门。如果此时作出任何拒绝的举动免不了被误会成斤斤计较的商人，再说了，我喜欢珀西，很高兴见到他。

"当然，"我说，"非常欢迎。"我转身面向女王，征求引荐的许可。她沉着地和他们问候，笑容浅而含蓄，我想可能是因为她正在骑马的兴头上，不想我俩一起的时间被外人打扰。

"抱歉，我们还想再骑一会儿，"我说，尽量顺着她的心意，"贝丝会让你们宾至如归。但是我们现在不会回去。陛下还想继续，我们也才出门一会儿。"

"请不要为了我们改变安排，我们能和您同行吗？"威斯特摩兰弯腰问她。

她点点头："如你所愿。但是你得告诉我伦敦发生的一切。"

威斯特摩兰立刻陪在她的左右，妙语连珠，她不时地发出一串串欢笑声。珀西把他的马牵到我旁边，我们一起快步走开了一小段距离。

"好消息，下个星期她就能自由了。"珀西对我说，脸上洋溢着大大的笑容，"感谢上帝，什鲁斯伯里！这段时间真是糟糕。"

"这么快？陛下这么快就打算放了她吗？塞西尔只在信里说是这个夏天。"

我差点在胸前画十字替她谢恩了，这是再好不过的结局。我伸出手和珀西交握，大笑出声："我一直很关心她的事情……珀西，你不知道她到底经受了些什么。我一直觉得这样幽禁她太粗暴了。"

"我觉得自从第一次烦人的调查开始，英格兰所有正直的人都没有睡过一个安稳觉。"他直白地说，"我们为什么不能对她施以女王标准的接见，直接予以庇护，不带任何质疑？天知道。塞西尔知道他在干什么吗，居然把她当成罪犯,只有恶魔才知道原因。"

"让我们做法官,却是要评价女王的私生活。把我们全都牵扯到那恼人的调查里去,他到底想要我们找什么?三次,她的敌人向法官们提供了三次秘密证据,还要求我们不私下审读,做出判决。谁会对一位女王做这种事情?"

"呵,感谢上帝你没有。因为你的拒绝塞西尔才没有得偿所愿。陛下一直都想公正地对待她的表亲,现在她终于有了一条明路。玛丽女王获救了,塞西尔的迫害阴谋也不攻自破了。"

"是陛下的意愿?我就知道她一直很英明。"

"她从一开始就是反对塞西尔的,她一直都说玛丽女王应该重回王位,现在终于把塞西尔制服了。"

"最好是这样。接下来事情会如何发展呢?"

珀西突然停了下来,因为玛丽女王已经骑着马来到我们面前并对我说:"损斯贝依,我可以在这儿骑快马吗?"

前面的道路平坦,草坪又颇为茂密,地势随着山坡平缓升高,照理说这样的路况算得上平稳,她的安全完全可以得到保障,但是每次看到她像骑兵冲锋般一路狂奔时,我的心就提到了嗓子眼儿,担心得不得了。"速度不要太快,"我说道,像个操心的父亲,"不要太快。"接着她便像个孩子般挥挥手里的马鞭,像疯了一般向前冲去,护卫们和威斯特摩兰不得不紧跟其后,期间好几次差点跟不上她的速度。

"上帝!"珀西大声道,"她居然跑得这么快!"

"她一直这样。"我说,我们驾着马奔了好一阵才赶上她,停下时都气喘不止。因为她突然停下,我们不得不紧急刹车,跌跌撞撞地来到她身边,而她却欢快地笑着,头上的软帽被风吹得歪斜在一边,浓密的黑色秀发也滑了下来。

## The Other Queen
### 11.9

"感觉真是棒极了!"她说,"损斯贝依,我又把你吓到了吧?"

"您怎么就不能悠着点呢?"我大声说道,又引来她一阵欢笑。

"因为我喜欢奔跑时自由的感觉,"她说,"感觉到马儿奔跑时舒展的身躯,马蹄声如雷鼓般在耳边回响,还有迎面而来的风,让我有种继续向前,永远也不要停下来的畅快感。"

她最终还是停了下来,因为她不可能永无止境地跑下去,至少今天不行。于是我们调转马头往城堡走去。

"我每天都会祈祷她能回到王位。"我轻声对朋友珀西说道,希望他没有发觉我声音里不禁流露的柔情,"她是那种无拘无束的人,她的确需要自由。把她限制在一个地方,就像把一只猎鹰关在笼子里一样残忍。我一直觉得自己像她的狱卒,这对她太残忍了。"

他偏着头盯着我看,像是在思考些什么。"但是你绝不会放了她吧?"他用低沉的声音试探着问,"如果有人意图要来救她,你绝不会视而不见吧。"

"我始终效命伊丽莎白陛下,"我直言道,"就像我的家族自诺曼底公爵威廉开始效命于英格兰的每一位国王。而且我发过誓要做一名英格兰的贵族绅士,所以我不会坐视不管,我的尊严也不允许。但是这并不阻止我关心她,我一直渴望她得偿所愿——能像空中的鸟儿般自由飞翔。"

珀西点着头,紧抿着嘴唇陷入思考。"你已经听说她要和霍华德结婚了吧,之后他们会一起重回苏格兰登上王位?"

"玛丽女王确实告诉过我,霍华德也写信通知了我,但是伊丽莎白陛下什么时候才会点头恩准呢?"

珀西摇摇头:"她现在还不知道。你知道的,只要一听到有人结婚的消息她就会大动肝火,霍华德仍然在等待合适的时机。达德利说他会等时机成熟的时候向陛下提起,但是一直没有消息。有传言说,诺福克已经推迟了两次上报的机会。也许他会在夏季之前告诉她吧。达恩利一开始就知道这件事，他说过会适时向女王提起。这对所有人都有好处，而且也能在她重回王位后保护她的安全。"

"塞西尔怎么看这件事？"

他向我暗暗一笑："塞西尔什么都不知道，而且有人想要一直隐瞒下去，直到这件事圆满结束。"

"如果他反对的话就太糟糕了，毕竟他不是霍华德的朋友。"我谨慎地选择措词。

"当然，他不是霍华德的朋友，也不是你我的。塞西尔有朋友吗？谁会相信他？"他坦言道，"我们怎么会和他交朋友？他是什么身份？什么出身？在陛下任命他为总管之前谁又认识他？而且塞西尔的时代马上就要结束了。"珀西低声对我说："霍华德想要弹劾他，这只是计划中的一部分，他也希望我们能和塞西尔撇清关系，利用塞西尔对西班牙的敌意，把苏格兰女王从他的怨恨中解救出来，让他在朝廷的势力逐渐缩小，也许还能把他彻底赶下台。"

"赶下台？"

"托马斯·克伦威尔比他厉害，不是也被霍华德家在枢密院议会上剥夺了在朝廷的官职吗？你不觉得这种事情有可能再现吗？"

我试着控制自己不要摆出高兴的神情，但收效甚微，珀西可以轻易看到我脸上的喜悦。

"你和我们一样不喜欢他！"珀西得意地说，"我们会将他赶下台，什鲁斯伯里。你和我们并肩作战不？"

"我不会做任何有损荣誉的事情。"我说道。

"当然不会！我怎么会向你作出那样的建议？我们可是好兄弟。霍华德、阿兰德尔、鲁姆利还有我们两人，都发誓要确保英格兰王位再次由合法继承人继承。我们最不能忍受的事情就是贬低自己。但是塞西尔却总是这样对付我们。这个分毫必算的小人,想要整个朝廷都视苏格兰女王为敌,除了忠诚的新教徒,他谁都可以迫害,而且——"珀西又降了降声音,"还永无止境地招募间谍。哪怕是伦敦的酒馆,都有人整天坐在那儿,账单全都是寄给塞西尔的。他也会在你的家里安插奸细,塔尔伯特。他对我们的行踪了如指掌。他会把所有收集到的资料整理到一起,等到时机成熟的时候再拿出来。"

"他不可能有机会监视我。"我坚定地说。

珀西笑了起来。"这次调查中,你是什么时候起拒绝称苏格兰女王为荡妇的?"他嘲弄道,"从那时起你就是他的敌人了。他会准备个你的专属文件夹,把从你家厨房、楼梯间听来的八卦,佃户们的微词,债务人的抱怨全都记在上面,然后当他觉得时机成熟的时候,或者能轻松扳倒你的时候,他会把所有一切上呈给女王陛下,告诉她不要再相信你。"

"陛下她绝不会……"

"他会马上把你的心腹抓进监狱,然后逼他们说出你是玛丽女王的秘密拥护者。"

"我的仆人不会……"

"世上没有人能忍受住长时间的逼问、拷问和铁处女①。你知道现在流行把人的指甲生生拔出来的酷刑吗?他们会把人拦腰挂起来。英格兰没有人能忍受住这种痛苦。每个被刑讯的人都会在三天之内对他们言听计从。"

"塞西尔不会对正直的人做这么残忍的事……"

"会的。什鲁斯伯里,你对伦敦的情况一无所知。现在已经没有人能阻止他了,他什么伎俩都用上了,而且还告诉女王现在是非常时期,就该用非常手段。陛下整天担惊受怕,对他更是言听计从,默许了他由着性子干

---

① 英国中世纪的一种刑具。

着肮脏的勾当。他手下的秘密部队人数众多,只听从他的调遣,而且知晓一切内幕。他们晚上抓人,不是送到监狱就是密室里,而且没有合法的逮捕令,全是听从塞西尔的指挥。"

"星法院①没有下令抓人,陛下也没有下旨抓人,一切由塞西尔全权做主,而且都是秘密进行的,仅凭他的一面之词。陛下相信他、他手下的情报探子还有那些施暴者,但是那些从监狱里出来的犯人们都发誓余生里必定要告发塞西尔的暴行。他正在用西班牙的审讯手段对付那些无辜的英格兰人。谁又能保证他不会对我们狠下毒手呢?他正在破坏我们的自由,是我们的敌人,我们必须阻止他。不然他不光会毁了我们,也会毁了陛下。一个真正忠于女王的人一定是塞西尔的敌人。"

不知不觉间我们到了庄园不远处的上坡路,马儿们伸长脖子向上踏行,我放松了腰部,一句话也没说。

"你知道我是对的。"珀西说。

我叹了口气。

"陛下会让他成为男爵。"

马儿突然向后退了一步,我的腰也随着猛抖了一下。"绝不可能。"

"她会这么做,既然她赐予了他财富,也就能赐予他荣誉。你可以想象,那时他会让你的继女嫁给他的儿子,或者陛下会亲自要求你把女儿伊丽莎白嫁给驼背又低矮的罗伯特·塞西尔。那时塞西尔会越来越强大,会和你齐头并进。那时我们所有人,即使在自己家中都不敢说句真话。他正将我们的国家变成一个间谍王国,只听他一人指挥的国家。"

我被震惊了,一瞬间竟无言以对。

---

① 因在威斯敏斯特宫的星室里开庭而得名,星法庭主要处理普通法庭无法审理的刑事案件或特殊性质的案件,在审理案件时不采用陪审团,以其快捷有效的审理活动增加了王权。

"必须阻止他，"珀西说，"他就是另一个沃尔西①，另一个克伦威尔，靠着婢膝奴颜上位的暴发户。他不是个好的顾问，他的提议对陛下来说是危险的，就像前两个人一样，他也会被我们赶下台的，只要我们这些世袭贵族们齐心协力。在他权倾朝野之前必须把他赶下台。我敢发誓，他一定是英国的危机。我们不能让他加入英格兰的贵族行列。"

"男爵？你确定陛下会让他升至男爵？"

"她都已经赐予他财富了。我们必须阻止他，在他变得更强大之前。"

"我明白，"我厉声道，"但是升至男爵？！"

玛丽女王已经穿过了大门，必须有人帮她从马鞍上下来，我显然来不及上前帮她下马。

"你们和我们共进晚餐吗？"我问道，没能看清是谁帮她牵马，又是谁把她从马上扶下来，"贝丝会很高兴见到你。"

"这样做塞西尔会知道我们在这儿待过，"珀西说，"还是谨慎为好。"

"我有权邀请客人到家里做客，"我大声宣称，"女王在她的房间里单独用餐就行了，不会有危险。这关塞西尔什么事？"

"英格兰发生的所有事他都会掺和，"珀西回答道，"四天之内，他就会知道我们在这儿待过，晚餐期间我们所说的一切都会传到他的耳里，一字不差。我们就和她一样，都是犯人，只要他派人监视我们。你知道家里有他派来的间谍吗？至少有一个，或者两到三个。"

我想到了贝丝，还有她和塞西尔的交情。"塞西尔相信贝丝，"我说，"他不会派人来监视贝丝。他绝不会在贝丝家里安插奸细。"

"他不会放过任何人。"珀西坚持道，"你或者贝丝，和我们都一样。他必须得被打倒，我们必须一起将他赶下台。你同意吗？和我们一起？"

"同意。"我一字一句地说，"同意。让我们联手，让英格兰女王再次找

---

① 指托马斯·沃尔西，英国红衣主教，曾任大法官，后被亨利八世革职。

回她的贵族顾问,而不是依赖一个靠奸细支持的天生奴颜的仆人。"

缓慢地,珀西伸出了他的手。"你和我们一起,"他说,"你发誓你确定?"

"我和你们一起,"我说,"塞西尔不能变成男爵。我无法忍受他被加爵,这简直天理不容。我会和你们一道把塞西尔赶下台。我们一起。让我们团结一致,再次成为英格兰的贵族联盟。"

## 1569年5月

贝丝　于温菲德尔庄园

"他们不能在这里用餐。"我平静地说。

老爷对我抬了抬眉毛,我立刻意识到焦急让我的德比郡口音又溜出了嘴。"抱歉,老爷,"我快速说道,"但是他们不能留在这里。你不该和他们一同骑马,你应该告诉他们离开,该在看到他们的时候就立刻把玛丽女王带回家。"

他看我的眼神就像在看一个不听话的女仆。"这些人是我的朋友,"他谨慎地说,"英格兰的贵族们。我的大门当然会为他们敞开。我不会因为招待他们而感到耻辱。我的大门永远向他们敞开。"

"塞西尔要是知道……"

他的脸立刻垮了下来:"塞西尔没有权力对我的庄园发号施令,我的任何庄园。我会好好招待客人,我的妻子也一样。"

"这不是好好招待的问题,也不是我顺不顺从的问题。这是关系到苏格兰女王安全的问题。如果他们私下传信给她怎么办?如果他们和她秘筹阴谋怎么办?如果他们要趁机带走她怎么办?"

"因为他们是我的客人。"他谨慎地说道,听起来就像我傻得连正常对话都听不懂,"这事关乎荣誉。如果你连这都不懂,那你对我和我的世界一无所知。贝丝,你的第三任丈夫圣·洛也是位贵族,就算其他两个不是,你也应该知道,当贵族们坐在一起用餐的时候,是不会耍这些心机的。"

# 另一个女王

"他们大概被她迷惑住了,"我生气地说,"和英格兰其他一半的傻瓜一样。"

"她就要嫁给诺福克公爵了。"他说,声音很平静,和我的尖嗓子形成强烈对比,"她就要结婚了,然后会回到苏格兰做女王。她的前途显而易见,没有必要担心她会策划逃走。"

"也许吧。"我怀疑地说道。

"她会重登王位的。珀西亲口告诉我的,苏格兰的新教贵族们已经同意了。她会确保他们的安全并尊重他们的信仰,与之相对她也可以在私下里做弥撒。只要她结婚,有一个和她有同样身份高贵并且富有、强大的新教丈夫,那么他们就会做好让她回去的准备。他们相信托马斯·霍华德会成为一位适合苏格兰的国王,也能与英格兰维持良好的联盟关系,他们去年在约克郡就和霍华德商议妥当了。而且他们也相信霍华德能控制好玛丽女王,并生下两人的儿子。"

我静默了一会儿,迅速问道:"伊丽莎白陛下也同意了?"

他的沉默说明了一切。

我就知道!没人敢告诉她。她憎恨一切婚礼、婚姻和可能分裂她内阁的所有行为。说实话,伊丽莎白无法忍受自己失去众人的关注,她极其享受成为焦点的感觉,而一个婚礼上的新娘一定会有抢走英格兰女王风头的可能。我能用性命担保,她绝对不会同意霍华德和苏格兰女王的婚事,她绝不会眼睁睁看着霍华德、她的亲表弟坐上苏格兰国王的位子。实际上,她一直嫉妒霍华德的财富和他不可一世的态度。她不会让霍华德有机会爬得这么高。我敢以所有财产打赌——她巴不得霍华德死在她脚下,而不是生下一个继承英格兰王位的儿子。伊丽莎白是一个善妒的女王,她绝不会容忍有人比她更有权更富有。她必须凌驾于所有人之上。她也绝不可能让她的表侄女,年轻的玛丽,坐到自己的头上。从我一开始看到霍华德的求婚信开始就明白，只要伊丽莎白一知道此事，就会毫不犹豫地反对。

"她绝不会同意的，"我坦率地说道，"而且塞西尔也绝不会支持霍华德登上苏格兰王位。他们两人是多年的竞争对手。塞西尔还有伊丽莎白都不会让霍华德得到如此权力。他们两人都不能容忍霍华德成为国王。"

"塞西尔不会永远控制这个国家。"老爷说，权威的语气让我惊讶，"大管家的好日子已经到头了。"

"你不能这么说他。"

"我能，贝丝，我可以。"

"塞西尔不仅仅是个管家。他为伊丽莎白的国家计划好了一切，又指引了她一切。他不只是个仆人，英格兰能有今天少不了他的功劳。他是伊丽莎白的导师。她有一半的思想都是塞西尔教导的。"

"不，他确实是管家，很快他会连管家都不是了。"

## 1569年5月

**玛丽　于温菲尔德庄园**

威斯特摩兰大人带给我了大量来自伦敦的消息，我们甚至在回来的途中还私下讨论了些别的事情。

感谢上帝，我终于获救了，未来一片光明。和霍华德的联姻也进展顺利，大使莱斯利主教正在起草联姻协定。苏格兰的大臣们会接受霍华德成为国王，也会让我重回王位。而且霍华德风华正茂，才三十岁就已经有了自己的孩子，我想我们以后一定也会有自己的孩子，一个继承王位的儿子和一个供我宠爱的女儿。霍华德同意帮我接收从西班牙运来的资金。他们会偷偷把西班牙的金币走私进口交给霍华德，再送到我这儿。我很乐意，因为这是对他的一个不错的考验。如果他真的愿意帮我处理西班牙的黄金，就证明了他是爱我的。与此同时，他还会收到来自西班牙的加密信件，同样需要直接交给我。这样他就能慢慢进入我的世界，然后和我坐上同一艘利益之船。他也不是傻瓜，一定也明白其中的利害关系。我很开心，他下定了决心要成为我的丈夫，苏格兰的国王。

有了博斯维尔的前车之鉴，我不会再容忍一个心有旁骛的丈夫。其实博斯维尔也是极其宠爱我的。上帝明鉴，我爱他的野心，还有他对机遇的敏感性。我爱他，爱他那股做事情的韧劲儿，就像冲向靶心的箭，直中要害又迅猛执着。我从没有见过像他那样勇敢的男人：为达目标，不惜一切手段。还记得瑞齐奥被杀后我从爱丁堡逃出的那个夜晚，达恩利就在我身边，像个被吓坏的小孩儿，我们在黑暗中赶路，想到连我都试图谋害的苏格兰叛臣们，心中十分绝望。当我们转过一个路弯后，赫然发现四位骑在马上的男人挡在我们路中间，在黎明的天幕下他们的身影显得异常高大，瞬间，我心中的恐惧像爆炸般袭满了全身。

达恩利大叫道："保重自己！"随后挥鞭逃进了高沼地。但是我没有逃，继续向前，然后便发现博斯维尔正在等我，身后是一座安全的城堡。他牵着马顺路而下，前来接我，准备为我而战。

他从不是个文雅温和的人，却将我轻轻地从马背上接下来，抱着我走进城堡，爬上楼梯进入卧室，将我平放在床上。他从来不是个温柔的人，却亲自给我清洁脸和手，脱掉我的马靴。他，众所周知的杀人恶魔，解开了我的长袍前襟，将耳朵轻放在我鼓起的小腹上聆听着胎儿的心跳，微笑着对我说："没事了，我发誓。他没受伤呢，我能听到他的心跳，还在动呢。他还活着，坚强的苏格兰小国王。"而我，从没喜欢过他的人，却将头靠在他长着浓密黑色卷发的头颅上说："感谢上帝，你是忠诚的。"

"感谢上帝让您来到了我身边。"他回答道。

别想了，最好别想起他，最好把他忘得一干二净！

不过，好在霍华德也和他一样野心勃勃。

威斯特摩兰大人还在路上给我说了些其他消息。西班牙的菲利普亲王仍然支持我：他公开宣称我必须被释放。我的大使正在和西班牙大使接洽，他们和支持我的英格兰同伴们联系密切，如果我这个月还没有启程回苏格兰，他们便会发难。我会通过协议回到苏格兰，而伊丽莎白会得到警告。我有强大的盟友，一半的英格兰人都听从我的召唤，且西班牙正在打造一支无敌舰队。伊丽莎白没有胆量继续拖延下去了。西班牙人坚持我应该得到公平对待，他们意图让我坐上英格兰女王的位置，将伊丽莎白赶下台。

等到房间里只剩下我一个人的时候，我拿出了信件，一封是来自莱斯

## 另一个女王

利主教的加密信,我想明早再破译。另一封是霍华德用法语写的短信,还附带上了一枚戒指。真是个体贴温厚的男人!我把他送来的订婚戒指放在手中仔细端详着:上面有一颗钻石,品质上乘,被切割成了方形,闪烁着炽烈璀璨的火彩。它足以配得上一位女王,配得上我。我把戒指放在唇边,为他的贴心轻轻落下一吻。这个男人将会拯救我;这个男人将会让我重新回到我的国家,重新登上我的王位;这个男人将会爱上我。人生中第一次,我将会拥有一位强大且成熟的爱人。不是个小王子,也不是博斯维尔那样的狂人。我会拥有一个在官场上如鱼得水的丈夫,英格兰君王的血亲,他会把我当做女人来疼爱,也会尊我为高贵的女王。

我很满意,因为这一切都是我自己解决的,没有靠伊丽莎白一丁点的帮助。她就是个笨蛋。如果她在我初到英格兰时就伸出援手,撮合这次联姻,并帮我夺回王位,那么,我会永久欠她一份人情,我不仅会把她当成表亲,还会更加爱戴她,我们会成为终身的朋友。正因如此我绝不会原谅她。只要我重回王位,她就会知道得罪我的下场!英格兰的边境将永无宁日,她会明白西班牙人不仅是我的朋友还是我的支持者,我亲爱的法国亲人,为我效力的北方的领主们,以及将我视为继承人、期待着美好的旧日子再次到来的英格兰的天主教徒们。我的新丈夫不会把她当成真正的朋友,她只是个不可信任的表亲。我会怂恿他,让他忘记对她的忠心,只考虑我们两人的利益。我们会成为一对强大的王室夫妻,齐心协力治理好苏格兰,和伟大的天主教势力结成联盟。那时,伊丽莎白就会后悔,后悔将我视为犯罪嫌疑人,后悔没有像姐妹般对待我。那时,她会独自坐在冷宫中,亲身体验众叛亲离的痛苦,亲眼目睹所有人向她的继承人献媚。

我坐到书桌旁,提笔给我的未婚夫写信,感谢他的戒指,对他承诺我的爱情和忠诚。这是一次远距离的谈情,我需要用信件保持他的兴趣,直到我们相见。我向他允诺我的真心和财富,让他确定我是爱他的。我想让他通过信燃起强烈的爱意，想用每一个字来诱惑他。我会让他兴趣盎然，我会逗他笑，还会激起他对我的欲望。只有他完全爱上我，想要我的欲望和他的野心一样大时，我才会有安全感。

　　我早早上床准备休息。事实上，就算有信和钻石戒指的陪伴，此刻我的内心还是燃烧着一股暗暗的愤怒之火。我感觉自己今晚被他们排斥在外了，而且贝丝深深地侮辱了我。这个毫无背景的公爵夫人正坐在贵宾桌上，和我的朋友诺森伯兰、威斯特摩兰共进晚餐，期间音乐悠扬，美酒不断。而我平时用餐时，只有玛丽、艾格尼丝和少许几位朝臣在场。我早就习惯成为万众瞩目的焦点，在我的一生中，不管走到哪儿，都是中心人物，在今晚之前，从来没有谁敢把我排斥在外。午夜睡觉之前，我溜出房间来到了楼梯口，大厅里仍然灯火通明，热闹非凡。不邀请我参加聚会是对我最大的侮辱，而且还是在有舞会的时候，这让我怒火中烧，真是荒唐！我不会忘记！贝丝也许会以为这次她赢了，但这完全是主客颠倒，她会后悔的！

## 1569年6月

贝丝 于温菲尔德庄园

苏格兰女王正在等待着护送她回爱丁堡的护卫，她说服我陪她逛逛温菲尔德的花园。她不懂园艺，但却是个爱花之人。我们在树篱间的碎石小道上漫步着，我向她介绍着每一种花儿的英文名称。现在我知道为什么她的仆人和朝臣如此喜欢她了，她不仅魅力四射，而且还很可爱。有时，她甚至让我想起了我的女儿弗朗西丝，我把她嫁给了亨利·皮埃尔爵士，他们已经有了一个女儿，小贝茜。女王问起我的长女，还有其他三个儿子和另外两个女儿。

"拥有一个大家庭是很棒的事情。"她赞美道。

我点头，丝毫没有隐瞒语气里的自豪。"而且每一个都会喜结良缘。"我自信地承诺，"我的大儿子亨利已经和继女格瑞丝·塔尔伯特结婚了，她是我丈夫的女儿；而我的女儿玛丽也已和继子吉尔伯特·塔尔伯特喜结连理。"

女王笑了起来："啊，贝丝，你真是聪明，这叫做肥水不流外人田！"

"那确实是我们的计划，"我承认道，"而且吉尔伯特很优秀，再也找不到比他更好的女婿了，他还是亨利的好朋友，现在一起在朝廷任职。老爷去世后吉尔伯特会继任他的头衔成为什鲁斯伯里伯爵，我的女儿也会继承我的头衔，成为伯爵夫人，继续生活在这儿，像我一样。"

"我也想有个女儿，"她说，"我会给她取我母亲的名字。我已经失去了两个孩子，我怀过双胞胎，两个儿子，但是上一场战争他们抓住了我，让我失去了他们。"

我变得惊骇不已："博斯维尔的孩子？"

"博斯维尔的孩子。想想他们干了些什么！双胞胎男孩，博斯维尔和玛丽·斯图亚特的儿子们。英格兰此后再也不能睡个安稳觉！"她笑了起来，但喉咙里止不住哽咽了一下。

"这是您和博斯维尔结婚的理由吗？"我悄悄问她，"因为您知道怀上了他的孩子？"

她点头："这是我保持荣誉和王位的唯一方法，勇敢面对，让博斯维尔宣布结婚的消息，然后拒绝和任何人讨论。"

"他应该被处死，"我愤恨地说，"在英格兰，强奸犯会被处以绞刑。"

"除非那个女人敢说出强奸犯的名字，"她讽刺地说道，"除非她能证明自己是被迫的。除非陪审团愿意相信女人的证词，而不相信男人的。除非陪审团彻底摒弃那种想法：所有女人都是容易被引诱的，而且她们说不的时候其实就是同意。即使在英格兰，男人的话也更具权威。谁会相信女人的话？"

我对她伸出了手，完全是情不自禁的，我曾经也是个一无所有的女孩，非常清楚在一个危险的世界里没有任何保证的女人有多可悲："您确定能挽回名誉重新登上王位吗？这次您能安全地回到苏格兰吗？他们不会拿这个理由来陷害您吗？"

"我是女王，"她坚定地说，"我会宣布和博斯维尔的婚姻无效，不在这件事情上做纠缠。我不会再提起，其他人也一样。它会像从没发生过一样。我会回去，以女王的身份，和一个强大的贵族联姻。那样我的安全才能得到保障，丑闻才会被遗忘。"

# 另一个女王

"您能制止别人议论您吗?"

"我是女王,女王的其中一个天赋就是让百姓喜欢自己。如果我真的有天赋又幸运有加,那么我还会让历史喜欢我。"

## 1569年8月

### 玛丽 于温菲尔德庄园

夏天是个迷人的季节。这是我在英格兰的第一个夏天,也是最后一个,因为下个夏天我将回到苏格兰。护送我回国的军队随时都会到达。以后我说不定会想念起这儿的炙热吧,它会成为回忆中一次难得的休闲之旅——这真是让人哭笑不得的想法。我想起了在法国的童年,我还是个公主,同时也是三个王位——法国、英格兰和苏格兰王位的继承人,我和其他有着特权的法国王室的小孩们常常在乡村避暑,那时的我们可以骑马、野餐、下河游泳,在田野中跳舞,在明月当空的夏夜狩猎,在河中划船、钓鱼,在凉爽的早晨进行射箭比赛,然后享用冠军的早餐。我未来的丈夫——弗朗西斯小王子是我的玩伴兼朋友,他的父亲——英俊的法国国王亨利二世曾是我们那时的英雄,最潇洒的男人,最伟大的国王,比任何人都魅力四射。而我,则是他的最爱。他们称呼我为"*mignonette*"——美丽的公主,法国最漂亮的女孩儿。

那时的我们肆无忌惮,拥有一切,但在无尽的财富和自由中,唯独亨利国王对我青睐有加。他教我如何取悦他,如何让他高兴,他教我——也许是在不知不觉中——学会一个女人最重要的技巧:如何迷住男人,如何让他回心转意,如何向他表达忠心,如何让他不知不觉陷入爱情的魔咒。国王相信,女人有着如同吟游诗人般的强大魔力。他不顾我的导师和自己易怒的妻子——凯瑟琳·德·美第奇的反对,教导我女人如何能激起男人最大的欲望。女人能够指挥军队，只要她成为士兵们的精神寄托，成为他们的梦中情人：只可远观而不可亵玩的女神。

当他驾崩后，他的儿子也随他而去，后来我的母亲也仙逝了，于是我回到了苏格兰，独自一人，绝望无助，不知如何才能驾驭这个陌生而野蛮的王国。是他的教导指引了我。我想我应该成为一位让人喜爱的女王，让人尊重的女王，那时我就能找到统治他们的方法，他们就会心甘情愿地臣服于我。

此刻在温菲尔德庄园的我，前途光明，马上就能回到苏格兰恢复王位，这种明了踏实的感觉让我又像回到了童年时代，无关魅力、无关美丽、无关智慧，只是确定地知道王国一定是属于我的，每一件事情都将是最完美的。就像在法国一样受人尊敬和宠爱。什鲁斯伯里家的仆人们并不能满足我，对我来说，再奢侈夸张都不过分。每天什鲁斯伯里和我外出骑马时都会带给我一些小玩意儿：一小抔燕子巢里的泥土，里面放上两颗大珍珠来代替真正的鸟蛋；一束用金链子捆扎的玫瑰花；一卷镶银丝带；一本法文诗歌；一副有香味的皮手套；一枚钻石胸针。

关于我回苏格兰的协议条款终于完成了。威廉·塞西尔，我曾经的死敌，也改变主意——谁也不知道为什么——站在了我这边。他代表我和哥哥默里勋爵以及麦特兰德勋爵谈判，制订了他认为满意的协议。根据协议，我马上就能回到苏格兰并成为合法的女王；我马上就能自由地实践我的宗教信仰；苏格兰会成为拥护新教的国家，因为他们更喜欢新教，但是不会迫害任何天主教徒和清教徒；我的儿子也将被培养成新教徒。

回到苏格兰恢复王位后，我会修改掉其中一些条款。我可不会热衷于养育一个异教徒的儿子，那是注定会下地狱的。那些签署我回国协议的大臣们去年还是我的敌人，所以我会对他们打击报复。那些杀死我丈夫的罪臣名单早已在我手上，我会找他们讨回公道，谁也别想逃走。博斯维尔会支持我，而且他也有私仇要报。不过，现在我会同意签署协议，因为这是我恢复王位的唯一途径。上帝会原谅我签署的一切协议，只要它们能让我恢复王位。对我和对教会来说，没有比让我重回苏格兰更重要的事情了。

一旦恢复了王位，我就会手刃敌人，并且教导我的人民远离异教。只要我掌握了大权，联合朋友们和英格兰的同盟们，那么只要伊丽莎白一死或者英格兰遭到入侵——两者都是不可避免的——我就能登上第二个王位。

塞西尔制订的协议里一点没有提到我和霍华德的联姻，但是他不能忽略掉这一点。因为苏格兰的贵族们绝不会同意我回国，除非我能带回一个可靠的丈夫，这会是我回归的前提。他们害怕女人，尤其害怕我，除非我结婚并发誓作一位顺从的妻子，否则他们会不得安宁。他们害怕我会让博斯维尔成为国王，然后打垮他们。他们相信托马斯·霍华德不相信我，因为霍华德是一位新教徒，因为他是男人。

等着瞧，等着瞧吧，他们会知道自己错得有多离谱。我会和霍华德结婚，让他成为国王，但是他们仍然会看到我的手段，我仍然会让博斯维尔打垮他们，完成复仇。

我向托马斯·霍华德传递着我的忠心，尽我所能地在信中邀请、诱惑他。感谢上帝，至少我知道如何怂恿一个男人。法国公主可不是白当的。我清楚如何让一个男人坠入爱河，即使他远在几百英里之外。我知道何时欲擒故纵，何时故作矜持，何时做出承诺，何时言不由衷，何时妩媚动人，何时保持神秘，何时故作玄虚，何时勾引魅惑。在我的面前，没有人能抗拒我的魅力；在我的信中，男人也能感受到我的迷人。我每天都给他写信，一步一步诱导着他，确保他落入我的怀抱。

除了勾引和妥协外，我还送给了他一个有特殊含义的垫子，应该很合他心意。在垫子上面，我绣了一条枯萎的藤蔓和一把钩镰，钩镰正把枯枝修剪掉——图案象征着枯萎的都铎家族将会被剪掉，我和他的孩子将会成

## 另一个女王

为新生力量登上王位。谁也无权斥责我——虽然这个设计狠狠扇了未婚老女人伊丽莎白一个耳光!——因为这是从《圣经》里摘录下来的,还有什么比这更让人解恨又不着痕迹?我在图案下绣上了"美德在腐烂的伤口中兴盛"这句引言。诺福克会在话中闻到一丝隐晦的背叛意味,如果他是自己口中所说的那个人,一定会因"腐烂的伤口"有所启发。

贝丝第一眼看图案样本的时候就明白过来了,脸上随之露出我意料之中的震惊,而且还笃定我不敢真正绣上去。

我有什么不敢的!我敢做任何事!剪掉那枯萎的藤蔓吧!让伊丽莎白这个私生女滚下台吧!二十六岁的我正值生育的黄金期,怀过的都是男孩;霍华德已经是有儿子的父亲。谁会怀疑我的儿子詹姆斯或者我们未来的儿子们——斯图亚特家和霍华德家的后代——不可能登上伊丽莎白的空王座?

# 1569年8月

贝丝　于温菲尔德庄园

塞西尔给我寄来了一封密信，我私下拆开信封，读了起来：

不，你并没有猜错我的想法，亲爱的贝丝。如果我让她重回苏格兰的王位，就等于拿着一把手枪对准英格兰的心脏，那会毁了我所爱的一切。

我手里每一封她和我们宿敌之间的信件都证明了她是个极其危险的存在。还有其他没有被我截获的信件，只有她自己知道那有多少，只有魔鬼会知道到底还有多少这样的信件。请静等她叛国的消息，静等抓捕她的消息。

塞

## 1569年8月

玛丽　于温菲尔德庄园

　　上帝，我简直是个傻瓜，大傻瓜，还是个心碎的笨蛋。我被命运之星诅咒了，朋友们背叛了我，上帝也抛弃了我。

　　突如其来的打击几乎超出了我的承受范围。腰部的疼痛让我差点无法正常站立，就像有把刀捅进了我的腰侧。瑞齐奥的伤口在我身上重新裂开了，并且血流不止。那是我的圣痕[①]。

　　我的朋友兼在苏格兰的间谍汉密尔顿写信告诉我，默里勋爵，也就是我的同父异母的哥哥突然反悔了，不同意让我回国。他没有做出任何解释，其实人人都明白，除了怯懦、贪婪和不忠不义还有什么别的原因吗？英格兰一方已经准备好签署协议，我也做出了承诺，可他却突然反悔了，在最后的节骨眼上。他被吓坏了，不愿意让我归国。请求上帝宽恕他吧！虽然早知道他是一个不忠且邪恶的人，但是这次他的绝情足以让我震惊。

　　我应该早想到的，早该做好他背信弃义的准备。他本来就是一个篡位者，父亲无心的造物，我早就该猜到他不可能接受真正女王的回归。我就该替掉他坐回王位，就该找机会砍掉他的头。

　　这次打击让我陷入了病痛，止不住地痛哭流涕。我趴在床边，满怀愤恨与悲痛，提笔给伊丽莎白写信，控诉哥哥的卑劣行为，控诉他是个纵欲

---

[①] 人体出现的与耶稣身上伤痕位置一致的印记。

之下出生的私生子，而且是个缺德无行的卑鄙小人。写完后我又突然意识到，伊丽莎白也是私生女，也同样霸占了我的王位，于是我悲痛地慢慢地撕掉了写好的信，用更郑重和煽情的语气违心重写了一封，请求她，恳求她，祈求她，大发善心，务必遵守她的诺言，看在我是她侄女的分上，维护同样是女王的我的权力。她可是这个世界上唯一能理解和同情我的困境的女人啊！

亲爱的上帝，请让她听到我的心声、明白她应尽的责任吧，祈求上苍，神灵保佑，救救我！她不能眼睁睁看着我被逼退位，被贬为庶民。我可是三个王位的继承人啊！也是她唯一的表亲啊！难道我的余生都将被囚禁在此，苟延残喘，病痛缠身，每天以泪洗面吗？

我拿起床头的杯子抿了一口麦芽酒，渐渐冷静了下来。不会的，一定不会的！上帝既然选中了我让我成为了女王，我就不会被打败。我摇铃叫来了玛丽·西顿。

"陪陪我，"我对进来的她说道，"今晚是个难熬的夜晚，我的敌人正在攻击我，盟友们却无动于衷。我必须写一封信。"

她端来凳子坐在壁炉边，把披肩卷到了肩膀上。只要我需要，她会一直陪着我。我端正地坐在床上，不顾腰侧的疼痛再次提笔，用彼此之间的特殊暗号写信催促我的求婚者霍华德公爵，让他一定要说服伊丽莎白同意这次联姻，告诉她英格兰的大臣们也都支持我们的婚姻。我用体贴温柔的语调，催促他坚强起来逆转我们的命运。在信中我没有一次用到"我"字，而是一直用的"我们"。

如果他行动迅速我们就能取得主动权，如果他能说服伊丽莎白支持这次联姻，支持我们，那么协议仍然可以继续。马里也许不同意我回归，特别是在我带回一个强大丈夫的情况下——但是如果伊丽莎白坚持成为我的盟友，他不可能会拒绝。亲爱的上帝，只要伊丽莎白尽职尽责，尽到一位表亲应尽的责任,那么,我就能恢复王位,我们的麻烦就能彻底解决。亲爱的上帝,她怎么能不帮助我?换作任何一位欧洲君主都会对我施以援手,为什么她是个例外?

写完这封后,我又继续给这个世界上唯一一个值得信任的男人写信:

博斯维尔:

快来啊,求求你了,尽快赶来。

## 1569年9月

乔治　于温菲尔德庄园

就在我烦恼缠身之时——苏格兰女王积郁成疾,朝廷又没有给出关于这次事件的任何解释;我送出的信件全部石沉大海,因为宫廷在巡猎中,我的信使不得不追着跑了半个英格兰才找到他们,然而却又被告知女王今天不办公,他只能等着——混乱之中管家还顶着一张死人脸找到我,向我报告说贷了好几年的款终于到期了,这个米迦勒节之前我必须支付出两千英镑。

"那就付啊!"我不耐烦地说。他在我去马厩的途中拦住了我,而我明显不想被耽搁。

"老爷,这正是我找您的原因,"他略带尴尬地说,"温菲尔德现在没有这么多现金可以支付。"

"那就叫其他随便哪个庄园付啊,"我说,"他们一定有现金。"

他摇摇头。

"他们也没有?"

"今年花费都比较大。"他老练地回答道。就像贝丝在我耳边念了千百遍的话一样——苏格兰女王花销太大,而朝廷从没有补偿过一分钱。

"不能把贷款再延迟一年吗?直到我们渡过难关?"我问道,"直到我们恢复正常为止?"

管家迟疑地答道:"我已经试过了,但是代价太高,我们得付更多的利息，他们想要河南面的树林作抵押。"

"就这么办。"我立刻说。不能在琐碎的事儿上纠缠不清，再说了这只是暂时的，挺到陛下补偿我们就行了。"把贷款延长到明年。"

# 1569年9月

贝丝　于温菲尔德庄园

我的儿子亨利给我寄来了一封信，这个机敏的观察家。他向我报告说，宫廷正在举行夏季巡猎活动，不过这次旅行似乎充斥着猜疑和圈套。在我们还年轻、沉浸爱河的日子里，夏天是全年之中最热闹的日子，每天都有打猎活动，每晚都举行舞会。而今年，恐惧弥漫了整个宫廷：敌人还没来得及做些什么，我们就被自己给吓坏了。边境的敌人们不必作任何威胁，我们已经被自己的阴影吓得魂不附体。

亲爱的妈妈：

伊丽莎白陛下早就猜到诺福克和苏格兰女王之间有猫腻了，罗伯特勋爵刚才也向她坦白了。

霍华德公爵不仅拒绝承认他和苏格兰女王有婚约，而且现在还逃避陛下的召见，没有任何解释，一切都在一片骚乱之中。他们全都说诺福克已经着手集结军队要从你们手中救走另一位女王。罗伯特大人说由他集结的军队让苏格兰女王来指挥的话，军队将所向披靡，因为没有人敢和玛丽女王对战。如果伊丽莎白陛下起兵镇压诺福克和英格兰的天主教徒，陛下不会胜利，我们也都会被毁掉。

罗伯特大人叫我告诉您，务必转告苏格兰女王，让她写信给她表亲伊丽莎白陛下，坦白婚约的事情并请求她的原谅。大人还说，务必让她写信给公爵,命令他回朝,不要再逃避。陛下龙颜大怒——我们都知道她一定会——但是诺福克不在这儿,也就没人能向她解释这次联姻其实是很好的解决方案。大人说,诺福克必须勇敢直面陛下,承受她的愤怒,然后娶走苏格兰女王,带她回到苏格兰。

妈妈,我不得不说现在每个人都在害怕,害怕这只是您客人的支持者大规模起义的开始。请求您注意自己的安全,可能会有军队到您那儿救走她。吉尔伯特和我已经请求回家帮助您和父亲大人布置防御工事了。

您亲爱的

亨利

于 汉普郡 蒂奇菲尔德宫

信后附言里,达德利匆忙潦草地补充道:

陛下现在认定是霍华德和苏格兰的玛丽两个表亲联通起来策划了一场对付她的阴谋。贝丝,你必须说服苏格兰女王在伊丽莎白陛下将此事定性之前向她重新作出保证,不然我们所有人都会有叛国的嫌疑。

你的支持者

达德利

阅后即焚。奸细无处不在,有时我甚至担心自己的安全。

我起身向庄园西边女王的住所走去,发现她正在听音乐。她又雇佣了一位新的长笛手——刚刚来这儿不久,当然是我付的雇佣金——现在正在为她演奏。音乐很美妙,这让我颇为欣慰,毕竟是我给他提供的住宿、膳食和工资,还安排了他带来的仆人和两匹马。

当她看见我的脸色时立刻示意音乐停了下来。

"什鲁斯伯里夫人?"

"朝廷来的坏消息。"我直截了当地说。看!就是现在!我看到了!她的脸上快速闪过一道红晕,就像暗房里一闪而过的火炬光芒。她正在期待着什么,正在等待着有事发生。这里面确实有阴谋,但是达德利猜错了,她不是无辜的,塞西尔才是正确的,确实需要警惕她。上帝,如果是她在阴谋陷害我们怎么办?

她转向我,露出平和的笑容:"是吗,我很遗憾,告诉我,陛下她一切安好吗?"

"她已经知道你们联姻的消息了,"我直言道,"她很痛苦,诺福克一直没有征求她的同意。"

她抬了抬眉毛,一脸无辜。"他还没有向她明说吗?"

"没有,"我简言道,"而且当她询问诺福克原因时,诺福克未经允许就擅自离开了。"

她垂下眼睑,好像在反省,一会儿又重新抬了起来:"他离开了?很远吗?"

我紧抿着双唇,对这种装聋作哑的态度很是生气,也许她很享受这个过程,但却娱乐不到我。"罗伯特·达德利建议您写信给陛下解释求婚的事情,您再给公爵写信说服他回朝,向陛下、他的表亲重新保证他的忠心。"

她抬起头对我笑道:"我当然会听取罗伯特·达德利的建议。"她体贴地说:"但是托马斯·霍华德公爵那边,将会依他自己的意愿行事。我无权命令他。我只是他的求婚对象,准妻子而已,不是他的主人。我不是那种发号施令的妻子。只有他自己的女王能命令他,我不能。伊丽莎白没有叫他回去吗?"

"她下令了,但是霍华德没有去,"我草草地说,"他的离开像是坦言自己的罪行。接下来,他们会认为霍华德逃跑是为了集结军队起义。"

## 另一个女王

再一次,我看到了,玛丽的睫毛眨个不停,掩饰着充满希望的眼神。真相大白,这就是她想要的结果。她想要战争,在英格兰的宫廷之内,在我们的国土之上。达德利错了,塞西尔对她的看法才是正确的。我们的确有理由提防她。上帝啊,我居然招待迎合了一个想要毁了我们的人。她希望诺福克揭竿起义。上帝诅咒她,她希望英格兰爆发战争,从而抓到一位丈夫和苏格兰的王位。

"想都别想,"我直接警告她,"霍华德不可能集结军队反对伊丽莎白。不管他在信里写了什么,不管您听到了些什么,不管您在期待些什么——别有任何期待。他绝不会起兵造反,而且没有人会响应他。"

我说得很坚定,但是我想她一定听出了其中暗藏的担心。事实上,整个诺福克郡还有英格兰东部的大部分地区都在诺福克公爵的控制之下,而且整个北部都是坚定的天主教徒,虔诚地效忠于天主教女王。但是她伪装得太好了,从她的笑容中我猜不出她真实的想法。"上帝保佑吧。"她虔诚地喃喃道。

"陛下。"我换上温柔的语气,就像对着自己的女儿,对着一名听信谗言、无法认清严峻局势的少女,"您还得依靠伊丽莎白陛下恢复您的王位呢。如果一切顺利,陛下会克服苏格兰那边的障碍送您回国的。协议也已经制定好了,之后您就能和公爵结婚。为什么不现在向陛下重新保证您的忠心,然后等待她送您回去苏格兰呢?您就要成功了,不要作无谓的冒险啊。"

她睁大眼睛:"你真的认为伊丽莎白会安全把我送回苏格兰吗?"

"我确定。"我撒谎道,接着立刻提醒自己不要露馅儿了。她黑色的眼睛透出信任的光芒,让我差点把持不住。"我是这么认为的,不管怎样,贵族们也已作出了这要求。"

"即使我要和她表弟结婚,还让他做国王?"

"我相信是这样。"

"我能信任她?"

当然不能。"您放心好了。"

"哪怕我同父异母的哥哥已经变节了?"

我不知道她是怎么得知苏格兰的消息的,但是这并不让我吃惊。

"如果陛下支持您,他就不能再跟您对着干,所以您应该等待陛下,好好维系你们之间的友谊。"

"内政大臣塞西尔现在也想要我恢复在苏格兰的王位了?"她甜甜地问。

我顿感尴尬,脸上也同样露出别扭的神情。"陛下会自己做决定。"我底气不足地说道。

"希望如此,"她说,"为了我,也为了我们大家。因为,如你的朋友达德利所说,难道你不觉得伊丽莎白应该在我刚到英格兰的时候就派出军队护送我回国吗,贝丝?难道你不觉得她应该立刻向我作出保证吗?难道你不觉得她应该在第一时间对一位地位同等的君王作出维护吗?一位和她一样的女王?"

这样的责问让我心情很不爽,所以我什么也没说,内心也感到矛盾不已。她有权利回到苏格兰,上帝知道她有权利成为英格兰的下一任王位继承人。她年轻,没有什么朋友,我情不自禁地对她感到同情。但是她确实在计划着什么,我知道。她已经让诺福克学会跟着她的乐谱起舞了,但关键是她教了他哪支舞?她已经让罗伯特·达德利跟上了她的曲调,陛下内阁中大部分人也正跟着她的歌曲踩着节拍。还有多少舞者对她亦步亦趋?接下来她又精心为我们设计了什么样的舞步?上帝啊,她竟让我不寒而栗。只有上帝知道她到底是个什么样的人。

# 1569年9月

乔治 于温菲尔德庄园

我是英格兰最有身份的人之一，谁这么大胆竟敢起诉我？他们哪来的狗胆私下对我议论纷纷？说我玩忽职守？阴谋造反？通敌叛国？我会被捆进监狱然后被起诉？坐上审讯席，但是以犯人的身份而不是法官？他们要把我推向审判法庭？他们会瞎编乱造对我不利的证据？会把我压上拷问台逼我签字画押？

最近到处都诡异得很，上帝明鉴，坏事情发生时总有些预兆。查茨沃斯附近有个女人为小牛接了生；德比郡上空惊现红月亮，鲜艳如血。天地就要颠覆了，而每一个家庭里的男人、有尊严的男人们都将引以为耻。我不能容忍。我拿着信跑去找贝丝，这封该死的塞西尔寄来的污蔑信，被我紧捏在手心里，让我怒发冲冠。

"我被陷害了！他怀疑我！他怎敢这么想我？就算他想了，他怎敢说出来？还敢写信给我？"我冲进温菲尔德的洗衣房，贝丝正安静地待在那儿，身边堆满了床单，几十个女仆围绕在她的四周，正在修补床单。

她冷静地看了看我，起身把我推出了房间，来到外面的画廊处。廊上挂满了被细心装裱的漂亮画作，画上是不知名的圣人和天使们，向我们投来微笑，好像他们一点都不知道自己是从祭坛上被卡文迪什抠下来，然后成了我们画廊上没有名字的笑脸。我知道，我也和他们一样——被拉下台来就不会有人记得我是谁。

"贝丝！"我崩溃地喊出声，感觉自己要哭出来了，像小孩子般脆弱，"女王她……"

"哪个女王？"她马上问道，眼睛瞟向庭院方向的窗户，苏格兰女王正在暮夏的阳光中遛着她的爱犬，"我们的女王？"

"不，不是，是伊丽莎白陛下。"我还没有意识到刚才的对话多具冲击性，我们在不知不觉中越来越像叛徒了。"上帝啊！不！不是她！那不是我们的女王！伊丽莎白才是！伊丽莎白陛下知道联姻的事情了！"

贝丝的瞳孔一下子缩小了。"你是怎么知道的？"

"塞西尔说是达德利告诉她的。达德利一定以为她会同意。"

"她没有同意？"

"她已经下令逮捕诺福克了，"我说，紧紧捏着信，"塞西尔写信告诉我的。诺福克被判了叛国罪，他可是女王的亲表弟，英格兰最有身份的贵族，唯一的公爵啊。他现在逃到了肯宁霍尔，集结了一支佃农军队，正向伦敦进发。塞西尔说……说……"我已经不能正常呼吸了，无言地挥了挥手中的信。贝丝用手抓住了我的手臂。

"塞西尔说什么？"

我结结巴巴地说："他说公爵的联姻只是阴谋的一部分，是北部贵族意图救出苏格兰女王计划的一部分。还说我们……我们……"

贝丝的脸色变得和手里的白色手绢一样苍白无力。"联姻不是任何阴谋的一部分，"她急忙说道，"所有贵族都知道，我们也是……"

"叛国罪。陛下把它叫做造反的阴谋。诺福克早被怀疑，斯洛克莫顿已经被逮捕了。他可是斯洛克莫顿啊！还有彭布罗克、鲁姆利，甚至就连安德鲁都被传召到王宫了，不能回家，哪怕他们的家只离王宫二十五英里远。现在谁在乎有多远！他们都被怀疑有叛国行为啊！威斯特摩兰和诺森伯兰被下令立刻前往伦敦，违者……"

# 另一个女王

她轻轻吹了一声口哨,像是召唤母鸡的农妇,然后来回走了几步,好像想把墙上的画取下来拿去藏好。"我们呢?"

"上帝知道我们接下来会怎么样。但是朝廷上一半官员都被怀疑了,所有贵族们……我所有的朋友,我的亲戚……她不能指控我们所有人……她不能怀疑我!"

贝丝摇了摇头,像被铁锤重击后吓坏的阉牛。"我们呢?"她继续问道,好像这是她唯一记得的事情。

"她已经召回了北部委员会的所有成员,如有违者处以死刑。她甚至怀疑萨赛克斯伯爵,萨赛克斯!她说要亲自审问他,发誓说要让萨赛克斯当着她的面坦白北部的伯爵们到底在计划些什么。塞西尔说只要频繁谈论苏格兰女王的人就是叛徒!他说只要觉得苏格兰女王可怜的人都是叛徒。但是所有人都是这么觉得的呀。我们都认为陛下应该恢复苏格兰女王的——"

"我们呢?"贝丝细声重复道。

我几乎难以启齿。"我们必须把玛丽女王送回图特伯里。陛下的命令。她认为我们已经不能信任了。她说我们已经不可靠了。她怀疑我们。"只是说出这些话就让我觉得受伤,"怀疑我,我!"

"怀疑你什么?"

她的语气尖利如刀,但我已经没有余力去更正她了,对她于礼不合的说话方式我已经无能为力。"塞西尔说他们已经知道北部贵族和她见了面、知道贵族们到我们这儿共进晚餐留宿过夜的事儿。他说那次拜访没有经过审批,还说我们不该让他们进门。他说我至少也算玩忽职守,他居然敢这么跟我说话!他说知道我替诺福克把信给她,又替她把信给了诺福克;他指控我、诺福克和所有北部贵族策划释放苏格兰女王。他把他们称为叛徒,要处以死刑,然后说我和他们是一伙的。"

贝丝用唇碰了碰我,像蛇吐出信子般又轻又快。

"他说我叛国。"这两个字对于我们来说就像一柄正砍向脖子的斧头。

她摇了摇头。"不。他不能说我们背叛了他。他早就知道了所有发生过的事情。我们从来没有转递过一封他不知道的信。苏格兰女王在这儿和谁说了什么话塞西尔都知道。"

我急于坦白我的过错而没有听清贝丝说的话。"但是,贝丝,有些事情你不知道,确实有阴谋,但不是用来造反,而是用来对付塞西尔的。诺福克和我们其他人计划联合起来对付塞西尔。"我心烦意乱,说话都变得颤颤抖抖,"这和苏格兰女王一点关系也没有,只是单纯想把塞西尔赶下台。他们来找我,让我发誓和他们一起干。我说我会的,会和他们一道把塞西尔拉下台。威斯特摩兰和诺森伯兰邀请我加入他们,我同意了。我说,塞西尔应该被赶下台。"

她黑色的双目射出锐利的指责眼神。"你参与了对付塞西尔的阴谋!"她大声说,"你从没有告诉我……"

"你知道我不是他的朋友……"

"你可以喜欢他,也可以恨他,但是你却没有告诉我这件事!"

"你不明白。"我微弱地回答道,声音小得连自己都听不到。

"我知道现在只有一个人统治着英格兰,一个人为陛下出谋划策,那个人就是塞西尔。我只知道为了我和你的安全,必须让他毫无保留地相信我们对陛下和他的忠诚。"

我干咽了一口气,感觉有些恶心。"我们这些贵族们——"

"井底之蛙,"她说道,和农夫的女儿一般讲着粗俗但直白的话,"井底的贵族蛙。"

"我们贵族,英格兰真正的贵族,认为塞西尔越界了,我们应该提醒陛下这一点。"

"怎么个提醒法?让北部贵族联合起来造反?让诺福克在东部招兵起

义？号召天主教徒奋起反抗？让英格兰的和平毁于一旦？"

"当然不是，不是！"我急忙回答道，"从来都不是。他们从来没有跟我说过那样的话。我们只是想让塞西尔明白自己的身份位置：女王的管家，而不是她的首席顾问，也不是王室的首席咨询家。陛下应该听取她表弟的意见，应该听取我们的意见，她应该由我们贵族来引导，这个国家的古老家族们，上帝派遣的领导者，上帝指认的领导者——"

贝丝冒火地踱着脚。"你这个愚蠢的想法毁了我们！"她像个悍妇一样对我尖声吼道，"我向上帝发誓，老爷，你这次错得太离谱了，越界得太离谱。也许你认为支持霍华德和攻击塞西尔是两件完全不同的事情，但是塞西尔不会这么认为。他会把这千丝万缕整合成一个大阴谋，让你们全部困死在一条船上。"

"你不可能知道。"

她猛地抬起头："我当然知道。只要有常识的人都知道！我了解他。我知道他的想法。他是唯一知道英格兰未来的人，为英格兰谋划未来的人。他是唯一一个期待未来而不是怀念过去的人。他日夜都在指引着陛下，谁会那么蠢地认为陛下会反对他？她从没有那样过！从没有反对过塞西尔的意见！陛下就是他的作品。塞西尔才是领导的人。坐在王位上的是陛下，但掌握实权的是塞西尔。"

"这就是了！"我插话道，"他的势力过于强大。"

"听听自己说的话！是！仔细想想！再自己说说看！他势力太强大，强大到可以把反对的人全部置于死地，就算你们联手也无济于事。而且如果他认为你也是其中一员，他会毫不犹豫地毁了你。他会给女王编个好故事，让她把北部的贵族们全以叛国罪吊死，以叛国罪惩罚诺福克擅自联姻，最后把你扔进监狱，囚禁一辈子，因为你也是其中一员。"

"我什么都没有参与。我只是想让塞西尔落败。我唯一答应过他们的只是把塞西尔赶下台而已。"

"你向北部的贵族们说过诺福克向苏格兰女王求婚的事情吗?"贝丝逼问道,像个逼迫丈夫承认地下情人的妻子,"他们来拜访的那个晚上?你赞同了联姻对诺福克和你们都是好事而对塞西尔是坏事的看法了吗?你说过这对她来说是个恢复王位的好机会,还可以带回一个强大的丈夫吗?你知道陛下被蒙在鼓里?你说过这些话没有?"

"说了,"我承认道,像个不忠的丈夫般不情不愿,"说了,我想我都说过。"

她把针线和手绢都扔到了地上。我从来没有看见过她对工作如此大意过。"那你已经毁了我们,"她说,"不用塞西尔编排,确实,所有这一切都是个大阴谋。你把信交给了她,你让她和北部贵族们见面,你给他们说关于联姻的事儿,你还同意和他们一起对抗陛下的顾问,反抗他的政策。"

"我有别的选择吗?"我对她大吼道,心里恐惧不已,"我代表的是英格兰!古老的英格兰!我的国家,我的老国家!我不想要属于塞西尔的英格兰,我想要属于我父亲的英格兰!除了赶他下台,我还能做什么?"

她面无表情地对着我,脸冷得像块石头,只有显而易见的痛苦。"你应该保护我和我的财产,"她说,声音发着颤,"我带着财富,一大笔财富嫁给了你,所有东西现在都成了你的。一个妻子名下不能拥有任何财产,她必须相信她的丈夫能保护好她的财产。我相信了你。我相信你能把它们保护好。我们结婚,所有东西都成了你的,我唯一得到的只有你妻子的头衔。我把财产、房子、土地和生意都交到了你的手上,请你保护好我和我的财产。我是一个靠自己白手起家的女人。你承诺过,会保护我的财产。"

"那你就拿回去好了!"我大声说道,简直对她忍无可忍,到了这个时候居然还想着钱!"我会把你的财产还给你,你我两清,你把你的那份拿回去,自己守着它过吧,好好数清楚你的钱。你会后悔的,女士,你和你的好朋友塞西尔都会后悔怀疑过我。"

　　她立刻变得一蹶不振了。"啊，不要那么说，不要。"她呢喃道。她向我走过来，闻着她的发香，碰触到她的手后我立刻张开手臂让她落入我的怀抱，紧紧抱着她，让她在我的怀里哭泣，她毕竟只是个脆弱的女人啊。

　　"没事了，"我说，"好了，没事了。"有时候我对她要求太高了。她只是个女人，女人常会有些可怕的奇怪的幻想，不可能像男人般思路清晰理智，而且她没有受过教育也没读过几本书。她只是个女人：所有人都知道女人是善变又脆弱的动物。我应该保护她让她远离宫廷这样的疯狂世界，而不是去抱怨她不及男人的理解力。我抚着她的秀发，从内心里溢出对她浓浓的爱意。

　　"我会去伦敦，"我向她轻声保证道，"我会带你和女王回去图特伯里，然后尽快让她的新护卫代替我，我会去伦敦告诉陛下，我没有参与任何阴谋。我是无罪的。所有人都知道我所知道的事情。我会告诉她，我只是希望英格兰回到过去，亨利的英格兰，而不是塞西尔的。"

　　"不管塞西尔怎么知道的，也不管他知道些什么，"贝丝义愤填膺地从我怀里挣扎出来道，"他在阴谋开始筹划的时候就知道了。他早就知道联姻的事情，和我们一样。他本来可以在几天之内就把这件事情镇压下去的，甚至在它萌芽的时候就可以。"

　　"你错了，他也是刚刚才知道的，达德利告诉陛下的时候。"

　　贝丝不耐烦地摇起了头。"你现在都还不明白他无所不知吗？"

　　"怎么会？求婚的信件是霍华德的信使交给苏格兰女王的，上面可有封蜡呢，塞西尔怎么会知道？"

　　贝丝放开我的肩膀，向后退了一步，把头偏向别处，避开和我对视的眼神。"他有间谍，"她含糊地说道，"无处不在，多到足以让他知道苏格兰女王每一封信件上面的内容。"

"他做不到。如果塞西尔什么都知道，从一开始就知道，那他怎么从没有告诉过我？为什么也没有立即告诉陛下？为什么要等到现在才来指控我是同谋之一？"

她看着我的眼神变得呆滞模糊起来，好像离我很远很远。"因为他想要惩罚你，"她冷静地分析道，"他知道你不喜欢他——你表现得太明显了，全世界都知道你在想什么。你公开把他叫做管家和管家的儿子。你没有给他想要的调查结果。他还恰好知道了你加入了诺福克一伙，想要他滚下台，接下来又知道了你鼓励苏格兰女王嫁给诺福克，再然后得知他的宿敌们，北部贵族威斯特摩兰和诺森伯兰被你邀请到家里做客，苏格兰女王也热诚欢迎。都做到了这一步，那他自然想把你赶下台，这不是显而易见的吗，有什么让人吃惊的？你不也想让他下台吗？不是你挑的头吗？你没有料想到结果？从来没有做过会被他指控的事儿？"

"夫人！"我对她厉声喊道。

贝丝转过头盯着我，停止了哭泣，不卑不亢地评判道："我会尽力挽救，为了我们的安全和财产，我会尽力而为。但是你必须把这当成一次教训。再也不能和塞西尔对着干了。他权倾英格兰；间谍遍布整个国家；他折磨怀疑他的人，再把他们变成自己的爪牙；他知道所有的秘密。现在你知道反抗他的人会有什么下场了吧？北部贵族们会被送上绞刑台，诺福克会失去他的财产，而我们……"她举起那封信。"至少我们成了怀疑的对象。你最好向陛下和塞西尔说清楚，我们不知道诺福克想干什么，他们一个字也没有告诉我们，我们也不知道他们还会干些什么。一定要提醒塞西尔他那儿有诺福克给苏格兰女王信件的所有副本，而且都是在苏格兰女王收到信后立刻送去给他的。"

"但是他那儿没有这些信啊，"我傻傻地坚持道，"他怎么会有呢？"

"他有的，"贝丝脆弱地说，"我们不会那么傻，傻到做事前不跟塞西尔打招呼。我一直都在防范这一点。"

我愣了好一阵才明白过来，那个在我家屋顶下的间谍，那个为我仇人工作的人，居然是我深爱的妻子。我又愣了好一会儿才反应过来，那个背叛我的人居然是我的爱人。我想张开嘴咒骂她的不忠，但开不了口。仔细想想，她的所作所为，坚持站在塞西尔一边、赢家的一边，或许正好挽救了我们的性命。

"是你告诉塞西尔的？是你把信的副本给了他？"

"是我，"贝丝直言道，"当然，是我向他汇报的，我已经这么做很多年了。"她转过头不再看我，眼睛寻向窗户，朝外望去。

"你不觉得这是对我的不忠吗？"我问她，我已经筋疲力尽了，连生气的力气也没有了，但是却又止不住好奇，她怎么能在背叛了我之后，又如此不知廉耻地甚至义正词严承认自己的背叛！

"不觉得，"她说，"我一点都不觉得这是背叛，因为我从来都是忠心于你的。虽然你没发现，但我一直都在为你服务。向塞西尔报告，我们才能保住自己，保住我们的财产和安全。这怎么会是不忠？这能和你比吗？在自己妻子的屋檐下，和另一个女人还有她的朋友们一起阴谋破坏英格兰的和平；冒着自己妻子财产受损的风险拿东西去取悦另一个女人；每一天为了赢得另一个女人的注意，不惜把自己妻子的安全置之度外，让她的财产减半，让她的土地陷入危机。到底哪种算是不忠？我还是你？"

她那流露出痛苦的话语深深震惊了我。贝丝嘴里说着狠毒的话，但却仍然望着窗外，脸色难看。

"贝丝……亲爱的……你不会真的以为我喜欢她多于你吧……"

她甚至连头也没转一下。"我们该拿她怎么办？"贝丝向花园方向抬了抬下巴，我走近窗户，看见苏格兰女王仍然在花园里，肩上披着披风，正沿着平地散步，眺望着河谷茂密的树林之外。她用手挡在眼睛上面，想要避开秋日的余晖,那样会让她看得更远。第一次,我想知道为什么她每天都这样散着步,眺望着北方?她是在寻找军队行进途中扬起的团团尘埃吗?是在等待诺福克引领的军队赶来拯救她,带她去伦敦吗?她在期望着用战争让英格兰天翻地覆,期待着兄弟残杀,女王之间的对决吗?她站在午后金色的阳光中,风吹起了她的披风,在身后如水波般荡漾。

照耀在她头顶上的光环让她看起来美如画中的女神,这样的她,值得一支军队赶来营救,带她远走高飞。虽然她是我的囚犯,但我仍然希望她可以逃脱。没有人能够忍受这样的美人被关在高塔之中却无人拯救。她就像童话故事里的公主,即使只远远看了一眼,你也会迫不及待地想要放她自由。

"她必须得到自由,"我毫无防备地对贝丝说道,"每当看到这样的她,我知道,她一定要得到自由。"

"让她继续留在这儿确实是个大麻烦。"贝丝煞风景地陈述道。

# 1569年9月

玛丽 于图特伯里城堡

博斯维尔：

他们现在正把我带向图特伯里。北部贵族和诺福克会在十月六日那天为我揭竿而起。如果你能赶来，北部的军队就由你指挥，我们就能再次并肩作战，而且胜券在握。如果你不能，那么祝我好运吧。我需要你过来。

玛丽

我以女王之名发誓，这是我最后一次被人带回图特伯里这个让人厌恶的监狱。别看我现在乖乖跟着他们上路了，但这绝对是我最后一次颠簸在这条扭曲的路上，最后一次住进那讨厌的地方：没有太阳的卧室，寒风越过开阔的田野灌进房间。如果伊丽莎白想让我死在这个阴冷潮湿的地方，或者想让我因为河里散发的腐臭气味患上不治之症，那她真是打错了如意算盘！我会活得比她长，我发誓一定会死在她后面。如果她想穿上黑纱参加我的葬礼，那只有谋杀我这一个办法。我是不会轻易死去的，不能便宜了她！虽然我现在住进了那所监狱，但是不久后我一定会离开，带领千军万马，杀上伦敦，抓住伊丽莎白。我会为她亲自挑选一处监狱，看看她能在那阴湿的城堡里忍受多久。

他们可以把我再送回这儿，也可以再把我送回博尔顿城堡，随他们的意好了，但我才是现下得势的女王，就像潮汐，所有水流都正在向我聚拢。

他们最多能囚禁我一个星期，是不可能关住我的。什鲁斯伯里家族就要完蛋了，虽然他们现在还不知道，但是快了。北部贵族们会在诺福克的带领下前来营救我。日子已经定了，十月六日，我已经开始倒计时，数着我恢复王位的日子了。我们都将做好准备，我已经做好准备了。到那时，囚禁我的人会变成阶下囚，任我处置。

诺福克将召集他的佃户们，成千上万的人会响应他。北部贵族们也会集结大量的军队。什鲁斯伯里夫妇把我带到这儿，带到让人恶心的地牢里，将我囚禁于此，只会让我更容易逃脱。所有人都知道我在这儿，通往图特伯里的路众所周知。几周之内，诺福克的军队就能赶到了，什鲁斯伯里夫妇只有两个选择，要么捍卫自己的职责浴血奋战而死，要么向我投降。想到这儿，我不禁笑了起来。他们会跪着祈求我的宽恕，提起他们对我热情的招待。

我敬重什鲁斯伯里伯爵——没有人不会；我也挺喜欢贝丝，虽然有些粗俗，但她心地很好。但是，这将是他们的最后结局，很可能就是死亡。任何企图阻挡我的人，让我不得自由的人，都必须死。十月六日就是最后的期限，他们必须做好准备，像我一样：非生即死。

选择这条路实在是被逼无奈。作为亲戚我寻求过伊丽莎白的帮助，但是她却像敌人般对待我，现在更把她的大臣和表弟当成敌人。每一个认可她是伟大女王的人都应该有所警觉：胜利的日子里，她多疑又吝啬；危难的日子里，她惶惶不安。她把我逼到绝境，也把他们逼向造反之路。当他们涌进王宫，把她扔进监狱，推她走上她母亲走过的断头台时，她谁也不能怪，因为所有一切都是她一人造成的。她和她那奴颜婢膝的顾问塞西尔总是多疑又易怒，还老是胡思乱想，和那些恐惧多疑的人一样，总是幻想着事情的最坏一面，然后弄假成真。

我的使臣罗斯主教约翰·莱斯利寄来了一封信，他现在正在伦敦，目

## 另一个女王

睹伊丽莎白政权的崩溃。我是在马鞍下面发现这封折叠起来的信的,当时我们正在仓促忙乱地赶往图特伯里的山路上。就算是如此匆忙的时期,也有为我周到服务的人。什鲁斯伯里家的男仆们已经转向我的阵营了,贝丝和她丈夫的仆人背叛了自己的主人。这个地方到处都是间谍,我用西班牙金币买通了他们,正等着为我大展身手。莱斯利的信是用法语和密码混搭而成的,信里提到伦敦的恐慌,伊丽莎白更是惊恐万分,每个小时都要让人报告全国上下爆发的动乱的情况。

北部贵族被勒令前去伦敦向伊丽莎白汇报事实真相,违者要被处以极刑,但是他们全都违抗了王命。他们正在召集军队,然后赶来营救您。他们把期限定在十月六日。请做好准备。

诺福克也准备好了。他违抗了伊丽莎白的命令,逃回了自己的家肯宁霍尔,就在诺福克郡,准备整顿军队。整个英格兰东部都会听从他的调遣。

朝廷已经中断了夏季巡猎,风尘仆仆地回到伦敦了。他们现在临时把温莎堡作为攻城战的据点。各大家族已经被召回伦敦做守城准备,但是时间仓促,可能来不及做统一部署。城里一半的市民都弃城而去,现在的伦敦一到晚上就像一座鬼城,阴森恐怖。西班牙舰队会从荷兰方向赶来,军队随之到达,最多还有几周,他们就能任凭您调遣,而且他们也已经通过银行家利多尔菲把金币送去给了诺福克以支付您的军费。

胜利将是我们的,几个星期后就能见分晓。

罗斯

我把信揉成一团放进口袋里,停下来晚餐时我会马上把它烧掉。我松松垮垮地骑在马背上,几乎没有去管它。头脑里不断闪现着一组画面:伊丽莎白,我的表姑,冲进温莎堡到处找她的内阁大臣们,落入她眼里的却是一张张写着背叛的笑脸。那种感受我再清楚不过了，毕竟是亲身经历过的啊。她会体验到我在荷里路德宫体验的一切，没有人可以信任；她会体验到我在邓巴港口体验到的一切，支持她的人全都离她而去，发誓效忠的人一边表着忠心，一边依然把她抛弃。现在，她会明白，即使是达德利，童年时的玩伴，多年的爱人，也和诺福克串通一气想要把我救出来。她的爱人，她的表亲，枢密院里她的大臣，全都倒戈加入了我的阵营。她的所有大臣都想让我自由。普通百姓们都向着我，他们的心和灵魂都属于我。所有人都背叛了她。当她登上王位时，人们唤她为"我们的伊丽莎白"，而现在，她已经失去了他们的拥护和爱戴。

我想到了什鲁斯伯里，脸色苍白地骑着马陪在我身边，想起他匆忙地把我举下马鞍，想起他晚餐时静静陪伴我的愉悦，想起他从未间断过的殷勤的小礼物。他是伊丽莎白的世代忠臣，但现在他已经是我的了。我把英格兰所有的贵族都赢到了自己手里。我就知道。看着什鲁斯伯里和贝丝家里的每一个男人，我就什么都明白了——所有人都渴望着我的自由。

## 1569年10月

贝丝 于图特伯里城堡

我们需要的东西有一半都留在温菲尔德了，方圆四十英里之内，即使用钱也买不到我心爱的蔬菜。村子里几乎都空了，全去参加了诺福克的军队，全去了威斯特摩兰伯爵那儿，发誓效忠苏格兰女王，加入拥护罗马教堂的圣战。全村上下已经在战争爆发的边缘，当我派管家去市场买菜时，百姓居然什么都不卖给他，他觉得自己变成了他们的敌人。

光是想想就让人害怕，在这北部的荒郊野岭之中，乡绅们、上流社会的人们、贵族们都正在召集他们的佃农，联合他们的朋友，武装他们的部队，打着耶稣基督的旗帜怂恿他们来抓我，攻进我的房子，释放我的犯人。半夜惊醒的时候，我连翻身都不敢发出声响；白天时，我也总是爬到城墙上方张望着大道，只要一看到任何荡起的尘埃团，就怀疑是不是他们攻来了。

从出生到现在，我一直是一个有信誉的女人，口碑良好的邻居，亲近讲理的地主，客观公正的老板。但现在的我却觉得自己和周围的人格格不入，好像成了一个陌生人，初来乍到的新移民。到底谁才是那个隐蔽在暗处的敌人？谁会趁机救走苏格兰女王？谁够胆上来抓我？原以为是朋友和邻居的那些人也许已经加入了另一个阵营，也许与我背道而驰，成了我的敌人。我的朋友甚至亲人也许都加入了敌人的军队，把我当成叛徒，因为是我囚禁了他们真正的女王。

玛丽女王此时却像个修道院新来的修女，静默端庄地坐在那儿，但我知道，她的脑袋里装的一定全是如何从这逃跑的计划，我的丈夫竟还信心百倍地对我说："感谢上帝，她没有试图逃走，说明至少她不知道起义的事儿。"

我诧异地看着他，结婚这么多次，我还是第一次有这种想法：这个男人真是蠢得令人发指。

认识到自己的丈夫是个笨蛋，作为妻子心里可不好受。我对于四个丈夫虽然都有过类似的感受，但从来没有哪一任像他这样，蠢得让我就要失去房子和钱财。

这简直令我无法忍受。好几次半夜醒来，我都会默默伤心流泪。没有比这更糟的背叛了，虽然我的房子里住着基督教世界里最漂亮的女人，但我最担心的仍不是老爷他移情别恋伤我的心，而是他可能会弄丢我的财产。女人的心就算碎了也是可以重新粘起来的，可以再次动情，或者变得铁石心肠。可一旦房子没了，就很难再要回来。如果伊丽莎白女王以惩罚老爷不忠为由把查茨沃斯没收了去，那我就要永远失去它了。

老爷一厢情愿地以为可以打败塞西尔，实在是幼稚，就像小孩儿和淘气朋友们玩儿的小把戏，还一厢情愿地对苏格兰女王盲目信任，对无数封给她的密信视而不见。老爷所有的一厢情愿不过是想要取悦一个女人罢了，岁数小得都能当他女儿的女人，还是这个国家的公敌的女人。到头来又换回了什么？现在朝廷连拖欠我们的住宿费都不准备还了！他们不光是不给钱，连我寄去的账单都懒得瞅一眼。而且我们的忠诚也惨遭怀疑！老爷就什么都没想到吗？他不考虑后果吗？不知道一旦成了叛徒，所有的财产都会被无条件没收充公吗？他不知道要是伊丽莎白把查茨沃斯从我手里夺走能够得到多少财宝吗？难道他不知道自己和北部贵族草率之下拟定的愚蠢计划就是在给伊丽莎白没收查茨沃斯找借口？他是个傻瓜吧？蠢得人神共愤，竟让我和他的财产都迅速流失。我的孩子和他的孩子结了婚，我的财产在他的名下——他能不这么目光短浅吗？把所有一切都抛下不顾，我还能原谅他吗？

以前婚姻的经历让我很清楚蜜月期结束的滋味，一个让人敬仰的新郎被打回原形，也只是一介凡人罢了。但是我还从没有这么清醒地意识到我和他的婚姻已经完蛋了。我也从来没有过这样的想法：觉得自己的丈夫是个笨蛋，甚至期望他不是我的丈夫，希望靠自己把属于我的财产保护好。

# 1569年10月

乔治　于图特伯里城堡

　　余下的人生里，我断不会忘记这个秋天。我的全部骄傲像那一片片飘零的秋叶，正待凋落腐烂。看着那渐渐光秃的树干没有了绿叶的庇护，就如同看着我血肉里的森森白骨，在黑暗和寒冷中日益凸显。我错了。误解了所有事情。塞西尔不止是个管家，远远不止，他是个地主，土地管理家，管理着英格兰的所有土地。而我呢，只是个可怜的抄写员，却误以为自己拥有着这片土地，在这安家落户，虚度了几十年，白白浪费对土地的热爱之情，但实际上什么都不是。也许就在明天，我将一无所有。我就像个农民，甚至更糟——一个非法占据别人土地的人。

　　我还天真地以为，只要英格兰的贵族们找到一种比塞西尔更好的治国之道，就可以弹劾他，重新为新女王出谋划策，结束塞西尔永无止境的战争说，消除他对伊丽莎白继承人的憎恨，结束弥漫四处的如鬼魅般存在的间谍恐慌，也结束他对天主教徒的迫害。然后，我们就能引导她公正地对待苏格兰女王，和法国成为朋友，和西班牙结成联盟。此外，我们还可以教会她如何作一位高傲的女王，而不是一个制造恐慌的篡位者；给她足够的自信稳坐王位，结婚，生下继承人。但是我想错了。正如贝丝含蓄地告诉我的一样，我简直错得离谱。

　　塞西尔已经下定决心要把反对他的人统统扔进监狱，伊丽莎白也只听他的建议，其他人提一点反对意见就会有叛国的嫌疑。她不会找内阁里的议员咨询政事,甚至也不信任达德利。只要逮住机会,任何捕风捉影的事儿都能演变成杀头的大事。谁知道这么做塞西尔能得到什么好处?连诺福克也被逐出了自己表姐的宫殿,被逼造反,北部的贵族也正在一片混乱之中。至于我,目前为止,得到的只有怀疑和被替代的耻辱。

得到的只有耻辱。深深的耻辱。

突然,一夜之间什么都变了,这让我有些承受不住。贝丝也被吓得不轻,对我的态度日益冰冷。不过她也许是对的,一直以来我都在扮演一个傻子的角色。在这寒冷黑暗的季节里,妻子的态度是对我的另一个打击,但却是不得不接受的事实。

塞西尔在信里粗略地提到,会有两个经由他挑选的贵族前来转移苏格兰女王至其他安全的地方,把她带离我身边,之后我要动身去伦敦接受审问,除了这两点再无其他内容。确实,为什么他需要向我解释原因呢?你看到过管家向抄写员解释工作吗?不,他只要直接下命令就好了。如果伊丽莎白陛下认为我不再适合做苏格兰女王的护卫,那么她也会认为我不再适合为她效命了。朝廷上下都会知道她对我的态度,全世界都会知道。可我的心从没有变过,我赤诚的忠心啊,被她狠狠刺穿了,她不再信任我了。

她不信任我了。

比这更糟糕的是,我心里还有另外一处隐蔽、私密的伤口,一处让我无力抱怨,也无法向人倾诉的悲痛:苏格兰女王就要被带走了。我可能再也见不到她了。

再也见不到她了。

我已经失宠于一位女王,又即将失去另一位女王。

措手不及的失落感让我有些不明所以。想想也许是因为自己太过习惯做她的护卫,习惯了保护她的日子。习惯了和她清晨漫步;习惯了隔着院子看她卧室的百页窗,闭着就说明她还在睡觉,开着就表明已经醒了;习惯了听她的歌声和她爱玩的扑克；习惯了她欢乐的舞蹈和令人窒息的美貌。我无法想象没有她的日子将会怎样。我不能忍受醒来的每一天没有她的陪伴。上帝明鉴，我不能失去她。

我也不知道为什么会有这样的想法。我很确定我没有不忠于贝丝和伊丽莎白陛下，我很确定我没有改变对她们忠贞，但是我却会情不自禁地，天天追随着苏格兰女王的身影。见不到她时我会变得很渴望，当她靠近时——从楼梯上跑到马厩旁，或是背着太阳向我慢慢走来——我会发觉自己脸上出现如少年般的笑容，满心喜悦地与她见面。只是这样而已，单纯的看着她走向我的快乐。

我还是无法接受他们要来带走她的事实，而且我也不能说任何偏袒她的话，只能保持沉默，然后眼睁睁看着他们掳走她。无能为力。

有两个贵族和一些护卫午夜时分到达庄园，在院子里折腾了好一会儿才安静下来。我苦笑了起来。他们不久就会知道这些护卫有多难伺候：不仅要好吃好喝，还要防止收受贿赂。他们还会明白守卫苏格兰女王是件不可能的事情，不管花费多少钱。什么样的男人才能抵抗得了她的魅力？什么样的男人才会拒绝和她每日外出骑马的机会？什么样的男人能阻止她对护卫们露出笑容？又是什么样的力量才能停止年轻的士兵们为她疯狂？

他们的出现是对我的侮辱，图特伯里肮脏窄小的院子也让我感到耻辱。我向他们走去，看清了塞西尔派来替代我的人后，内心挣扎了起来。亲爱的上帝，不管会付出什么代价，我都不能把她交给这两个人。我必须拒绝他们。

"大人们。"我一字一顿地说，有意放慢了语速。塞西尔派来了亨利·黑斯廷斯——亨廷顿伯爵和沃尔特·德弗罗——赫里福德伯爵，作为她的押送者。他也许还派了一对意大利刺客，准备对她下毒手。

"很抱歉，塔尔伯特，"黑斯廷斯边下马边不客气地咕哝道，"伦敦已经变成地狱了，不知道接下来还会发生些什么。"

"地狱？"我重复道，脑袋里快速想着对策，是说她生病了，还是悄悄送她回温菲尔德？怎么才能保护她？

"陛下已经安全移驾到温莎了，也做好了攻城战的准备。她正把所有贵族都召回朝廷，所有人都有嫌疑，包括你。我很遗憾。等你协助我们做好把犯人送到莱斯特郡的准备之后，你应该马上启程。"

"犯人？"我看着黑斯廷斯生硬的脸说，"去你庄园？"

"她已经不再是我们的客人了，"德弗罗冷冷地说，"她现在是犯人，被怀疑和诺福克公爵串通一气谋反叛国。我们需要把她押去更牢靠的地方——监狱。"

我抬头看了看狭窄的院子，铁闸做的大门，外面是护城河，只有一条上山的马路。"比这里更牢靠？"

德弗罗笑了笑，自言自语道："最好是一个无底山洞。"

"你这里已经不可靠了，"黑斯廷斯直言道，"就算你没有私心，现在也证明不了。虽然目前还没有对你不利的言论。塔尔伯特，我很抱歉。我们不知道这趟浑水到底有多深，也不知道叛徒有多少。我们得提高警惕。"

我的眼前一阵发黑，感觉心脏一下冲到了头顶上，不由得怒发冲冠："没有人质疑过我的荣誉，从没有过！没有人质疑过我家族的荣誉。效忠王室的五百年里一次都没有！"

"这是在浪费时间，"年轻的德弗罗唐突地说，"你会在伦敦接受审讯。她多久可以动身？"

"我会问问贝丝。"我说。不能再和他们说话了，我的嗓子干得要命。也许贝丝知道如何拖延他们。愤怒和耻辱几乎让我难以开口："请进，好好休息，我会去问清楚。"

# 1569年10月

玛丽　于图特伯里城堡

院子里一阵慌乱的马蹄声让我心跳如雷，急忙冲到窗前向外看去，心想来人也许是诺福克或者北部贵族们带领来的军队，又或者——另一个想法让我的心提到了嗓子口——如果是博斯维尔从监狱里逃了出来，带着一队来自边境的铁骑来营救我怎么办？

"来者何人？"我急忙问道，身边是伯爵夫人的管家，他恰好也在我的餐厅里。我们都看见了院子里那两位长途跋涉而来的官员和五十名左右的士兵。

"那是亨廷顿公爵，亨利·黑斯廷斯。"管家说道，眼神从我身上撤走，"夫人那边应该会有事吩咐我。"

他鞠躬想要退出门去。

"黑斯廷斯？"我的声音里夹杂着恐惧，"亨利·黑斯廷斯？他来这里做什么？"

"我不知道，陛下。"管家边弓着腰，边向门边退去，"等我问清楚了马上回来禀报您，陛下。但是现在我必须得告退了。"

我向他挥手。"去吧，快点回来，找到什鲁斯伯里大人，告诉他我要见他，立刻，让他立刻来见我。"

玛丽·西顿来到我身边，艾格尼丝紧跟她身后。"那些官员是谁？"她问道，朝下看了看院子，接着看到我脸色苍白。

## 另一个女王

"黑斯廷斯被人称为新教的接班人,"我冒着冷汗说道,"他是金雀花家族的后代,伊丽莎白的亲戚!"

"他是来营救您的吗?"西顿疑惑地问道,"那他是反叛军吗?"

"应该不是,"我苦涩地说,"如果我死了,他就更接近王位一步,他是英格兰王位继承人之一。我得知道他来这里干什么,肯定不是什么好事。玛丽,去打探下消息,到马厩去,看能不能打听到什么。"

西顿走后我立刻坐到桌前写信。

罗斯:

祝好。请转达我对诺福克与北部贵族及军队的问候。务必吩咐他们即刻启程,前来营救我。伊丽莎白的爪牙已经伸向我了。告诉诺福克,我的处境现在极其危险。

M

# 1569年10月

贝丝　于图特伯里城堡

她要走了，有人来抓她，把她带走，越远越好！有她的日子里，除了麻烦还是麻烦！就算他们把她带走，陛下仍然不会付给我们住宿费。从温菲尔德又回到这儿，六十个人的王家仆从团，大约有四十个人每餐必到，此外，她的马匹、宠物鸟、地毯家具、长袍、新聘的长笛老师还有挂毯织工，统统都是我在付钱，待遇比我这个主人高了不止一个档次。每晚都是三十二道菜肴，她有御用的厨师、单独的厨房还有自己的酒窖。那些白葡萄酒都是陈年佳酿，却只是用来给她洗脸。她还必须得有御用的试毒官，以免有人企图毒害她。上帝知道，我有多想亲自毒死她。每个星期两百英镑的开销，朝廷只补助五十二英镑，而且补助费迟迟不发，现在更是别想拿到了，等到一切结束，我们的损失何止上万英镑。他们把她带走却不负责还清开销。

呼，她终于要走了。只要她走，亏多少钱我都忍了。我会在账单最末写上总开销的数额，把它当成一笔死账，只当债务人死了。只要能摆脱她，让我亏掉一半家产也值得，总比她在这儿把我和我的财产毁掉的好。最好把她当成死人，那样我就不用再想着该怎么算账了。

"贝丝。"乔治在我的账房门外，倚着门柱，拿手捂着胸口，脸色苍白，全身颤抖着。

"发生什么事情了？"我见状立刻站了起来，丢掉手里的笔，握住他的手,他手指冰冷。"发生什么事情了,亲爱的?告诉我,你不舒服吗?"前三任丈夫都是猝死的,这让我心有余悸。而这一任,我的伯爵丈夫,现在竟面如死灰。我看着他惨无人色的面容,立刻忘掉了他的不好,失去他的恐惧让我心如刀割。"生病了吗?哪里痛?亲爱的,发生什么事情了?怎么回事?"

"陛下派了黑斯廷斯和德弗罗来抓她了,"他说,"贝丝,我不能让他们带走她。我不能把她拱手让人。这样做只会让她去送死。"

"黑斯廷斯不会——"我说。

"你知道他会!"威廉打断我,"你也知道陛下为什么会派他来。黑斯廷斯是新教继承人,他会把苏格兰女王关进监狱,或者关进他的庄园,永远!他们会先对外声称女王身体欠佳,然后变成病情恶化,最后宣布她死亡。"

他话里透出的萧瑟凄惨让我很恼火。

"或者他们会在回去的路上杀了她,说她是自己不慎从马上摔下来的。"他满脸冷汗,语气悲楚地预测道。

"但如果这是陛下的旨意?"

"我不能让她去送死。"

"如果是陛下的命令——"

"我不能让她走。"

我深吸了一口气。"为什么不能?"我问他,倒是要看看他敢不敢讲出实情,"为什么你不能让她走?"

他转身背着我。"她是我的客人,"他呢喃道,"这是关乎声誉……"

我脸色僵硬地看着他。"那就学着放手,"我气急败坏地说,"声誉和这件事一点关系都没有。你必须得放手,就算她会死。接受现实吧。我们没权阻止他们,如果我们选择保护她,只会让自己的处境越来越糟。他们已经怀疑你的忠心了,如果再把她从黑斯廷斯手里救出来,那么他们一定会认为你倒戈了。他们会说你是叛徒。"

"这完全是叫她去送死！"他反复说着，声音越发嘶哑，"贝丝！你是她的朋友，每日陪伴着她的是你，你不能如此铁石心肠地把她送给刽子手！"

我低头看回账本，看着那上面的数字，它记载着那个女人到底花了我们多少钱。如果为了保护她而得罪伊丽莎白陛下，那么我们将失去所有的一切。如果陛下认为我们完全喜欢上了另一个女王，她会彻底毁了我们。如果陛下判我们叛国罪，我们将失去所有土地和其他财产。叛国可是滔天大罪，老爷的慈悲会让我们俩惹上杀身之祸。我不能冒这个险："关我什么事？"

"你说什么？"

"我说，关我什么事？就算他们在荒郊野岭砍下她的头，然后丢到阴沟里，又关我什么事？我干吗要在乎她的安危？"

房间里死一样寂静。老爷用看恶魔的眼神看着我。一个蠢蛋和一个恶魔，在房间里互相对视着彼此，我突然很好奇我俩到底为什么会变成这样。二十一个月以前我们还是一对快乐的新婚夫妇，彼此都很满意这场婚姻带来的好处，欣赏着对方，是王国里强强联合的典范。而现在，我们彼此折磨，感情上、财产上。我们已经两败俱伤了。

"我会让她尽快收拾行李，"我急急地说道，"已经没有我们能做的了。"

但是他仍然没有离开。他抓着我的手说："你不能让她和黑斯廷斯离开，贝丝，她是我们的客人，她和你一起刺绣，和我们一起用餐，和我一起骑马。她没有做错事，你知道的。她是我们的朋友。我们不能背叛她。如果她和黑斯廷斯一起外出骑马，我敢保证她再也不会活着回来。"

想着我的查茨沃斯和财产，我坚定地说："冥冥之中，必有天意，而且我们必须服从伊丽莎白陛下的命令。"

"贝丝！看在她还年纪轻轻的分儿上，可怜可怜她！看在她漂亮、年轻又没有朋友的分儿上!"

"上意不可违。"我重复道,狠狠想着我的新大门和装饰着花纹的门廊,大理石的门厅,想着我还要活着看见那些新修的房子;想着我的孩子们,个个都结了婚,在朝廷上占有一席之地;想到将来美好的前程;想到未来的孙子孙女们,我还要为他们设计美好的婚姻;想到这一路走来的艰辛和对未来的憧憬。就算会下地狱,也比失去我的庄园强。

"女王万岁。"

# 1569年10月

玛丽　于图特伯里城堡

伯爵夫人来到了我的房间，脸上透着和蔼却显得僵硬无比："陛下，您将再次踏上旅途，我想您一定很高兴能离开这里。"

"去哪儿？"我问道，声音里的恐惧显露无遗。

"莱斯特郡，"她简单地说道，"由亨廷顿伯爵陪伴。"

"我更喜欢这儿，我要留在这里。"

"这是伊丽莎白陛下的命令。"

"贝丝……"

"陛下，恕我无能为力。我不能为了您违背伊丽莎白陛下的旨意。您无权对我作这样的要求，没人能。"

"黑斯廷斯会怎么对待我？"

"为什么这么问，他会比我更好地照顾您。"她一再强调、保证，好像在和孩子讲童话故事。

"贝丝，写信给塞西尔，问他我是否能留在这里。我请求你——不，我命令你——写信给他。"

她脸上的笑容渐渐消失不见。"您根本不喜欢这里！您一定不止一次地抱怨过从垃圾堆飘来的臭味，还有潮湿的房间！莱斯特郡更适合您。那是个非常适合打猎的乡村。也许伊丽莎白陛下还会邀请您去王宫呢。"

"贝丝，我害怕和黑斯廷斯在一起，他对我有害无益。让我和你留在一起吧,我要求留在这里。我命令你必须让我待在这里。给塞西尔写信,告诉他我要求和什鲁斯伯里大人待在一块儿。"

但是我称呼她丈夫的方式——"损斯贝依",突然激起了她强烈的愤怒。

"您已经花掉了我丈夫一半的财产,我的财产!"她大声说道,"我的嫁妆!您还让他在伊丽莎白陛下面前丢掉了声誉,都是因为您,陛下才会怀疑我们的忠心。陛下已经命令老爷回伦敦接受调查。您认为他们会怎么处置他?他们认为我们喜欢您。"贝丝停顿了下来,我看见她眼里闪烁的妒火,那是老女人对年轻貌美女人的嫉妒之心,她嫉妒我的青春和美貌。我从来不曾想过贝丝会有这种想法,也不知道她是怎么看我和她丈夫时常待在一起这件事儿。"他们认为我的丈夫对您甚是喜爱,而且铁证如山啊。"

"贝丝,你肯定知道——"

"不,我什么也不知道,"她冷酷地说,"我完全不知道他对您有什么感觉,您对他有什么感觉,或者您所谓的魔力,您所谓的魅力,您众所周知的美貌。我不知道他为什么不能拒绝您,为什么要在您身上浪费钱财,甚至把我的钱也搭上。我不知道他为什么要冒着生命危险救您,为什么他没有把您看守得更严密些,把您关在房间里,阻隔您和仆人的接触。不过,他再也没有机会那么做了,您也没有机会享受那样的待遇了。您可以把您的那些魅力用在黑斯廷斯身上,看看会有什么效果。"

"黑斯廷斯是伊丽莎白的人,"我绝望地说,"你知道的,他是伊丽莎白的亲戚。他还向伊丽莎白求过婚,他是位处于我和我儿子之后的王位继承人。你认为我可以勾引得到他吗?"

"那只有上帝才知道,您尽可以试试。"她酸酸地说,屈膝行礼后准备走出房间。

"要是不行呢?"我问逐渐走远的她,"失败了会如何?他会怎么对我?你这是在送我去死,你知道的。贝丝!贝丝!"

# 1569年11月

乔治　于图特伯里城堡

随着事情的发展，我变得睡不着也吃不下，日日坐立不安，外出骑马也没有了往日的乐趣。通过讨价还价我好不容易为她赢得了四天安稳的日子。我跟他们说，就现下北部军队行进的情况来看，派来的守卫数量明显不够——谁知道那些军队在哪儿？——他们不能冒险带她出去，因为很有可能遭到埋伏。没有人清楚到底有多少人加入了北方的军队，也没有人知道他们现在身处何地。黑斯廷斯暗暗抱怨，却也派来了更多的护卫。

"为什么还要担心这种事情？"贝丝问道，褐色的眼睛里一片冰冷，"不管怎样她还是要走，干吗要让黑斯廷斯加强戒备，你不是想让她被救走吗？"

我本想立刻回答她："只要她能和我待在一起，哪怕是一天，我也愿意付出任何代价。"但是这样说一点意义都没有，所以我煞有介事地分析道："所有消息都显示威斯特摩兰和诺森伯兰的军队正在行进中，总数超过两千。我不想他们出去就遇到麻烦，如果他们遭到埋伏，对我们可没有好处。"

贝丝点点头，但是看样子仍然不十分信服。"我们可不想让她长期困在这儿，她就像蜜糖罐，走到哪儿都会有军队蜂拥而至。让她走总比让军队把我们这儿当成据点的好。走得越快越好。我们不能让她留在这儿，也不能让军队到这儿来救她。"

## 另一个女王

我点点头。几个月之前才结成连理的夫妇是不会想让她留在这儿打扰幸福的新婚时光的。但是我们呢？现在的我们早已同床异梦。贝丝想到的只有如何在这艰难的时期保护她和她财产的安全。而我呢，出于某些原因，根本无暇顾及那些事情，我心中毫无计划。我想一定是痛风病又犯了，从没有像现在这样感到头昏脑涨、疲倦不堪，简直病入膏肓。我可以几个小时一动不动，望着窗外，望着苏格兰女王卧室里拉下的百叶窗。我一定是生病了，脑袋里空无一物，只想着她和我在一个屋顶下的日子还剩短短四天，而我甚至找不到任何理由穿过院子到她那儿和她说说话。四天，我像一条看门狗一样，坐在紧闭的房门前却不得其门而入。我的内心正在疯狂号叫，郁闷得不到发泄。

## 1569年11月

贝丝  于图特伯里城堡

　　黎明时分,大门处便传来锤击般的敲门声,我立刻被惊醒,以为是北方的军队来救她了。乔治躺在床上一动不动,像块石头,虽然我知道他肯定没睡着,这几天他似乎都没怎么合眼。他躺着,听着外面的动静,但是并没有睁开眼睛;他不会和我交谈,也没有给我任何和他说话的机会。就连现在也是,门外如雷贯耳的敲门声也没能让他挪上一挪——他是那种一辈子都有人为他开门的男人。我从他上方翻过去下了床,穿上睡袍,系上腰带,朝门外跑去,下楼到了门卫那儿,看见他正在开门,大门外一个人风尘仆仆地骑着马到了院子里,他的脸在晨光的照耀下显得异常苍白。感谢上帝,来的是伦敦的信使,而不是北方的军队。感谢上帝,他们还没有来这儿救她,现在只有我一个人穿着睡袍在这儿,老爷留在床上,僵硬得像块棺材木。

　　"名字?"我问道。

　　"塞西尔的信使。"

　　"什么事?"

　　"战争,"他简短地说,"战争还是爆发了。北方造反了,威斯特摩兰和诺森伯兰已经公开反对伊丽莎白陛下,他们的军队已经出动,打着耶稣基督的旗号,英格兰所有的天主教徒都加入了他们。他们发誓要恢复真正的宗教,为工人们争得合理的工资,而且还要——"他向苏格兰女王的住处扬了扬下巴,"还她自由,恢复她的王位。"

我紧了紧身上的袍子,冰冷的空气中弥漫着丝丝恐怖的气味,让人不寒而栗。湿草地上冒出来的雾气让图特伯里潮湿得像下了雨一样。"他们要来这里?你确定?"

"确定。这里,给您的新指令。"他边说边在背包里一阵翻找,拿出一封皱巴巴的信递给我。看着信上塞西尔的字迹,我不禁松了一口气,只当这封信是我的救命稻草。

"他们离这有多远?军队有多少人?"趁送信人下马的空当,我迫不及待地问道。

"来这的路上我没碰到他们,感谢上帝。谁知道呢?"他简洁地说,"有人说他们会先占领约克郡,然后是达勒姆郡,直到恢复昔日北部王国。又是一次大战,不过比以前更激烈。两个女王,两种不同的宗教,两支军队,你死我活。如果西属尼德兰的西班牙舰队打定主意帮玛丽,几天的时间就能到,那时一切都完了,我们都会死。"

"去厨房拿赏金吧,但是什么也别泄露出去。"我对他说道,然后跑着回到了卧室。乔治正坐在床上,摆着一张臭脸。

"夫人?"他问。

"看看这个。"我对他说,把信塞给他然后爬上床。

他接过信撕开封蜡。"发生什么事了?"

"信使说北方军队已经上路了,"我简短地说,"他们宣战了,正向这边赶来。"

他匆匆看了我一眼便展开信读了起来:"这是塞西尔写来的。他说我们必须立刻向南撤走。我们必须把她带到考文垂的城堡去,确保她的安全,在考文垂等待他的新命令。我们必须在他们来这儿救她之前启程。必须马上行动。"他从床上一跃而起。"拉响警钟,"他说,"我去召集侍卫,马上带她离开。你去通知她让她做好出发的准备。"

走到门口时我顿了顿，被一个突如其来的想法震住了："我打赌她一定什么都知道。他们肯定通知了她营救的具体时间，就在你让她和他们私下说话的时候。她会成为他们的精神支柱，会有大量的密信来往。她可能已经等他们等了整整一个星期。"

"快去叫她准备离开。"

"如果她不走怎么办？"

"那我就不得不把她绑上马了，五十个人就能在一个小时之内攻破这里，而且有一半的仆人都很乐意开门放她走。如果他们占领这里我们就输了。"

他对苏格兰女王的无情让我很高兴，于是行动比思维还快了半拍，半个身体都到了门外，但是突然我又想到："等等，老爷。等等！如果赢的是他们怎么办？"

他正在检查衣着，骑马裤还拿在手上。"如果他们赢？"

"如果北方的军队占领了北部怎么办？如果威斯特摩兰和诺森伯兰胜利进入伦敦怎么办？如果西班牙支持他们怎么办？如果霍华德带领东部起义，康沃尔郡为恢复旧信仰暴动怎么办？威尔士也随之起义怎么办？如果他们打败了伊丽莎白，我们却成了囚禁未来女王的罪人怎么办？到那时我们就成了叛徒，全都会死在监狱里。"

老爷摇摇头。"我为女王效忠，"他平静地说，"我是塔尔伯特家族的人，只服从我的国王，自然不会因为那边是赢家就立刻倒戈。我效忠国王。不管代价是什么。如果苏格兰的玛丽女王胜利登上了英格兰女王的王位，我自然会对她效忠，但是在那之前，我只会对伊丽莎白陛下效忠。"

除了荣誉和忠诚他什么都不懂。"是的，是的，只要她赢了你就换个阵营，然后继续光荣的使命。但是我们怎样才能让我们和孩子们还有财产得到保障?在现在这种危机时刻?所有一切都是未知数的时候?不知道哪位女王会在伦敦登基的情况下?"

他摇摇头。"没有安全可言,现在的英格兰,谁也别想安稳。我能做的就是跟随在位的国王。"

我动身离开,让他们叫醒城堡里的所有人,包括侍卫们。大钟敲响了,那次次钟声就像注满恐惧的心脏在剧烈跳动。我让他们跑步到厨房,把所有东西打包带上货车,大声命令管家把房子里所有的值钱货都带走,我则向她的住处跑去,另一个女王的寝室。想着她这段日子给我们带来的大麻烦,还有未来可能带给我们的麻烦,我气得全身发抖,怒火中烧。

我边跑边把手里的一张小纸条打开,上面写着我的名字,夹带在刚从伦敦带来的包裹里——塞西尔单独给我的信。

如果你们有被北部军队抓到的危险,那么她必须得死。黑斯廷斯会动手,但如果他死了,你必须以陛下的名义命令你的丈夫动手,或者任何你可以信任、能守得住秘密的人。如果只剩下你一个还活着,你就得自己来了。把刀带在身上。读完马上销毁此信。

# 1569年11月

**玛丽 于图特伯里城堡**

终于！上帝啊！终于！当我听到钟声响起，立刻明白战争终于爆发了。他们终于来救我了，再晚一天我就会被黑斯廷斯绑了去！我立刻起床，尽可能快地梳洗打扮，双手兴奋得颤抖个不停，开始整理收拾必须带走的行李，烧毁信件：包括使臣的，霍华德的，西班牙大使的，利多尔菲的，还有博斯维尔的信。我等待着伯爵夫人或者伯爵本人过来，要我立刻准备离开图特伯里，这个他们无法镇守住的城堡。我会同意和他们一道出行。我会遵循他们的命令。我不会反抗他们，以免落入黑斯廷斯手里。唯一安全的做法只能是和什鲁斯伯里待在一块儿，直到我的军队追上来。

在军队赶来之前我是不会离开什鲁斯伯里的，我不敢离开。他是我在英格兰唯一的朋友，最值得信任的人。他待我极好，是一个真正的绅士。有这样一位骑士在身边，我的安全才能得到保障。上帝知道，我有多渴望安全。

威斯特摩兰向我发过誓，不论我身在何处，他都会来救我。即使他们押我去伦敦或者去监狱，我也一定能得到自由。如果伊丽莎白心生恐惧，要把我关进地牢，我一定逃得掉。

我没有必要反抗他们，只要战争还在进行，我被遣送到何处都没有关系。造反的贵族们自会将我的自由作为和伊丽莎白和解的条款内容之一，所以我被藏在哪里一点都不重要。他们将要求恢复天主教的至尊地位，恢复我的自由，只要北方贵族们联合一气，伊丽莎白就不得不同意他们的条件。英格兰北部地区向来都是默认的国中国，伊丽莎白的统治范围从没越过特伦特河以北，实际上，都铎家族的势力范围从没越出过约克郡。如果北部贵族们造反，伊丽莎白也只能对他们妥协，签署和平协议，不管她有多不愿意。

当然，这其中还有一个更大的阴谋，一个充满野心的计划，我绝不会支持也没有胆量支持的计划。我不会挑起一场反抗在位女王的战争。不过，很明显，他们和我想的不一样，他们都认为只要战线统一，攻陷伦敦也不在话下。他们会让我登上英格兰王位。这是西班牙菲利普亲王和他的大使所期望的结果，也是西班牙银行家罗伯托·利多尔菲愿意出手援助我的军队的原因。同时登上苏格兰和英格兰的王位——这是我理所当然的权力。伊丽莎白不过是已故的亨利国王的私生女，我却是国王姐姐的亲孙女。我才是真正的王位继承人，我才是真命天子。他们发誓一定为我将英国带回正统的道路。如果拥护天主教的英格兰人民起义造反，又怎会还让一个异教的女王继续坐在王位上呢？这场战争的结局必须是伊丽莎白下台，永远失去王位继承权。英格兰人民需要的是一位与他们信仰相同的，宽容、公正、致力于恢复圣殿、恢复昔日美好的女王陛下。

但这可不是我的计划，我不会阴谋叛国。不管伊丽莎白背叛我多少次，也不管她的身份是否够格，我都不会怂恿他人起兵造反，意图推翻一位女王。冥冥之中，自有天意。顺其自然才是真。如果上帝授予我们胜利，让北方的军队顺利攻陷伦敦，那么即是上帝应允我英格兰的王位，那时我才是当之无愧。

我想象着伊丽莎白飞奔至温莎堡，增加卫兵数量，让伦敦的武装力量做好守城准备，为筹备足够的武器焦头烂额，在通往北部的各个要道增派侦察兵，整天担惊受怕，忧虑着不知哪天北方的军队就会南下突破防线，将她驱逐或是送上死亡之路。想象着她所受到的惊吓,我差点憋不住大笑出声。

现在她可算体会到被所有人背叛的滋味了。现在她可算能领悟到我的感受:得知自己的子民掀起战争要反抗自己时的心情。是她,得知我的子民造反后,无动于衷、落井下石;是她,默许了反叛者的行为,让我从王位上跌落。所以,报应来了,现在轮到她尝尝被人造反的滋味。如果她被扔下了王位,谁会去拯救她呢?她早就该想到会有这么一天!我敢打赌,她现在一定怕得脚趾发抖,担心西班牙的舰队会随时出现在视线内。她本是个胆小的人,现在肯定怕得要命。法国发誓会支持我,西班牙是我忠诚的朋友,就连上帝也希望我恢复王位。但是伊丽莎白呢?伊丽莎白的朋友是些什么人?那帮法国胡格诺派①的乌合之众?还是那几个德国的王子殿下?除此之外还有谁吗?没有了!她孤家寡人,而且现在还得自己对付国内的叛民!

我听什鲁斯伯里夫妇的安排,收拾衣服、装箱书籍、收好珠宝,把新织的挂毯交给玛丽保管,然后顺着石阶跑到马厩。沿路上警钟嘶鸣,女仆们的尖叫声和狗吠声不绝于耳。

外面下着毛毛细雨,在这种天气下出行,速度只会慢得要命,而且骑马时路上的泥浆会四处飞溅。士兵们个个脸色苍白得难看,担心潮湿的天气会让火药失效,如果再遇上北方的军队就没有武器可用了。除了我,所有人都是一副惊慌失措的模样。

我正要上马的时候,安东尼·巴宾顿,贝丝的可爱小马童,跑过来悄悄对我说:"向日葵。"这是向我示忠的一句暗语。

向日葵是我少女时代的专属,特意挑选出来的徽章,象征着光明、温

---

①基督教新教加尔文教派在法国的称谓,在政治上反对君主专制,将教育作为扩张宗教影响,争夺教派势的工具。

暖和希望。"尽你所能告诉他们我的所去之地。"我在他耳边轻轻说着,装作一副不在意的样子。他给马儿拴上肚带,然后把缰绳交到我的手上。"我还不知道他们要把我带到哪里去,应该是南面的某个地方。"

这个诚实的小男孩立刻对我展开灿烂的笑容。上帝保佑他吧,那双漂亮的褐色眼睛露出满满的敬仰之情。"可我知道,"他欢快地说,"我听到主人说了,是去考文垂。我会告诉他们的。"

"但是要尽量小心点,"我提醒他,"不要冒险,你还太小,以后的路还长着呢。"

他脸上一阵红润。"我八岁了,"他信誓旦旦地说,像个小大人,"我六岁的时候就开始服侍主人了。"

"你真是个勇敢的小男子汉。"我说,他的脸立刻变得通红。

黎明清冷,天色灰暗,一路上我们片刻都不曾停留。身边的人们左顾右盼,警醒着四周的鼓声和枪声,提心吊胆地警惕着北方军队的身影。他们怕在拐弯口会突然出现一堵人墙,等着把我救走;还担心不管走得多快,后面的骑兵都会追上来。他们心里明白,身后追来的人都是发誓效忠天主教和真女王的人,是一支耶稣基督的军队,以上帝之名,向亵渎神明的人复仇,向背叛女王的人复仇,向违背国家历史的罪恶复仇。囚禁我的人心里都知道自己犯下的罪行,知道自己寡不敌众,必输无疑,所以他们马不停蹄,低着头,面色灰白,心慌意乱,恐惧万分。

艾格尼丝和玛丽与我并肩而行,沉默无语,彼此间暗暗地以微笑交流着兴奋愉悦的心情。我朝前看去,可怜的什鲁斯伯里面若僵石又焦虑万分;他的旁边是黑斯廷斯,脸色冷酷,佩剑系腰,外套里还藏着一把用来行刺的匕首。这次出逃显然不得他心,手下表现出来的匆忙和混乱让他很是恼怒。

像往常一样,远远跟在我们身后的是伯爵夫人贝丝带领的货运队,她井井有条地组织着队伍。毫无疑问，贝丝一定派了信使前去伦敦打探消息，急于知道到底哪派才是正义的一方，哪派才是最后的赢家。不管她最后站在哪一边，我都不会把她当成自己人。我不会忘记她曾企图把我交给黑斯廷斯，也不会忘记她害怕我抢走她的丈夫。我很反感善嫉的妻子，毕竟过去的二十几年里，那些嫉妒我美貌的女人对我的怨恨让我噩梦不断。

我们上马准备出发的时候贝丝就在院子里了，什鲁斯伯里把我举到马背上的时候她也在我旁边，容不得我和什鲁斯伯里单独待在一起，哪怕只有一小会儿。在马童巴宾顿来找我之前贝丝就等在那儿了。她脸色紧张地握着我的手说："我发誓保证您的安全，如果您身处险境，我会马上来救您。如果塞西尔下令要把您送入监狱，我也会把您安全地送走。我是您的人。我一直是您的人啊。"

我面无表情地看着她。显然，我对她不抱任何期望，她是个大骗子！贝丝对我做出的承诺只是她绝望的挣扎，两边都不想得罪的证明。她的话只能表现出她认为北方的军队会取得最后的胜利。无论她从伦敦得到了什么具体消息，都说明伊丽莎白的局势变得越来越糟，糟得贝丝迫不及待地想要证明她是我的朋友。她的口袋里装着从伦敦送来的消息，却还想成为我的同盟。贝丝，什鲁斯伯里的伯爵夫人，背叛了她所有的信仰，只想着倒戈转向胜利的一方。我看着她，没有笑出声，甚至没有让她看到一丁点儿愉悦的痕迹。我温柔地握着她的手。"你一直是我的朋友，伯爵夫人，"我体贴地说，"恢复王位后，我不会忘记你和你丈夫为我付出的一切。"

## 1569年11月

贝丝 于图特伯里至考文垂途中

当女人觉得自己的丈夫不过是个蠢货的时候，他们的婚姻就算是完蛋了。兴许过个一年或十年就分手，也可能将就着凑合完一辈子，但是女人一旦认为自己嫁的是个蠢货，就不会再付出爱情。

我如是想着，低着头忍受细雨带来的刺骨寒意，马不停蹄地向南方前进，图特伯里已被远远抛在脑后，前方等待着我的是一场恶战，或者更糟，一场毫无胜算的战役。肩负着暗杀苏格兰女王的任务，叛国的罪名随时悬在头顶上，人生中再也没有比现在更悲惨的时刻了。我原本为自己选择的人生沾沾自喜：作为伯爵夫人终老，有一位敬仰的丈夫，还有一座英格兰最好的庄园。但现在呢，我却跟在货运队伍的后面，车上装着我最珍贵的宝藏，迫切地想要找个地方把它们全部藏起来，以防被前后夹击的军队一扫而空，而所有悲剧的始作俑者就是我那愚蠢的丈夫。

一旦女人嫁为人妻，就得事事克制自己。她必须学会不乱说话，压制自己的欲望，凡事三思而后行，把丈夫放在诸事之首。丈夫的利益永远先于自己和孩子；丈夫的意愿必须首先满足；即使她才是家里更明智的那个人，也还是得听从丈夫的意见。一位称职的妻子，必须拥有钢铁般的意志，知进退、懂分寸；一位体贴的爱人，必须收敛脾气，懂得控制自己；一位识大体的女主人，必须在家族利益面前掐断自己的私欲。

如果丈夫在外花心，妻子尚且可以装聋作哑，毕竟那是男人的本性，她也很可能亲身体验过突然被压在墙上时的兴奋或者被压倒在湿草地上的浪漫。如果她家那位是个赌徒，她可以原谅他然后帮他还掉债务；如果是个脾气不好的人，她要么离得远远的，要么学会安抚，要么就奋起反抗，直到丈夫醒悟，哭着要求谅解——大多数暴力的丈夫都会。但是，如果丈夫让妻子的房子、财富和资产陷入危机，让妻子靠一生努力积攒下来的一切有付之东流的危险，那么我觉得没有任何理由原谅他。作为妻子，唯一的使命便是得到房子、财富和可以继承财产的孩子；最可怕的险境即是丈夫独享一切财产。结婚后，女方的财产全部归属于男方，包括她继承的和在婚姻期间自己挣得的所有一切——根据英格兰法律，有丈夫的妻子是没有财产所有权的，房子、孩子甚至她自己都属于男方。婚姻让她把所有一切都交到了丈夫手里，所以，如果男方为所欲为——丢掉房子、花掉财产、解除孩子的继承权或者虐待妻子——那么她只能眼睁睁看着自己变成穷光蛋，什么也做不了。愚蠢的丈夫没人疼爱，而选择嫁给他们的女人同样也是蠢货。

　　是的，我就是一个典型的例子。默许他赌博，没有责备；他偶尔脾气暴躁，我只会选择躲避；看着他对年轻女王的爱慕，我也可以睁只眼闭只眼。但是，他竟然让我陷入失去房子的危机，简直不可原谅！如果他被判叛国罪，他们不仅会砍掉他的头，还会没收他所有的财产，我就会失去查茨沃斯还有前几任丈夫留给我的宝藏，加上我自己赚得的一切财富。我无法原谅他竟让我面对如此风险。比起他会死，我更担心财产的归属问题。失去查茨沃斯，就等于毁掉我一生的心血；失去查茨沃斯，就等于失去我自己。他是个蠢蛋，而我是蠢蛋的夫人。他会让我变成没有房子的蠢蛋夫人，或者更糟。

## 1569年11月

**玛丽　于图特伯里至考文垂途中**

博斯维尔：

　　抱歉书写潦草——我正被去考文垂。我们的时机到了！我可以保证，胜利一定属于我们。尽快赶来，不论付出什么代价。就是现在，快来！

M

　　威斯特摩兰已经在布朗斯帕斯城堡召集到了一支一千多人的军队，根据晚餐时递给我的密函来看，他们已经和诺森伯兰的军队会合了。这样一来，他们就有了两千人的军事实力。两千人——足以攻下整个北部，足以攻陷伦敦。

　　他们正在来救我的途中，从肯宁霍尔出发北上的诺福克也会在不久后和他们会合，这三支神圣的军队，诺福克的、诺森伯兰的、威斯特摩兰的，以耶稣基督的名义联合起来，为拯救我，正往考文垂赶来。

　　就现在来看，发生火拼的可能性很小。毕竟什鲁斯伯里只有两百来人的护卫，而黑斯廷斯最多带了四十个侍卫。他们没有胆量硬拼。这些人中有一半的天主教徒，许多人更对我备感同情。从他们之中穿行而过时，我看到那些对我露出的羞涩笑容，还有那些为示敬意而低下的头颅。当我们路过一座被遗弃的修道院时，一半的人都在胸前画着十字，军官们只能侧过脸假装没有看到。这些都是在天主教堂接受洗礼的人，为什么他们要毫无理由地改变信仰呢？为什么要让他们去战斗，去保卫一个只会让他们失望的信仰呢？

黄昏悄然降临，第一天的旅程随即结束。队伍前方的什鲁斯伯里掉头回到了我的身边。"快到了，"他鼓励我道，"您还吃得消吗？"

"有点累，"我说，"天气很冷，我们要在哪里过夜？"

"阿西比堡黑斯廷斯大人的府邸。"

恐惧一下子抓住了我。"我想……"我盘算着该怎么开口，但一定不能说实话，"我们要留在这里吗？我不想在这里。我不想在他的家里过夜。"

他伸出手碰碰我的手套，像个女孩子般矜持。"没事，没事，我们只在这儿留宿一个晚上，明天就接着上路。"

"他不会把我关在这里吗？把我锁起来？"

"他不能。您仍然由我来照顾。"

"你不会把我交给他吧？不管他说什么？"

他摇摇头。"我会把您安全护送到考文垂。"他重申道，"我不该告诉您目的地，请您务必不要和女官或者仆人提起。"

我点头。其实我们早就知道了。"我保证不会说。你会一直待在我身边吧？"

"会的。"他语气温柔地说。

转过一道弯，城堡已经隐约可见，在昏暗的冬日下午，只瞧得出它黑黑的轮廓。我咬了咬牙。黑斯廷斯不足为惧。没有人能吓倒我。

晚餐后，什鲁斯伯里到房间里询问我是否有任何不适和需要。我带着些许期待地以为他是来策划出逃方案好放我离开的，但是我想错了。他不会做任何有损名誉的事，即使他会因此丧命。今夜的他面容憔悴，却仍然礼貌地对着我微笑，感情真挚。

"您还习惯吧？"他问我，看着简陋的房间里由贝丝匆忙准备的昂贵家具,"很抱歉,这里实在简陋。"

"我很好,但是不明白为什么非得日夜兼程地赶路,不管我们是去哪里。"

"北方郡县里有些小动乱,我们只是想确保您的安全。"他说。他的脚不安地移动着,也不敢和我对视。这样诚实的人真是让我喜欢,他是我见过的最不会撒谎的男人。

"有些麻烦事儿,"他继续勉勉强强地说,"陛下和北部的贵族们有些小摩擦。但是您不用担心,我会一直护送您安全到达目的地。"

"我有危险吗?"我瞪大眼睛问他。

他一下子变得满脸通红:"没有。我不会让您有任何闪失。"

"什鲁斯伯里大人,如果你我共同的朋友——北部的伯爵们前来营救我,你会让我走吗?"我靠近他,握住他的手,小声问道,"你会让我和他们走吗?那样我就能自由了。他们是你的朋友,也是我的朋友。"

"您知道这些?"

我点头。

他低头看着自己的靴子,转头看着壁炉里的火焰,又看向墙壁,就是不看我。"陛下,我发过誓,不会背叛伊丽莎白女王。除非她命我放您离开,否则我是不会让您走的。"

"但是如果我身处险境呢?"

什鲁斯伯里仍然摇摇头,但脸上更多地流露着迟疑而不是拒绝。"我宁愿死也不会让您伤到一根头发,"他发誓道,"但是我不能背叛我的女王。我不知道该怎么办。陛下,我不知道。我不知道。我不能违背伊丽莎白女王。家族里没有人背叛过国王。我不能违背自己的誓言。"

"但是你不会让黑斯廷斯带走我吧?你不会让他把我从你手里抢走吧?"

"不会,我不会允许那种事情发生。不会在这么危险的时期。我会保护您的安全，但是我不能放您走。"

"如果他受命来杀我怎么办？"

他的身体缩了一下，脸上流露出痛苦之色，好像那把匕首是插在他的身上而不是我的。"他不能那样做，没有人能。"

"如果他必须这么做呢？如果他是奉命行事呢？"

"伊丽莎白陛下绝不会下这种命令，毋庸置疑。她亲口告诉过我，她希望成为您的亲人，公正地对待您。她亲口说，想要和您成为朋友。"

"但是塞西尔……"

他的脸色骤然变黑。"我会待在您的身边。我会护您安全。我会用生命来保护您。我……"他停了下来。

我后退了一步。事实正如贝丝害怕的那样，而且她还蠢得告诉了我真相。什鲁斯伯里爱上了我，在他的誓言和对我的爱慕中备受折磨。我把手撤了回来。如此严肃的一位男人，折磨他是不对的，而且，我已经从他身上得到了想要的一切。当时机成熟的时候，我想他定会放我离开——我真的这么认为。不论他现在说什么，我相信，他是真的为我担心，只要时机成熟，他一定会背叛他的女王，背叛他的家族，背叛他的国家。当北方军队包围我们的时候，当他们勒令将我放出来的时候，我肯定，什鲁斯伯里一定会让我走。我就知道。我已经赢得了他，他是我的了，里里外外、彻彻底底。他自己甚至都还没有意识到，但我确实已经把他从伊丽莎白手里赢过来了，从他妻子的手里夺过来了。他现在是我的。

## 1569年11月

贝丝　于阿西比城堡

在这闭塞的乡下，想要打听点儿靠谱的消息也不行，到处都散布着流言和恐慌。村庄里人心惶惶，男人们都去参军了，剩下那些无知的村妇整天做着白日梦，祈祷着以前的好日子再次降临。她们幻想着的美好时光却是我的末日，让我一无所有的噩梦。如果这位女王，玛丽·斯图亚特，成为了英格兰唯一的女王，那么她是不会让我好过的。玛丽登基后的第一件事肯定是重整天主教会。那些被我们没收的修道院的财产——金子做的烛台、威尼斯的玻璃器皿、银餐具、镀金的大口水壶和长柄勺都会被收回去。不仅如此，他们还会霸占我的土地、矿山、采石场和羊群。当这位苏格兰女王坐上王位时，她会让我回想起我对她虚伪的友谊，以及那晚爆发出来的嫉妒之心。当整个英格兰都变成她的玩物时，我曾许过的庇护她的诺言根本不值一提。如果这次北方军队占领了英格兰，让玛丽登上王位，我将失去房子和财产，以及靠我自己努力打拼换来的地位和权利。

老爷根本帮不了我，实际上他也自身难保。朋友们也无法对我施以援手，因为我们都是新教徒，这个国家的新贵，我们的房子甚至餐桌上的餐具都是属于从前的教会的，所以我们都会被勒令归还财物，一起被迫破产。我可怜的孩子们会变成乞丐，不仅没有可继承的财产，还会背上巨额债务。昔日的教会和他们新的女王会夺走我的一切，我会变成比我母亲更贫穷的下等人，回到我曾经发誓要彻底抛弃的卑下身份。我在货车旁亦步亦趋，车上装载着各种货物和生活必需品。这样追着货车赶路的日子让我觉得自己像失去土地四处逃窜的农民，而非一位从一座城堡前往另一座城堡的伯爵夫人。

一路上我都在为家里人的安全担心不已。母亲和妹妹都留在了查茨沃斯，那里正好是北方军队的行军路线。威斯特摩兰和诺森伯兰的军队自是不会对妇孺出手，但是他们会占领我的城堡和羊群、践踏我的麦田、在我的森林里安营扎寨。还有我的儿子亨利和继子吉尔伯特，他们都还在朝廷效忠伊丽莎白，处境十分危险，我只能祈祷罗伯特·达德利下令严禁他们外出。特别是亨利，他性子顽皮，总是对新鲜刺激的东西没有抵抗力：他定会向伊丽莎白主动请缨外出侦察敌情，或者加入伦敦的自卫队。罗伯特是我真正的朋友，我知道他一定会保护我儿子的人身安全。上帝保佑儿子们长命百岁，他们可都是我的继承人啊，现在却在一夜之间和我的财产一起变得岌岌可危起来。

现在的我特别想让我的伯爵丈夫，亲爱的乔治陪在身边。不管他愚蠢与否，在这场危机中我还是很想念他温暖的胸膛。他对伊丽莎白的忠心和恪忠职守的决心让我备感安心，特别是在家道突变、危机爆发的现在，让我原本绝望狂躁的心情渐渐稳定下来。他不像我，总是在计划、预测着未来，在恐慌中变得扭曲难耐。当然了，因为他没有装着被偷来的黄金的货车需要保护；没有违背良心胡乱许诺，同时却在包袱里塞着一把匕首；没有对玛丽女王的安全做出任何承诺，也没有被下令夺取她的性命。他清楚地知道自己的职责，然后按部就班地执行，甚至不会去考虑自己应该做什么的问题。他没有我的智慧，也不像我一般狡诈。

也许，他爱上了苏格兰女王。也许，他只是喜欢她姣好的相貌。可有必要因此责备他吗？我自己也不得不承认，苏格兰女王确实国色天香，是世上难得的美丽女子。又或许，他只是喜欢她的陪伴。有什么奇怪吗？她

# 另一个女王

就像法兰西上流社会才能造就的那些奢侈慵懒的贵妇，高贵又妖艳，让人无法拒绝。或许就和其他愚蠢的男人一样，他也想占有她。嗯，他也不是第一个犯这错的人了。

但是，好在乔治还未彻底沦陷。上帝保佑他。当伊丽莎白陛下下达命令时，乔治毫不犹豫地立刻执行了。他还说，如果必要，会亲自把另一个女王绑上马背，强行带走。我喜欢他说这句话时的决绝。他始终如一，对伊丽莎白陛下忠贞不渝。当我为财富奋不顾身，陷入又将堕入贫困的恐慌时，他却一直坚定不移地履行着自己的职责。他是个高尚的绅士贵族，我却是个贪得无厌的拜金主义者。对于这一点，我很有自知之明。

因此乔治目前仍然游刃有余。他怎么会像我一样感到害怕呢？没有对土地的执着，自然不怕失去它们。他的母亲不是一个破产的寡妇，自然不会知道向上爬的艰辛。他从不会把朋友当成可供利用的工具，也不会因为金钱出卖自己的人生。他甚至不知道自己餐桌上的金烛台和他圈养的羊群曾是罗马教会的所属物。他的纯粹，是用我的贪婪和算计换来的。在这段婚姻中，我总是做着肮脏艰苦的工作，但是今晚，此刻，我突然羡慕起他的干净，渴望着那份纯洁。

第一天旅途结束后，我们在阿西比城堡落脚，这座城堡只是黑斯廷斯的众多财产之一。虽然玛丽女王只会在这里留宿一个晚上，但是住宿条件必须达到王室标准，这项艰巨的任务自然是由我负责。今晚，我比任何时候都希望玛丽女王能明白我们为了取悦她付出的无数心血。我得吩咐人马赶在她的保镖前面达到城堡，提前做好迎接她的准备。自从黑斯廷斯到伦敦任职以来，这儿就没有接待过任何人，因此我的仆人们得先开窗通风，生火暖屋，我还得尽快带着车队赶到，用御用品布置寝宫，为女王准备晚餐。在寝宫布置妥当之前，别说吃饭，我连坐下休息的机会也没有：床下必须铺上那块特制的土耳其地毯；床上得铺上女王专属的带有薰衣草香味的亚麻床单；衣柜里得有女王第二天能更换的衣物、两套可供换洗的亚麻床单，熨烫妥当；还得给她的宠物狗洗好澡，带它去散步。

忙得不可开交的同时，我还得一边焦急地等待着北方军队的最新消息，一边又为找不到她的比利时手绢烦躁不已。车队像老龟般异常缓慢地在队伍后方移动，被迫走在因冬季的雨水而湿滑万分的河道旁，不断地陷入厚厚的软泥中。而我呢，跟在这支老龟队伍的后面向考文垂一步一步挪去。没有人来保护我：所以护卫都在保护她的安危，离我两小时车程那么远。如果北方军队明天迎上我们的话，我就是他们首先碰到的人，毫无防御措施，还带着装满天主教宝藏的货车。他们随时都有可能追上来，而唯一能保护我的，只有一块土耳其地毯，十几套亚麻床单和玛丽女王的那只小笨狗。

## 1569年11月

乔治 于阿西比城堡

北方的城镇被他们一座接着一座地攻克了，军队在不断扩大，装备在不断增强，为最后的攻城战作着准备。北部王国似门前的擦鞋垫，向他们敞开怀抱。他们无人能敌。这不是竞赛，而是单方面的胜利进军。北方军队不管到哪儿均受到夹道欢迎。潮湿的天气并不能拖延他们半分，他们像雨后春笋，势不可当。塞西尔在给黑斯廷斯的信里（因为我似乎已经不能被信任了）警告我们说，北方军队已经攻下了达勒姆城，没有费一兵一卒。他们在大教堂里组织大型弥撒，扔掉了新教徒的《圣经》，把祭坛搬回了原来的位置。人民像蚁群般涌入教堂祈福，神父们穿着法衣忙于应对。圣像又重新回到了神龛里，蜡烛点亮了，美好的旧日子又回来了——英格兰就要解放了。他们在那些新教教区恢复了天主教的独尊地位，在教堂的圆拱上用拉丁文书写着上帝的名字。成百上千的人前来参加弥撒，成千上万的人会得知这一让人振奋的消息。欢快的人民迫不及待地冲入教区教堂，摇响塔楼上的大钟，宣布新宗教的衰落，举起手中的镰刀和干草叉不顾一切地要为天使们奋战到底。曾因死亡胁迫就范的牧师们现在也得以重新恢复天主教神父的身份，向所有前来朝拜的人们提供圣餐饼。圣坛又回来了，圣水池又再次盈满圣水，教堂又再次热闹了起来，到处充斥着祷告者们的喃喃声。人们又能为深爱的人做弥撒，又再次得到了庇护的圣殿。天主教又回来了，人们乐见其成。伊丽莎白式的和平与宗教都在动摇，连带着贝丝和我也将一起坠入毁灭的深渊。

　　塞西尔的信里透着脆弱和虚张声势，他说伊丽莎白女王已派出一支军队前往北方，会尽快赶来。但我心里明白，他们必定人员稀少，且行程缓慢。军队定是来自遥远的肯特郡和威尔特郡，就算赶来了也已筋疲力尽，无心再战，他们一定也不愿和北方军队一决雌雄，因为战场就是他们自己的家园，为之而战的宗教也是他们信奉的传统。南方人向来惧怕我们北方人，因为北方的硬汉们以狂傲闻名。当北方有起义，就没人能阻挡。记得当年约克家对战兰开斯特家①时人们都会选择独善其身，现在也不会掺和进两位女王之间的争斗，或者再一次加入南北战役中的任何一方。只有北方人渴望着战争，因为他们有上帝庇护，没有顾虑，稳赢不输。

　　许多人——包括南方和北方的——都深信玛丽女王有获得自由的权利和为之而战的理由。据我所知还有些人认为她有权继承英格兰王位，所以不会加入反对她的军队。他们不可能对一位合法的王位继承人舞刀动枪。所以，成百上千的，也许成千上万的人都会来到北方，为她，为旧宗教，为他们惜爱的生活而战。只要他们愿意，英格兰的大部分地区都会重返昔日的美好，对于他们来说这是一次绝佳的机会。伯爵们早已举起了耶稣基督的旗帜，百姓们更是趋之若鹜。

　　塞西尔的信里没有提及任何关于霍华德的消息，对于我们来说，他的沉默正是恐惧的最好证明。当霍华德公爵带领他的军队加入战场时，伊丽莎白军队数量不足的弱势就会显而易见。霍华德会让半个英格兰跟着他行动。几百年来，霍华德家族已经拥有了大半个英格兰东部的控制权，就像无人拘束的王子殿下们。只要是霍华德家族宣布拥护的国王，一半的英格兰人都会群起响应，就像听见号角而来的猎狗，没有任何质疑；而霍华德

---

　　① 指英国兰开斯特王朝和约克王朝的支持者们为了争夺王位而展开的内战，又称"玫瑰战争"。

# 另一个女王

家反对的国王,就会被扣上篡位者的帽子。因此,当霍华德向玛丽女王抛出橄榄枝时,伊丽莎白的时代已经结束了。

塞西尔在害怕,我以我的尊严打赌。虽然他没有说出来,但是这封信是从温莎堡寄出的,这说明他们已经放弃了伦敦,转而驻守在温莎堡,以期能抵御敌人。在我的记忆中没有比这更糟糕的了。亨利国王从没放弃过伦敦,他的父亲也没有。就连他的女儿——玛丽陛下,在面对怀亚特和新教徒反叛起义的时候也从没有从伦敦撤走。幼小的简陛下宁愿进监狱也不愿离开伦敦。但是伊丽莎白陛下却丢弃了首都伦敦,死守在温莎堡以待一决胜负,而且没有任何国王的支援。其实比这更糟糕:她在国外树敌颇多,个个都想赶她下台,其他基督教国家里没有一位国王愿意伸出援手,他们更愿意看着她跌落,然后死去。这就是塞西尔多疑政策的恶果,他和他的女王让法国成为了敌人;他们仇恨着西班牙;他们脱离了群众,成为了自己人民眼中的陌生人。和伊丽莎白结盟的是海盗、商人、清教徒还有那些拿钱饲养的间谍走狗,她现在竟要向自己王国里的世袭贵族们宣战,他们才应该是辅佐她的人啊。

我应该在温莎堡的,和同伴们一起,在那里支持女王伊丽莎白。她应该由我们贵族来辅佐,几百年来一直如此,她该听取那些为国王们抛头颅洒热血的家族后裔的建议,不应该依靠塞西尔,一个卑微的会计,不知从哪里冒出来的野种,无名人士。塞西尔自己都恐慌不已,又怎么能为陛下提供谨慎周全的意见?他的多疑和间谍政策让我们四分五裂,敌我不分,又怎能靠他让我们团结一致?当伊丽莎白以叛国罪指控我们贵族时,我们又怎能安心向她出谋划策?英格兰的忠志之士要么进了监狱,要么都在逮捕名单上。

上帝明鉴,我现在就想去伊丽莎白的身边,在她惊恐不安的时候侍奉她。上帝明鉴,我会建议让她放弃武斗;我会建议她向苏格兰女王议和,和她谈判，保证让她回到苏格兰，待她如亲人而不是敌人。另外，我会建议她不要再听取塞西尔的意见，那个人只会到处树敌，事实也证明了他的敌人到处都是。

嗯，虽然我现在不能在温莎堡为陛下分忧，但是我大可在这里为她效劳。我的任务绝不轻松。我要通过守护另一个女人来为她分忧，想要夺她王位的这个女人，我会尽力避免和前来拯救她的军队碰面。我要以自己的方式祈祷——因为我也不知道自己到底是天主教徒还是新教徒，而且我也不在意——如果有奇迹发生，请让这场亲人对亲人的战争立刻消失吧。我向和玛丽女王同名的神祇低声祈祷："神圣玛丽，上帝之母，保佑她平安。保佑您的女儿平安。保佑您的天使平安。保佑我最亲爱的人儿平安。保佑她平安。"

# 1569年11月

玛丽 于考文垂

考文垂的临时住所不仅地方小、设施简陋,而且还肮脏不堪。正当我站着休息时,可爱的安东尼·巴宾顿悄悄递给我了一个纸团,这是一封密信,被他紧紧地攥在褐色的小手里,捏成了一团小球。寄信人是大使莱斯利主教。

陛下,恕臣匆忙,有几件大事需向您禀明。我们的战役胜利在望。罗伯托·利多尔菲已经从西班牙属地尼德兰归来,并称亲眼见到了无敌舰队的英姿。他们已经做好准备起航为您护驾。舰队会在哈特尔普尔或者赫尔登陆,这两个港口城市都是您的拥护者,登陆后的西班牙军队将会前来解救您。伊丽莎白勉强招来的军队里大部分是伦敦的商人和学徒,但是他们进展缓慢,且人员流失不断,根本无心作战。

相反,您的军队却是胜券在握,所到之处,北方的城镇一一向他们敞开大门。伊丽莎白在北方的议会委员全都被我们压制住了,他们连出城的机会也没有,因为我们已经把约克郡包围了起来。他们的领导者是萨赛克斯伯爵,他拒不投降,但是也没办法逃出城区,所以整个约克郡已经是您的囊中之物。现在,您的军队已经掌控住了奔宁山脉沿途的每座城镇和村庄。北方的教堂也已经恢复了天主教的荣誉,整个北方尽在您的手中。用不了多久,几天之内,您就能恢复自由,回到苏格兰,重登王位。

我草草读完信，嘴角始终挂着微笑。莱斯利在信中说北方的伯爵们玩了一场聪明的游戏，他们声称自己并没有背叛伊丽莎白，那么也就没有叛国之说，他们的行为也构不成起义。这场战争仅仅是针对邪恶的议员和他们所颁布的政策。伯爵们坚持说他们只是希望再次在英格兰有信仰天主教的自由，让我能够恢复苏格兰的王位，并将我列为英格兰的王位继承人。这样的要求显然是权衡之下的计策，既能赢得外人的支持，又师出有名。我们的胜利指日可待。在英格兰，没有人会反对如此提议。万事俱备，只欠东风。一旦伊丽莎白抛出白旗，请求和我们谈判商议，一切就会尘埃落定。

　　莱斯利主教劝告我一定得耐心等待，不要让伊丽莎白和她的间谍抓住我和北方军队有联系的任何证据。我就似一颗宝石，静静地待在珠宝盒里，四处漂泊，直到找到最后那一处完美的归宿之地。

　　"愿上帝保佑您，"他在信尾写道，"上帝与您同在。胜利已经近在咫尺。"

　　我小声地喃喃道："神与你同在，神与你同在，上帝与你同在。"说完后我把信扔进了火里，这里的壁炉可真是又小又寒酸。

　　虽然很渴望亲自领导北方军队，但我必须耐心等待。虽然很渴望立刻自由，但我必须等待着被人拯救。我会耐心地等在这里，虽然可怜的什鲁斯伯里每天都在城墙边上巡逻，以防军队前来救驾。对于这场原本由伊丽莎白造成的恐惧和残忍的等待，我有足够的耐心等到扭转乾坤，成为这场游戏的主宰。最多一个星期，我将骑着战马，率领北方的军队回到爱丁堡，重新登上王位，重掌大权。现在轮到伊丽莎白尝尝等待和恐惧的滋味，而我将变成决定她命运的那个人。我，就像一艘装备精良的大船，在港口外面搁浅了如此长时间，终于等来了潮汐，于是起锚缓行，乘着向我涌来的湍急水流，驶向回家的路。

## 1569年11月

贝丝 于考文垂

我们离自己领地越来越远,日常开支却有增无减。什么都得花钱,也不能随便议价,都得随着市场价来。随身携带的金子已经捉襟见肘了,因为冬天,新鲜蔬菜和水果少得可怜,就连干菜和干果的价钱也超出了我们能够支付的范围。

我写信给塞西尔,祈求他出钱帮我垫付苏格兰女王的日常开销,祈求他送来北方军队的消息,祈求他确信我们是忠诚的。我也写信给儿子亨利,询问朝廷的近况,要求他好好待在罗伯特·达德利的身边。我以母亲的身份命令他不得加入伊丽莎白的军队,也不得私自来找我。如果塞西尔能明白我的恐慌,知道我的金币所剩无几,和勇气一起日益流失,他会怀着怜悯之心,立刻回信给我。

如果老爷也被怀疑成叛国贼,就像其他一半的英格兰贵族们一样,那么,我的命运就和他、北方的军队、苏格兰女王的命运紧紧绑在一起了。如果北方军队先找到我们,我们一点儿胜算也没有。这座小小的城镇根本不能抵御他们的进攻。我们最后只能让他们把苏格兰女王带走,不管他们是要把她送回苏格兰的王位,还是要她成为英格兰的女王,我和乔治同样是输家。但是,同样的,就算是伊丽莎白的军队先找到我们,我们也还是得把苏格兰女王交出来,因为他们已经不再信任我们,我和乔治还是会因为失信成为输家。

在这些焦急的日子里，最让我后悔，而且是深深后悔的事情就是我们竟然同意了招待苏格兰女王的任务，自以为是地认为以我们的财力能够满足她，一厢情愿地认为自己有足够的魅力能让乔治免于她的诱惑。第二后悔的是，当乔治说要把我的财产还给我作为怀疑他的惩罚时，我竟然没有立刻点头说"好"，然后让事情发展到了今天这种地步。因为如果——上帝保佑他健康长寿——如果乔治被苏格兰人绑架，或者被英格兰人指控，或者在战斗中身亡，又或者因为对苏格兰女王的爱慕而跟着她逃走，不管是哪种情况，我都将失去查茨沃斯庄园，我的查茨沃斯，我深爱的查茨沃斯。我宁死也不能失去它啊！

走到今天这种局面是我始料未及的。想我步步以婚姻为垫脚石爬到伯爵夫人的位置，一点一点地扩大土地规模和财产，积少成多，本来该属于我的查茨沃斯——英格兰最好的庄园之一——现在却变得岌岌可危，所有的原因只是因为我幻想伊丽莎白会好心收留自己的表亲，而这位表亲女王也会安分守己。但事实上，什么时候伊丽莎白对另一个女人怜悯过？苏格兰玛丽又什么时候守过本分？我的财产掌握在两个女人手里，而她们都是不可信之人；我的财产在一个男人名下，而这个男人效忠于一个女王，又爱慕着另一个女王，在这场权力之争的交易中，是个十足的傻瓜。至于我，成了四人之中最傻的那一个，深陷在他们制造的麻烦里，不可自拔。

# 1569年11月

### 乔治 于考文垂

　　终于，从达勒姆城传来了消息，但都是对我们不利的坏消息。北方的军队正在南下。达勒姆大教堂弥撒的消息早就尽人皆知，他们唱着赞美上帝的古老颂歌庆祝胜利，现在更是高举圣战的旗帜，气势高昂地一路深入北方王国。我们必须做好他们前来劫持苏格兰女王的准备，因为已经有人在里彭城看到了他们的身影，据说军队有四千步兵，但是他们最强的军事力量是马匹。骑兵数量两千，其中大部分人来自北方的上层阶级，年轻气盛，有着丰富的戍守边境的作战经验，常年坚持着各种格斗训练。这些人渴望战斗，对自己的宗教信仰忠贞不渝，而且，他们全部都对苏格兰女王倾心不已。威斯特摩兰和诺森伯兰领导着他们，甚至连诺森伯兰伯爵夫人都和军队一起出征了。他们信誓旦旦，声称就算战死也不放弃这次恢复神圣信仰的绝好机会。

　　当我听到这些消息时，内心不是不动摇的。想象着北方军队高举圣旗，为重建圣殿冲锋陷阵的情景，心脏一阵悸动、亢奋。要是我能和他们，我的朋友们并肩作战，那该有多好！要是我能像他们那般对信仰矢志不渝，那该有多好！要是我能释放苏格兰女王，和她一起加入他们的阵营，那该有多好！如果真是那样，日子该有多美好啊！和女王并肩，共同迎接她的军队！但是，每当这些念头冒出来的时候，我不得不低下头深深自责，时刻提醒自己对伊丽莎白陛下许下的承诺。我是塔尔伯特家族的人，我必须对自己的君主忠贞，决不能失信于人，就算代价是死亡，我也不能失去诚信。

与此同时，黑斯廷斯不断地向我保证伊丽莎白的军队正在向我们赶来，但是谁也无法确保他们何时到达，也不知道他们现在何处。家仆们已经变得焦躁不安，他们不喜欢这个肮脏的小城镇，到手的酬金也减少了一半，因为我们现在急缺现金。虽然贝丝尽了全力，但是食物仍然短缺。一半的人开始念起家来，另一半嚷嚷着要投靠敌军，实际上，偷偷溜走的人也不少。

汉斯顿勋爵——伊丽莎白陛下忠心的表亲——被玛丽女王的支持者压制在了纽卡斯尔，无法抽身西去解救约克郡，约克郡已经穷途末路，到了崩溃的边缘。整个东北部都是玛丽女王的拥护者。汉斯顿正小心谨慎地沿着海岸线行军，希望能顺利到达赫尔港市，但是又有传言说西班牙人可能会在那里登陆，那么赫尔定会投降，倒戈玛丽女王。萨赛克斯伯爵被困在了约克郡，没法出城。整个约克郡都被北方军方占领了，只有乔治·鲍斯爵士孤军反抗，在巴纳德城堡外的一个小镇上建起防御工事，抵抗着北方军队。这是唯一一个拥护伊丽莎白的小镇，也是英格兰北方唯一的一个比起苏格兰女王更倾心伊丽莎白女王的小镇。但尽管如此，每天仍有人趁鲍斯爵士不备溜出城堡大门，跑去加入天主教的阵营。

每一天，在伊丽莎白的军队缓慢行军的同时，北方军队都在不断扩大规模，他们的信心与日俱增，行动也越来越快，还被百姓视为带来解放的英雄。每一天，当伊丽莎白的军队拖沓不前时，北方军队却离我们越来越近。每一天，北方军队率先抵达并带走苏格兰女王的可能性都在不断加大，到那时，战争还没开始就已经结束，伊丽莎白会被自己的表亲打败，甚至还没来得及刀枪相向。短命王朝的闪电式终结！一位拥护新教的未婚女王简短而失败的统治！作为亨利国王的孩子，伊丽莎白将会是第三个短命的

## 另一个女王

王位继承人。我们为什么不试试他姐姐的孙女儿呢？既然这将会是都铎家族第二次酿成的新教灾难，我们为什么不回到旧宗教上去呢？

贝丝告诉我了一些查茨沃斯管家带来的八卦消息，让我在这绝望的日子里又有了一点期盼。管家向她报告说，因为达不到招募条件，那些离家出走想要参军的佃农们都打道回府了，虽然筋疲力尽，但是个个都自信满满，声称起义已经结束。他们说自己曾在战旗下列队游行，亲眼看到达勒姆教堂里举行的盛大圣餐礼，因为达勒姆教堂重新开放，他们的罪孽都得到了宽恕。好日子来了，工资将越来越多，而且，苏格兰女王就要坐上英格兰的王位。回来的佃农们像英雄一样受到了乡亲们的热烈欢迎，现在每一个人都相信战争已经结束，苏格兰女王赢了。

我心里不禁升起点点希望，希望这些质朴、单纯的人民能就此满足，达勒姆被攻陷了，古老的北方王国也重新建立了起来，希望他们能就此罢手，各自解散，之后，我们就能坐下来谈判了。但是，我明白这只是我一厢情愿的妄想罢了。上帝啊，请让我得到些可靠的消息吧！请让我能保证她的安全！

黑斯廷斯推测北方贵族们定会在北部建起国中国，对伊丽莎白的军队守株待兔，他们人数众多，拥有足够的主动权，在哪儿打自是他们说了算。他们有强大的骑兵，而伊丽莎白军队里几乎没有马匹。北方年轻的骑士们会把伦敦来的学徒军撕得粉碎！黑斯廷斯的揣测未免残忍，但对我来说，只要是能让战争推迟的消息就是好消息。明天，至少明天我不用在战场上和同胞、和朋友威斯特摩兰及珀西刀枪相向。一想到得命令德比郡的佃农们拿起武器对抗威斯特摩兰和诺森伯兰，命令士兵向自己亲人开枪，我就噩梦连连。当然，真到了那个时候，士兵们一定会拒绝我的命令。

我无比憎恨这场战争。真要打仗，上帝也应叫我为保卫家园而与西班牙和法国为敌，我从来没想过和自己的人民刀剑相向。和同胞为敌，敌军首领还是我一生的挚友，这真让我心碎欲裂。上帝啊，威斯特摩兰和诺森伯兰不仅是我的挚友、顾问，还是我的亲人啊。五个世代以来，我们几家联姻不断，早就成了一家人，如果他们两人都站出来为耶稣圣痕而战，我却没有站在他们一边，这真是让人无法置信。我是他们的兄弟，我应该与他们并肩而战。

战争迟早会来，我却成为了他们的敌人。那天终将到来，我会看到诚实的英格兰人残酷卑鄙的另一副嘴脸，我会让士兵做好准备，迎向一场没有胜算的屠杀，但不是今天！感谢上帝，不是今天！但这不是上帝的恩赐，仅仅是敌人的选择而已。胜利的时机任他们选择。我们已经惨败。

# 1569年圣诞夜

玛丽　于考文垂

　　神父将房门锁上，家仆和我一起在这特殊的夜晚做弥撒庆祝。这锁上门做弥撒的感觉让我们像是藏在罗马地下墓穴的基督教徒——除了自己，四周都是异教徒，虽然他们看起来强大无比，主宰着世界，但是只要我们坚定信念，终有一天，胜利会属于我们。

　　他按着祈祷名单做好祷告后，将圣物一一收起放入盒子里，然后静静地离开了房间。那句"圣诞快乐"的低声祝福让我心里狠狠一搅，从祈祷中醒了过来。

　　我从跪垫上起来，顺便吹灭了小小祭坛上的蜡烛。"圣诞快乐。"我对着艾格尼丝和玛丽说，在她们脸颊上轻轻吻了吻。家仆们一个一个陆续退出去，一边行礼，一边说着吉祥的祝福语。我微笑着看他们离开，直到房间变得安静，却又暖和。

　　"打开窗户。"我对艾格尼丝说，然后把上半身伸出了窗外。漆黑的夜幕上繁星点点，星光像钻石般迷人闪烁。我寻找着头顶上的北极星，心想我的军队就在它底下休憩，为我而来。我突然想起一个故事，那是博斯维尔曾经讲给我听的，于是深深吸了口气，入口的是冰冷的空气，我对着黑夜吹起了口哨，就像狂风在夜色里呼啸。

　　"您这是做什么？"玛丽一边问，一边把披肩搭在我的肩上。

　　"我正在召唤风暴呢。"我一边想着博斯维尔，一边微笑着回答。卡贝里山战役①的前一天，正是博斯维尔自己召唤了一场属于他的风暴。"我在召唤一场把我立刻送回王位的风暴。"

---

①1567年6月，苏格兰贵族迫使玛丽投降，双方曾在爱丁堡东面的卡贝里山交战。

## 1569年12月

贝丝　于考文垂

今年的冬天特别冷,桌上丰盛的晚宴也没能给家里增添一丝圣诞的喜悦。这是我和老爷结婚以来的第二个圣诞节,第二个因为家中女王而毁掉的圣诞节。上帝啊,我多么期望从不认识苏格兰女王、从未意图服侍她、妄想从她身上得到些许好处。看看现在的下场:远离家园,和孩子们分开,得不到母亲、妹妹和家里的消息,还要为日益接近的北方军队提心吊胆、整天焦虑不安。虽然黑斯廷斯每天派出三批侦察兵去探查北方军队的位置,想要查明他们何时会到达,但是有一半的时间士兵们只是在浓雾和雨水中盲目乱窜,也许他们已经到了北方军队的势力范围之内,只是没法看清他们的身影。

考文垂的防御工事早就完成了,我们尽了全力,但是任谁也知道,小小的城镇终究不是六千人军队的对手。士兵中有一部分人已经不可靠了,也指不上考文垂的居民们帮忙——他们巴不得看到苏格兰女王获救呢。我们在这儿并不受欢迎,军队充其量不过是业余水平。

我忍不住担心在查茨沃斯的母亲和妹妹。女儿们还算安全,她们在南方,和朋友们一起工作,学习管理庄园,结交新朋友,发展以后用得上的人脉;小儿子查尔斯仍在学校上学。但北方军队会途经查茨沃斯,虽然母亲有勇气命令他们离开我的土地,可他们先动手攻击怎么办?亨利,我的儿子,还有塔尔伯特,我的继子,他们都在朝廷任职。我忍不住担心他们会自愿加入伊丽莎白的军队,随军北上抗敌。如果亨利真的加入了对抗北方军队的战争，我发誓，绝对会亲自砍下苏格兰女王的头颅。我确信罗伯特·达德利一定会阻止亨利，我确信陛下也会阻止他。但是我仍然一次又一次地在半夜惊醒，梦见孩子们自愿深陷险境，甚至正在北上，马上就要和所向披靡的叛军决一死战。

黑斯廷斯收到了一封来自伦敦的安慰信，要我们务必少安毋躁，保持乐观，但是却又说巴纳德城堡已经落入了敌军手里。虽然乔治·鲍斯爵士为伊丽莎白坚持守城不肯妥协，但是他手下的军人却冒着死亡的危险也要跳下城门投靠敌军，其中一人甚至为此摔断了一条腿并无悔意。那城镇里的百姓更是为北方军队大开方便之门，唱着古老的颂歌召唤叛军入城。他们在教区教堂里举行弥撒，为了盛圣水，拿出了之前藏起来的金银水钵，甚至还有圣像图和染色的玻璃窗。他们在市集上奔走相告：天主教回来了，农妇们终于能带孩子们参加洗礼了。

一切又将回到从前，我知道的。宗教成为生活的中心；修道院和寺庙又将繁荣昌盛，大敛财富；天主教的权威将重新确立。这就像一名技艺高超的纺织工修补着一块不完整的布，世界又将重新被编织回原样。真不敢相信我会在此时无比怀念起以前的生活，怀念我的好丈夫们：第三任丈夫威廉·圣·洛；第二任丈夫威廉·卡文迪什，给了我查茨沃斯，给了我人生中第一个庄园，为我偷回教堂里的金烛台；还有在哈德威克时我的第一任丈夫，在我还是个没有任何前途的穷女孩时娶了我，带我逃离穷困潦倒，那时我母亲甚至没有任何房契。

在这绝望的等待的日子里，每到晚餐时间，我都会向苏格兰女王诉说渴望，渴望回到我的童年时代，而这时她都会抬起头，像是听到了一个天大的好意见，目光灼灼地回答："要是能让我回到法国就好了，无论要付出什么代价。"她说："我想再回到在法国当小公主的时候。"

我回以虚弱一笑，似表赞同。上帝啊，我是真的希望她可以回去！

## 1569年12月

乔治　于考文垂

虽然玛丽女王住在镇上最好的房子里,但那儿仍然配不上她尊贵的身份。贝丝和我住在她隔壁,其他房间堆满了家具和货物,女仆们睡在长凳上,而男仆们只能和马匹睡在马厩里。黑斯廷斯的下属们处境更糟糕,只能闯进镇上的民居里驻扎。集市里食物短缺,街道散发着阵阵恶臭,排水沟更是让人无法忍受。但是无论有无危险、这狭窄的小镇是否有爆发瘟疫的可能,我们都得继续坚持下去。黑斯廷斯已经给塞西尔写了信,回信却送到了我的手里,送信的年轻人是他手下又一个无名之辈。现在,我成了塞西尔的传声筒,黑斯廷斯却似乎被忽略了,这件事说明了不少问题——塞西尔现在一定十分沮丧,毕竟是他把伊丽莎白陛下带到了崩溃的边缘,现在,他需要我来和另一个女王谈判议和。

您必须利用和苏格兰女王之间的友谊帮助我们渡过难关。我有确定的消息,叛军即将占领哈特尔普尔港,以便让西班牙舰队登陆。西班牙舰队会从尼德兰出发,登陆后将会和北方军队会合,成为他们的助力。我们没有能力对抗他们,也不能马上造出一支实力相等的舰队。

现在的情况下,您必须不惜任何代价保护好苏格兰女王,然后和她谈判达成停战协议。告诉贝丝、德弗罗和黑斯廷斯,必须保证她的安全万无一失。不管以前我们的计划如何,现在必须马上更改——一定要让他们明白这一点。苏格兰女王现在不再是我们的敌人，而是我们拿到停战协议的唯一希望。她一定得安全，如果有可能，将她变为我们的朋友，甚至是未来的盟友。

找到让她妥协的条件。我们会支持她恢复苏格兰的王位，如果有必要，我们还会保证她成为英格兰王位的合法继承人。她会享有宗教自由的权利，完全以女王的标准祭拜她的神灵。在她自己的枢密院建议下，她有选择丈夫的自由。如果她仍然想和诺福克联姻，我们也没有异议。

您能看出，我们的处境令人相当绝望。我已经预测出我们对北方军队根本毫无胜算，因此必须得说服玛丽女王，不至于让陛下被赶下王位。能让伊丽莎白陛下保住王位的希望就在您的手上。一旦西班牙的无敌舰队在我国登陆，我们就必输无疑。我们没有能与之对抗的军事力量，甚至连北方军队都无力对付。所有一切都掌握在您和玛丽女王的谈判上了，请尽您最大的努力，什鲁斯伯里。过去，我们之间也许意见不合，但现在，请您一定放下成见，尽力促成停战协议。

为了上帝，为了伊丽莎白陛下，为了让我们这些年所作出的努力不至于付诸东流，伊丽莎白陛下必须活着，必须守住她的王位。

塞西尔信里的内容称不上有多惊世骇俗，毕竟这些天以来，我时时刻刻都在警惕着敌军的一举一动，他们的规模确实过于庞大。但尽管如此，我还是被深深震惊了，震惊得差点拿不稳手里的信，每一根手指都在不停颤抖。

我应该按照塞西尔信里的命令去做。一旦西班牙舰队登陆，我就得和玛丽女王谈判，以失败者的身份。我得祈求她，让她放伊丽莎白陛下一条生路，还得让她对伊丽莎白尽量仁慈。但是，说实话，我不认为她会对伊丽莎白有所怜悯，因为伊丽莎白从没对她示过好。

## 另一个女王

只要玛丽女王一统北方军队和西班牙军队,英格兰就成了她的囊中之物。到那时,她有理由不夺取伊丽莎白的王位吗?她将会因此成为英格兰和苏格兰的女王陛下,而伊丽莎白将再一次成为一个囚犯女王。

# 1569年12月

玛丽 于考文垂

我兴奋激动不已,已经没办法继续隐瞒下去了,也不能再保持平静安详的仪态还有冷静的声调。我是法国的公主啊,本该完美地控制住所有情绪,但是现在却兴奋得想要绕着房间跳舞,高兴得想高声尖叫。被我召唤而来的风暴似乎已经登陆英格兰,就像大海里掀起的巨浪般猛烈。我的军队已经赢得了整个北方,就在今天,他们占领了哈特尔普尔港口,为西班牙无敌舰队登陆做好了准备。教皇也会公开拥护我,并且命令英格兰所有天主教教徒拿起武器加入保卫我的战争。因为我不能再假装冷静,所以只能让玛丽·西顿对外声称我身体不适,必须待在房间不能外出。可不能让人看到我兴奋的样子。

哈特尔普尔是个深水港,从尼德兰出发的西班牙舰队只需经过很短的航程就能到达那儿,如果他们彻夜航行,明天就能登陆。也许他们现在就在海上呢!一旦舰队登陆,西班牙军队就能为我所用,现在,我可以掐着手指倒数囚禁结束的日子了!

门外响起了轻柔的敲门声,接着有人在外面小声地说着话。是什鲁斯伯里,他的声音很容易识别。玛丽·西顿禀报说他前来探访病情。

"让他进来。"我一边盼咐着,一边整理衣着,端正坐姿。我略略扫过穿衣镜,发现自己脸色潮红,眼睛发亮,不过,他恐怕会以为我发烧了,不会怀疑我高兴过度。

"陛下。"他出声唤道，走进房间躬身行礼。

我伸出手让他亲吻戒指。"亲爱的什鲁斯伯里。"

他听着我的发音，微微笑了笑，然后认真仔细地观察着我的脸色，说道："听说您身体不适，我很是担心，但是看起来您比任何时候都美丽动人。"

"只是有点发烧，"我说，"但是并不严重。"

玛丽·西顿向窗户方向走去，留给我们足够的空间。

"您需要看医生吗？我可以派人去伦敦请一位来。"他犹豫了一下说，"不行，我不能保证请得到，现在这种危险时期，不一定能找到愿意涉险而来的医生。我可以去看看有没有可靠的当地医生。"

我摇摇头说："明天就好了，没事。"

"现在正是敏感期，"他说，"也难怪您会生病。我倒是一直希望能带您回去温菲尔德庄园过这十二天的圣诞假期，在那儿您会更舒适些。"

"我们能去温菲尔德吗？"我问道，想着他是不是得到了什么新情报。他知道我的军队现在何方吗？他真的希望带我回到那个没有任何防御工事的庄园吗？

"我希望可以。"他回答道，听他迟疑的语气，我猜测军队正在赶来的途中，他也知道自己会被击败，温菲尔德和圣诞节只是他想要和我保持和平的愿望而已。

"哦，这可是我们一起过的第二个圣诞节！"我大声说，果然看到了他脸上慢慢升起的红晕。

"我不知道怎么办……"他起了个头，接着又沉默了下来。"如果您被带走，"他说，然后又纠正道，"如果您从我这里被人带走……"

"是不是他们快到了？"我小声说，"你在盼着他们吗？"

他点点头："我不能说。"

"不要抵抗，"我立刻说道，"要是你因为我受伤，我会过意不去的——你明白的吧，你们现在寡不敌众，敌我力量悬殊，考文垂的百姓也不会支持伊丽莎白，拜托，投降吧。"

他笑了起来，透着些许悲伤："我必须履行对伊丽莎白陛下的承诺。您知道的。"

"我也有不能告诉你的事情，"我小声说，"我也有秘密。但是我确实知道他们有多强大，异常强大。当他们到达时我要你的承诺，承诺来我身边，加入我的阵营，我会保护你。"

"是我应该保护您，"他说，"那是我的职责，也是我的……我的……"

"你的什么？"我想他会说"心愿"，接着我们之间隔着的那层纱就会马上被戳破。我知道不应该抬起脸和眼睛和他对视，但我还是这么做了，而且还向前迈了小小一步，使得我们之间的距离像情人般亲密。

"我的习惯，"他简言道，"我有顺从女王的习惯。我有这个义务，对伊丽莎白陛下应尽的义务。"他向后退了一步，拉开了我们之间的距离，避开了我的眼睛。"我来只是为了看看您是否需要医生。"他眼睛盯着皮靴说，"我很高兴您的身体并无大碍。"然后鞠躬退了出去。

我没有阻止他离开。他对我无法言说的爱慕是我安全的保障：他是我的，虽然他还没有意识到。拯救我的军队正在步步靠近，我的未来也在步步迈进，北方的年轻小伙们正骑着骏马赶来，要把我救出伊丽莎白的牢笼。全欧洲最棒的军队正坐着大船向我驶来。我就要重获新生！

如果博斯维尔成功出逃，他一定在赶来的途中，步行、坐船、坐车或者骑马——哪怕必须用手和膝盖跪着爬来，他也会去做。这是场他不能错过的战争。他像着魔一样恨着英格兰人、像所有边境居民一样恨着他们。几百年来，他的同胞都在突袭英格兰边境，也遭受着英格兰的反击，他会不惜一切地胁迫他们。在战争中公开击败他们，是博斯维尔一生的乐事

## 另一个女王

之一。

　　和分开时一样，我们又将在战场上重遇。惨烈的卡贝里战役之后他离开了我，但却也告诉了我所有事实的真相。他预测苏格兰的叛党们口头上保证不会伤害我和他，但是一旦博斯维尔离开视线，他们就会出尔反尔，会把他当成违法者，还会逮捕我。他祈求我让他杀出一条血路，然后一起逃走，但是我却自认为比他高明，我说他们不会伤害我，因为我有高贵的血统。他们不敢伤害这样的我，我一定是安全的。没人可以碰触我，我的身体是神圣的，因他是我的丈夫，他们也不敢违逆他。

　　他听后猛然扔掉了帽子，指着我大骂。他说自己也许不算好人，但是他知道他们会伤害我，我的名字和王冠不足以保护我。他说我是个傻瓜——还没从他绑架我的事情上学到教训吗？难道我还不明白吗？还不知道吗？王室血统的魔力在没有道德心的人们面前只是破碎的幻想而已。他对我叫嚣：难道我觉得他是苏格兰唯一的强奸犯吗？我要现在脱离他的保护吗？

　　我恼怒地回敬他说，我可以发誓，他绝对是错的，就算是最缺德的苏格兰贵族，也还认得自己的国王。我说他们绝不会伤害任何一位王室成员；他们可能会生气，但是他们也不会完全失去理智——他们不可能向我伸出魔爪。

　　他告诉了我事实真相。当着我的面，他告诉我，他和叛军首领们早就结了盟，签了盟约，一起杀死了达恩利——一个和我一样的王室宗族。他们联合签署了誓约，杀死了女王的配偶达恩利，王子的父亲，高贵的王族。博斯维尔把他那双大手放在我的肩上，然后对我说："玛丽，仔细听着，你的身体并不是神圣不可侵犯的。就算以前是，现在也不是了。我已经抱过你了。他们都知道我强迫你的事情。现在，他们都明白你不过是个普通的女人，你也会被强奸，也会被诱惑，也能被杀死，能被关进监狱，能被送上绞刑架，钱也能买到你的头颅。是我教会了他们这个道理。上帝宽恕，我不知道他们会这么想。原本以为拥有你就能保护你，把你变成我的就能护你周全，但是结果却让你失去了最后的魔咒，女王的魔咒。我已经做给他们看了，女王也不过是个普通的女人，不管你是否愿意，男人都能对你为所欲为。"

他把一直以来隐藏的真相告诉了我，但是当时的我完全没有注意他说了些什么，我根本听不进去，只是问："是谁？告诉我名字。告诉我杀死达恩利的凶手！弑君者都有谁？他们该死！"

博斯维尔在紧身上衣里一阵摸索，拿出了那张他们签订的誓约，它被仔细折叠着，保管良好。他说："给你。这是我能为你做的最后一件事。拿好。它能证明你是清白的，我们才是凶手。这是我送给你的离别礼物。"

然后他策马离开了，没有说再见，没有说一个字。

誓约上写满了名字，大部分是我的内阁大臣。这些奸诈的乱臣贼子之中，就有我那同父异母的兄弟詹姆斯。他们联合起来，杀死了我的丈夫，达恩利。

呵——瞧啊——博斯维尔的名字排在第一个呢！他和他们一样，罪无可恕。这就是他想要告诉给我的真相，在他离开我的那一天。他们胆敢密谋杀害一位王室成员，一位像我一样血统纯正的，神圣的王室宗亲。真是丧尽天良，禽兽不如！博斯维尔也是如此货色！

# 1569年12月

乔治　于考文垂

　　在这肮脏的小镇上,我总是难以入眠。士兵们整晚都没有消停,断断续续总有些吵闹。镇上也不时传来女孩们刺耳的尖叫声,就像泼妇骂街,声音划破夜空。

　　我趁着烛光穿好衣服,贝丝还在旁边熟睡。当我悄悄走出卧室时,贝丝动了动,伸出手臂向旁边搂了搂,那是我平常睡觉的位置。我装作没有看到,因为不想和贝丝说话,不想和任何人说话。

　　我已经不是我了。当我从咯吱作响的楼梯下来,走到前门时,这种想法突然冒了出来。门口的哨兵匆忙地向我行礼致敬,我越过他走了出去。我不再是我了。不再是丈夫,也不是陛下的仆人。我也不再是塔尔伯特,忠诚和坚定的塔尔伯特。不是了,都不是了。穿着这身衣服,站在这个位置,享受这份荣誉和尊严的人,已经不是我了。我感觉像被吹走的叶片,被这场历史狂风吹得东倒西歪,感觉自己变成了无力的小男孩。

　　如果苏格兰女王获胜——很可能今天,或者明天,我就要去和她谈判,尊她为新的女王。我一边走,一边想象她成为英格兰女王,我跪在她身前,亲吻她冰凉的手背,宣誓对她效忠的情景,这让我全身血液沸腾,激动不已,不得不把手放在城墙上支撑着兴奋的身体,让自己冷静冷静。一名路过的士兵看到我问:"老爷,没事吧?"我回答说:"没事,很好。"脑海中正宣誓成为她的臣子,至死为她效忠,我能感觉到心脏在胸腔里强烈震荡。

我为这个想法头脑眩晕。如果她赢了，英格兰会发生翻天覆地的变化，但是人们会很快适应，因为有一半的百姓都想着回到过去的老日子，另外一半也会妥协。英格兰会有一位年轻、漂亮的女王；塞西尔将被永远地赶下台；世界将变得大不相同。就像黎明，温暖春天的黎明时分。在这隆冬之际，我的比喻似乎有些不合时宜。

但是，我又立刻想起另一件事情。如果她登上王位，那么就意味着伊丽莎白的死亡或者失败，而伊丽莎白是我现在的女王，我是她的臣子，除非她死亡或者投降，我们之间的关系不会改变。我的职责和作用正该是阻止这两种情况的发生。

我已经绕着城墙走到南门，驻足倾听，门外确实响起了马蹄奔跑的声音。哨兵透过门上观察孔对外吼道："来者何人？"接着大木门被打开了一半。

是一位信使，下马后四处张望着。"什鲁斯伯里老爷在吗？"他对着一位哨兵问道。

"我在这。"我一边回答，一边慢慢向前走去，像个不担心会有坏消息的人。

"信件，"他用不小的声音说，"来自主人。"

我不用特意问他主人指的是谁，他也不会告诉我。这是个着装精致的年轻人，看起来塞西尔付了他不少钱，应该是塞西尔秘密社团里的一员。我伸手拿了信封，挥挥手让他去厨房拿吃的，虽然这时候厨房里一定混乱不堪，但至少灶火已经生起，面包正在烤熟。

塞西尔的信像往常一样简洁。

现在先不要和苏格兰女王达成任何协议，但是得保障她的安全。尼德兰的西班牙舰队本该武装完毕准备起航，但是直到现在都没有动静，舰队仍然停在港口。做好带她到伦敦的准备，一旦我发出信号，就马上带她上路。

塞西尔

# 1569年12月

## 玛丽　于考文垂

"您就寝时有人送来了一封信，"艾格尼丝·利文斯敦轻轻摇醒了我，天才刚刚亮，"一个士兵送来的。"

我心脏猛然跳了一下。"给我看看。"

她递给了我。这封信来自威斯特摩兰，写在一小片碎纸上，原本就密集的字迹被雨水弄得模糊不清。信上没有加密的内容，只是让我保持信念，不要放弃希望，还说他不会被击垮，也不会忘记对我的承诺。如果这次不行，还有下次。我会再次回到苏格兰，我会获得自由。

我挣扎着从床上坐起来，挥手示意艾格尼丝把蜡烛拿近些，以便让我看清纸上是否还有其他内容。我原本期待他能告诉我他们什么时候能赶来救我，告诉我他们在何处与西班牙军队接头。但这封信读起来更像是祈祷文，而不是我期待的计划。如果写信的是博斯维尔，他会清楚地告诉我应该在什么时间做什么事情。他才不会在信里写让我保持积极乐观，或者说他不会忘了我。我们彼此之间从没有说过这种话。

而且，如果真是博斯维尔送来的信，信里绝不会用上如此悲哀、惋惜的腔调。博斯维尔从没把我当成一位悲剧公主。他觉得我就是一个身处险境的女人，不会把我当成一件艺术品或者漂亮的东西供奉起来。他像个士兵一样为我效忠，把我看作一个铁石心肠的人。他像救君王于水火之中的忠臣，总在我最需要的时候出现。他不会向我保证任何他做不到的事情。

如果是博斯维尔，绝不会写一封悲情的告别信。他会带着军队骑马赶来，彻夜行军，武备精良，随时做好厮杀的准备，抱着必胜的决心。但是博斯维尔不再属于我了，他被关在马尔摩①的监狱里，而我不得不去依靠什鲁斯伯里的保护、诺福克的决定和威斯特摩兰的勇气，三个靠不住的男人，胆小如鼠的男人，上帝诅咒他们。和我的博斯维尔比起来，他们简直就是女人。

我让艾格尼丝把蜡烛再拿近些，把纸条放在烛焰上加热，希望纸上能有明矾或者柠檬汁写成的消息，因为由这两种材料写成的字只有在加热的情况下才会显现出来，结果什么都没有。直到指尖被熏成了黑色我才把它们拿走。威斯特摩兰送来的是一封悔过兼怀旧的信，不是一份作战计划——这分明是一曲挽歌，真受不了他的多愁善感。

我不知道到底发生了什么，这封信里什么也没说，只能让我感到恐惧。我被吓坏了。

为了让自己舒服些，我提笔开始给一个完全与多愁善感无缘的男人写信，心里并没有期待着会有回复。

我担心威斯特摩兰失信于我，担心西班牙舰队没有依计划出航，担心教皇宣布罢免伊丽莎白的消息没有传开。我知道你不是好人，甚至更糟：我知道你是杀人凶手。我知道你是个足以上绞刑架的罪犯，死后一定下地狱。

但是，快来吧。我不知道除了你还有谁能来救我。求求你，快来啊。你是我唯一的希望，一如既往。

---

① 位于瑞典。

# 1569年12月

贝丝　于考文垂

　　黑斯廷斯过来找我的时候，我正在城墙上站着，瞭望着北方，刺骨的寒风迎面吹来，刺激得我眼睛里蓄满泪水，看上去就像刚刚哭过。灰暗的天空就像我的心情，黯淡、绝望、毫无生气。多么希望此时能有乔治的陪伴，希望他在我身边，抱住我，给我安全感。但是自从他得知我是塞西尔安插在他身边的间谍后，就再也没有碰过我。

　　上帝啊，我是多么希望能得到查茨沃斯、母亲还有妹妹的消息啊！我期盼着罗伯特·达德利能告诉我两个儿子一切安好。我无比渴望着、祈求着塞西尔的只字片语，哪怕只是一张便条、一句话、一个字的鼓励。

　　"汉斯顿大人送来的消息。"黑斯廷斯直言道，手里晃动着信纸，"终于。感谢上帝，我们得救了。感谢上帝，我们得救了。"

　　"得救了？"我重复，再一次向北方望去：这个姿势我们做了千百遍。午后的地平线变得更加昏暗、深沉，总让我有六千个人正在靠近的错觉。

　　黑斯廷斯向北方挥着手。"没必要再看了，他们不在那儿。"他大声说，"他们不会来了！"

　　"不会来了？"

　　"他们掉头去了哈特尔普尔，想和西班牙人会合，但是西班牙并没有赴约。"

　　"没有赴约？"看起来我似乎只能重复他的话，就像我们在合唱。

黑斯廷斯愉悦地笑出声来，然后像邀请舞伴儿般牵起我的手："没有赴约。贝丝夫人，他们没有赴约！该死的西班牙人！他们失败了，正如您希望的那样！西班牙毁约了，这对他们是一次致命的打击。"

"致命的打击？"

"一部分人已经放弃，回家去了。威斯特摩兰和诺森伯兰也分道扬镳了。他们的军队正在崩解。"

"我们安全了？"

"安全了。"

"一切都结束了？"

"结束了！"

这一刻的释然与轻松让我们成为了朋友。他展开双臂，我拥抱了他，像是在拥抱自己的弟弟。"感谢上帝，"我轻轻地说，"不用打仗，没有亲人流血牺牲。"

"阿门，"他轻轻地回答道，"胜利了，没有战争，没有死亡，我们胜利了。天佑女王。"

"这是真的吗？"

"千真万确。塞西尔亲自给我写的信。我们得救了。历尽艰辛，我们总算获救了。新教的女王保住了王位。另一位女王真让我们同情：盟友失约，朋友内讧，军队也解散了。感谢上帝，我们坚信的上帝。"

"西班牙人为什么没有赴约？"

黑斯廷斯摇摇头，继续笑道："谁知道？这不重要，重要的是结果，他们没有出现。苏格兰女王气数已尽。她的军队士气已败，几千人的队伍溃不成军。我们赢了！感谢上帝垂怜！"

他围着我转圈，我被逗得哈哈大笑。

"上帝！这次可算能大赚一笔了。"他说，前一秒还悲天悯人，下一秒就开始展望未来了。

"你说的是土地?"

"威斯特摩兰的财产和诺森伯兰的土地肯定会被没收充公,或者被拆分打散,"他说,"他们会以叛国罪被起诉,庄园会奖励给忠诚的臣子。谁会比您和我更忠诚呢,嗯,伯爵夫人?说不定您能再得到一座大庄园,您不觉得吗?诺森伯兰的一半土地,怎么样,合您口味吗?"

"那可比不上我已经花出去的钱。"我回答。

"报酬会很丰厚,"他兴致高昂地继续道,"我们会得到高额的赏赐。上帝会保佑我们的,他不是已经保佑过了吗?感谢上帝。"

# 1569年12月

## 乔治　于考文垂

我应该感到高兴,应该大唱颂歌,但是我不能,她的失败让我痛心。已经很明显了,在这些艰难的日子里,我的心被分成了两半,已经不再完整了。我本来应该跟其他人一样欢欣雀跃:贝丝明显安心放松了下来,黑斯廷斯那张僵尸脸也咧出了笑容,只有我,在强颜欢笑。我真的感觉不到开心。上帝宽恕,我为她惋惜,为她遗憾。觉得她的失败仿佛是我的责任,是我造成的。

我走到她房前,敲了敲门。玛丽·西顿开了门,她眼睛红红的,显然刚才哭过。我立刻明白她已经得知了自己失败的消息,也许她比我知道得更多。竟然在这里,在考文垂,她也能收到密信,而我却无法因此责备她。

"你知道了吧,"我简短地说,"结束了。"

她点点头。"陛下会想见到您。"她小声地说,把门打开来让我进去。

女王坐在那张专属的座椅上,就在壁炉旁边;烛光下,她的华服摇曳着金色的光晕。我走进房间,她像画像般一动不动地坐着,侧脸在火光的烘托下露出镀金的轮廓。她的头微微低着,双手紧扣着摆在大腿上,像一尊出自大师之手的镀金雕像。

"对不起。"

我走向她,不知道能说些什么安慰的话,也不知道能给她什么希望。

## 另一个女王

正当我不知所措的时候,她却抬起头对着我,优雅地起身,没有说话,只是向我走来,于是我张开双臂抱住了她。这是我唯一能做的:静静地抱着她,亲吻抽泣的她的前额。

# 1569年12月

贝丝　于考文垂

啊，一切都结束了。感谢上帝，我还是不敢相信事情已经结束了，货车上的财物安全了，我又能回家了。我有一个家可以回。真不敢相信，但是梦想成真了。战争结束了，我们赢了。

如果我能一直保持冷静和理智，早该洞见这一切，早该预见我们的胜利。但是我到底只是个粗俗农夫的女儿，脑袋里唯一在意的只能是那些值钱的银器，纠结着到底要不要把它们埋起来，而不是去揣测敌人的心思：这对我来说难度太大，我也没有兴趣。伊丽莎白的军队最终还是到达了达勒姆，虽然行动拖拉，但至少也做好了战斗的准备，可他们没有在城里发现北方军队的身影，对手就像迷雾般消失得无影无踪。强大的北方军队早就到达哈特尔普尔，意图同西班牙人会合，而西班牙人没有出现，所以他们立马开始怀疑整个计划的可行性。双方早就达成协议，誓要恢复天主教，所以一起举行了弥撒，并且认为这就足够了。他们打算救出苏格兰女王，却苦于不知道她的确切位置，也必须依靠西班牙的枪支和金子才能继续行军，没有了西班牙的这两样东西，他们现在不敢贸然和伊丽莎白的军队公开对峙。实际上，他们早就想要溜走，想要回家，想要平静地享受伊丽莎白政策带来的繁荣安逸。他们并不想和亲人们开战厮杀。

真为他们感到遗憾。西班牙人明显不信任他们，不想冒险，除非有必胜的把握，否则是不会派出军队和船只的。西班牙人延迟了计划，当西班牙人犹豫时，北方军队却在哈特尔普尔翘首以盼，对着白浪滔滔的北海望穿了眼，希望能看到海上出现点点白帆，但此刻除了灰色的天际、鸣叫的海鸥和北海边的刺骨寒风以外什么都没有，失望在所难免。接着，他们会听说诺福克公爵向伊丽莎白投降，并且还亲自写信给威斯特摩兰和诺森伯兰，请求不要对自己的女王兵戎相见。虽然他的佃农们死拽着他的马不让他离开，请求他奋起作战，但是诺福克仍然沉默地骑马去了伦敦。没有了西班牙舰队，没有了诺福克的军队，北方军队本来胜券在握，却功亏一篑。

塞西尔写信给黑斯廷斯，警告他英格兰现在还不太平，不能轻易相信任何人，但是威斯特摩兰已经逃往尼德兰，诺森伯兰也向苏格兰方向去了。大部分招募的士兵也已回到了自己的村庄，带着故事和回忆，那些经历值得一生纪念，只不过没有任何实质性的收获罢了。这让每一个女人，甚至是粗俗农夫的女儿都明白了一个道理：大多情况下，噪声越大，行动越少。豪言壮语并不代表实际行为有多伟大，会叫的狗，不会咬人。

这也让我知道，虽然自己只是个农夫的女儿，只知道藏匿财产的女人，至少能在战争结束的时候保证财产的安全。军队解散了。将军出逃了。而我的财产保住了。一切都结束了。感谢上帝。战争结束了。

我们即将启程，把苏格兰女王安全送回图特伯里，保护她的安全，直至她被黑斯廷斯押回伦敦监狱或者无论什么地方。马车夫已经打碎了好些威尼斯的彩色玻璃，一辆货车失踪了，车上全是装饰品和一些挂毯，但这还不是最糟的，最糟的是塞西尔直到现在也没有给我们写信。我们仍然默默地承受着，我们被遗忘了。我们没有因为保护苏格兰女王远离危险的功劳得到伊丽莎白陛下的一丝感谢。如果我们没有及时带走苏格兰女王，结果会如何？如果她被叛军捕获了，整个北方军队不就会变节了吗？我们不仅救了伊丽莎白，还成功抵御了北方军队，五十个人对六千人！我们绑架了叛军的名誉首领，没有苏格兰女王，他们什么都不是。

那么，为什么伊丽莎白没有给我的丈夫——伯爵老爷写信呢？为什么她没有支付我们垫付的费用？为什么她没有许诺赐给我们威斯特摩兰的财产？日子一天挨过一天，我在账房里结算着伊丽莎白拖欠我们的费用，这趟横穿英格兰的混乱出行可一点不便宜。为什么塞西尔没有给我写信，哪怕只是送上他的祝福？

打碎的玻璃、丢失的汤锅、整车失踪的装饰物，这次旅行让我们损失不少。当我们真的回到图特伯里，一切都会好起来吗？为什么我会如此惴惴不安？

# 1570年1月

乔治　于图特伯里城堡

最近真是不得安宁。家里乌烟瘴气，贝丝每天都在计算我们的损失，然后用漂亮的花体字写在纸上给我看，好像算得越准确，就能越快得到补偿，好像我能把账本拿给陛下，又好像这些账本会毁了我们一样。

我整天提心吊胆，因为只要确定镇上安全了，黑斯廷斯就会带另一位女王离开，离开我的身边，但我却不能为她求情或者和她说说话。

英格兰也不甚平静。我现在谁也不相信，佃户们肯定在计划着捣乱，其中有些人仍然没有回家，仍然跟着残余的北方军队四处游荡，继续制造麻烦。

伦纳德·戴克，北方最伟大的贵族之一，原本一直在伦敦，现在也回家了。可他不认为战争已经结束，虽然他家里就驻扎着伊丽莎白的军队。他叫来他的佃农们，宣称需要他们的协助来保护女王的安全。立刻，和往常一样，多疑和极具树敌天赋的塞西尔得知了消息，然后向女王建议要以叛国罪逮捕戴克，强行进入他的领地。于是戴克大人拿起了武器，举兵起义。

黑斯廷斯粗鲁地撞开门，闯进我的私人办公室，好像我才是那个叛国贼。"你知道戴克的事情吗？"他逼问道。

我摇头。"我怎么会知道？我一直以为他在伦敦。"

"他袭击了汉斯顿的军队，然后逃跑了。他发誓说要重整北方军队。"

我为她心里生起沉沉的恐惧。"又来？他往这里来了？"

"上帝才知道他在做些什么。"

"戴克是个忠臣。他不可能袭击女王的军队。"

"他还真这么做了，现在就和其他北方伯爵一样，畏罪潜逃。"

"他很忠诚，就像——"

"像你？"黑斯廷斯故意语带暗示地说。

我立刻捏紧了拳头。"您是我的客人，这儿是我的家。"我提醒他，因为愤怒声音变得颤抖不已。

他点点头。"请原谅。现在是非常时期，我只想能把她顺利带走，离开这儿。"

"现在还不安全，"我立刻说，"谁知道戴克在哪里？除非能确定外界安全，否则你不能把她带走。如果她被敌人绑架，北方军队就会卷土重来，那时你可负不起责任。"

"我知道。我会等塞西尔的命令。"

"是啊，他现在可以任意发号施令了，"我说，话里的苦涩显露无遗，"多亏了你，他的竞争对手都会消失。你把我们的管家变成了我们的主人。"

黑斯廷斯点点头，显得沾沾自喜。"没人能和他比，"他说，"英格兰没人比他更有远见。是他预见我们必须成为新教国家，预见我们必须和其他人分离开。他建议我们维持爱尔兰的秩序，服从苏格兰的贵族，我们得出去，航行到世界其他国家，把他们变成我们的殖民地。"

"一个和敌人一样可怕的男人。"我评价道。

黑斯廷斯爆发出狂野的笑声。"我也想这么说。而且您的朋友——另一个女王会对此深有体会。您知道伊丽莎白这次判了多少人死刑？"

"死刑？"

"绞刑。起义的惩罚。"

我感觉自己浑身变得冰冷。"我不知道她下过这种命令。只有叛军首领会有审讯,而且……"

他摇摇头。"没有审讯。只要是参加起义的人都会被绞死。没有审讯。没有辩护。没有质疑。她说她要七百个人死。"

我震惊得无言以对。"那意味着每个城镇、每个村庄都有人要……"我虚弱地说。

"对,"他说,"那样才能保证他们不会再次变节。"

"七百?"

"没错,计划好的配额。陛下下令这些人必须被吊死在每个村庄的十字路口处,而且不能安葬尸体,让他们吊着腐烂到底。"

"比起义死的人都多!但是并没有打起来啊,也没有流血事件发生。他们还没开枪或者拔剑就解散了啊。他们投降了啊。"

黑斯廷斯再次笑了起来。"那也许他们会学会不要有下次。"

"他们能学会的只有新君主不像老国王那样关心他们;一旦他们请求恢复旧传统,或者申请新的放牧地,或者要求涨工资,他们就会被自己的同胞当成敌人,甚至面临死亡。"

"他们就是敌人,"黑斯廷斯坦言道,"还是说您忘了?他们就是敌人。他们是我的敌人,塞西尔的敌人,也是陛下的敌人。他们不是您的敌人?"

"当然是,"我不情愿地说,"不管陛下发布了什么命令,我都心甘情愿地服从。"但我心里却想着,是啊,他们现在也变成我的敌人了。塞西尔把他们变成了我的敌人,虽然曾经他们是我的朋友和同胞。

# 1570年1月

玛丽 于图特伯里城堡

亲爱的丈夫博斯维尔:

我又回到图特伯里了,我被严密地监控起来,毫无逃跑机会。军队已经解散了。我想见到你。

玛丽

自从从考文垂回到同样让人痛苦的图特伯里以后,我没有再召唤过什鲁斯伯里。那天他前来找我,只是问我可不可以和我坐一坐,却没有向我许下任何承诺。他的脸色如此疲劳和悲伤,有一刹那,我满怀希望地以为他听到了有关叛军起义的消息。

"发生什么事情了吗?大人?"

"没有,"他说,"没有。我很好。但是我给你带来了坏消息。"

"是诺福克吗?"我小声地说,"他终于要来了?"

他摇摇头:"他并没有和北方伯爵一起揭竿起义,他进宫了。他最终决定服从伊丽莎白陛下,服从陛下的意愿。他是伊丽莎白的近臣,陛下宽恕了他。"

"这样啊。"我回答。我咬住嘴唇,以免再出声。上帝,真是个蠢货,懦夫,叛徒!该死的诺福克,他的愚蠢毁了我。博斯维尔绝不会自己发动起义,又半途投降。博斯维尔会一战到底,绝不会逃避战争。他甚至从不会说道歉的话。

"还有,很遗憾地告诉您,戴克大人已经往苏格兰逃跑了。"

"他的起义结束了?"

"结束了。伊丽莎白陛下的军队已经完全控制了北部,她的刽子手正在每个村庄里抓人。"

我点头。"我感到很难过。"

"我也是,"他说,"很多人只是单纯地服从主人的命令而已。还有很多人只是觉得自己在依着上帝的旨意行事。他们都是老实人,并不明白英格兰发生的变化。只是因为不明白塞西尔的政治,白白丢掉了性命。"

"那我呢?"我小声问道。

"道路畅通了以后,黑斯廷斯会尽快带您离开。"他说,声音十分低沉、沙哑,"我阻止不了他。现在只有坏天气能拖延他;一旦路上的积雪融化,他就会带您离开。我自己也正被怀疑。上帝保佑在您被带去莱斯特郡之前,我不会被勒令前往伦敦受叛国罪的审判。"

我发现和他分离的想法让我有些难受。"你不和我们一起走?"

"这是不被允许的。"

"如果你不保护我,谁会?"

"黑斯廷斯会对您的安全负责。"

我甚至来不及嘲笑他说的话,只是给了他一个害怕到极点的表情。

"他不会伤害您。"

"但是,大人,我们什么时候能再见?"

他从椅子上站起身来,把前额靠在石质的壁炉架上。"我不知道,陛下,我亲爱的女王。我不知道我们何时能再见。"

"那我怎么办?"我的声音变得异常虚弱,"你……还有贝丝夫人,当然了——没有你们我该怎么办?"

"黑斯廷斯会保护您。"

"他会把我监禁在房里，或者更糟。"

"除非他们指控您犯了叛国罪。如果您只是为了自由而计划逃跑，没人能以叛国罪起诉您。除非您曾经支持过起义才会陷入险境。"他犹豫着说，"您一定要记住，这很关键。您一定得在脑子里想明白这两者的区别，特别是有人问您问题的时候。除非他们能证明您阴谋策划杀死伊丽莎白，否则您不会被指控叛国。"他停顿了一下，然后低声说："如果您只是想要得到自由，那么您不会受到任何起诉。如果有人问起，一定得记住，只能告诉他们是为了得到自由。如果您坚称自己只是为了逃跑，他们没办法治您的罪。"

我点头。"我明白了。说话的时候我会特别注意的。"

"写信的时候也要更加小心，"他更加低声地说，"塞西尔对这些特别敏感。绝不要把您的名字留在任何东西上，以免他抓住把柄。塞西尔会监控您的信件。绝不要接收或者寄出任何威胁伊丽莎白陛下人身安全的信件。"

我点头。然后一阵沉默。

"但事实真相是什么？"什鲁斯伯里问，"毕竟现在已经结束了。是您和北方贵族们勾结起义的？"

我让他看到了我脸上一闪而过的戏谑笑容。"当然是我，不然我还能在这儿做什么呢？"

"这不是一场游戏！"他变得十分愤怒，"他们被流放了，其中一人还被指控叛国，其他几百人会被处死。"

"我们本来会赢的，"我固执地说，"只差一点点。你自己也知道，你也以为我们会赢。本来有机会的。你不懂我，损斯贝依。我必须自由。"

"本来是有机会，我看到了，但是您输了，"他沉重地说，"七百个人将被处死，北方贵族将被处以极刑或流放，英格兰最伟大的公爵，一生为他的荣誉而战的公爵也输了……而且,我也输掉了您。"

我站起了身,紧挨在他旁边。如果他现在转过头来,会发现我正仰头看着他,微微侧着脸,等待着他的亲吻。

"我已经把您输掉了,我已经失去您了。"他重复道,然后向后退了一步,躬身行礼,朝门口走去,"我不知道怎么办,不知道没有您我会怎么办。"

# 1570年1月

贝丝　于图特伯里

　　不用质疑，我们就是胜利者，聚集在这座城堡里。黑斯廷斯已经迫不及待地想要回家了。他总是说要外出，还亲自去监督死刑执行的情况，好像结束佃农的生命变成了一种运动：在这大雪纷飞，不能外出打猎的日子里，另一种用来消遣的杀戮游戏。苏格兰女王生病了，脸色苍白，整个人也病怏怏的没有精神。她抱怨着腰和腿上的疼痛还有头痛，这让她整天都得待在那采光不好的房间里——为了阻挡窗外的寒风，她的女侍不得不把窗户和窗帘关得紧紧的。这样的日子确实不好过，她正努力适应着。

　　而我家老爷像死了亲人一样，成天静默、悲痛地待在家里，就算是处理公事，也神神秘秘，生怕惊动了其他人。除了家事我们几乎不会彼此交谈。自从去年夏天起，我们以为还有几天苏格兰女王就能回国的那时起，我就再也没有看到过他的笑容，一次也没有。

　　轮到我们这里接受伊丽莎白的审判了，这使得今年的冬天异常难熬。因为死刑的消息不胫而走，男人们一夜间都从村子里消失了，只留下雪地里的脚印和没有力气打破水井里冰层的妻子们。这里和以前不一样了，至少在近几十年之内都不会恢复元气。如果身强力壮的年轻男人都跑了，只剩下儿子们代替父亲走向绞刑架，那么我们都会被毁掉。

　　我不懂如何管理一个国家，我只是个没有文化的女人，而且我也不关心。值得我关心的只有如何保住我的土地，如何修建我的庄园，如何保存我的账本，如何尽最大努力提供给孩子们美好的未来。不过，我懂得如何经营一座农场，懂得土地何时会被毁掉，而且我从没有看到过如此让人悲哀、难过和凄凉的北方田野，一五七〇年，这个令人痛苦万分的年份。

# 1570年1月

## 玛丽　于图特伯里

巴宾顿,可爱的男童安东尼·巴宾顿把我的小狗带回来了。调皮的小家伙非要溜出我的房间去和马厩里那只粗俗的母狗幽会,它还真是个可心的求爱者。不管马厩里那只母狗魅力有多大,它都是只坏狗狗,眼光差透了。我一边骂着它,一边亲吻着躺在巴宾顿怀里的它。我在狗儿柔滑的前额落下一吻,巴宾顿的脸立刻红透了。"我给它洗了澡,还用毛巾擦干了,陛下。"

"你是个善良的孩子,"我说,"它却是只坏狗狗。你应该打它。"

"它太小了,"巴宾顿尴尬地说,"太小了不能打。它比猫崽儿还小呢。"

"好吧,谢谢你把它带回来。"我一边说,一边直起了上半身。

安东尼把手伸进紧身衣,扯出了一个包裹,塞在了小狗身下,把它们一起递给了我。

"谢谢你,巴宾顿。"我大声说,"我欠你人情。一定要确保自己的安全。"我又温柔地说:"这可是掉脑袋的事情,不是把调皮的小狗带回家的小事儿。"

他红了脸,还像个小男孩儿。"我能做任何事情……"他结巴道。

"那就把这件事做到,"我警告他,"为了我,不要逞强。只做你力所能及的事情。"

"我会为您做任何事情,"他急忙说,"等我长大了一定亲自把您救出去，您相信我。我有计划的，我把它叫做巴宾顿计划，每个人都知道，我会来救您。"

我用指尖戳戳他红红的脸颊。"谢谢你，"我轻轻地说，"但是别忘了安全第一。想想，我需要你自由、活着，这样才能为我服务。等你长成了男子汉，我会来找你的，安东尼·巴宾顿。"

他笑了起来，向我鞠躬——他行了个大礼，好像我是女王——然后迈着长腿匆忙离开了，好像春天田野上奔跑的小马驹。真是个好孩子，看到他让我想起儿子，可爱的詹姆斯，想象他长大后的样子。

我把小狗和包裹一起抱回了寝宫，房里还架设着祭台。把门反锁后，我拿出了巴宾顿带来的包裹。包裹上有莱斯利主教的封蜡，来自伦敦。

我很遗憾地告诉您，威斯特摩兰、诺森伯兰还有诺福克公爵全都失败了。诺福克已经放弃了希望，现在以叛国罪关押监狱里，上帝保佑他。诺森伯兰马上就要和他一个下场了。他本来在苏格兰为您招募军队，却被您那个邪恶的兄弟抓住，然后被赎卖给了伊丽莎白。赎金三十枚银币。

威斯特摩兰失踪了，有人说他去了欧洲，也许是法国，也许是尼德兰，和他一起的还有诺森伯兰伯爵夫人。她原本是您军队的首领之一，上帝保佑她，她现在付出了沉痛的代价，变成了流亡中的寡妇。

威斯特摩兰的妻子绝望地回到了他们在乡下的房子，宣称她并不知道密谋的事情，只希望能安静地度过余生。她希望有仇必报的都铎家族能放过她。

您的未婚夫，诺福克，已经差不多确定会被指控为叛国，愿上帝保佑您和他。塞西尔会很得意吧，他亲眼目睹了敌人们的毁灭。我们必须祈祷，但愿菲利普亲王和您法国的亲戚们会尽全力保护您的安全，也为这些因您而遭受控告、面临死亡的勇士们祈福。您和这次密谋的关系不大，据我了解，控告诺福克的证据里并没有对您不利的东西。向上帝祈祷，希望他们不会把您供出来，虽然这些爱您的人此刻都面临着死亡的威胁。为了您的安全起见，我时常与西班牙大使德·斯贝斯联系，希望能对您有帮助。但是您忠实的仆人，罗伯托·利多尔菲，这个贷款给诺福克、给我送来西班牙金币，并承诺效忠上帝的人现在却失踪了。我很为他担心。我认为他可能被抓起来了。但是，如果他们抓住了他，为什么不来抓我呢？但愿他是藏起来了，不是被抓了或者死了。

我也为自己的生命安全担心。伦敦就像夜晚伸手不见五指的庭院，到处都藏着间谍，每走一步，都能听到身后不断传来的脚步声，每个过路人都被监视着，连邻居也不能信任，每个角落都有人在偷听。祈求上帝，伊丽莎白会大发慈悲，塞西尔不会彻底毁掉那些被他抓起来的人。祈求上帝，他们不会来打扰您。不要离开您忠心的护卫。我会尽快再给您写信。希望下次能带给您些好消息，我仍然是您忠实的朋友和仆人，约翰·莱斯利。

我发誓不会让您失望，至少不会是现在，在您最需要我的时候。

慢慢地，我把信纸一张一张扔进壁炉，看着它们变黑、着火、卷曲，然后化成一股青烟飘进烟囱，把我的希望也一同带走。北方伯爵们因为我而惨败，诺福克也进了监狱。他的性命握在伊丽莎白手里，但不用太担心，毕竟伊丽莎白是他的表亲，断不会仅仅因为他要娶我而砍他的脑袋。他只是爱上了我，想要和我结婚而已，伊丽莎白不能因为这个原因要了她表弟的命。

我拿出他送给我的钻石戒指，放在唇边吻了吻。既然我们订了婚，彼此许下了承诺，我就不会轻易放过他。既然他给了我这枚贵重的戒指，我们就算定下了誓约。再说了，如果可以渡过这次的难关，如果他能胜诉，逃脱绞刑，那么我们也不会有所损失。伊丽莎白有什么理由不支持他成为

# 另一个女王

苏格兰的国王？我和他为什么不能有孩子？为什么他们不能成为苏格兰和英格兰的继承人？至今为止，诺福克仍然是我最好的选择。而且，除非博斯维尔从狱中逃出，我也没有其他候选人。

我得用密码给诺福克、我的丈夫写一封加密信，于是我拿起祭台上的《圣经》，书里就藏有数字密码。我会把信交给莱斯利主教，希望他能把它带给我爱的人。如果诺福克现在仍站在我一边，等到伊丽莎白放了他，我们仍然有机会通过协议而非战争回到苏格兰，恢复王位，因为战争这条路显然行不通。

亲爱的：

我每天都为你祈祷，直到你被释放为止，我会每周增加祈祷的次数。我是你的，你也是我的，直到死亡把我们分开。愿上帝宽恕那些阻碍我们的人，虽然我永远无法原谅他们。请一定坚定信念、保持勇气，我也会如此。或许我们的朋友会再次为了我们奋起，我们会取得最后的胜利。或许我们能和平地赢得王位。或许你能说服伊丽莎白，我也会尽力尝试，让她允许我们结婚，然后恢复我们的地位，我们是她的表亲啊，她应该帮助我们重新登上王位。我会祈祷的。祈祷你我正式成为夫妻的那一天，祈祷我恢复苏格兰王位的那一天早些到来。

你的妻子，玛丽

我把信打上封蜡，一旦有机会就会把它偷偷送出去。艾格尼丝进来了，为我铺床，准备就寝。我的睡袍已经被压得皱皱巴巴，所以只能重新换上一件。等一起做完祈祷，我就让艾格尼丝退下了，一整晚，我的思想就像一只被关在笼子里的鼬鼠，不停乱撞，在一个个问题上纠缠不清。我想起了博斯维尔，又一头被关进笼子里的野兽。我想着他在牢房里从一边走到另一边，然后转弯，来回不停。想着他在马尔摩的监狱里，从镶着铁条的窗户里望着外面的月亮，仰望天空，期盼着风暴，在墙上画上记号，数着被关押的日子。今夜，是我们分开的第八百八十七天，两年半多的时间。他的心里和我一样清楚。不用在墙上特意做记号，他也记得和我分开了多长时间。他是一匹被关起来的野狼，一只被束缚的雄鹰。但是他仍然是他，没有人能摧毁他的意志。就算被关进了笼子，他仍然是一匹野狼；就算被束缚了，雄鹰仍然时刻准备翱翔，这是不会改变的事实。就寝之前，我给他写了一封信，这个人现在一定还想着我，无法入眠。

博斯维尔：

　　幸运之神抛弃了我，朋友们不是被抓，就是被流放，我的间谍隐藏了行踪，我的使臣吓破了胆。但是我不会绝望，绝不投降。我在等你，我知道你一定会来。

　　不要期望有所回报。不要对我有任何期待，我们都清楚彼此，那是我们之间的秘密。

　　我会等着你，我知道你会来。

玛丽

# 1570年1月

乔治　于图特伯里城堡

这个冬季漫长难捱。黑斯廷斯仍然留在这儿没有离开。他靠着监督绞刑而打发时日。那些被冠上叛贼罪名的人民成为了绞刑架上的祭品，献给了异教无情的上帝。我几乎不曾离开城堡，因为我无法忍受城堡外那些饱含怨恨的眼睛。但就算留在里面，当然了，我也无所事事。

贝丝倒是很忙，她的管家和无穷无尽的账本让她脱不开身。她很想尽快回去查茨沃斯，与亨利和其他孩子团聚，但是我们不能随便离开，除非黑斯廷斯把苏格兰女王带走，而且我们也在等着上面的指令。

指令终究来了，却不是我们期待的。我拿着塞西尔的信到账房找贝丝，这是个小房间，被她临时征用来处理事务。

"我被召唤进宫了。"我轻轻地说。

她立刻抬起头，桌上还放着摊开的账本，羽毛笔上的墨水逐渐干涸，她的脸色也越来越白，最后变得和眼前的白纸一样苍白无力。"你被起诉了？"

"你亲爱的朋友塞西尔没有告诉我，"我痛苦地说，"你私下里有收到他的来信吗？你知道这件事情吗？我是不是会直接被关进监狱，被判叛国罪？你给他提供我的罪证没有？"

听着我粗鲁的语气，贝丝朝我不断地眨巴着眼睛，同时向门口看去。她在害怕有人偷听。间谍也会被其他间谍监视。"他没再给我写过信，"她说,"我不知道为什么,也许他也不相信我了。"

"我得马上启程,"我说,"和信使一起来的还有六个护卫。他们正在厨房用餐,等着护送我去伦敦。"

"你被捕了?"她小声说。

"不知道,一切都不明所以。他只是说我得有人护送,立刻启程。"我自嘲地说,"到底是为了保护我的安全,还是怕我逃走,他可没有说清楚。你能给我准备行李吗?"

她立刻站了起来,匆忙地向我们的卧室走去。我按住她的肩膀说:"贝丝,如果我进了监狱,我会尽最大努力保住你的财产。我会派律师把我的财产转到你名下,虽然已经损失了不少。你不会成为一个死去的叛徒的寡妇。你不会失去你的庄园。"

她摇摇头,脸上生起了红晕。"我现在没有考虑钱的事情,"她低声说,"我在想你。我的丈夫。"她的脸上露出害怕的神情。

"不想你的财产,而先考虑到我的安危?"我说,试图开个玩笑,"贝丝,你是真的爱我。"

"是啊,我爱你。"她强调说,"爱你,乔治。"

"我知道。"我温柔地说,然后清了清嗓子继续道,"他们说我不能和苏格兰女王告别,你能替我向她问候,告诉她我很抱歉不能和她道别吗?"

立刻,我感觉她变得僵硬起来。"我会告诉她。"她冷漠地说,然后走到一旁。

我不应该继续,但我不得不。这也许是和苏格兰女王最后说话的机会了。"那你能告诉她让她保重,提醒她黑斯廷斯是个严酷的守护者,要她提防他,然后告诉我真的非常、非常抱歉吗?"

贝丝转身离开。"我去给你收拾行李,"她冰冷地说,"我不保证能全部记住。我会告诉她你走了,因为对她仁慈有加,所以你可能成为叛国贼,她不仅花掉了我们的财产、破坏了我们的声誉,还有可能让你丢了性命!我想我不会告诉她你对她非常、非常抱歉!我怕说出来脏了我的口,让我恶心!"

## 1570年1月

贝丝　于图特伯里城堡

我把他的东西甩进包里，心中狂怒不止，然后叫来一名男仆，要他准备些吃食和他们一起走，陪他一天，这样他至少在第一天的时候不用忍受德比郡旅馆里粗糙的食物。包里已经有一条新的紧身裤、一套亚麻内衣、一些高级香皂还有一小块旅行专用的玻璃片，这样他就能随时刮刮胡须。我又在包里放进了一张最新出炉的账单，希望朝廷里有人会注意到我们为了照顾苏格兰女王花费了多少钱，家产又被她毁到了什么程度。我向他行了屈膝礼，和他吻别，就像一个合格的妻子应该做的那样。整个送别的过程中，我的脑海里始终回响着他想要我转达给苏格兰女王的话，说起她时那温柔的腔调，想起她时那柔情似水的眼神，所有这一切就像侵入身体的害虫，把我的心脏啃得鲜血四溅。

我从来不知道自己也是个有激情的女人，也是个善妒的女人。我结过四次婚，宠爱我的男人不止一两个，年纪大的把我当成他们的宠物，也有人觉得我是世界上最聪明、最漂亮的女人。有生之年，我还从没经历过这种事情：在我眼皮底下，我的丈夫跟另一个女人眉来眼去，被她勾了魂。这实在让我无法忍受。

我们在这天寒地冻的露天院子里，当着许多人的面彼此道别。虽然不被允许私下见面，苏格兰女王却趁着护卫们清点装备的时候意外地出现了。德弗罗和黑斯廷斯也来了，一直待到老爷走出城门。比起我和他私下单独道别，这种道别派对还是更好些。如果只有我们两个人，也许我会大哭一场，想着这个和我结婚只有两年的丈夫，这个我喜欢称做"我的伯爵丈夫"的男人，现在可能面临死亡。之后我们会交换一个无关爱恋的吻，冷清地分别。

我只是个单纯的女人，不是受过培训的职员，也不是学者。但是，这么多年以来，不管他们说过多少次伊丽莎白的坏话，这是我第一次可以站出来证明，在她的统治下，我的心是真的在滴血。

# 1570年1月

玛丽　于图特伯里城堡

　　我在窗前看到什鲁斯伯里的那匹骏马被装上了马鞍，准备出行的样子，又看到一队武装侍卫在等着他。于是我匆忙抓起披巾围在头上，还没来得及换鞋，就朝楼下跑去了。

　　我立刻明白只有他一个人要离开。贝丝脸色苍白，像是生病了；黑斯廷斯和德弗罗也没有换上旅行装；很明显，他们会继续留在这里。我很害怕，害怕什鲁斯伯里被传召进宫，或者被逮捕。

　　"你是要去旅行吗，大人？"我问道，尽量让声音听起来满不在乎。

　　他看着我，眼神里透着强烈的渴望，好像即使当着旁人的面也想把我牵过去抱住。他极度渴求着我。他把手放在背后，似乎只有这么做才能抑制住自己想要碰我的欲望。"我被传召进宫了，"他说，"黑斯廷斯大人会替我保护您。希望我能尽快赶回来。"

　　"我会一直在这里吗，直到你回来？"

　　"我想是的。"他说。

　　"你会回来的吧？"

　　"希望如此。"

　　我感觉到嘴唇在颤抖。我好想现在就哭出声来，求他不要走，或者和他一起走。我无法忍受和他愤怒的妻子还有冷漠的黑斯廷斯待在一起。事实上，他们两人让我感到害怕。

# 另一个女王

"我会一直关注你的,"在他们面前,我只敢这么说,"希望你有个安全、愉快的旅途。"

他向我躬身行礼,露出一个扭曲的笑容,似乎在告诉我他不曾对这次旅行有任何期待。我想小声叮嘱他,让他尽快回到我的身边,但我不敢。他捏了捏我的手,这是他唯一能做的,然后他翻身上马,太快了,一秒钟的时间——快到我还没回过味来——他就和侍卫们一起出了城门,只留下一片在空气里跳舞的尘埃,而我只能咬住嘴唇才忍住了没有哭出声来。

我转过身,他的妻子正看着我,脸色铁青。"贝丝,希望他能平安回到你的身边。"我说。

"你很清楚,我早就失去他了,不管他回不回来。"她说,接着转身背对着我,更糟的是,她居然没有向我行礼就离开了。

# 1570年1月

乔治　于温莎堡

　　旅途漫长而寒苦，一路上没有贴心的陪伴，身后是割舍不下的分离，前方是恶意的中伤，我被迫和苏格兰女王分开，甚至不知道她是否安全。我抵达了英格兰女王伊丽莎白的宫殿，深知自己罪孽深重。

　　每日每夜，我只想着她，我失去的女王，另一位女王，自责让我备受煎熬，觉得好像她的失败全是我的过错。虽然我清楚地知道，只要黑斯廷斯有公务在身，只要塞西尔决心要我们分开，我就没有办法让她一直待在我的身边。但是，尽管如此……我还是……

　　当我告诉她我要去伦敦时，她的眼睛里全是沉沉的恐惧，但是在贝丝、黑斯廷斯和德弗罗面前，她什么也不敢说，只能祝愿我旅途愉快安全归家。

　　我本想趁贝丝收拾行李的空当私下找找她，既然我和她即将分离，也许可以告诉她我的真实感受。我本想一口气说出内心的爱慕，但还是做不到。因为我不仅是另一个女人的丈夫，也是另一个女王的臣子。这样的我怎么能对苏格兰女王表达爱慕之心？我又能给她什么承诺？不能！不能！当我在庭院里准备离开时，所有人都在，贝丝、两位大臣、仆人、间谍，个个都想亲眼目睹我和苏格兰女王如何道别，她又如何反应。除了向她鞠躬正式道别，我什么都不能说，什么都不能做，真让人绝望挫败！在她女侍面前、在我妻子的注视下，我又能和她说些什么？看着黑斯廷斯强忍笑容的脸，德弗罗因为无聊而不停用马鞭抽打自己的靴子，我还能说些什么？

## 另一个女王

我只能客套地祝她一切安好,而她看向我的眼神似乎在无言地祈求我帮助她。她沉默地看着我,我发誓看到她眼睛里蓄满了眼泪,但却忍着没有哭出来。她是女王,在人前决不能面露胆怯。我顺从她,冷静而礼貌地和她道别,可也无比期望她能感受到我为她狂跳已久的心脏,感受到我一直以来对她的真心。她看着我,只是看着我,好像只要我愿意,就能拯救她。上帝知道,当时我的所作所为也许已经在众人面前暴露了内心所有想法——一个失败的守护者,让发誓要守护的女人失望透顶,伤心欲绝。

我甚至不能保证她以后的安全。所有钦慕她的人,所有选她而放弃伊丽莎白的人,所有希望调和塞西尔恐怖多疑政策的人,现在都遭到了严重的贬罚。一部分人进了监狱,一部分人遭到流放,永远不能回到英格兰,还有一部分人被判了死刑,他们的妻子将变成寡妇,财产会被全部没收。而我呢,也被传召进宫,离开被我囚禁的苏格兰女王,把她交送到敌人的手里。我被一队士兵护送回伦敦,似乎他们确信我心不甘情不愿。我的忠诚遭到严重质疑,但还算幸运的是,我只被要求向女王做汇报,没被直接送进监狱。

我们花了整整一个星期才到达目的地。路上一匹马跛了脚,又找不到能换马的地方,且因为积雪有些道路不通,我们只能绕道走山路,山上冰刀一样的北风让我难以忍受。寒风夹着雪片打在我的脸上,我却为自己不忠不义的所作所为痛苦不已,萎靡不振。不过,我宁愿这场寒苦漫长的旅行永远继续下去,也不想在这么个黄昏时分到达温莎堡,面对让人寒心的冷漠和异常简陋的住宿。

温莎堡一派阴郁气象,大炮仍然装填着弹药,向伦敦方向瞄准。堡里的人们还没有从北方军队可能进攻的恐惧中完全恢复过来,他们为自己的惊慌失措而感到耻辱。在塞西尔决定陛下是否有时间召见我之前,我漫无目的地游荡了整整三天。我在王室接见厅里等待着,等着传见,和陛下没有心思接见的其他人一起干等闲逛。这是有生以来的第一次，我没有被立刻接见。同僚们也开始对我视而不见，甚至连那些我以为算得上是朋友的人也对我不理不睬。我在食堂就餐，没有私人餐厅；一个人外出遛马，没有人愿意陪伴。没人停下来和我聊天，没人向我问好。我感觉自己像被一个臭气熏天的影子纠缠上了，那上面有叛国贼的臭味。每个人都害怕，没人愿意被看见和一个声名狼藉的人搅和在一起，还是个被怀疑成叛国贼的人。

塞西尔倒是神色如常地和我见面，好像我从没被他怀疑过，好像他从没祈求过让我和苏格兰女王议和，好像他没有在设计我的垮台。他告诉我陛下现在正全神贯注地处理起义带来的损失，一旦空下来就会尽快召见我。他告诉我，诺福克、莱斯利主教和西班牙大使勾结在一起参与了谋反策划，而且他们一定受到了苏格兰女王的支配和煽动。

我只能生硬地回答道，诺福克毕竟是伊丽莎白陛下的表弟，应该不太可能会这么做，再说了，他也是在伊丽莎白登基后才获得诸多权利，这样的一个男人没有理由会把自己的亲人赶下台。诺福克可能会向苏格兰女王求婚，但这和起义谋反、反抗他自己的表姐，还是有很大区别的。塞西尔问我，是否有什么证据证明我的话，他会很乐意看到任何信件或者文件，因为我一直没有向他泄露过什么消息。结果呢，我发现自己一个字也答不出来。

我回到了他们安排给我的房间，本来我可以住进自己在伦敦的公寓，但实在没有心思去，停留时间短不说，主要也不想大肆宣扬回到伦敦的事情。那处公寓原本是家族炫耀的资本，用来彰显塔尔伯特声名的地方，但现在的我却成了落水狗，已是声誉不保。两位女王之间的纠葛和顾问大臣间的是非让我焦头烂额，如果可以抛弃表面的做作，能再次安安静静地一个人待一会儿，我甚至不想在这精美的、象征着高贵身份的大床上睡觉，也不想在刻有家族纹章的石柱下走路。如果可以，我想再次找回自己，找回我的妻子，还有我的女王。这场浩大的叛乱，最终除了毁掉了我内心的平静外，什么成果也没有。

亨利和吉尔伯特已经和我碰过面了，但是表现得很尴尬，我猜想他们一定听到了流言，说我为了苏格兰女王背叛了自己的妻子。贝丝一直是他们两个的最爱，为了她而反抗我也是情理之中的事情。我也不敢和儿子们当面对峙，只是问了问他们的身体状况，是否有外债，就让他们走了。他们都很健康，都欠下了一些钱，我想我应该感到高兴吧。

到了第三天，当他们终于认为我受够了惩罚的时候，一位女侍前来告诉我女王会私下在晚餐后召见我。在食堂里，我坐在平常一贯的位置上，食欲全无，旁边是其他同僚，但是没有人和我说话，我一直把头低垂着，活像个被鞭刑伺候过的仆人。没过一会儿我就起身离开了桌子。我又在她的接见厅里等待着，就像个做错事的孩子，希望得到温颜安慰，但下场毫无疑问是被痛扁一顿。

至少我能确定自己不会被逮捕，至少还能因此得到些安慰。如果她要以叛国罪逮捕我，一定会在大会时当众把我抓起来，那样所有人都能见证我的耻辱，以儆效尤。他们会除去我的官衔，指控我的不忠，然后掀掉我的帽子，押着我离开，身后跟着两纵队的侍卫。而现在不是逮捕，只是私下的侮辱。她会指控我失职，虽然我能证据确凿地向她证明自己从没干过任何她不喜欢或者命令之外的事情，然后她会反驳，认为我对苏格兰女王过于仁慈宽大，有人说我大抵爱上了玛丽·斯图亚特。事实上，如果真被指控爱上了苏格兰女王，我也不能否认。我想我不会否认。我甚至不想否认。身体里有一部分，一部分疯狂的我，早就渴望着宣布对她的爱恋。

正如所预测的一样，伊丽莎白陛下最生气的是我和苏格兰女王之间的暧昧传言。当我终于进入她的接见厅时，女侍们和塞西尔都在场，而我面临的第一个问题即是它。

"我早该想到你和其他男人一样,什鲁斯伯里,只会看脸的蠢蛋!"几乎我刚进入房间的同时,她就爆发了。

"不是。"我镇定地回答道。

"不是蠢蛋?还是她不是美人?"

如果她是一位国王,就不会在问这类问题时浑身散发出嫉妒的气场。没有男人能在一位年近四十,日益苍老的女人面前给出令她满意的回答,而且她嫉妒的对象还是一个不到三十岁,堪称世界上最美女王的女人。"我确实是蠢蛋,"我冷静地说,"但没有为她而失去理智。"

"你可是让她在你那里为所欲为啊。"

"我只是让她做我觉得对的事情,"我疲倦地说,"按照您的旨意,为了她的健康,我允许她骑马,她的健康每况愈下,我担心出问题。我还让她和贝丝一起刺绣,两人在一起有个照应。而且我很清楚,她们只会聊些八卦而已。"

伊丽莎白那深邃黝黑的眼睛里露出一丝狡黠,她总是自以为冰雪聪明,为自己接受过男人才有的高等教育而自鸣得意。

"就是女人间会有的那些八卦,"我随意地补充道,然后看到她赞同地点头,"她也经常和我们一起用晚餐,因为她想要人陪伴。她习惯许多人围着她,毕竟以前住在王宫里,服侍的人多,而现在不可同日而语。"

"她倒还委屈了!"她大声说。

"您最初让我招待她时就下过命令,要我像对待即位女王般照顾她。"我尽量温和地说,现在必须得控制住脾气,任何过激的言辞腔调都可能让我丧命,"我确实写过信给陛下您和塞西尔,征求过你们的意见,询问是否需要裁减她的仆人数量。"

"你不是早就自作聪明了嘛!现在服侍她的仆人可有几百人!"

"他们总是去而复返。我让他们离开过,并且告诉她仆人的数量必须减少,没少为这件事抱怨,但他们总是去了又回来。在外面待几天,又回来。"

"是吗?他们爱她爱得这么深?她的仆人就这么崇敬她,可以无偿为她做任何事情?"

这明显又是个圈套。"也许他们只是没有别的去处,也许只是找不到其他主人。我也不知道原因。"

她又点了点头。"那好,可你又怎么解释让她和北方伯爵们见面的事情?"

"陛下,他们是我们在骑马途中偶然遇到的。我没料想到有这么严重的后果,他们只和我们骑了一会儿,并没有单独和她碰面。我真的不知道他们当时正在酝酿阴谋。您也看到,我是怎么在一接到他们起兵的消息后,就立刻带着她转移的了。我按照塞西尔信上的指示一一执行,塞西尔可以作证。我用不到三天的时间,押着她到了考文垂。我让她远离叛军,而且严密地看守着她。叛军没能找到她,因为我们行动够快。我为了您,护她周全。如果她被抓住,我们就会前功尽弃,还好我及时把她带走了。"

她点头:"那这荒唐的婚约又是怎么回事?"

"诺福克写信给我,要我把信转交给苏格兰女王,"我诚实地说,"我的妻子立即写信通知了塞西尔。"我没说贝丝其实是瞒着我给塞西尔送信的,没提自己绝不可能会私拆私抄他人的信件,也没说自己因为贝丝是塞西尔的间谍而深受其辱。事实上,贝丝是塞西尔间谍的事,可能让我洗清嫌疑,但不管怎样,我的声誉都已被毁掉了。

"塞西尔倒没有和我提起过这件事。"

我转头直视塞西尔,这个大骗子。他的表情却是彬彬有礼、温文尔雅,身体微微前倾,好像这样能更清楚地听见我的回答。

"我们当时就通知他了，"我得意地重复道，"我不知道他没有告诉您，还以为他早就转达您了。"

塞西尔点点头，好像在示意说我的回答很到位。

"那她还真想让我的表弟当国王？"伊丽莎白面目狰狞地质问道，"她是不是觉得霍华德能和我平起平坐，成为苏格兰的国王？托马斯·霍华德还想成为苏格兰国王霍华德？"

"我并不是她能倾吐心事的心腹，"我真诚地说，"只知道她近来很希望他们的婚约能得到您的首肯、希望霍华德会为她和苏格兰的大臣们打点关系。据我所知，她最大的愿望一直是回到苏格兰，好好治理她的国家，成为您的盟友。"

我没有说出口的是，只要您允许，她就能如愿以偿；或者我们都认为您应该同意；又或者只要您倾听您的良心，不要听信塞西尔邪恶的幻想说，那么这一切都不会发生了。女王可不会允许有人提起她不守承诺的历史，何况我现在正为自己的性命战斗。

她从椅子上站起来，移步到了窗前，凝望着城堡下繁忙的街道。每扇门外都有重兵把守，哨兵更是增加了不少。温莎堡仍然被恐惧笼罩着。"所有我真心信任的人都背叛了，"她痛苦地说，"所有让我用生命去相信的人，全都拿起了武器反抗我。为什么要这么对我？为什么他们会选择那个被法国人养大的陌生人，而不是我？那个声名狼藉的女王？那个徒有皮囊的美人？那个婚史丰富的女孩儿？为了英格兰，我奉献了我的全部青春，全部美貌，还有全部的生命，他们却为了一个虚荣贪妄的女王放弃了我。"

我差点答不出来。"我想，这主要是因为他们的信仰……"我谨慎地斟酌字句。

"这不关信仰的事儿。"她转头面向我说，"我愿意让每个人有信仰的自由，依愿行使自己的信仰。整个欧洲，我是唯一允许人民自由信仰的君主，唯一向他们承诺并允许宗教自由的君王。但是,他们却把此事上升到了忠诚的高度。你知道是谁在为他们的反叛行为买账吗?是教皇本人!他有个银行家专门给叛军提供金子,我们全都知道这件事,北方军队的军费来自外国的敌对势力。这就上升至忠诚问题了,这是对我的背叛。这不是信仰的问题,而是由谁来当女王的问题。他们选了她,就该为此付出生命的代价!你的选择是?"

她怒发冲冠,疾言厉色,我急忙单膝下跪。"一如既往,我选择您,陛下。自从您登上王位以来,我一直忠心耿耿。在您之前是您的姐姐,她之前有您的弟弟、您伟大的父亲,还有在他们之前的国王——我的家族服侍过英格兰的所有君主,一直追溯到威廉一世国王。塔尔伯特家族是每一位英格兰国王的忠实奴仆。您不例外,我也不例外。我是您的人,包括身体和灵魂。这是塔尔伯特家族几百年来不变的传统,我们始终属于英格兰君王。"

"既然如此,你又为何允许她写信给利多尔菲?"她猛咬着我不放。这又是个陷阱,由她出其不意地提起,塞西尔低着头死盯着自己的脚面,像是为了更清楚地听到我的回答。

"谁?利多尔菲是谁?"

她的手微微变了变姿势。"你是在告诉我你不认识他?"

"不认识,"我坦诚地说,"从没听过这个名字。他是谁?"

她并没有在此问题上多做解释。"那就没事了。忘了这个名字。可是你又为何让她给她的大使写信?他们一起策划谋反,而且还在你的监视下。你肯定知道谋反的事情。"

"我发誓不知道。我找到的信件全都送给了塞西尔,一旦发现被她收买的仆人,我就立刻打发走了。我付双倍的工资给家仆,以免他们不忠。我还自己掏钱雇佣额外的护卫。我们为了能更严密地监视她,甚至住到了她的隔壁。我一直都监视着仆人，监视着她，从没有放松过。我把城堡周围铺路的鹅卵石翻了个底朝天；把她的丝绸刺绣翻来覆去地检查；彻查屠夫的货车，连面包也切成片以便检查。我不得不变身成间谍，为了密信，到处搜索。我已竭尽全力，虽然这都不是一个塔尔伯特人应该做的。我向塞西尔报告了一切，就像我是他花钱雇来的间谍，而非正在招待女王的贵族。我做了所有您要求我做的，体面的和不体面的我都做了。为了您，我放下了身段，做了我这辈子都不曾想过要做的事情。只要是塞西尔要求的，我都照做了。为了您，陛下。"

"既然你做了这么多，为什么还不知道她在你的屋檐下干着谋反的勾当？"

"她很聪明，"我说，"而且每个见过她的人都想为她服务。"说完后我立刻后悔了，恨不得吞回刚才出口的每一个字。我得小心。伊丽莎白的脸色因为愤怒变得绯红。"这些误入歧途的人，愚蠢的人！这些忘记你和你为他们所做的一切的笨蛋！因为他们太蠢了，才会去服侍她！"

"他们说她让人难以抗拒？"伊丽莎白换了个神情，慵懒地接着评价道，似乎在等待我的肯定。

我摇摇头。"我不这么觉得，"我说，心里为自己即将说出口的话一阵恶心，"我觉得她身体不健康，脾气坏，情绪经常反复无常，可不是我会欣赏的类型。"

今天以来的第一次，伊丽莎白脸上出现了不带敌意而略带趣味的神色。"哦？你不觉得她很漂亮？"

我耸耸肩。"陛下，您也知道，我才结婚没多久。我爱我的妻子。您也知道贝丝有多聪慧、贤淑、能干。而且，您是我的女王，世界上最美丽优雅的女王陛下。苏格兰女王仅仅是您让我背上的包袱，我只是在尽本分，而且我所做的一切都是出于对您的爱和忠诚，绝对不是因为我本身喜欢她的陪伴。"

一瞬间，我几乎看到了她，美丽绝伦的玛丽女王，好像谎言把她召唤了出来，正站在我的面前，惨白着脸低着头，精致的脸颊上那浓密的睫毛忽闪不停。当我否认对她的爱时，我似乎能听见有人在叫我骗子。

"那贝丝呢？"

"贝丝也尽了全力，她为了您拼尽了一切。但我们还是更希望在宫里伺候您，而不是在图特伯里和苏格兰女王待在一起。对我们来说，这是等同于流放啊。我们一直不快乐。"终于，我听到了自己说出的实话。"我们很不开心，"我诚实地说，"我从来没有料想到这次任务会如此困难。"

"你指的是开销吧？"她笑道。

"是寂寞。"我轻轻地说。

她叹了口气，似乎意味着一件艰苦的工作终于告一段落。"我相信你一直都是忠诚的，不管其他人怎么说。还有我的好贝丝。"

"我们一直都是忠诚的。"我心里开始燃起希望，这次应该能以自由人的身份走出宫去。

"黑斯廷斯可以把她带到他的地方去，直到我们决定如何处置她为止，"她说，"你可以和贝丝一起回到查茨沃斯，重新开始你们的新婚生活，你们可以再次快乐起来。"

"谢谢您。"我说，一边低低躬着身，一边向门外退去。现在明显不是向她提起巨额欠款的时候，也没法向她抱怨贝丝一定不会原谅我损失了这么多财富，我们的新婚生活再也没法重新开始——已经全毁了，而且可能是永远毁了。我应该庆幸自己没有被侍卫押进伦敦塔，那里面关押着我的朋友，正静等着宣判死刑。

已经到了门口，可我还是犹豫着停了下来。"陛下已经决定好如何处理她了吗？"

伊丽莎白立刻怀疑地看着我，严肃地说："你关心这个干吗？"

"贝丝会问我的。"我无力地说。

"我们会把她关起来，直到做出决定为止。"她说，"不能判她谋反，因为她不是我的臣民，所以我无法指控她叛国。但她现在也不能回到苏格兰，而且也不值得信任。她让我的生活天翻地覆，也让自己的生活面目全非。她就是个笨蛋。我不想一辈子囚禁她，但也不知道怎么处置她合适，要么关起来，要么处死，但是，很显然，我不能随便处死一位女王，而且她还是我的表亲。她真是蠢到家了才会让我陷入这进退两难的境地！要么赢，要么死，这是她仅有的两条出路，但我不可能帮她完成心愿，不管是前者还是后者。"

"她可以和您签订和平协议，我觉得，"我斟酌道，"她可以和您签订和平协议。谈到您时，她总是带着最深的崇敬，这次谋反她一点都不知情，她只是想回到苏格兰，并和您成为盟友。"

"塞西尔说她不值得信任，"她简单地说，"而且她的所作所为也让我无法信任。听着，塔尔伯特，比起你这种支持她恢复王位，同意她结婚，默许她在自己屋檐下策划谋反的男人，我宁愿相信塞西尔！什鲁斯伯里，你还是太过信任她了——向上帝祈祷没有比这更糟糕的事情。她愚弄了你，希望她没有以美色引诱你。"

"我发誓她没有。"我说。

她麻木地点头。"回去吧，回到你妻子身边。"

我再次鞠躬，并走到门口处。"我对您一直忠心耿耿。"

"我知道你在干什么，"她一字一句地说，"你所做的每一件事情我都一清二楚，塞西尔可以保证。但是，我现在越来越不明白你在想些什么。我以前很清楚你的想法，但是现在你变得越来越神秘难测了。你已经没有忠诚可言。我不知道你到底想要什么，看不透你了，以前的你倒是很容易让人明白。"

　　我发现自己没法回答她。我应该聪明点,向她再次保证自己的忠诚,小心地奉承她。但是她一点也没说错,我也不再明白自己,不明白塞西尔创造出来的这个世界。我变得越来越不了解自己了。

　　"你可以退下了,"她冰冷地说,"现在所有事情都不一样了。"

## 1570年1月

贝丝　于图特伯里城堡

我的伯爵丈夫从伦敦回来了，整个人变得异常寡言沉默。他脸色苍白，像被痛风折磨过的病人。我问他是不是身体不舒服，他只是沉默地摇摇头。我立刻明白了，他的尊严和骄傲一定遭到了毁灭性的打击。陛下一定在其他贵族面前羞辱了他。在一个自傲的人面前批评他不值得信任，是对他最大的惩罚，可伊丽莎白还是这么做了。

她可能在其他人面前宣布乔治不再是她心腹，这会使乔治痛苦万分。乔治可是英格兰最伟大的贵族之一，伊丽莎白却像对待手脚不干净的下等仆人般，威胁要把他赶下原来的位置。这个女王可真是会折磨人。

我不知道为什么伊丽莎白会如此残忍，把老朋友变成自己的敌人。我知道她一直很焦虑、没有安全感，过去也亲眼见过她被恐惧击垮。但是她从前总是了解自己的朋友，也总是依靠着他们。她曾经那么擅长用恭维、诡计、权欲和体贴来让她的大臣紧密团结，让他们跟着她的节奏跳舞——不知道当年的那个她去了哪里。

一定是塞西尔，让她对传统的、安全的方式产生了动摇。一定是塞西尔，拖延了苏格兰女王恢复王位的时间，囚禁了两位大人，还宣称另一位已叛国逃跑，现在还告诉女王我的丈夫不可信任。塞西尔对另一个女王和天主教的仇恨越来越深，就算牺牲掉一半英格兰人的头颅也要击败他们。老爷从伦敦归来只意味着暂时的风平浪静，我依赖的一切都变得不再可靠，没有什么是安全的。

我披着一条保暖用的大披巾步行穿过庭院,图特伯里的冬天冰冷阴湿,冻骨的寒气常常钻进我的冬靴里。仆人们请我去马厩,那里囤积的干草已经严重不足,撑不过这个冬天。要么让查茨沃斯那边再送来些,要么只能从外面买回来,但我们已经没有钱买草料,就连车运费都差点付不起。事态如此严峻,我现在唯一考虑的却是如果老爷被起诉了,我该如何应对。如果塞西尔又把老爷召回伦敦怎么办,就像他们一开始释放托马斯·霍华德,又把他召了回去一样,怎么办?如果塞西尔逮捕了老爷怎么办,就像他们逮捕托马斯·霍华德一样,怎么办?如果把老爷抓进伦敦塔,和他其他的朋友关在一起,怎么办?谁又曾想到,塞西尔的势力会发展到如此强大,强大到足以让他和英格兰最有权势的贵族们抗衡?谁又曾想到,塞西尔会宣称国家利益和贵族们的利益是不同的?谁又曾想过,塞西尔会声称他的意愿就代表着国家的利益?

我只能肯定一点,塞西尔仍然会是我的朋友。我们认识了太久,久到我们不可能背叛彼此;有生之年,我们一直是彼此的衡量标准。塞西尔和我,我俩是一匹布上剪下来的两块小布片儿,他不会让我成为叛徒然后抓我进伦敦塔。但换作我的伯爵丈夫呢?塞西尔会把乔治整下台吗?

我敢说,如果塞西尔确定乔治加入过叛党,他会立刻采取行动,我没有理由责备他。所有像我们这样的孩子,经历过宗教改革的孩子,都对自己的所有物保护有加,对能占为己有的东西从不手软,而且下手极快。塞西尔不会让想要赶他下台的英格兰世袭贵族们有机可乘,何况他们的理由只是塞西尔是个卑微的管家,而他们是贵族。我也不会让他们这么做。至少,我和塞西尔,我们彼此理解对方。

伯爵老爷却不理解我们。也不能怪他。他是生来的贵族,不是白手起家的塞西尔。他认为,一旦他决定好的事情,就该理所当然按照他的意愿进行。他习惯饭来张口、衣来伸手的日子。他不明白我和塞西尔从艰苦的童年生活中明白的事情：如果你想要什么东西，你就得没日没夜地为了它而工作。当你得到它后，你还得继续辛苦工作，才能把它好好留存下来。现在，塞西尔会夜以继日地让苏格兰女王走向死亡，让她的朋友们走向绞刑架，让支持她和憎恨他的世袭贵族们全部垮台。

我该写信给塞西尔。他会理解庄园、土地以及财富对于一个白手起家的女人意味着什么。他也许会耐心地倾听一位妻子为了保护她深爱的丈夫而做出的恳求，也许会对一位在新婚中陷入危机的女人抱以同情，但是，如果我求他挽回我的财产，他会理解这比其他多愁善感的事情更加重要：这是生意上的事情。

## 1570年1月
玛丽 于图特伯里城堡

博斯维尔：

　　我收到了你的信。我知道如果你能，你一定会赶来。我那时确实需要你，但是我已经彻底完蛋了，你也没有希望了。我们豪赌过一场，可惜一败涂地。我会继续为你祈祷。

玛丽

　　天寒地冻。这儿阴郁苦闷得让我难以忍受，特别是早上，常常连床都起不来。腰侧的旧伤又发作了，有些时候痛得我吃不下、睡不着，只能不停地呻吟。雨一直下个不停，夹着雪，寒冷刺骨。几天以来，狭小窗户外面的天空总是灰暗不清，耳边一直伴随着滴、滴、滴的闷响，那是从房檐滴落到土地上的水滴声。

　　图特伯里太潮湿了，壁炉里的火生至最大也不能烘干墙上因为潮湿留下的水印子，屋里的家具也开始长绿色的霉菌了。伊丽莎白一定希望我死在这里，才特意挑选了图特伯里。有段时间，我甚至期望死亡快点降临。

　　唯一让我顺心的事情莫过于什鲁斯伯里伯爵从温莎堡安全归来的消息。我原来预计他也会被判死刑，没想到伊丽莎白会选择再次信任他，不过估计不会持续多久。更让人意外的是，她居然决定让什鲁斯伯里继续担任我的护卫。没人知道这其中的原因，不过她既然是个专横的独裁者，反复无常就是她的专利了。我的猜想是,她下令杀了这么多人,心里的恐惧当然越来越大,超出了能承受的范围。像往常一样,她的过度反应让人捉摸不透,之前还特意为我增派两名额外的看守,驱赶我的家仆和陪伴人,威胁逮捕我和我的房东,现在却让我继续由什鲁斯伯里看管,还寄来一封关心我健康的慰问信。

是什鲁斯伯里把信交给我的,他当时的脸色苍白而憔悴,让我不禁猜测这封信是否是他的死刑执行书。他几乎没有正眼看过我,这让我松了口气,因为我正裹在一堆毯子里,缩成一团瘫在壁炉旁边的椅子里,撇着身体,试图减轻腰侧的疼痛。现在的我是从未有过的邋遢糟糕。

"我会继续和你待在一起?"他一定听出了我放心的语气,因为他疲倦的脸色立刻恢复了血色。

"是的。好像陛下已经原谅了我让您和北方伯爵们见面的事情,愿上帝拯救他们的灵魂。但我仍然在假释期,她警告我不能再犯错误。"

"真的很抱歉,给你带来了这么多麻烦。"

他摇摇头。"不,陛下,我知道您从来不想带给我麻烦,也知道您不会谋反,反抗一位受过膏礼的女王。您也许是在寻求您的自由,但绝不会有意威胁到她。"

我低下眼睛,再次抬头时,发现他正微笑着从上方看着我。"我希望你成为我的顾问兼守卫,"我语气轻柔地说,"如果有你这样的男人一直守护我,我一定能做得更好。"

一阵沉默。我听见壁炉里的柴火噼啪一声响,一小串火焰冒了出来,给昏暗的房间带来了不少光亮。

"我也希望如此,"他声音低沉地说,"我希望能亲眼看着您再次恢复王位——安全、健康地。"

"你会帮我吗?"我的声音很小,比壁炉里的嗤嗤火声还小。

"如果可以的话我会的，"他说，"只要不损害我的名誉。"

"那就不要告诉贝丝，"我补充道，"她是塞西尔的好朋友，这对我的安全不利。"我猜他会在这个问题上犹豫一下：毕竟我要求他和我联手欺瞒他的妻子，但是他却迫不及待地回答道："贝丝是他的间谍。"我能听出他声音里的痛苦。"她和塞西尔之间的友谊也许救了我，但是我并不感激她。她是塞西尔的朋友和同谋，他的告密者。塞西尔已经权倾朝野。贝丝总是和最强大的人交朋友，现在她选择了塞西尔，以前是我。"

"你不会觉得他们两人之间……"我意在暗示他们之间或许有奸情，什鲁斯伯里却赶在我之前摇了摇头。

"不是对我的忠诚的问题，比这更糟糕，"他伤心地说，"这是对国家的忠诚。他们两个看待事物的方法相同，认为英格兰人和其他国家、天主教徒和新教徒之间就该杀个你死我活。对英格兰的新教徒来说，胜利的奖励就是权力和财富，他们只关心这个。他们认为上帝宠爱他们才会给他们世界的财富。财富的多少就代表他们受上帝恩宠的程度深浅，财富就是他们行事正确的证据。"他突然停了下来，然后看看我："我的神父把这种人叫做享乐主义者。"他直率地说："我母亲把这种人叫做异教徒。"

"你是天主教徒吗？"我怀疑地小声问道。

"不，至少现在不是。但是和现在英格兰其他的新教徒一样，我是在天主教堂长大的，受过洗礼，从小做弥撒，认可上帝的权威。而且我也没法忘记童年时的教诲。母亲一生都是天主教的信徒，直到去世为止。我没办法仅仅因为伊丽莎白陛下彻底改变信仰。我不像贝丝、像塞西尔那样相信我们能私自揣测主的意愿和旨意。我不相信没有牧师和教皇的帮助我们也能和上帝沟通。我不相信我们能知道所有的事情，也不相信我们的贪欲能换取上天的恩赐。"

"如果我能成为英格兰女王，我保证让人民按自己的意愿参拜上帝。"

我承诺道。

他点头。"我知道您会的。我知道您会成为一位最……最亲切、和蔼的女王。"

"你应该成为我最亲密的朋友和顾问,"我微笑着说,"你可以成为我的顾问,我的国务大臣,枢密院的首脑。"我列出已被塞西尔篡夺的头衔。我知道什鲁斯伯里有多想得到它们。

"那就快点好起来。"他说,语气里透着温柔亲密,"在愿望成真之前,您一定要健康、坚强起来。好好休息,然后恢复健康,我的……陛下。"

# 1570年1月

### 乔治　于图特伯里城堡

伦敦来的消息改变了一切。这个世界到底怎么了！所有事情都在毫无预兆和理由的情况下颠覆。手里的信来自塞西尔，其真实性值得我怀疑，但这次信里的消息就算是他也无法隐瞒或者伪造。这是他没法控制的情况。苏格兰女王的幸运之星再次降临。她的运势像潮汐般几涨几落，但这次，好运却像气势汹汹的洪水来得突然又猛烈：她那同父异母的兄长，那个篡位者，她最大的敌人，默里大人，被人暗杀了，苏格兰再次失去了国王。这让苏格兰政府陷入群龙无首的境地。他们之中没有王位继承人。他们必须把她接回去，除了她，没有另外的选择。世事难料，正当她跌落人生最低谷的时候，幸运却来打开了另一扇门，她又将成为女王陛下。他们不得不把她接回去，而且要她回去当女王。

如果是几个月之前，我一定会立刻把信拿给贝丝看，但这次我没有，而是径直穿过院子去找女王。她已经好多了，感谢上帝。她穿着那件漂亮的黑色天鹅绒长袍，身旁放着几个被打开的行李箱，正在翻看里面的东西。这几个行李箱一直是她的随身行李，但以前从没看她打开过。她拿起一块红色的锦缎贴在脸旁，站在穿衣镜前面比着，发出咯咯笑声。此时的她，是我见过的最美丽的模样。

"大人，快来看看这件长袍！"她说，但当她看见我的脸和手里的信后，立即就把衣服塞给了她的朋友玛丽·西顿，向我走来。

"乔治?"

"我很遗憾地通知您,您同父异母的兄长,默里大人,去世了。"我说。

"死了?"

"遇刺身亡。"

我不会看错,她的脸上亮起了愉悦的表情。我立刻明白了这正是她预料中的事情,心中不由一惊,我向来害怕同喜欢秘密行事的人打交道。也许,这正是她黑暗计划的一部分,是她派出了邪恶的暗杀者。

"那我的儿子呢?詹姆斯呢?你有我儿子的消息吗?"

这是一位母亲应有的反应,这是一个女人应有的反应,我不该妄加猜疑。"他很安全,"我向她保证道,"他很安全。"

"你确定吗?你确定他安全吗?"

"他们是这么说的。"

"你是怎么得到这个消息的?"

"塞西尔告诉我的,消息确定无误。他信里简要地提到,伊丽莎白陛下将给您写信。她会向您提一些建议,希望能把事情都解决好。这是他的原话。"

"哦!"她深吸了一口气,伸手握住我的手,又向我靠近了许多。她已经领悟到了刚才那些话的深层含义,这个世界上没有女人比她反应更敏捷快速。"损斯贝依,"她说,"这是我新的起点。既然马里死了,苏格兰人就必须让我恢复王位。其他人都没有资格。除了我,没有其他王位继承人。伊丽莎白不得不支持我——她已经别无选择了,没有其他人有资格。她必须支持我。我会回到苏格兰,再次登上王位。"她咯咯笑了几声。"终于!"她欢欣鼓舞地说,"终于!经历了这么多磨难,我终于要回去了!"

"感谢上帝。"我说。

"你会和我一起走吧?"她小声地说,"来做我的顾问?"

"我不知道是否能……"

"作为我的朋友来吧。"她声音轻细地建议道,我只能弯下腰靠得更近些才能听清她的话,她的嘴唇就在我耳边,我甚至能感到她吐在我脸上的呼吸。如此近的距离让我们像情人般亲昵。

"我需要一个支持我的男人。既能统领军队,又有资金支撑我的军队。一位忠心耿耿的英格兰人,为我和塞西尔还有伊丽莎白周旋。我需要一位既能赢得苏格兰贵族的信任,又能让英格兰人放心的贵族大人。我已经失去了霍华德公爵,我需要你,损斯贝依。"

"可是我不能离开英格兰……不能离开伊丽莎白陛下……或者贝丝……"

"为了我,离开他们吧。"她直言道,当她开口的这一瞬间,似乎所有暧昧、所有朦胧都彻底消散无踪,一切都变得清晰非凡。为什么不呢?我为什么不能和这位最美丽的女子一起走,保护她的安全?我为什么不能随心而动?有那么一瞬间,光荣的、辉煌的一瞬间,我觉得自己可以就这样跟她离开——好像贝丝、伊丽莎白陛下还有英格兰都变得无足轻重。好像我没有孩子、没有继子、没有土地,也没有成百上千的亲属、仆人和数不清的佃农、工人。好像我能做个为了心爱的姑娘而私奔的男孩。有那么一瞬间,我想我该这么做,这是我对她的责任。为了我爱的女人,作为一个有尊严的男人,我应该跟她离开,而不是待在家里。一个高尚的男人,贵族男性,应该跟她一起,抵御她的敌人。

"为我离开他们所有人,"她又说道,"和我一起去苏格兰,作为我的朋友和顾问。"她停了下来。她的话正是我最想听到的。"啊,乔治,爱我。"

# 1570年2月

贝丝　于图特伯里城堡

　　这个年轻的女人，似乎现在既是我的情敌，也是我账本上填不满的黑洞，不仅有猫儿一样被诅咒的九条命，还有魔鬼才有的好运气。她在黑斯廷斯的囚禁下活了下来，后者已经骑马离开，把她丢给了我们——虽然他向我发誓，他宁愿苏格兰女王死去，也不愿意看到她破坏英格兰的和平。在北方军队谋反叛乱之后，她活了下来，那些比她罪名更小、为人更好的男女都将死于绞刑，她却满不在乎地犯下更深更重的罪孽；她从秘密婚约的丑闻里脱身，虽然她的未婚夫仍然被关在伦敦塔里，他的下属仍然生活在水深火热之中。她坐在我豪华的厅堂里，绣着最好的丝绸，我旁坐陪伴，前方是熊熊燃烧的壁火，木柴都是昂贵的上等货。这段时间以来，各方信件从未间断过，她写信给她的大使，大使写信给威廉·塞西尔，塞西尔又给伊丽莎白陛下，苏格兰那边也给他们每个人写信，所有人都在为她的光荣复辟制定协议。在她做了那么多坏事之后，各方权威还是决定让她重新登上王位。即使是塞西尔，也说因为苏格兰没有其他继位者，所以她必须恢复王位。

　　这种逻辑并不能让我信服，任何签过契约、做过交易的人都不会信服这样的理由。她要么不是做女王的料——苏格兰人早就发现了这一点，而且我们也赞同过——要么就的确该做女王，但那样的话我们早就该在针对她召开调查会那会儿就送她回苏格兰了。这样的结果不能让我信服，诺福

# 另一个女王

克公爵还在伦敦塔里等着被以谋反罪受审;诺森伯兰伯爵因为参与北部起义而被处以极刑;威斯特摩兰伯爵被永久流放,再也看不到他的妻子和土地,所有这一切都只是因为要给这位女王寻找通往王位的道路,如今这位女王却要恢复王位了。上个月,成百上千的人死于谋反叛国罪,但现在,到了二月,同样的行为却成了政治协议的一部分。

我发誓,她一定是个被诅咒的女人。所有和她有过婚约的男人都没有好下场;因她而聚集的士兵屡战屡败;她统治下的国家也没能继续繁荣昌盛。她将不幸带给了每一处涉足的庄园,还有我,我的亲身经历就足以验证她被诅咒的命运。为什么这样一个女人能被人们原谅?为什么这样一个无耻放荡又恶毒的女人会这么该死的幸运?

我辛苦了一辈子才拥有了今天的地位。我有亲爱的朋友,信任的故交。我按照从小摸索出来的准则生活:说到做到,信守承诺,信仰坚定,忠于女王;庄园是我的一切,孩子就是我的未来,他们也同样信任支持我。生意上,我诚实可信,却也心思敏锐,如果有机会绝不放过,但从不偷盗也从不欺诈。我会赚傻瓜的钱,但不会赚孤儿的钱。这些都不是贵族该有的规则,可它们却是我的生活信条。我怎么会去尊敬一个善于欺骗、精于阴谋、谙熟如何操纵他人和局势的女人?除了把她当成一个卑劣的人,还能怎么看待她?

啊,我也不能抵抗住她的魅力;当她许诺将邀请我去荷里路德宫和巴黎时,我也和其他男人一样变得愚不可及,但即使是她迷惑我的时候,我也很清楚她是个坏女人。她是个彻头彻尾的坏女人。

"我的表亲对我残酷又不公正。"她评价道,这句话是在愚蠢的侍女们(我的侍女!)表示,如果她回到了苏格兰,我们一定会想念她后说的。"特别残忍。但是她最终还是明白了两年前所有人都明白的事实:女王是不能被推翻的,我肯定会恢复王位。她一直又蠢又残忍,但最终还是明白了过来。"

"陛下只是比我们想的更加耐心罢了。"我一边生气地喃喃低语,一边把气撒在刺绣上。

苏格兰女王抬起她深色的眉毛,不赞同地说:"也就是说你觉得她一直对我很有耐心?"

"陛下的内阁分裂了,她的表弟意图不轨,大臣们阴谋叛国,她正面临统治期间最严重的叛乱,议会要求她处死所有参与其中的叛徒,包括您在内。"我恼怒地盯着侍女们,自从这位魅力四射的年轻女王第一次出现在我们之中,讲述了她那浪漫的法国故事和所谓的悲惨人生经历之后,这些侍女的忠心就已摇摆不定。"陛下本该遵从顾问们的意见,派出刽子手对您所有的朋友下手,但是她没有那么做。"

"每个十字路口都设有绞刑架,"玛丽女王说,"没有几个北方人民会同意你的观点,他们并不认为这是伊丽莎白表现慈悲的方式。"

"绞刑架上吊死的都是叛党,"我坚定地说,"陛下本来可以处死更多的叛党。"

"那倒是真的,毕竟她失去了所有曾经支持她的人,"玛丽故作体贴地认可道,"北方所有城镇和村庄都不曾支持过她。他们全都想恢复天主教,都想我得到自由。即使是你,也不得不在北方军队的威胁下提前出逃,瞧啊!贝丝,想想你是如何驱赶着货车队伍,如何因为车上的东西担惊受怕!就算是你,也知道北方的城镇没有一个是伊丽莎白的拥护者。当你车上的银质茶杯不小心掉下来的时候,你也只得挥着马鞭,以最快的速度前进!"

侍女中发出一连串阿谀迎逢的笑声,嘲笑我为了那教堂里的金烛台而纠结无奈的模样。我把头埋进刺绣里,气得咬牙切齿。

"我那时就观察过你,"她放缓语气,把椅子拉得和我更近些,这样我们就能说些悄悄话,"到考文垂的途中,你是真的很害怕。"

"那也是人之常情,"我反击道,"大部分人在那种情况下都会害怕。"

"但你并不是在怕死。"

我摇头道:"我可不是懦夫。"

"你当然不是,你比懦夫强太多了。你很勇敢,不畏惧死亡,不担心你丈夫的安危,也没有惧怕那场战争。但是你确实为了某件事情成天忧心忡忡,恐慌不断。是什么事情?"

"我担心会失去我的庄园。"我承认道。

她一脸不相信地看着我:"什么?你的庄园?敌军军队随时都可能进攻的时刻,你考虑的却是你的庄园?"

我点头。"自始至终。"

"一座庄园?"她重复道,"当我们命悬一线的时候?"

我给了她一个略显尴尬的笑容。"陛下,您可能理解不了。您是拥有无数的宫殿的女王,您无法理解我这样的女人,无法理解那种努力赚得一小笔财富然后尽量守住它的心情。"

"比起你丈夫的安危,你更害怕失去你的庄园?"

"我出生的时候母亲是个刚丧夫的寡妇。"我说,虽然在吐露心声,但仍很怀疑她是否能理解我,"父亲死了,什么也没有留给她,可以说一无所有。于是我作为陪伴者和高级女佣被送到了布兰登家。那时候我就明白了一个道理,女人必须得有个丈夫和一所房子,那样才能有安全感。"

"你也没啥危险啊?"

"我一直担心有再次成为穷女人的危险,"我解释道,"世界上最可悲的就是贫贱的女人,一无所有的女人,没有房子养孩子,不能挣钱买食物,只能靠着家里的施舍度日,没有家人的救济就只能饿死。她只能眼睁睁看着孩子被病魔折磨至死,因为没有钱请医生。没有工作、没有行会庇护也没有任何技能,她只能饿肚子。女人是不允许学习和工作的,您雇不到女鞋匠或者女秘书。没有知识、没有技能的女人唯一能做的就是出卖自己。所以，我下定决心，不管付出什么代价，只要能获取到财产，我一定会紧抓住不放。"

"那是你的王国，"她突然说道，"你的庄园就是你的小王国。"

"没错，"我说，"如果我丢掉了庄园，那就意味着我失去了这个世界上唯一的保障和庇护。"

"就像一位女王。"她点头道，"拥有王国的才是女王，没有王国，她就一钱不值。"

"就是这个道理。"我说。

"你这么害怕失去庄园，是不是意味着你只把你的丈夫们当成财产供应商？"她刨根问底。

"我爱我的丈夫们，因为他们对我很好，而且都把财产留给了我，"我承认道，"我爱我的孩子们，因为他们是我最亲爱的孩子，是我的继承人。我去世后他们会继续走下去。会继承我的庄园和财产，祈求上帝他们能有这个运气，而且他们还会拥有爵位和地位。"

"有人会说你是个铁石心肠的女人，"她评价道，"女人的外表，男人的内心。"

"我不喜欢女人那种前途未卜的命运，"我要强地回答，"我是个很独立的女人，一点都不觉得成为男人的附属品是件值得自豪的事情。我宁愿自己靠劳动挣钱，也不愿巴结讨好一个富有的男人，然后靠他确保自己的安全。"

当她正要回答我时，身后的门打开了，我知道开门的是我的伯爵丈夫。不用转身确认我也知道是谁，因为玛丽女王脸上亮起了那种看到他才会露出的笑容。我也知道，只要是男人，她都会亮出这种笑容。她拥有淫娃荡妇所有的特质。任何男人或者男孩，从家里八岁大的侍童巴宾顿，到我四十二岁的丈夫，都觉得她让人开心、愉快。即使在黑斯廷斯面前，直到他离开之前，她都会露出这种欢快的、轻浮的笑容。

人们不会知道，看到她亲密地朝他笑着伸出手，我有多难堪；看到他弯下腰亲吻她的手，我有多震怒难忍。他们之间的动作并没有任何不合礼节的地方，她女王架子十足，他严格遵照臣子的规矩。上帝知道，伊丽莎白女王和每一位新来觐见的臣子之间表现出的暧昧、轻浮程度不知比他俩严重几百倍，在王宫中的淫秽事件也是举不胜举。与伊丽莎白相反，这位女王，虽然比伊丽莎白更加可口，更加妩媚，却从没有越过礼仪底线。

但是，我真是受够了，受够了看着她待在我的房子里，坐在我最好的椅子上，墙上挂着象征她身份的挂毯。还有我丈夫，我受够了看到他行礼的样子，好像这个女人是从天界下凡的天使，而不是一个毫无信用的女子。

"伦敦来的信使，"他说，"给您带来了信件。我想您会想马上看到。"

"当然。"她站了起来，我们也得马上站起来，"我去房间里看。"

她笑着对我说："晚餐时再见，贝丝夫人。"然后转向我丈夫。"你要和我一起看看他们说了些什么吗？"她向他发出邀请，"我需要你的建议。"

我紧紧咬住双唇，吞下那些我想都不该想的话。比如，在没有任何思量和提前计划的情况下，他可以给你提些什么建议？在他不知道自己的价值、不清楚代价，也不知道是否有足够资金的情况下，他可以做出什么决定？你们两个到底知不知道他的欠债每天都在不知不觉地累加？你能从一个蠢蛋那里得到什么建议？除非你自己也是个蠢蛋！

我的丈夫是位伯爵，但在我心里，他却是个不折不扣的蠢蛋。她挽着他的手臂，亲密无间地走出了房门。他甚至忘记和我打招呼，也没有和我道别。侍女们正在看着我，于是我稳稳地坐了下来，用手指着她们，厉声命令道："动作快点！你们也知道，床单可不会自己补好自己。"

## 1570年2月

玛丽　于图特伯里城堡

博斯维尔：

　　当你看到这封信时，也会和我写信时一样大笑出来。我那同父异母的哥哥默里死了，他们现在想让我回去继承王位。这个夏天我就能恢复王位，之后第一件事就是让你恢复自由。我一直都是幸运的，世上还没有能关住你的监狱。

玛丽

## 1570年4月

### 乔治　于图特伯里城堡

我不仅代表我自己,还是玛丽女王的顾问。我必须得担起这个重任,这是有关荣誉的职责。她不能没有人陪她说话,她已经没有人可以信任。她的未婚夫诺福克公爵被关押在塔里,只能秘密地和她书信来往;她的大使,约翰·莱斯利主教,自从抓捕行动过后再也没有了音讯。这段时间以来,塞西尔一直在逼着她签署关于她回到苏格兰的协议,而那些条约堪称残忍无情。

"您太过草率了,"我指责道,"您太心急了。您不能签署这些条约。"

他们想让她同意塞西尔以前提出的爱丁堡协议,要求苏格兰成为英格兰的附属国,放弃外交权利,不能和别国签订盟约,完全禁止外交往来。他们想让她同意苏格兰成为新教国家,那样她只能私下里进行天主教仪式,还要避人耳目才行。他们还甚至想让她放弃英格兰王位,要求她自行放弃继承权。而她为了能恢复苏格兰王位,回到儿子身边,准备要接受这些带侮辱意味的、单方面妥协的条约。

"这些都是不可能接受的要求、匪夷所思的要求,"我告诉她说,"您的母亲在临死前,为了您,也拒绝过这些条约。塞西尔想让她就范,可惜没有成功,现在又想让您同意,真是可耻。"

"我只能同意,"她说,"我知道它们极其不合理,但我会同意的。"

"请您三思啊。"

"我要同意,因为一旦我恢复王位……"她耸耸肩,完全法兰西式的姿势,即便她在一群女人中做这个动作,我也能一眼在人群里把她认出来,"只要能恢复王位,我就能为所欲为。"

"您开玩笑的吧。您不会是想先签下协议,然后再食言吧?"我是真的被她的话震惊到了。

"不,不会,绝对不会。但如果真食言了,谁能来指责我?你自己也说了这些条约有失公平。"

"如果他们发现您说话不算数,那么就再也不会信任您了,"我向她指出,"他们会认为您没有信用。而您会让一个女王完全失去她的威信。"

她向我露出一个淘气孩子般的笑容。"我没有可用的筹码啊,"她直言道,"除了我的承诺,没有任何可以交易的筹码。我只能把承诺拿来卖给他们。"

"他们会让您信守承诺的。"我警告道。

"哼,休想!"她笑道,"怎么让我信守承诺?一旦我恢复王位的话?"

"因为最后一条。"我一边说,一边指给她看。文件是用英语写的,我担心她不能完全理解。

"他们要我的儿子作为新教徒长大?"她问道,"确实不幸,但我可以私下教导他。他会学会阳奉阴违,就和其他聪明的国王和王后一样。我们和普通人不同,损斯贝依。从小我们就学会了表演不同的角色。我的小詹姆斯也要学会骗人。王座上的我们都是骗子。"

"他会在英格兰被培养成一位新教徒。"我指着条约,用法语说,"**在英格兰。**"平时我用法语说话时她总会笑话我,但这次,当她听明白了以后,脸上的血色和笑容迅速消失无踪。

"他们想把我的儿子带走?"她小声说,"我的儿子?我可爱的儿子?他们要我在王位和儿子之间做选择?"

我点头。

"伊丽莎白要把他从我身边抢走?"

我一时语塞。

"那他会在哪里生活?"她追问道,"谁来照顾他?"

当然了,这协议一定是在伊丽莎白的授意下,由塞西尔起草的,这位年轻母亲所担心的事情肯定不在他们的考虑之内。"他们没有说,不过也许陛下会专门找地方照顾他,在哈特菲尔德宫殿。那里通常是——"

"她恨我,"苏格兰女王坦率地说,"她抢走了我的珍珠,现在又想抢走我的儿子。"

"您的珍珠?"

她面带轻蔑地摊摊手。"我以前有一串黑珍珠项链,价值连城。马里把我赶下王位后就把它卖给了伊丽莎白。伊丽莎白出了更高的价钱买下了那串项链,比我婆婆出价更高。见识到我身边的强盗了吧?当我还在监狱里的时候,我的婆婆就想买下它,不过我的表亲出手更阔绰。伊丽莎白写信告诉我她知道这对我不公平,但她还是买下了项链。现在她又想抢我儿子?我的亲生儿子?"

"我保证您还能见到他……"

"她没有自己的孩子,她生不了。她,就算她现在还没完全失去生育能力,也马上就要老到生不出来了。所以她想偷走我的儿子。她会把我的儿子当成继承人,让他成为她自己的儿子。她要抢走我的心肝,抢走我唯一活下去的理由!"

"您得站在她的立场上考虑问题。她想把他当成人质,把他作为您遵守协议的筹码——这才是关键,一旦您签署了协议,就不得反悔。"

她没听明白我说的话。"人质?她要把我儿子关进伦敦塔?像那些可怜的王子一样?他再也出不来了吗?像他们一样消失?她想杀他吗?"

一想到这里,她完全崩溃了,我无法忍受她悲痛的嘶叫,于是站起身,走到窗前,看向外面。从房间里看出去,中间隔着院子,我能看见贝丝正在走廊上走动,腋下夹着账本。她现在离我很遥远,她担心的租金和开销问题比起苏格兰女王的悲剧根本不值一提。贝丝一直都是单调而乏味的,而现在,我的屋檐下住着一位让我诗意满怀、激情狂野的女人。

我转身回看。她正僵硬地坐在椅子上,用手遮住双眼。"请原谅,"她说,"原谅我过于激动。你一定想看到一位铁石心肠的女王,就像伊丽莎白。原谅我的愚蠢,我没有认真看协议,还以为他们只是想监督詹姆斯的教育,确保他成为一位合格的英格兰王位继承人。我没想到他们是想把他从我身边带走。我还以为我们是在商量王位的事,而不是偷我孩子。"

我突然觉得自己的存在有些尴尬,于是轻柔地绕到椅子后方,把手放在她的肩膀上,我听到一声叹息,她向后倾身,把头靠在我的腹部,稍作休息。这个小小的动作,还有肚子上传来的属于她的温度,让我的心柔成了一摊水,接着一阵难以抗拒的欲望燃烧了起来。我不得不后退几步远离她,心脏快要跳出来了。

"我从小就和母亲分离了,"她伤心地说,"我知道想家和想妈妈是什么滋味。我不想让我的儿子再经历同样的事情。不管是为了法国的王位还是苏格兰的。"

"他会得到良好的照顾。"

"我在法国也受到了很好的照顾,亲爱的公公,亨利国王,比起他自己的女儿更宠爱我,对我很好很温柔。但是我还是想我的母亲,却不能去找她。她只来看过我一次,就一次,那之后我就感觉好像人生更完整了,好像心里缺失的那块东西又回来了。然后她又走了,为了保护我在苏格兰的王位,为了提防塞西尔,她回到了苏格兰。而你们伟大的威廉·塞西尔发现了她的弱点、她的孤独还有她的病痛,于是拿协议威胁她,就像现在威胁我一样。母亲为了保护我的王位与伊丽莎白和塞西尔抗争，现在轮到我继续这场战争。这次，他们想夺走我的儿子，我的心肝。伊丽莎白和塞西尔毁掉了我的母亲，现在又想要毁掉我，毁掉我的儿子。"

"也许我们可以谈判，"我说，又自己纠正道，"也许您可以去和他们谈判。您可以坚持要求小王子留在苏格兰，给他配上英格兰的守卫或者老师？"

"他一定得和我待在一起，他是我的儿子，我可爱的儿子。他一定要和自己的母亲生活在一起。就算是伊丽莎白，也不能如此铁石心肠，偷走了我的王位，又想偷走我的儿子。"

# 1570年5月

玛丽　于图特伯里城堡

　　我试着勇敢，但有时悲伤让我精疲力竭。我想念我的儿子，担心他，不知道有没有人好好照顾他，教育他，保护他。我相信詹姆斯的守护者马尔伯爵能好好指导他，教育他，还有他的祖父——伦诺克斯伯爵，看在达恩利的分上，也应该能保护他的安全。达恩利是伦诺克斯死去的儿子，我儿子的父亲。但是伦诺克斯是个粗枝大叶的男人，肮脏、粗鲁，对我没有好感，甚至把他儿子的死怪在我的头上，这样的人怎么知道如何照顾小孩子？怎么知道如何保护小孩子脆弱的心灵？

　　天气渐渐暖和了起来，早上六点天就亮了。我每天都迎着鸟儿的歌声醒来。这是我在英格兰的第三个春天，第三个！简直无法相信我在这里已经待了这么长时间。伊丽莎白向我保证这个夏天就让我回到苏格兰，她还让什鲁斯伯里允许我自由外出骑马，接见访客，把我当成女王招待，而不是犯人。原本每年这个时间都是我兴致最高的时候，因为待在法国的时间很久，我特别习惯那些漫长的美丽夏日，但今年，看着树篱上开满的黄色报春花，为了筑巢衔着稻草和嫩枝飞翔的小鸟，我一点也笑不出来。今年，我失去了乐观，失去了快乐。老处女伊丽莎白冷酷、强硬的统治手段让我快乐、光明的世界失去了颜色，变得暗淡无光。我无法相信会有一个女人对我如此残忍，而我只能默默忍受。无法相信她竟如此冷漠地回应我的恳求。我一直是所有人眼中的宠儿，我无法接受她的无情，无法理解她的残酷。我是个傻瓜，我知道。但我还是没法理解她的铁石心肠。

我在书桌上写信的时候，响起了敲门声，玛丽·西顿飞一般进了房间，头上的兜帽差点掉了下来。"陛下，您不会相信的——"

"怎么了？"

"伊丽莎白被逐出教会了！教皇亲自发表了诏书，他说伊丽莎白是篡位者，基督教徒们不需要服从她的命令。他说，把她赶下王位是基督教徒神圣的使命。他号召所有基督教徒起来反抗伊丽莎白。他正在号召所有的罗马天主教徒起来反抗！号召所有天主教势力入侵英格兰！号召所有基督教徒毁灭她。这就像十字军东征！"

我差点不能呼吸。"终于，"我说，"北方伯爵们向我保证过的，他们说过，罗伯托·利多尔菲得到了上帝的承诺，这一切都将顺利成功。但后来我并没有得到任何消息，还以为计划失败了，我甚至还怀疑过利多尔菲。"

"不，他是忠诚的。教令是去年发布的，"玛丽小声说，"就在起义的时候。但是刚刚才送到。哎！如果早到些时日就好了！如果赶在起义期间就好了！整个英格兰都会起来反抗伊丽莎白。"

"现在还不算太晚，"我立刻说，"所有天主教徒都将明白把伊丽莎白赶下台是他们的责任，知道上帝已经授予我英格兰女王的称号。除此外，有了教皇的命令，我法国的家人和西班牙的菲利普就必须采取行动。这不仅仅是一次正义的行动，也是他们神圣的职责——帮我坐上苏格兰和英格兰的王位。"

玛丽的眼睛亮了起来。"我又能看到您戴上王冠的样子了！"她大声说。

"你会看到我戴上英格兰王冠，"我向她保证道，"这不仅仅意味着我获得自由，还意味着教皇承认我为英格兰的真正继承人。如果上帝说我是英格兰的女王，谁还会反抗我？所有天主教徒都会因为同一信仰支持我。玛丽，我会成为英格兰和苏格兰的女王。我会让我儿子成为威尔士王子。"

"感谢上帝,感谢他对您的宠爱!"

"感谢上帝派出利多尔菲,让他来拯救我,"我轻轻地说,"他是我真正的朋友。不管他身在何处,愿上帝保护他。当我坐上王位的时候,他会是我忠实朋友中的一员,我一定会好好赏赐他。"

# 1570年5月

贝丝　于查茨沃斯

　　正当我在为苏格兰女王准备亚麻床单的时候，查茨沃斯教堂里发出了声声钟鸣。她几天之内就会到达这里，我的内心却突然升起一阵恐慌。不会又是叛乱吧！祈求上帝，千万不要是西班牙无敌舰队登陆的消息。我派出一位男侍童，让他快马加鞭去查探现在到底发生了什么事情。他回来后在洗衣房找到了我，我当时正在整理床单，他报告说玛丽·斯图亚特女王已经被封为英格兰真正的女王，教皇已经号召所有天主教国家一起反抗私生子伊丽莎白，意图将真正的女王——玛丽——推向王位，诺维奇城已经为她爆发了起义，他们说整个英格兰东部都变节拥护这位真正的天主教女王。

　　我一时被震得头昏，于是假借透气走出洗衣房，来到走廊上，在画像之下找到一张长凳把自己狠狠扔了上去。我无法相信，噩梦还在继续，没有停止，梦里的我们从没有过胜利，也始终不得安宁。我看着墙上的圣人画像，似乎希望他们能给我一个答案，告诉我这场炼狱到底何时才能结束。上帝知道，我们只是个弹丸之国，能预测到这个国家的前途命运的人少之又少。现在可恶的罗马异教徒们把我们推到了风尖浪头，独自承受来自其他基督教国家的怒火：西班牙的菲利普亲王、法国的圣彭德夫人——他们会将对我们的战役当成一次十字军东征、一场圣战。他们会以为自己是受了上帝的指令来毁灭我们。他们会联合在一起对付我们、奴役我们。

　　"我们的力量太小了。"我自言自语道。我们只是个小小岛国，周围全是敌人：爱尔兰、法国还有西班牙属地尼德兰，且离我们这里只有半天航程。我们之中能真正明白上帝给我们安排的命运的人太少了。我们之中能坚守信仰、坚持把英格兰引向上帝安排之圣地的人太少了。我们被敌人包围着，被魔鬼撒旦诱惑着，被天主教的迷信和谎言困扰着，随时都有被毁灭的危险。

我吩咐侍童跑去教区牧师那里，叫他们停止鸣钟，让他说这是我的命令。如果他们钟鸣是为了警报，那么我们不需要再一次经历这种灾难将临的恐慌——王位上的女王垂垂老矣，没有出生的继承人，不断遭到威胁的新兴宗教，一个随时可能被消灭的国家。另一方面，如果他们鸣钟是为了响应起义，就像达勒姆和约克郡的里彭镇上的人那样，像巴纳德城堡的人那样，宣称旧传统将会兴起，那么，只要我的话还在德比郡有分量，他们就该给我闭嘴，等着下地狱。

我是一名新教徒，至死不渝。我的敌人也许会认为这是因为我能从中得到实际利益，会说我是为了金烛台、铅石矿、煤矿、采石场，甚至那些画廊上偷来的圣人画像。但是他们不明白的是，所有这一切都是上帝因为我的虔诚而恩赐给我的奖赏。我是个彻底的新教徒，不会认可天主教的斯图亚特女王，也不承认罗马神父的权威，面包和酒更不可能是圣洁的，那可是面包和酒！不是耶稣基督的身体和血液。圣母玛利亚只是个女人，和其他普通女人一样；耶稣只是个木匠，靠自己双手营生的人，就像我一样，用庄园和土地维持生活。充满圣人的世界只有靠人们用双手努力工作才能得到，而不是教堂施纳箱里筹集的香火钱能买来的。我相信上帝，但不相信天主教神父们供应的赎罪券；相信《圣经》，能用英语看懂的《圣经》；更相信我自己，相信我眼里看到的世界。我相信命运掌握在自己手中，为自己犯下的罪孽羞耻，为正确的行为欣慰，掌控自己的生活。账本可以告诉我到底做对了还是做错了。我不相信奇迹，只相信努力工作；我更不相信只凭罗马的老驴们几句话，玛丽女王就能成为英格兰今天的王者。

# 1570年5月

**玛丽　于往查茨沃斯途中**

我们并排走在通往查茨沃斯的路上，一位英格兰最伟大的贵族和一位真正的女王，这是一对看上去幸福而又反常的组合。从我们去往考文垂的那个夜晚开始，我就发现了他对我的爱意。在那危机四伏的时期，他只考虑着我的安危。其实早在第一次旅行中我就估量过他的价值：从博尔顿到图特伯里的途中，我曾希望能由他在几天之内护送我回苏格兰。在那些旅途中，我学会了享受他的陪伴，那是从没有在其他男人身上体会到的愉悦。但是我对他并没有那种欲望，这种想法是可笑的——见识过博斯维尔的女人，都不可能满足于一位安静、高贵和安稳的男人。但我感觉什鲁斯伯里是个能依靠的人，相信他能保护好我的安全，在他面前我能毫无掩饰。他让我想起了我的公公亨利二世，法国国王，总是对我呵护有加，视我为掌上明珠，总是挂心我的生活状况，让我享受配得上苏格兰女王、法国的下一任女王以及英格兰女王头衔的待遇。什鲁斯伯里无微不至的关怀让我又有了一种被人珍惜的感觉，那种作为欧洲最富有最有权势男人掌上明珠的优越感。和他在一起，我感觉又回到了年轻、漂亮的少女时代——纯洁、无忧、拥有绝对自信，自信所有事情都会顺我心意，自信所有人都会永远爱我，自信自己能一步步登上王位，完全没有异议地成为世界上最有权力的女王。

我们并肩而行，他在旁边给我介绍乡村美景和风景特点。他对鸟类和野生动物十分了解,包括那些唱歌的鸟儿和灌木丛里的小鸟儿。他很关心土地问题,爱国情怀浓烈,还很熟悉花儿的种类,当我试着重复那些怪异的花名时他总是大笑不已,比如"女士的篷子菜"和"繁缕花"。

这些日子以来我都走在队伍的最前方。我又是能有随从侍卫的女王了,不是被囚禁的犯人。我们又能骑着马,呼吸着新鲜空气,不用在风尘仆仆的队伍中抱怨着赶路。每到一处村庄,和以前一样,百姓出门迎接我,有时他们会聚集在村头十字路口的绞刑架周围,架上的尸体是为我而死的人,仍在绳子上随风摇摆不停。每当这时,什鲁斯伯里总想尽快带我离开这可怕的场景,但我会停下来让人们大方参观,低下头为那些死去的英灵献上最诚挚的祈祷。

每到一座村庄,我几乎都能听到身边来去匆忙的男女小声说着万福玛利亚。这些是我的人民,我是他们的女王。虽然我们曾被伊丽莎白和她邪恶的军队打败过,但不会再次失败。我们会东山再起,在教皇的旗帜下团结一致,所向披靡。伊丽莎白会知道这一点。

"我们会从查茨沃斯出发到温菲尔德。"当我们在河堤上用餐时什鲁斯伯里对我说。晚餐很简单,一些烤肉、面包和干奶酪。"查茨沃斯是贝丝的庄园,她很计较开销问题,我宁愿您去温菲尔德,我的家族在那里居住了好几个世代,之后从温菲尔德出发。如果您同意陛下的提议,我会护送您回爱丁堡。"

"我会同意的,"我说,"我怎么会拒绝她呢?她都把我关起来了,还能对我做出什么好事?我们都被困住了。唯一能让我自由、能让她放了我的办法,就是签署协议。我没有和她交易的筹码。只能同意。"

"就算她要你的儿子?"他问。

我转身看着他。"我一直在考虑这个问题,如果你能帮我,就能顺利化解危机了。你会帮我的吧?"

"当然,"他立刻说,"您知道我愿意为您做任何事情。"

我很享受地回味着他刚才的话,然后直奔主题。"你能当我儿子的护卫吗?如果詹姆斯王子和你住在一起,在你的庄园里,你会好好照顾他,就像照顾我一样吗?"

他被震惊了。"我?"

"我相信你,"我直言道,"除了你我不相信任何人。你会为了我好好照顾他吧?你会照顾我的儿子,不让他们腐蚀他,不让他们教他反抗我,然后保护他的安全吧?"

他从椅子上站起来,单膝跪在河堤上的地毯上,正好在我椅子前方。"我会用性命确保他的安全,我可以用生命来保护他。"

我向他伸出手。这是我既能顺利回到苏格兰又能确保儿子安全的最后一张王牌。"你能说服塞西尔,让詹姆斯跟着你吗?"我问,"向他主动请缨?"

他爱我太深,连想都没想应该首先询问他妻子的意见,或者提防一下作为英格兰敌人的我提出的这项特殊请求。

"好,"他说,"他怎么会不同意?他想要协议,我们就给他。能照顾您的儿子是我无上的荣誉。这就好像……为了你而守护他,好像……"他无法说出口。我知道他在想什么:照顾我的儿子就好像我们结婚并共同抚养着孩子。我不能鼓励他说出这样的话,得谨慎地保住他作为一个有家室的男人的优势:同事间持有的威望,伊丽莎白对他的信任,以及他在英格兰的地位。如果他们认为他不值得信任,那么他就失去了利用价值。如果他们认为他行为恶劣,那么我也无法继续待在他身边,詹姆斯也无法留在他身边。

"别说出来!"我激动地喃喃道,这让他立刻沉默了下来,"我们之间有些话永远也不能说。这是关于荣誉和名誉的大事情。"

如我所意料的一样，他马上闭上了嘴。"事关我们俩人的荣誉，"我坦言道，"我不能忍受有人因为我的关系而指控你以权谋私。如果人们说你特别关照我，心里想着要占有我、侮辱我，想想那该有多可怕。"

他差点暴跳起来。"我绝对没有那种想法！我不是那种人！"

"我知道。但是人们就会那样想那样说。他们说过我的坏话，一直都说。他们也许会指控我有意勾引你，为了让自己能逃跑。"

"没人有权利那样认为！"

"你知道他们已经在那样想了。伊丽莎白的间谍们可不会为我说好话，他们会用最恶毒的话中伤我。他们不会明白我对你，是怎样的……感觉。"

"我会尽一切可能防止他们诽谤您！"他大声说。

"那就照我说的做，"我说，"说服塞西尔，让你来守护我的儿子，之后我就能回苏格兰了。一旦我恢复王位，就能从丑闻和塞西尔间谍的监视中脱身。你能拯救我，你能保护詹姆斯的安全，让他一直爱我。这是我们的小秘密。两颗隐藏着的真心之间的秘密。"

"我会的，"他立刻说，"相信我，我会的。"

## 1570年6月

### 乔治　于查茨沃斯

　　终于达成了共识，感谢上帝，协议正式起草完毕，待会儿就能签字盖上封蜡。女王即将回苏格兰，而我将成为她儿子的监护人，没什么比这更能安慰我失去她的心。扮演她儿子父亲的角色，对于我来讲意味着全部。我将在他脸上看到她的美丽，我会按照她的意愿把他抚养成人。我对她的爱将毫无保留地注入到他的身上，她会看到我为她培养出一位优秀的青年。她会以他为傲，他会打上我的标签，我要把他培养成一位完美的王子殿下。我不会让她失望。她选择相信我，我会证明自己值得信任。有个小男孩儿在家里将会是一件快乐的事情，而且他的母亲是一位如此美丽的可人儿。为了他母亲，也为了他自己，我将好好爱他、照顾他。

　　我们的麻烦似乎要解决了。诺维奇城里的暴乱已经被强力镇压了，得到教皇授意的天主教徒也渐渐冷静了下来，不再争先恐后地挤上断头台了。诺福克即将被释放出狱。塞西尔自己也说，虽然他罪大恶极，但也及不上叛国，他不会受审，也不会被判死刑。这消息让我大大松了一口气，但贝丝当面告诉我时，我并没有表现得很激动。

　　"你不高兴吗？"她疑惑地问。

　　"高兴。"我平静地说。

　　"我还以为你会很高兴呢。如果他们不指控诺福克，那么你就不会受到任何指责——实际上你也没做什么。"

"我不是为这个高兴。"我说。她总是认为我只为自己的安全考虑,这让我很生气。这些天来,我总会被她惹怒。她一说话,我就冒火。虽然也知道这对她不公平,但就连她走进房间的姿势也能让我气不打一处来。她像菜市场买菜的妇女一样走路,笨重、粗鲁,随时随地都携带着那些永无止境的账本,总是那么忙碌和高效。比起伯爵夫人,她更像一位管家。在她身上看不到任何优雅。高雅和她一点不搭边。

我知道,也很明白,对贝丝的这种指责有些无理取闹。她毕竟不是从小在宫殿里长大的贵族,不是生来的大小姐。我应该谨记,她是我选择的结婚对象,而且她相貌端正、身体健康、乐观上进。抱怨她的妆容不如世界上最美丽的女人之一漂亮,或者责备她的礼仪风范不如在欧洲最棒的宫殿里长大的女王优雅,都是对她的不公平。但是,我们家里就有这么一位完美的女王啊,每天早上还会对着我微笑,这让我如何不做比较呢?

"那你为什么高兴?"贝丝鼓励地问道,"这是好消息啊,我觉得是,还以为你也这么觉得。"

"我高兴的是不用操心他的审判了。"

"审判?"

"我还是上议院特别刑事法庭的审判长,"我提醒她道,语气生硬,"不管你的朋友塞西尔怎么想我,或者想怎么对付我,我现在还是审判长。如果有同事被指控叛国罪,那么我肯定是审判的法官。"

"我没想到。"她说。

"是,不过如果你的好友塞西尔真把我的好友诺福克告上法庭,那就是我坐在审判席上作出裁决了。那时,我不得不对着诺福克,青梅竹马的发小,宣布他有罪,虽然我清楚地知道他是无辜的。他会被吊起来,活着被人取出内脏,最后再被分尸。你不知道我一直都在为这件事担惊受怕吗?"

她眨眨眼睛:"我没意识到。"

"是，"我说，"这就是塞西尔攻击世袭贵族们的结果。我们被他的野心搞得四分五裂，原本一直相亲相爱的兄弟们现在反目成仇了。只有你和塞西尔没有明白，因为你们不懂我们像一家人兄弟般的感情。初来乍到的人是不会明白的。你们只看到了阴谋，却不明白这其中的兄弟情谊。"

贝丝并没有为自己辩护。"如果不是诺福克自己私下里和苏格兰女王结下婚约，那他也不会陷入麻烦当中，"她坚定地说，"这和塞西尔的野心没有任何关系，完全是诺福克的错。是他的野心作祟。也许他这次退出能让我们再次平静下来。"

"你说的退出是什么意思？"我问。

她刻意忍住了笑容。"似乎你那伟大的好朋友对他的爱人并没有想象中的那么英勇忠贞，一点也不绅士。他不仅放弃了苏格兰女王，解除了婚约，还为了证明自己已改邪归正，建议应该把她关进伦敦塔。似乎终于有一个男人清醒了过来，不想为了得到她的爱而丢掉性命。终于有一个男人想要开心地看着她作为叛国贼被扔进监狱。终于有一个男人做好了远离她的准备，去过没有她的更好的生活。"

# 1570年6月

## 贝丝 于查茨沃斯

有一个挥霍无度的客人和一个笨蛋丈夫，对于想要好好持家的女主人来说是多么不幸啊。苏格兰女王越是自由，我们的花销就大。现在我被告知她能接待自己的客人，于是英格兰所有寻找感动的呆子都赶来看她吃饭，还十分自觉地坐上餐桌。她一个月之内开出的酒单比我一年喝的酒都多。账本已经开始入不敷出，我的能力已经不足以应付了。人生中的第一次，看着账本的我没有任何喜悦之情，只有完全的绝望。账单堆得越来越高，而她没带给我一点收入。

女王花钱如流水：奢侈品、仆人佣金、马匹草料、宠物、信使、护卫、刺绣用的丝绸、缝制长袍的锦缎、亚麻床单、香草包、油、装饰桌子的香水……还有特制的煤炭、最好的蜡烛，从正午一直燃到凌晨两点，睡觉时也要亮着，照着空房间。桌子上铺着丝绸的桌布——她甚至把我最好的土耳其挂毯铺在地上。御用厨房里得准备她的专属用具，糖和调料必须得是伦敦运来的，洗衣服得用她规定的特制香皂，亚麻床单的浆粉也是特别的，就连她的马也要特别定制的马掌。餐桌上用的酒、仆人喝的酒，还有更难以想象的是——只是用来给她洗脸的上好白葡萄酒。招待苏格兰女王的花费不止是天文数字，根本是看不到底的黑洞，账本上永远只有支出，没有收入。看吧，哪里有记录收入的页面，因为根本就没有收入。我开始觉得永远也不会有收入这一项账目了，我们会一直如此持续下去，直到被彻底耗尽。

而且现在我能肯定地说我们就要被毁了。没有哪座庄园能够招待得起一位拥有无数仆人、无数朋友和无数爱慕者的女王陛下。要养得起女王，你得需要一个国家的收入，拥有收税的权力，但是我们两样都没有。我们以前算得上是一对富有的夫妇，有大量的土地、丰厚的租金，还有不少货运生意，但这些生意都属于进账慢、出账快的类型。原本我将它们打理得很好，收支平衡，可苏格兰女王打破了这样的平衡。迅速地、极其迅速地，我们变得越来越穷。

我不得不大量抛售土地。自从她来了之后，我那套靠借贷倒卖保持平衡的做法再也行不通了，逼得我不得不提高抵押贷款的额度，不得不提高佃农的地租，虽然我还欠着他们的工钱。整个冬天都在躲避北方军队的追捕而浪费掉了时间，全是她的错，因此我又不得不增加其他庄园的税收，而这些庄园的劳动力正不断流失——不是吊死了，就是跑去加入玛丽·斯图亚特的军队了。她把我逼成了一位严酷的庄园主，我却要因此备受指责。我不得不赶走村民，把土地围起来种庄稼，把他们的花园圈起来喂羊，可从这些土地上得来的收入全都被拿去供奉苏格兰女王，这可不是优秀的经营方式，也不是一位优秀庄园主的作风。因为缺钱我变得越来越贪婪，人们会变得仇恨我，还会因此责备我，说我是位铁石心肠的地主，唯利是图的女人。

她不仅开销大，还是个危险的存在。我的一位仆人，约翰·豪，找到我，眼睛低垂，但乱动的双手出卖了他的急切。"有件事我想您该知道，夫人。我想您应该会希望有人通知您。"

听到这样的喃喃低语，我可不会以为只是碎了花瓶的小事。为那种小事恼怒的日记已经一去不复返了。现在我的心脏因为害怕怦怦猛跳，等着听到她逃跑的消息，听到她寄出了一封信，或者接待了一位将要毁掉我们的客人。

"怎么了?"我警惕地问道。

"我想您会对我的忠诚很满意。"

我恨不得扇他一个耳光。"你会得到应有的奖赏。"我说,虽然这又是另一笔花费,"怎么了?"

"是苏格兰女王,"他说,好像我猜不到似的,"有人计划放她走。有位绅士给了我一枚金币,要我带她去高沼地,那样他们就能把她带走了。"

"她同意了?"我问。

"我还没有告诉她,我想我应该先来找您。我对您忠心耿耿,夫人,不管收到了多少贿赂。"

"你该得到两个金币的奖励,"我承诺道,"所以,那些绅士是谁?他们的名字?"

"托马斯·杰勒德,"他说,"但是来旅馆和我见面的是他的朋友,叫作劳莱斯顿。至于他们背后是否还有更厉害的人物我就不知道了,不过我知道还有一个希望得到这个消息的人。"

我打赌你知道,我痛苦地想。英格兰现在的间谍数量比牧羊人都多。背信弃义的人越来越多,这让每个人都派出至少一个仆人监视其他人。"或许你可以把消息卖给另外一个人。但是你是我的人,只能为我效劳。回去找到劳莱斯顿,告诉他你需要知道其他密谋者的名字。就说如果不知道有多少人牵涉其中的话,会行动不便。告诉他你答应了,让他给你一件信物,就说是给女王看的。之后再来找我。"

"将计就计?"

我点头。

"您要诱骗他们上当吗?"

"如果有必要的话。也许他们并无他意,也许这一切最终没有任何结果。"

# 1570年6月
玛丽 于查茨沃斯

亲爱的博斯维尔：

我会平安无事。塞西尔将亲自到查茨沃斯来，和我确定协议的事情。我即将恢复苏格兰的王位。一旦回去了，就立刻救你出来，然后他们就能见识到我们的厉害！他们将会尝到龙卷风的滋味，而我们俩就是摧毁他们的风暴。

玛丽

下午时光我常常在查茨沃斯的花园里度过，那里有座石塔，孤零零立在湖中央，水里有金色的鲤鱼，岸边垂挂着迎风飘荡的杨柳。沿着石阶向下，能来到一座小小石桥上，影子倒映在湖面，桥边是一扇深绿色的石拱门，拱门上方有灰色的石头城墙。蜻蜓贴着水面扇动翅膀徘徊，好像蓝色的箭头，还有燕子飞到湖面饮水。

什鲁斯伯里说这里是我专享的凉亭，是我一个人的王国，直到我拥有另一个为止。他向我保证说我可以在这里悠闲度日，无拘无束，不受人叨扰。他只留下了一名护卫守在桥头，不是为了阻止我离开，而是为了确保不会有人来打扰我的午休时光，让我可以懒散地躺在睡椅上。四周是拱门投射下的片片阴凉，拱门上的都铎玫瑰正慢慢展开那白色的花瓣。

我躺在丝绸垫上，聆听着长笛手为我吹奏的悠扬歌曲，那是一首梦幻般的曲子，叫做《朗格多克之歌》，讲述了一个动人又凄美的爱情故事——贫穷的青年和美丽又残酷的贵妇人之间的爱情。鸟儿们也在跟着他歌唱呢，绿草地上有不少云雀，每当它们向着天堂的方向振翅高飞时我都能听到它们欢快的叫声。如果不是什鲁斯伯里告诉我，我可不会认识这些叫做云雀的小鸟儿。他指着飞翔中的，还有在陆地上散步的云雀给我看，教我聆听它们志气高昂的歌声。他告诉我，云雀只在向上飞时才会出声歌唱，每次振翅向上，就会爆发出一阵鼓舞人心的旋律，然后它们会收起翅膀，沉默地垂直俯冲，回到巢里。

在查茨沃斯的这个夏天我无事可做。不需要为食宿操心，也不用担心其他事情。唯一能做的就是等待伊丽莎白的协议，等待塞西尔的同意，而且我很有把握，它们最终都会到来的。他们也许会不乐意，但我还是赢了，再一次凭着继承权获胜。同父异母的哥哥死后，除了我，没人有资格继承苏格兰的王位。不久，等到伊丽莎白死了，除了我，没有人可以继承英格兰的王位。我将依法继承所有王位，因为我是天生的女王，高贵的血统继承人，拥有不可剥夺的权力。他们试过想要逆天而行，我也为之战斗过，但最终还是逃不出命运的齿轮。让我成为苏格兰和英格兰的女王是上帝的旨意，瞧啊，他的意愿马上就要实现了。

上午，我在美丽的树林里骑马，偶尔也会登上瞭望塔，那是聪明的贝丝设计修建的，为了能更好地欣赏这优美的乡村风光。有时，我还会骑马去到荒野中。我能自由出行，身边只有一位殷勤的护卫陪伴——什鲁斯伯里，可心的陪伴者和我唯一的朋友。到了下午，我会躺在太阳底下，打打瞌睡。

我做梦了。不是在苏格兰纠缠我的噩梦，而是有关我在法国的童年时光的美梦。我们在枫丹白露宫的花园里跳舞，和音乐家们一起——哦！有五十位音乐家为我们四个孩子演奏！——他们为我们重复演奏着一首曲子，

# 另一个女王

那样我们就能反复地练习舞蹈。

我们在为国王的到来排演,法国国王,耀眼的亨利二世,我的公公,对我来说唯一的父亲,唯一一个无条件爱过我的人,唯一一个我能信任,也信任过的人。

他骑马而至,从马上跳下来,深色头发上戴着歪斜的软帽,栗色的胡须式样时髦。他把我抱在了怀里——在所有人面前,在他儿子兼继承人面前,在他女儿们面前。"我珍贵的女孩儿,"他在我耳边说,"你每天都在变漂亮,一天比一天更优雅动人。说你会抛弃小弗朗西斯,然后嫁给我。"

"啊,好啊!"我不带一点犹豫地大叫出声。我的脸埋在他光滑的胡须上,属于他的干净的亚麻衣裳的味道萦绕鼻尖,同时掺杂着好闻的古龙香水的气味。"明天我就嫁给您。您会为我和圣彭德夫人离婚吗?"

淘气的我让他大笑出声。"明天,我的小可爱,亲爱的,明天我就去。现在让我看看你跳舞。"

我睡着笑了起来,脸朝向了阳光。有人——一位女仆——移动着垫子,确保不会有太阳直接晒到我的脸上。我的皮肤必须保持如奶油般洁白。我的美丽不能被阳光毁坏。他说过我必须要防止被太阳晒到,只能穿最好的丝绸,佩戴最好的珠宝。只有最好的东西才配得上可爱的小王妃。

"我死后,你就是法国的女王,我的小公主,"他认真地对我说,"我会将我的王国留给你来照顾。你拥有足够的智慧和坚强的意志。我相信你。"

"父王,不要说这些。"我小声说道。

"你会是苏格兰女王,"他提醒我,"然后,当玛丽·都铎死后,你就是英格兰女王。"

我点头。玛丽·都铎是亨利八世最后的合法继承人,阿拉贡的凯瑟琳唯一的女儿。因为她没有子嗣,下一任继承人就是我,亨利国王亲姐姐的外孙女。

"你必须登上王位,即使我死了,也不要忘记这一点。如果我还活着,我会帮你坐上英格兰的王位,我发誓。你是苏格兰、法国、英格兰的女王。你必须实行你的继承权。我命令你。"

"我会的,父王,"我庄严地说,"你可以信任我。我不会忘记,不会失败。"

他用手指捏住我的下巴,把我的脸抬起面对着他。他低下头,亲吻了我的双唇。"小美人儿。"他说。他的碰触让我感到一阵眩晕和温暖。

"你将会成为世界上前所未有的最棒的女王陛下。你要为了法国得到英格兰和苏格兰。你会创造出一个更伟大的王国,比诺曼底的威廉国王建立的国家更了不起。你将是法国、英格兰和苏格兰的女王,将拥有世界上最伟大的国家,而我会将你培养成最伟大的女王。绝不要,绝不能忘记这一点。这是你的命运,上帝赐予你的命运。你将是基督教国家里最伟大的女王,也许还是世界上最伟大的女王。这是上帝的旨意,服从他的意愿。"

# 1570年6月

### 乔治 于查茨沃斯

  当我正准备上马和女王外出散步时,一阵马蹄声从拱形树下的马道传来,来访的是一小队人马,为首的那个男人直接来到马厩入口,好像他研究过我家的构造,熟知一切布局。

  我警惕地把缰绳交给马厩的小伙计,走上前去:"你是?"

  他从马上下来,摘掉帽子向我鞠躬,但幅度并不大。"请问您是什鲁斯伯里大人吗?"

  我点头承认,随后意识到他是我在朝中瞥见过的人,就站在弗朗西斯·沃尔辛厄姆的后面,而弗朗西斯则站在威廉·塞西尔的后面。真相大白,他是个间谍,是的,又一个间谍。因此不管他将会如何花言巧语、口若悬河,他仍然是英格兰人民的公敌,自由的敌人。

  "我是赫伯特·格雷斯。塞西尔大人的下属。"

  "欢迎你。"我礼貌地说。从此人的穿着看得出是个绅士,又一个塞西尔团队里的秘密成员。上帝才知道他想从我这里得到些什么。"进屋说话吧?"

  "不会耽误您的正事,"他看着我的马,抬了抬下巴,"您是要和女王外出吧?"

  我笑了笑,没说话。没有必要向塞西尔的仆人报备我的行踪,这可是在我的地盘上。

"请原谅，"他说，"我不会耽误您。只需要和您说一小会儿话。"

"你长途跋涉，只为了这一小会儿时间？"我一语道破。

他露出一个抱歉的微笑。"在主人手下做事，就得习惯为小事走远路。"

"你确定？"我对塞西尔严格的工作态度和肮脏间谍的严酷生活一点兴趣也没。

"一句话的时间。"他说。我和他一起走到马厩的角落，然后等着他开口。

"您夫人手下的一位仆人，先前和三个人合谋策划放走苏格兰女王。"他坦言道。

"什么？"

"他向贝丝夫人报告过了，夫人给了他两个金币，让他回去继续这场阴谋。"

"这不可能。"我摇头道，"真的。贝丝绝不可能放走女王。我都比她更可能这么做。"

"是吗？为什么这么说？"

"贝丝不喜欢她，"我毫无保留地说，"女人的嫉妒……她俩就像海水和海岸，不可能帮助彼此，只会相互搏击。你无法想象，两个强势的女人同在一个屋檐下的感觉……"

"很好！既然夫人这么讨厌她，那会不会以帮助她逃跑的方式来摆脱她呢？"

我继续摇头。"贝丝绝不可能背叛伊丽莎白女王，也不可能忤逆塞西尔……"辩解的同时，一个可怕的想法袭上我的心头：贝丝的能耐有多大我还不清楚嘛！这么一个不甘寂寞又记仇的女人，会不会用一场不会成功的逃跑计划来陷害玛丽女王？那样女王就会被带走。"我最好去和她谈谈。"

# 另一个女王

"我也一同去。"他谨慎地说。

我立刻恼怒道:"我希望你可以相信我!"

"我们谁也不相信,"他简言道,"您的夫人确实参与其中,和托马斯·杰勒德一起密谋放走苏格兰女王。大人,基于您和您夫人与塞西尔主人之间的友情,我才会先找到您,这是对您的礼貌——私下和您交谈,而没有立刻执行逮捕。"

我试着隐藏心中惊讶。"没有逮捕她的必要……"我微弱地抗议。

"逮捕令就在我包里。"

我深吸一口气。"好,我和你一起去找贝丝,"我强调、保证道,"但你不能随便审问她。"不管她做了什么,我想,都不能让人以为我没有保护她。贝丝是一个有主见且果断的女人,只要是她觉得对的事情,她就会去做,而且不计后果。该死的女人!

"她应该在档案室。"我说。正当我们转身准备进屋时,苏格兰女王从花园外面走了过来,欢快地喊道:"损斯贝依!"

在塞西尔属下行动之前,我大步走到她身边。"这个是伦敦来的间谍,"我快速地小声说,"快告诉我,您参与了什么行动没有?是不是有人计划要帮您逃走?有个叫杰勒德的人和您说过话吗?这事关我的生死。"

她很快就反应过来,立刻从这个等待着的男人身上还有我焦急的口气中感到了危险。她迅速回答道:"没有。我发誓。从来没有听说过这个人。"

"贝丝没有告诉您关于这次逃跑的计划?"

"贝丝?我发誓,绝对没有。"

我躬身行礼。"请您原谅,恐怕我们的出行得往后延一延。"我大声说。

"我在院子里骑马等着你。"她正经地说,然后转身走到马旁。

等到她的坐骑被人牢牢稳住后,我把她举起,抱到马鞍上。就算塞西尔的手下正等着质问我的妻子,我也不能容忍有人代替我把苏格兰女王抱到马鞍上，虽然这只是一小会儿的事情，但也是让人心旷神怡的时刻。她在马上对我微笑。

"勇敢些，"她小声说，"我是清白的。伊丽莎白没有可以告发我的证据，她不敢做什么。我们只需要勇敢和等待。"

我点头，她调转马头，向院里走去。经过塞西尔的间谍身旁时，她朝他露出了一个俏皮的微笑，点头回应他恭敬的躬身礼。当格雷斯直起腰时她已经走远了，不过他脸上露出的表情可是精彩万分。

"我不知道……"他结结巴巴地说，"上帝，她真漂亮。哦，上帝，她笑起来……"

"确实，"我笑道，"那是我花钱请来双倍护卫的原因之一，我从来不敢放松警戒。这也是为什么我可以向你保证这里不可能有任何阴谋。"

正如我所想的，我们在档案室里找到了贝丝。这间房原本是用来存放家谱、族谱、世袭贵族资料还有骑马比武的记录及标准之类文件的档案室。在贝丝的要求下，这些光辉的历史文件都被废弃一旁，架子上、抽屉里，全是来自查茨沃斯的各种收支账目、羊群数量和收益记录、森林原木砍伐记录、铅产量记录、石头开采量、煤矿产量、船只修建报告，还有贝丝随身携带的那个旅行箱子，装满了土地和资产的其他资料。现在，所有这一切都是我的，婚姻让它们变成了我的东西，全在作为她丈夫的我的名下。但是贝丝总是质疑我的管家是否能妥善经营它们，总是对此烦躁不安——虽然管家们一直做得很好——结果，她还是继续保存着她以前财产的记录，而我只管收钱就是。这对我没有任何影响。我不是一个要靠数金子才能得到满足的商人。但是贝丝喜欢知道她土地的经营情况，喜欢参与那些沉闷的商业事务：牧羊、采石、开矿还有船舶货运。她喜欢把所有加起来，看看利润增加了多少，简直是情不自禁。既然这是她的快乐所在，那么我也不会加以阻止，虽然我一向不认为这些是一位英格兰伯爵夫人应有的行为。

可以看出，赫伯特·格雷斯看到贝丝时有些小惊讶，她正坐在堆满账本的桌前，本子上全是用花体字写的账目，两位文员正低头记录她的口讯。趁着他惊讶的瞬间，我走向贝丝，牵起她的手，在她脸上吻了吻，这样能够方便我在她耳边小声提醒："小心。"

她显然没有苏格兰女王那么敏锐的反应。"为什么，出了什么事情？"她问，很大声，像个傻瓜。

"这位是赫伯特·格雷斯，塞西尔的下属。"

立刻，她笑容满面。"欢迎，欢迎，"她说，"我们的大秘书最近好吗？"

"他很好，"他说，"但是他要求我和您单独聊聊。"

她向文员点点头，他们立刻收拾好钢笔准备离开。"就在这里？"她问，好像觉得一位伯爵夫人在文员办公室做生意是理所当然的事情。

"我们去画廊。"我插嘴道，这样我就有机会在领路的途中和贝丝说说话，好再次警告她。"他是来调查放走苏格兰女王的阴谋的。他说你参与了其中。和一个叫做托马斯·杰勒德的人。"她的喘气声让我明白了一切。"夫人，"我几乎呻吟出声，"你到底做了什么？"

她没有回答，完全忽略了我，哪怕我是冒着死亡的危险向她通风报信。她转头朝向年轻的格雷斯先生——他就站在下方的楼梯上——向他伸出手，带着坦白又诚实的微笑。

"我的丈夫告诉我塞西尔知道了杰勒德的阴谋，"她快速地说，"这就是你来这里的原因吗？"

这直白的处理方式简直扼杀掉了我所有的声誉。要是她能接受我的建议，不要总是这么独立，不要总是按照自己的意愿做事情该有多好！

格雷斯反握住了她的手，好像他们之间达成了某种协议，然后点点头，仔细看着她脸上的表情说道："是的，关于杰勒德的阴谋。"

"你肯定认为我特别傻,"她说,"我只是想做对的事情。"

"是吗?"

"我本来打算今天告诉我丈夫的,他对此一无所知。"

格雷斯先生用他褐色的眼睛迅速地扫了我一眼,看到我脸上露出的惊恐表情——这足够证实贝丝的话是真的,然后他又转向贝丝。

"我的仆人,约翰·豪,跑来告诉我有人想要贿赂他,让他找到苏格兰女王,把她带到高沼地,在那里和她的朋友们见面,一同离开。"

塞西尔的手下又点了点头。这让我很震惊,他居然早就知道此事,所有的事,现在他只是在听贝丝会如何撒谎而已。这根本不是调查,这是圈套、是诱捕。

"告诉我真相,夫人,"我警告她,"不要试着保护你的仆人。这件事很重要。"

她脸色苍白地转向我。"我知道,我会把真相全都告诉格雷斯先生,然后他会告诉我的好朋友塞西尔,我还和以往一样诚实、忠诚。"

"约翰·豪找到您之后,您是怎么做的?"格雷斯先生问道。

"我问他还有谁参与了阴谋,他说有个叫劳莱斯顿的人,还有托马斯·杰勒德爵士,并说他们背后有一个背景更大的人,是阴谋的主谋。"

"然后您怎么做的?"

贝丝坦诚地笑着正视他。"我敢说你现在一定觉得我是诡计多端的女人,但我只是想着如果让约翰·豪回去找那个人,说他同意参加,那么他就能掌握其他同谋的名单,查明是否真有一个大人物在他们背后。那样我就能向塞西尔报告整个阴谋计划,而不只是捕风捉影的几条没有价值的小线索。"

"他向您回报了吗?"

"我今天还没有见过他。"她看着他说,然后突然明白了过来,"哦,你们已经把他抓起来了?"

格雷斯点头。"还有他的同谋。"

"虽然他们贿赂了他,但是他一早就向我报告过了,"她说,"他是忠诚的。我可以担保。"

"我们只是问问他问题,不会用刑。"格雷斯说。他可真是个实诚的人——我发现酷刑已经是塞西尔取证的常规行为了,都可以在一位伯爵和伯爵夫人的面前毫无掩饰地提起。我们现在的情况是,没有逮捕令,没有治安法官的许可,也没有主人的允诺,只凭着塞西尔的一句话,人就能被抓起来,还可能被上酷刑。这是以前从未有过的事情。这不是英格兰法律保障的正义。事情不应该这么发展下去。

"您的目的只是为了在通知塞西尔大人和您丈夫之前,先调查清楚整个阴谋吗?"他确认道。

贝丝睁大眼睛。"当然是了,"她说,"还会有什么?约翰·豪会告诉你,那些就是我对他下的全部指令。将计就计,然后向我汇报。"

赫伯特·格雷斯得到了满意的答案,贝丝果然口齿伶俐。"那么,请原谅我的唐突,我马上离开。"他对我微笑,"我说过只要一小会儿。"

"但你总得吃饭吧。"贝丝按住他。

"不用了,我得立刻动身,主人还在等着我回去报告。我只是来查明您告诉我的事情,好把相关人员逮捕起来,把他们押回伦敦。谢谢您的好意。"他向我和贝丝各自躬身行礼,然后转身离开了。在我们意识到自己已经安全之前,他走下楼梯时马靴发出的噔噔声仍急切地回荡在耳边,我们并没有走到画廊,询问就在楼梯间进行完毕。开始、结束,都在一瞬间。

贝丝和我看着彼此,仿佛刚刚经历了一场风暴,刮过整个花园,摧毁了所有花朵,而我们却不知道该说些什么。

"那么,"她假装镇定地说,"就这样吧。"

她转身准备离去,回去继续处理生意,好像什么也没有发生,好像她从来没有在我的房子里和阴谋者见过面,和我的仆人密谋,然后从塞西尔手下的审讯中脱身。

"贝丝!"我叫住她,声音比想的要响和仓促。

她立刻停了下来转身看着我。"老爷?"

"贝丝,告诉我事实真相。"

她的脸像石头裂开了几条细缝。

"你刚才说的是真话吗?还是你觉得阴谋或许可以成功?你觉得女王会经不住诱惑,同意逃跑,你就能把她送给那些人,让她身处险境,可能还有死亡的危险?即使你知道她现在只需在这里耐心等待,就能恢复王位,重获幸福?贝丝,你是不是想趁她还在你掌控下的最后几天里设计她,毁掉她?"

她看着我,好像她从没有爱过我,好像她从没有爱过任何人。"我为什么直到现在才想毁了她?"她冷酷地说,"为什么想要她死?她对我造成了什么伤害吗?还是她抢我东西了?"

"没有。我发誓,她不会伤害你,也不会抢走你的任何东西。"

贝丝发出不信任我的笑声。

"我对你是忠诚的!"我宣称。

她的眼神像射出的箭,撕裂了她石头般坚硬的脸。"你和她,一起,毁了我,"她痛苦地说,"她毁掉了我作为一位好妻子的声誉,所有人都知道比起我你更喜欢她,所有人都嘲笑我失去了你的爱,你的愚蠢让我颜面全失。你还偷走我的钱,花在她身上。你们两个会彻底毁了我。她把你的心从我这里抢了去,还让我对你的爱渐渐消失。当她才来到我们身边时,我是一个快乐、富有的妻子;而现在,我却成了一个心碎的乞丐。"

"你不能怪她!我不允许有人责备她。对于你所说的一切,她都毫不知情,她是无辜的。她不该被你错误地指责。你不能把错推在她身上。这不是她的错——"

"确实不是,"她说,"是你的,全是你的错!"

## 1570年8月

玛丽 于温菲尔德庄园

亲爱的诺福克和我依然保持着婚约关系。他给我寄来了一份策划书的副本，上面是他假意迎合伊丽莎白的行动计划。为了让伊丽莎白相信他和我的婚约完全是被逼无奈，是他贪慕虚荣惹出来的祸事，诺福克决定向他的表亲伊丽莎白女王投降，并祈求她的原谅。他附信寄来自白书，希望征求我的意见。自白书写得让人声泪俱下，他在信中非常没有男子气概地低头认罪，于是我回信告诉他这种做法太过做作虚伪，就算是伊丽莎白也不可能买账。但是，和以往一样，我错估了伊丽莎白的虚荣心。她早就渴望听到诺福克亲口承认，他从没爱过我，一直是她的人。全是她的人，全部的男人都是她的人，都爱着她，他们全为她那张可怜的老脸、戴着假发的头颅、满是皱纹的身体如痴如醉。她什么都相信——就连这场虚情假意的戏也相信了。

他的卑躬屈膝马上换来了好结果。伊丽莎白把他放回了伦敦的住所，但没有允许他回到诺福克郡，因为老家的佃户们见到他就会立刻为他揭竿起义。他写信告诉我说他很满意伦敦的房子，正计划好好翻修一遍，做些装饰。他要建一个新的露台和网球场，等到我们以苏格兰国王和女王的身份来英格兰访问时，我就能跟他一起在那里的花园里散步了。我知道，他一定也在考虑我们继承英格兰王位的事情。他翻修的真正目的是为了让那里成为我们在伦敦的宫殿，我们会在那里统治英格兰。

## 另一个女王

他还写信告诉我,谢天谢地,罗伯托·利多尔菲也现身了,又能在伦敦各大庄园里见到他广交朋友,安排贷款,为我而四处奔走。利多尔菲一定有九条命,像猫一样,他穿越边境,携带大量黄金,筹划阴谋,还总可以死里逃生。他是个幸运的男人,我喜欢有这么一个好运气的人站在我的一边。他似乎已经从最近的麻烦里脱身了,虽然其他人要么进了伦敦塔,要么就被流放。北方伯爵们被抓的那些日子里他巧妙地藏了起来,不过现在,因为银行家的重要身份及一半以上英格兰贵族的担保,他已很快获得自由。诺福克写信说他不喜欢这个男人,虽然他很聪明也很积极,他担心利多尔菲太自负,有言过其实的嫌疑。我的未婚夫说不想在霍华德的宅邸看到这个人,因为这个人一定被塞西尔的间谍从早监视到晚上。

我写信回复他说,我们应该物尽其用。约翰·莱斯利虽然忠心耿耿,但却不是一个有行动力的人,而利多尔菲是一个能够游说于欧洲各国,寻求盟友并领导阴谋的实干家。也许他不招人喜欢——我个人就从没正眼瞧过他——但是他写来的信让人十分信服,且在我的问题上他从不知疲倦。他和基督教国家里所有最有权势的人周旋,让他们一同加入了行动计划。

现在,他带来了西班牙菲利普亲王的新计划。如果我恢复王位的协议再次失败的话,英格兰所有贵族就会一同起义抗议——不仅仅是那些北方贵族。利多尔菲计算得出朝中有三十多个大臣是秘密的天主教徒,谁会比他更清楚呢?他可是教皇的心腹。教皇一定亲自告诉了他伊丽莎白朝廷里到底有多少个秘密的天主教徒。状况比我想的还糟糕呢,大臣之中有超过三十个人在家中秘密藏匿天主教神父,秘密进行弥撒仪式!利多尔菲说,这些人仅仅需要一个起义的理由,而且西班牙的菲利普亲王已经保证为之提供军队和资金上的支援,我们在几天之内就能攻下英格兰,得到一个重塑的新鲜的"大英帝国"。虽然我的未婚夫不喜欢这个男人,却还是情不自禁地被这个伟大的计划引诱上钩了。

"大英帝国"，光是听到，就让我忍不住想要跳舞。还有什么比帝国更好呢？比英格兰更好的目标哪里有呢？教皇、西班牙的菲利普，还有已经站在我这边的英格兰贵族们，有了他们的帮助，我是不会失败的。"大帝国"，"大帝国"！这响亮的名字将会像钟声般回荡在历史的长河中。接下来的许多年里，民间一定会传颂着把人们从路德教的异端邪说及私生子篡位者的手里拯救出来的英雄史诗。

但是我们必须加快速度。诺福克的信里还告诉我了一件让人痛心的事情：我的家人，在法国的亲人，已经向伊丽莎白提出合作的意愿，并为她提供了一位未婚夫。他们甚至没有坚持要在伊丽莎白婚礼举行之前让我获得自由。这是对我的背叛，我被应该保护我的亲人背叛了。他们向伊丽莎白推荐了亨利·德·安茹，真是个笑话，因为他不过是个叛逆的年轻人，而她是个老女人。但出于某些原因，没人把这当做笑话，相反，每个人都在认真而严肃地对待这件事情。

她的顾问们十分害怕伊丽莎白死后王位继承人会是我，所以他们宁愿让她嫁给一个孩子，再难产而死。她现在的年龄已经老得足够当奶奶了——只要她能够为他们留下一个新教儿子兼继承人就万事大吉。

我不得不把亲人们的做法当成一个残酷的笑话，为了应付伊丽莎白虚荣和贪欲的笑话。但如果他们是认真的，如果她成功诞下一个儿子，到那时，他们就会拥有一个有资格继承英格兰王位的法国国王，而我则会失去继承英格兰的资格。他们会把我关进监狱，让我自生自灭，将我的对手推向王座。

我当然非常生气，但也立刻明白了这项战略背后的弦外之音、威廉·塞西尔脑中臭气熏天的计划。塞西尔的如意算盘是：将家族的注意力从我身上转移，而且让西班牙的菲利普永远成为英格兰的敌人。这是意图分裂基督教国家的恶毒手段。只有像塞西尔这样的异教徒，和我丈夫家族

# 另一个女王

里如此没有信仰的亲戚们才想得出这样的计划,让他们一同跌入地狱腐烂吧!

这一切变故让我更加坚定必须马上获得自由的决心,一定要在伊丽莎白幼稚可笑的婚礼举行前重获自由,否则她是不会放过我的,而且西班牙的无敌舰队必须在订婚仪式前出航,让我回到应有的位置。同时,我的未婚夫诺福克,必须赶在他表亲伊丽莎白与法国结盟之前、把他重新扔进伦敦塔之前和我结婚并加冕为苏格兰国王。一瞬间,我们都因为伊丽莎白的新安排和塞西尔设计的这个新阴谋而陷入危机,这个原本似乎惬意又慵懒的夏天,突然之间充满了威胁与紧迫感。

## 1570年9月

### 贝丝 于查茨沃斯

他们两人去访问了温菲尔德，仅是马车的费用就比她的津贴还多——如果真有人会支付的话——接着他们又被命令返回查茨沃斯参加一场有关她自由的会议。我没有和他们一起去温菲尔德，也许我该去侍奉她，该像个害怕被留下的紧张的小狗，紧跟在丈夫的身边，但是我实在不想看到我的丈夫和另一个女人待在一起，那会让我恶心到死的，我也不想再去担心那些本该属于我的东西。

至少在查茨沃斯我能随心所欲地生活，有妹妹还有两个来访的女儿陪伴。和爱我的人待在一起的感觉真是太棒了，他们开着傻傻的玩笑，欣赏着我画廊上的画儿，羡慕着我从修道院里得来的银质器具。女儿们很爱我，梦想着能成为像我一样的女人，不因为我不会以法兰西范儿拿叉子而轻视我。在查茨沃斯，我能在花园里漫步，清楚地感受到脚下的土地属于我，没人能把它抢走。我能从卧室的窗户看到那延伸到地平线的绿色，感受着家的踏实感，好像自己就是扎根在这里草地上的一朵普通雏菊。

安宁的生活很快结束了。女王就要归来，我的家人们不得不搬出去以便容纳她的仆人和招待伦敦来的客人。和往常一样，她的舒适和方便一定得优先满足，我却不得不为此把自己的女儿送走。威廉·塞西尔和沃尔特·麦梅爵士也会一同到访，同行的还有苏格兰使臣罗斯主教。

如果金库里还有余钱，或者我的商人信誉尚存，那么我会非常自豪能

## 另一个女王

有机会招待朝廷上最有权势的大人们，特别是向塞西尔炫耀一下我对查茨沃斯的精心改造。但我两样东西都没有，甚至为了能在宴会上提供充足的食物、高级的酒、好的音乐家还有其他娱乐项目，不得不抵押了两百英亩的土地，变卖掉一些林地。管家和我一起在办公室里审查土地资料，估算每块地的价值，以便决定变卖价格。我以前从没卖过土地，只会从土地上获得利润，这让我有一种自己被抢劫的感觉。每一天，我都有同一种感觉，感觉我和卡文迪什历经千辛万苦才小心累积起来的财富浪费在了这个挥霍无度、从不知回报的虚荣自恋的女王的身上。而另一个残酷的事实即是，我的现任丈夫，那个对我不忠的男人，他的债务已经像山一样高了——这也是对他不忠的惩罚吧。

威廉·塞西尔骑着骏马带着一大群随从来了，我穿着最好的衣服在庄园门口接见了他，没有露出任何焦虑和压抑的神情。但当我带着他参观庄园，他对每一样东西都赞不绝口时，我坦诚地告诉他我已经不得不停下所有生意，解除和贸易商的合同，辞退艺术家，还被迫变卖、抵押掉了不少土地，只为了支付苏格兰女王的花费。

"我都知道，"他说，"贝丝，我向你保证，我一直是你在朝廷里的支持者。我也经常和陛下说起这件事，尽我所能。但是她还是不同意资助。我们所有人，她的所有仆人，为了服侍她都倾尽了所有，变得穷困潦倒。沃尔辛厄姆甚至不得不自己垫付间谍的花销，而她从不曾付钱给他。"

"但是这也花费太大了，"我说，"不是给叛徒贿赂或者付间谍薪水这么简单的事。这是一个王室的开销，只有国家征收的赋税和什一税才能供养得起她。如果我家老爷的家底不够厚，早就已经被她毁掉了，而且现在他已经是入不敷出。他还没意识到自己的财务状况有多糟糕，我不得不抵押农场来填补欠债，变卖土地、封围田地。过不了多久他就不得不卖掉自己的土地了，或许还有他家族的庄园。我们会为此失去他家的老宅子。"

塞西尔点头。"陛下也很厌恶苏格兰女王的开销，特别是我们破译的一封信上说她收到过西班牙的大量黄金，她的法国家人也付给了她一笔抚恤金，她却把这些钱拿来支付给了她的间谍。玛丽女王才是应该付钱给你的人。她在英格兰靠着我们才幸免于难，却还在从我们的敌人那里收钱。"

"你知道她绝不会付钱给我！"我痛苦地抗议道，"她向老爷哭穷，还向我发誓说她绝不会为囚禁她的监狱掏一分钱。"

"我会再和陛下说说看。"

"每月给她送去账单可以吗？每个月的花费我都有记录。"

"不行。这比一次性告诉她更招人厌恶。贝丝，她不可能全额支付给你。我们得面对事实。她是你的债务人，你不能逼着她付钱。"

"那我们只有继续变卖更多的土地了，"我沮丧地说，"向上帝祈祷，在我们不得不变卖查茨沃斯之前，你能把苏格兰女王带走。"

"上帝，贝丝，已经糟糕到这种地步了？"

"我向你发誓：我们马上就不得不卖掉一座大庄园。"我说。感觉在和他说有一个孩子将要死亡。"我会失去庄园。她必须离开我们。金子像水一样流走，却没有任何收入。我得从别处筹钱，不久之后就只得卖掉查茨沃斯。为我想想吧，塞西尔大人，想想我的出身。想想我是怎么从一个除了欠债一无所有的女孩爬到现在让我满意的地位的，再想想现在的我不得不卖掉自己辛苦得来的家。"

## 1570年9月

玛丽　于查茨沃斯

B：

我不会失败。这是天赐良机，我不会让你失望。你会看到我恢复王位，我会让你成为我的将军。

M

这是拉拢塞西尔的大好机会，所以我像战场上的将军一样小心地做着准备。我没有去给他接风，而是让贝丝主持了晚宴，等他从疲劳的旅途中恢复精力，饱餐一顿，喝得微醉后，我才精心设计一番进入查茨沃斯的餐厅。

餐厅门朝西，所以当我进去时，大门在我身后敞开，夕阳的余晖和我一同进入大厅，那时他会因为阳光而目眩片刻。我穿着标志性的黑白配色，白色头巾尺寸刚好，方方正正地搭在前额上，剩下一撮卷发漂亮地绕在脸庞边。长袍塑得很紧，差点让我呼吸不畅——这个月的软禁让我意外长胖了些——但至少让我拥有了一位健康少妇的丰满曲线。我可不像他侍奉的那位女王，火柴棍式的老处女。

我在脖子上系了一条红宝石做的十字架项链，正好衬托出我雪白无瑕的肌肤，也可以取悦罗斯主教。脚上的拖鞋也是宝石红，当我提起长袍上楼梯时，塞西尔会看到我小心半掩着的衬裙、漂亮的脚踝以及镶有刺绣的长袜。宝石红的十字架配上同色系的鞋子和猩红色的衬裙，这样热情的搭配会让大多数男人激起一丝欲望，却又对我尊重有加。

塞西尔、麦梅、罗斯，还有什鲁斯伯里全都在我进入时站了起来，躬身行礼。我首先回应了作为房主的什鲁斯伯里——他的手因为我的碰触微微颤抖，这让我信心倍增——然后我转向了塞西尔。

他很疲倦——这是我对他的第一印象，疲乏却精明。沧桑的脸上一双锐利的黑眼睛，看起来就像一个特别有主见的男人。红宝石十字架和漂亮的鞋子并没让他有惊艳的表情。我朝他微笑，却没有得到回应。我看着他迎我进门，像破译密码一样研究着我，接着看到他灰黄色的脸上现出了一丝血色。

"久仰大名，终于有幸目睹尊容，"我用法语说，声音低沉又甜美，"早就听说你为我表亲提供了许多优秀的计策，我真希望也能有像你一样的顾问。"

"职责所在。"他冷漠而客套地回答。

我移向沃尔特·麦梅，热情地问候了我的主教。见面期间，我们偶尔会抓住时机面对面地谈上几句，关于利多尔菲的计划，"大英帝国"计划，诺福克的近况乃至我的支持者们的消息。但与此同时我也依然要装作一副我们从没有书信来往，也没有计划过任何事情的样子。我们像两位许久不见的女王和大使一样安静而愉快地交谈着。

他们有些文件需要我签署和上封，什鲁斯伯里建议我们去家庭休息室，那里空间更小一些，有助于我们更好地互动。

我挽着塞西尔的手臂，让他领着我走，微笑着看向他，表示对他的旅途见闻兴趣盎然。我告诉他骑马去温菲尔德又回到查茨沃斯的事儿，告诉他我有多喜欢骑马外出；告诉他贝丝看见我穿男式马裤骑马深感震惊，但当我告诉她我的婆婆凯瑟琳·德·美第奇也会穿后，她同意了让我骑马的事情。他听完后笑了起来,很勉强的笑容,好像平时极少笑似的。我向他询问了伊丽莎白的健康状况,然后惊奇又倍感兴趣地听他提起安茹的求婚。

他问我对新郎的看法,我对他眨眨眼,让他看见我略带嘲弄的笑容,却又十分认真地回答了他的提问,说我并不觉得小亨利有什么不妥之处。其实,他曾经向我求过一次婚,虽然后来我婉拒掉了这项荣誉。他微笑着俯视我,我知道这取悦了他。我把手稍稍挽得紧了些,他低下头轻轻对我说话,我抬头看着他,让他注意到我浓密漂亮的睫毛。这是个为胜利而生的男人,我会把他赢过来。

我想,这个男人的紧身上衣里正放着能让我自由的文件。我想,正是这个男人,杀了我的母亲。我想,我必须赢得他的喜爱和信任——而上上之策,便是让他对我神魂颠倒。

# 1570年10月

贝丝　于查茨沃斯

"您觉得她怎么样?"我问塞西尔,他们已经见面交谈了六七次,最后终于签署完了所有文件并都打上了封蜡。马儿已在门口等待,塞西尔也即将离去。

"非常美丽,"他说,"很迷人的女人。货真价实的偷心贼。就算她没有过分挥霍,我也不会怪你有把她赶出门的想法。"

我点头。

"还很聪明,"他说,"比不上陛下受过的教育——算不上学识渊博,也没有战术可言——但是很聪明,懂得对自己有利的事情得紧追不放。狡猾。这些都毫无疑问,但称不上英明。"

他停下来,对着我微笑。

"也很高雅,"他又说,"气质好,身材棒。骑马姿势很漂亮,有犹如天堂般的舞步,如夜莺般甜美的歌声,画像般精致的容貌。招人喜欢的类型。女王的范本。赏心悦目,魅力四射的女人。说她是欧洲最美丽的女王并非虚言。更甚者,我想她是我见过的最美丽的女人,符合所有男人要求的尤物。她或许是最完美的女人。年轻,光彩照人——能让男人神魂颠倒的女人。"

我眨眨眼睛,随即尴尬地感觉到眼睛里溢出了泪水,于是又眨了眨眼睛,把它们像灰尘一样抹掉了。我看到过自己的丈夫如何爱上这个该死的

## 另一个女王

女妖精,还以为塞西尔会对她免疫,毕竟他对天主教徒、法国以及爱慕虚荣女人的仇恨已经到了无可救药的程度。可是,似乎就算是他,也没有逃过一个微笑和凝望的诱惑。玛丽女王那种抬头看向男人的眼神,会让每一个诚实的女人都想上去扇她一个耳光。但是,就算我妒火中烧,也无法否认她的美丽。

"她确实漂亮,"我承认道,"也很完美。"我发觉自己正咬牙切齿地,对着这个意料之外的玛丽女王的又一位拥护者微笑:"我得说,万万没想到你也会对她青睐有加。"我试着欢快地说话,却感到心情异常沉重。

"啊,她确实让人难以抗拒,"塞西尔说,"我感受到了她的魔力。就算是我,有那么多厌恶她的理由,也感觉到了她独特的、强大的魅力。她是女王中的女王。但是贝丝,别这么快下结论,问问我对她是否还有其他看法。"

他对我微笑,一副洞察一切的模样。"让我想想。我对于这位完美公主的其他看法?她不值得信任,不是个可靠的盟友,而是可怖的敌人、坚定的天主教徒,是我们和英格兰现在与未来的敌人。她会召回天主教堂,把我们赶回迷信的深渊。毫无疑问,她会把我们新教徒都烧死,直到威胁她的所有障碍变成灰烬。她像船员一样狡猾,像荡妇一样善欺。她像位于蛛网中央的蜘蛛,是阴谋筹划的中心,腐蚀、诱捕着这个国家的每一个男人。她是我们至今为止碰到的阻碍英联邦和平的最危险的敌人。她是英格兰和平的敌人,陛下的敌人,也是我的敌人。我绝不会忘记她带来的危险,也绝不会原谅她带给我的女王和我的国家的危机。"

"您会马上让她回苏格兰吧?"我急切地问,"让她恢复王位?"

"明天,"他冷酷地说,"她待在苏格兰可能会和在这里一样舒适,也和在这里一样是个巨大的威胁,我毫不怀疑这一点。不管她在哪里,身边都会围绕着那些愿意为她而死的男人,她将是西班牙和法国各种阴谋的关键所在。不管是去苏格兰还是地狱，我都得把她从我们的国家赶出去，在她害死更多无辜的性命、阴谋夺走陛下的性命并彻底毁了我们之前，以我的生命起誓，一定让她滚出去。"

"我不认为她会要了陛下的性命。"我一针见血地道。对她公平是一件非常困难的事情，但我还是得说："她对王室血亲的权威看得很重，也很维护。她坚信受过膏礼的君主是神圣的。她会反抗伊丽莎白，但绝不会杀了她。"

塞西尔摇摇头。"和她密谋合作的人希望她们两个都死，以便达到他们自己的目的。这也是她如此危险的原因——她是个活跃的、精力十足的傻瓜，被一群邪恶的男人玩弄于股掌之中。"

# 1570年10月

## 玛丽 于查茨沃斯

  他们试图禁止我和莱斯利主教独处,但我只需要一小会儿。在他准备上马,而贝丝正和她伟大的朋友塞西尔深谈的时候,我抓住了机会。

  "这项协议会确保我回到苏格兰,且还有一支军队作为我安全的保障,"我语速很快,"好好监督塞西尔和伊丽莎白,确保他们按计划实施行动。这是我的未来。你一定要保证他们不会出卖我们。"

  "相信我,"他一边说,一边费劲地翻身上马,"如果您下个春天还没回到苏格兰,西班牙的菲利普亲王就会亲自出马帮您恢复王位。我得到了他的保证。"

  "这是他的原话?"

  "是的,利多尔菲得到了他的承诺。利多尔菲是大英帝国的关键,他会把一切都整合起来。他不会让您失望的,我也不会。"

# 1570年冬

乔治　于谢菲尔德城堡

已发现藏有给苏格兰女王密信的地方：

1. 花园的石头下。一个年轻的园丁把它交给了我，信封上贴着一个先令，任谁都能简单地猜到这是为她送信的报酬。

2. 为她特制的圣诞节面包里。烤面包的是我的糕点师。

3. 丝质长袍的内衬里。来自她巴黎的朋友，信被小心地缝在里面。

4. 夹在一本书里。来自一位西班牙属地尼德兰的间谍。

5. 折叠藏在一匹锦缎里。来自爱丁堡。

6. 不知从何处飞来的她养的家鸽脚上。我很担心，因为这鸽子不会飞得太远：不管是谁送来的，一定离这里不远。

7. 塞在马鞍里。我举她上马时发现的。她一笑置之，好像这是无关紧要的事情。

8. 她宠物狗的项圈里。最末两项一定是我家里的仆人所为，为了巴结奉承她。家鸽是她自己训练的，还假装说她只是想要温顺的小动物而已。把鸽子送给她的我更是笨蛋。

"必须停止。"我告诉她。我试图用严厉的语气警告她，而她正在给小狗洗澡，长袍外系着围裙，头巾被取下放在一旁，秀发从发簪上滑了下来。这样的她，就像童话故事里洗衣服的女仆，一边笑一边给小狗洗澡，还试图去抱拼命挣扎的它。

"损斯贝侬!"看到我来,她欢快地喊道,"这里,玛丽,把小桃子抓住,它太调皮了,太湿了。"

小狗一跳就挣脱了她,活力四射地甩动身体,把我们全都弄湿了,女王笑道:"抓住它!抓住它!快!快!把它弄干!"

我重新恢复严肃的语气。"我敢说,如果我把它永远带走,您是不会高兴的。"

"一点也不高兴,"她回答道,"但是你为什么会想到做那么残忍的事情?桃子怎么得罪你了?"

"要不改成不给您带书,不给缝制长袍的新布料,或者不让您在花园里散步?"

她站起来,取掉围裙,普通又家居的动作,却让我差点想抓起她手吻上一吻,就像我们是在温馨小居里嬉戏的新婚夫妇。

"大人,我做了什么事让你生气了?"她乖巧地问,"你干吗这么威胁我?出什么事了吗?是不是贝丝向你抱怨我了?"

我摇头。"是您的信,"我说,"一定是您让给他们写信给您的。到处都可以找到这些信。侍卫每天至少会给我找到一封。"

她耸耸肩,经典的专属于她的动作。"我不知道,也不在乎。我能怎么办?英格兰到处都是想要我恢复自由的人。他们自愿给我写信看我是否需要帮助。"

"这会毁了我们,"我急切地对她说,"毁了您,也毁了我。您不知道塞西尔在每座庄园都安插了间谍吗?您不知道他清楚每天都有人给您写信,您也每天回信吗?您不知道他会读您写的每一封信和所有写给您的信吗?他是英格兰间谍的首领,比我知道的多得多。连我都知道您与法国和西班牙长期保持着通信状态,还有那个男人,我不知道名字的那个,一直用密码和您通信，问您是否安全，是否需要什么，是否会被释放。"

"我是女王，"她简言道，"高贵的公主。西班牙皇帝、法国国王，教皇都是我的亲戚。欧洲的国王要给我写信是再正常合适不过的了。你们违法的扣押让他们的代理人认为秘密送信给我更合适。他们本该公开自由地给我写信，但是因为我被囚禁了——没有理由的囚禁，一点理由都没有——所以他们无法做到公开自由。而其他人——我不能阻止忠心和虔诚的人们写信给我。我不能阻止他们，也不该阻止。他们希望表达对我的爱和忠诚，我很高兴能拥有他们。这有什么错？"

"仔细想想，"我迫切地说，"如果塞西尔认为我无法阻止您策划阴谋，他会把您带走，或者让人代替我来做您的护卫。"

"我本来就不该还待在这里！"她突然痛苦地大喊出声。她完全站直了身，黑色的眼睛里盈满了眼泪。"我和塞西尔签过协议，同意了所有条件，甚至向伊丽莎白保证放弃了我的儿子。你当时也在场，你看到我这么做了。为什么我还不能依约回到苏格兰？为什么塞西尔不遵守约定？现在还避重就轻地告诉我，不要给朋友们写信。我是不该给他们写信，我应该和他们一样是个自由的女人。你才要好好想想！"

她发火了，而且话里不无道理，这让我沉默了下来。"求求您了。"我脆弱地说，也只能这么说，"请不要让自己陷入危险。我看过其中一部分。写信的人都是些无赖和白痴，有些还是英格兰最绝望无奈的人，他们没有一分钱，也不会冒着生命危险计划救出您。他们或许是您的朋友，但是他们全都不可靠啊。有些人不过还是个孩子，另一些已经变成了塞西尔的间谍。他们领着塞西尔的工资，为他服务。塞西尔的间谍随处可见，他认识所有人。任何给您写信的人都会被他知道，而且其中大部分人还是他的手下，想要设下圈套陷害您。您不能信任那些人。您必须耐心等待。就像您说的，您和陛下签订了协议。您必须等着她实现她的诺言。"

# 另一个女王

"伊丽莎白会遵守和我的诺言?"她痛苦地重复着,"她从来没有遵守过!"

"她会的,"我肯定地说,"我向您保证,她会遵守诺言。"

## 1571年2月

贝丝　于谢菲尔德城堡

我的好朋友威廉·塞西尔就要成为伯利男爵了，我由衷为他高兴，就像自己受封一样高兴。这么多年为女王陛下尽忠，从未停止地保护着她，始终为英格兰的未来出谋划策，塞西尔晋爵当之无愧。从陛下登上王位到现在，如果没有塞西尔多年的英明谏言和精心部署，上帝知道我们可能会陷入什么样的危险，面临什么样的事故——绝对比现在纠缠我们的噩梦更加严重和棘手。

噩梦确实存在，毫无疑问。信里除了通知他晋爵的事情外，还有一个警告：他很肯定，苏格兰女王正在策划一场新的叛乱。

亲爱的贝丝：

请小心。虽然让她在伦敦的同谋者逃掉了我们的监视，但你可以监视她，查明阴谋的来龙去脉。我知道诺福克虽然发誓对陛下绝无二心，但却以底价向伦敦珠宝商兜售他的金子和银器。他甚至把他父亲的嘉德勋章拿出来变卖套现。我无法相信，除了他的生命，他还会为了其他事情牺牲掉这枚象征他父亲最高荣誉的勋章。如此值得他牺牲的事除了谋反还会是什么？我很担心他在为另一场战争筹资。

如果英格兰的和平遭到了破坏，那么我晋爵得到的所有骄傲和快乐都将消失殆尽。我现在也许是男爵，你也许是伯爵夫人，但是如果我们的女

## 另一个女王

王被赶下了台或者被谋杀了,那么我们的境遇不会比小时候好,还记得小时候吧,没有土地,贫穷卑微的孩提时代。警醒起来,贝丝,像往常一样,让我看到你所看到的一切。

伯利

我微笑着看着他的新署名,但随着手中的信纸变成块块碎片,在档案室里的壁火中烧成灰烬,微笑也从我脸上消失得无影无踪。无法相信,诺福克这样明智的男人竟会又一次为了苏格兰女王铤而走险。但是塞西尔——伯利,我该这么称呼他——鲜少失误。如果他怀疑会有另一个阴谋,那么我就该做好警戒工作。我要警告伯爵老爷,并亲自监视她。真希望他们现在就把苏格兰女王带回苏格兰去。上帝知道,我有多想他们把她带走啊,带到哪里都行。

# 1571年2月

**玛丽　于谢菲尔德城堡**

我期待着,强烈期待着。我想,我们都会自由的。

玛丽

我特意穿着黑白搭配的衣服,很醒目的颜色,手上戴了三枚戒指(其中之一是诺福克的订婚戒)和一串昂贵的手链,这是为了告诉众人,虽然我被赶下了王位,黑珍珠项链也被伊丽莎白偷走了,但我仍然是女王。我的装扮仍然不失风范。

莫顿勋爵从苏格兰来访,我需要他将我已经准备好回国的消息带回苏格兰。他本来预计中午到达,但一直到下午三点左右,天色已经变黑,气温也开始下降的时候,他才骑马进入庭院。

巴宾顿,忠实的男侍童,飞快地冲进我的房间,小鼻子被冻得通红,一双小手也冰冷非常。他告诉我从苏格兰来的贵族绅士终于到了,他的马已经进了马厩。

我端坐在椅子上静候着,座下是象征女王身份的挂毯。门外理所当然地响起了敲门声,什鲁斯伯里和莫尔顿一同进了房间。我没有起身,而是等着他上前行礼,当他恭敬地弯腰时,我轻轻点头回应。他得再次学会尊我为女王,我不会忘记从前的他和其他野蛮人一样恶劣,有我的允许,他才能继续说话。现在的他拘谨得像是我的犯人,接下来,他会目睹我回到爱丁堡，重新登上王位。他得学会顺从和尊重。

贝丝跟在他们背后也进来了，我微笑着看她行屈膝礼。她屈膝的幅度很小，这段日子以来，我们之间的情谊已经所剩无几。大多数下午时光我依然和她一起度过，依然向她保证，只要我恢复王位，一定会满足她的愿望。但是她却十分不耐烦，一方面厌倦了侍奉我，另一方面我和侍卫的开销让她变得越来越穷。我都知道，但我不能也不会在这件事情上帮助她。去向伊丽莎白索要囚禁我的费用吧，我可不会付钱给囚禁我的狱卒。

两年之前，当我第一次踏进她的家门时，可看不到现在她脸上的担忧和冷酷。那时的她刚刚结婚，满脸洋溢着幸福，令人自豪的丈夫，还有伯爵夫人的地位，都让她新鲜不已。现在的她为了取悦我失去了大量财富，也许还会失去庄园，而且她早已清楚地知道自己失去了丈夫的爱情。

"下午好，伯爵夫人。"我甜美地问候，她的回答声却小得可怜。之后，什鲁斯伯里夫妇自行退到了房间的角落，我点头示意鲁特琴手开始演奏，玛丽·西顿去安排酒和小蛋糕，莫顿则坐在我身旁的凳子上，向我低声报告他带来的消息。

"我们已经做好了您归来的准备，陛下，"他说，"我们甚至为您准备好了荷里路德宫里的老房间。"

我咬紧嘴唇。一瞬间又在脑海里看到瑞齐奥流出的深红色血液，染红了我餐厅的地板。一瞬间，我想起了回到苏格兰意味着什么。那是一片不会有法国玫瑰盛开的土地。苏格兰人以前就对我不敬，现在也好不到哪里去。我得回去和一群野蛮人生活，在血迹斑斑的餐厅里用餐，用我的意志和所能想到的政治手段统治他们。博斯维尔和我能一起制服他们，但直到他归来之前，我又得在绑架和叛乱的危险中艰难度日。

"王子也已经准备好了旅行，"他说，"他很期待来到英格兰。我们已经向他解释过了，这里会成为他以后的家，总有一天他会成为英格兰的国王。"

"他身体好吗?"

"我给您带来了家庭教师为他记录的生活细节,还有他导师记的。他身体健康,精神饱满,越来越坚强,也开始学习课程了。"

"他现在口齿清楚了吗?"先前的报告说他流口水,而且吃饭和说话时闭不上嘴唇。这是一个将会统治两个国家的王子——也许是三个,所以他必须得是完美无缺的。我知道这要求很苛刻,但世道就是如此残忍现实。

"好多了,您会亲自看到的。"

我把报告交给玛丽·西顿暂时保管,以便过会儿查阅。

"我有个请求。"他轻轻地说。

我等着他开口。

"我们从英格兰大使那里听闻您和西班牙皇帝一直有通信。"

我抬了抬眉毛,没有说话。谁给我写信的事儿还轮不到莫顿多嘴。再说了,我并没有直接和西班牙皇帝接触过。他都是和我的使臣利多尔菲交涉的,利多尔菲现在正赶往尼德兰的阿尔瓦公爵处,之后会去拜访教皇,再去和西班牙的菲利普会面。好笑的是,他的出国通行证还是伊丽莎白给的呢,她一点都不知道利多而菲是我的使臣,且还在游说列国联手反抗她一事。

"还有和法国国王。"

"所以呢?"我冷峻地问,"然后呢?"

"我必须要求您,不管这件事有多敏感,都不能给他们写信。"他尴尬地说。我一直觉得他的苏格兰口音很重,现在因为尴尬变得越发明显。"我们正在和代表英格兰政府的伯利男爵签署协议——"

"伯利男爵?"

"威廉·塞西尔大人。"

我点头。敌人加官晋爵，对我和世袭贵族们——我的朋友而言，可不是件好事。

"我们正在签署协议，但是如果塞西尔大人发现了那些敌国和您交换的密信，他是不会信任您的。他不会信任您。"

"法国有我的亲人，"我指出，"他不能责备我跟家人写信，毕竟我远离家乡，而且孤身一人。"

莫顿笑了起来。他看上去一点也不关心我是否寂寞。

"那西班牙的菲利普呢？这个英格兰最大的敌人，直到现在都还在组建船队意图入侵英格兰。他把船队叫做无敌舰队，打算毁灭英格兰。"

"我没有写信给他，"我自然地撒谎道，"我从没有写过塞西尔不能看的信给我的家人。"

"确实，陛下，您也许是没写过他不能看的信，"他强调道，"但他也许看过您写过和收到的每一封信，不管您觉得自己和您的密探有多高明，那些数字密码和隐形墨水有多隐蔽，对塞西尔来说，根本不足为惧。"

我转开头，暗示他我很生气。"我没有写任何关于国家机密的事情，"我坦言道，"和朋友与家人写信有什么不对？"

"那利多尔菲呢？"他突然问。

我很镇定，没有动摇，没有露出哪怕一丁点儿认识他的迹象。我像画像般纹丝不动，就算他盯着我瞧，也无法发现我的秘密。"我不认识什么……利多尔菲，"我像第一次听到这个名字一样表现得很陌生，"我不知道那些信的事情。"

"我请求您。"莫顿说，因为要当面说一位女性和女王是骗子，他尴尬地红了脸，"我不会问您到底和谁通过什么信，我是您真正的朋友，我来这里的目的是签订协议，帮助您回到苏格兰，回到您的王位上去。所以我请求您，不要做任何有关阴谋的事情，不要给阴谋家写信。除了我和这里的什鲁斯伯里大人，还有伊丽莎白陛下，谁也不要相信。我们都已经决定让您恢复王位了，您得耐心等待。如果您能保证像一位伟大的女王那样耐心和有信誉，那么，您会在今年重新登上王位，也许就是这个复活节。"

"今年复活节？"

"是的。"

"你能保证？"

"是的。"他说，我选择相信他，"那您可以给我保证吗？"

"我的保证？"我冷冰冰地重复。

"您的保证，女王的保证，保证您不会和英格兰的敌人阴谋策划任何事情。"

我安静了下来。他殷切地看着我，好像我是否能安全回归苏格兰以及他所有的计划是否能成功都靠这一瞬间。"好，我保证。"我庄严地说。

"女王的保证？"

"女王的保证。"我坚定地说。

"您不会再寄收任何密信？不会参与任何破坏英格兰和平的阴谋？"

"我向你保证，不会。"

莫顿叹了一口气，看向什鲁斯伯里，好像心中的大石稳稳落了下来。什鲁斯伯里靠近我，对我微笑。"我说过她会保证的，"他说，"女王下定决心要重新登上王位。她会对你和其他忠心的国民负起全部责任，绝不让你们失望。"

# 1571年3月

乔治　于谢菲尔德城堡

阳光明媚的春日中午，女王和我一起骑马回家，身后的马车上装着两只狍子，正好让贝丝的厨房换换新花样。女王心情轻松愉快，她喜爱狩猎，比我见过的所有女人更精通骑术，甚至比大多数男人技巧更好。

穿过大门走向马厩时，我心里突然一沉，看见贝丝正在等着我们，双手背在背后，一脸怨妇模样。女王转过脸，发出微微的一串压抑笑声，以免让贝丝看到她被逗乐的样子。

我翻身下马后，把女王从马鞍上抱下来，然后我们两人像等着训斥的小孩儿转身面向贝丝。

她不情愿地屈膝行礼。"我们要马上动身去图特伯里。"她开门见山地说。

"图特伯里？"女王重复道，"我以为我们会在这里等着，之后回去苏格兰。"

"朝廷来的信，"贝丝说，"我已经开始收拾行李了。"

她把一封密封的信交给女王，对我冷漠地点点头，自己大步流星地朝旅行货车走去，仆人们正在为又一次旅行做着准备。

女王脸上所有的快乐都不见了，她把信交给我。"你来告诉我信里的内容，"她说，"我不敢看。"

我揭开封蜡，打开信。是塞西尔的来信。"我不理解，"我说，"他信里说回图特伯里是为了更好地确保您的安全。他说伦敦发生了些小事故。"

"小事故？他是什么意思？"

"信里没说。他只说要再看看情况，如果您待在图特伯里会更安全，他也会更安心。"

"我在苏格兰更安全！他说没说我们什么时候启程？"

"没有。"我一边说，一边把信交给她，"我们必须按照他的吩咐离开。但是我想弄明白他到底想干什么。"

她斜着眼瞟了我一眼。"你觉得贝丝会知道吗？他会单独给她另写一封信吧？可能会告诉她，他自己担心什么。"

"很有可能。"

她取掉那副红色的皮手套，把手环在我的腰间。不知道她有没有感觉到我的脉搏因为她手指的触碰而狂跳不止。"问问她，"她耳语道，"从贝丝口中查明塞西尔在想什么，然后告诉我。"

# 1571年3月

### 贝丝　于谢菲尔德城堡往图特伯里城堡途中

一如既往，他们在队伍的最前面，而我辛苦地跟在车队旁边，车上装载着她的奢侈品。但当他们到达目的地，老爷把她安顿进以前的房间后，就骑马回来找我了。看到货车数量如此之多时，他脸上露出了吃惊的神情，这次出行有四十辆货车，我疲倦又风尘仆仆地领着他们前进。

"贝丝，"他尴尬地说，"这么多车啊，我不知道——"

"你是来帮他们下货的吗？"我不悦地问，"找我有事儿，老爷？"

"我想知道你是否有吉尔伯特，或者亨利，或者其他朝上的人传来的消息？"他犹犹豫豫地说，"你知道他们为什么要把我们送回来吗？"

"她没告诉你？"我挖苦他说，"我还以为她早就知道了。"

他摇摇头。"她担心他们又食言，不会送她回苏格兰。"

我们转向通往城堡的小路上，道路如常泥泞坑洼。我是真的恨死这座小城堡了。这里不仅是她的监狱也是我的监狱。我会告诉他所有事情，不会存心折磨他和苏格兰女王。

"我不知道这件事，"我说，"我只从亨利那里听说陛下似乎打算接受法国王子的求婚。塞西尔建议她接受王子殿下。我想在这种情况下，塞西尔觉得最好把苏格兰女王送走，以免她试图说服法国的亲人反对这门婚事。她一定会从中捣乱，惹出另外的麻烦。"

"麻烦？"老爷问，"她会惹出什么麻烦？"

"我可不知道,"我说,"这么久了,我从来猜不准她会惹出什么样的麻烦。如果我猜得出来,现在也不会在这里了,领着四十辆马车,去我讨厌的房子。我只知道塞西尔警告我,他担心有一场新阴谋,但现在还没有证据。"

"没有阴谋,"他急切地说,"塞西尔当然找不到证据,因为根本就没有。她已经保证过了,你不记得了吗?她以女王的声誉向莫顿大人保证过,不会有阴谋,也不会有密信。她会回到苏格兰的。她以自己的声誉起过誓,不会参加阴谋。"

"那我们为什么会在这里?"我问他,"如果她真像你说的那样清白无辜的话?"

## 1571年4月

### 乔治　于图特伯里城堡

"没有比这更有违常理的事了，我敢肯定，这事也是违法的——该死的，扭曲又侮辱人，违反传统和现实，既莫名其妙又不公正。"

我沿着图特伯里的外城墙走着，猛然发觉自己正在自言自语。我向着远方凝望，却没有心思欣赏墙外春天一片新绿的风景。我想，从此以后，只要看着北方，那种害怕会有军队前来围攻我们的恐惧永远也不会消失。

"肯定不合法，而且错得离谱。"

"怎么回事？"贝丝走到我身边问道。一条长披巾从头上一直垂到她的肩膀上，这让她看起来像是一个出门喂鸡的农妇。"我刚好在花园，看到你像疯了一样自言自语、大步流星地走到这里来了。是女王吗？她又做了什么？"

"不是她，"我说，"是你那好朋友，塞西尔。"

"伯利。"她存心气我才会特意纠正，我很明白。那个无名小卒现在成了男爵，我们得呼唤他为"大人"。凭什么呢？他可正打算迫害一个血统正宗的女王，把她逼向叛国之路！

"伯利，"我温和地重复，"当然了，塞西尔大人。塞西尔男爵大人。你一定为他高兴得不得了吧。你的好朋友变得如此有权有势，认识和崇敬他的人该有多开心啊。他还在继续建造他的庄园吗？从陛下那里得到了大量的赏金、重要的职位吧？他每天都在变得越来越富有，不是吗？"

"出了什么事,让你这么生气?"

"他已经向国会递交了议案,要剥夺苏格兰女王的继承权,"我说,"剥夺她的继承权。现在我明白了他为什么要命令我们到这里来,在这里能更严密地监视她。如果有国家要为她起义,现在就是最好的时机。他们宣布她没有合法继承权!议会居然有权力决定谁是王位继承人了?!继承权不是由血统决定的吗!一群下议院议员也有权力决定谁是国王的儿子?!完全没有道理,违背常规!"

"伯利已经做到这一步啦?"

"女王一定认为这是对她的侮辱。她本该在这个月回到苏格兰恢复王位,塞西尔却把我们送到这里来,还提交议案说只要是天主教徒,就没有继承英格兰王位的权利。他们对待天主教继承人的方式就好像……"我一时语塞,找不到合适的例子。这是在英格兰从没有发生过的事情。"……对待犹太人。"终于接上了。"就好像面对的是姓都铎的犹太人,姓斯图亚特的犹太人,是伊斯兰教、印度教的异教徒。他们把她当成土耳其人对待。她可是有都铎血统的王室后代——塞西尔却把她看作是一个外国人。"

"这么做能使伊丽莎白逃脱天主教的暗杀,"贝丝机灵地辩解道,"如果天主教徒不能继承英格兰王位的话,那么那些隐藏起来的神父就没有理由把自己当成殉道者去杀害伊丽莎白了。"

"没错,但是塞西尔不是为了这个原因,"我说,"如果他真的如此关心陛下的生命安全,那他早该在去年提交议案,那正是教皇把伊丽莎白逐出教会,并号召英格兰国内的所有天主教徒谋杀她的时候。不是这个原因。在我们达成协议的时候恶意攻击苏格兰女王,这是要逼她造反。我必须把这一切都告诉她。这是关系到两位女王各自宗教的法令,我必须告诉她,这是对她继承权的侵犯。"

"你还可以告诉她,她的阴谋诡计已经彻底完蛋了。"贝丝语气中夹杂

## 另一个女王

着复仇成功的快感,"不管她给诺福克和其他外国朋友写了些什么信,不管向他们承诺了什么,只要她被剥夺了继承权,那么他们都会知道她不过是个骗子,在英格兰没有朋友的骗子。"

"她不是骗子,她是王位继承人,"我顽固地说,"不管别人说什么,不管塞西尔在议会上说了什么,都改变不了她是都铎后代的事实,不管他们喜不喜欢,她就是最近的王位继承人。她将是英格兰的下一任继承人。我们还能怎么办?难道可以仅凭喜好挑选下一任国王和女王吗?君主不是由上帝挑选的吗?难道他们不是由血统传承的吗?再说了,以往每一任国王和王后都是天主教徒,英格兰老国王们信仰的宗教现在却成了阻碍他们成为国王的障碍了吗?上帝变了吗?国王也变了?历史也能变吗?塞西尔——请原谅,伯利男爵——他有权利剥夺理查德一世、亨利四世的继承权吗?"

"你干吗这么激动?"她不悦地问道,"她向你承诺过公爵的爵位了?要是她成了英格兰女王就马上加封你作为奖赏?"

在我的城堡里,我的妻子居然敢如此侮辱我,这让我吃惊得屏住了呼吸。但这就是如今的世风世俗啊:管家成了男爵,女王被下议院剥夺了继承权,妻子也能如此无礼地对丈夫说话,好像和她说话的是个蠢蛋。

"我尽忠的对象是英格兰女王,"我紧张地说,"你知道的,贝丝,我为此付出过很多。"

"我也付出了不少。"

"我只效忠英格兰女王,"我说,"就算她不幸地被误导了,被你的朋友误导了。"

"嗯,很高兴听到你依然忠诚,那样就万事大吉了。"她讽刺地说,因为每个人都很清楚,今时今日的英格兰简直是一团糟。她转身向来时的楼梯走去,想要回到城堡庭院里那个狭窄的香草园。"对了,记得告诉她,让她明白，这就是她野心的终点。只要我们同意，她会是苏格兰女王，但她绝不可能统治英格兰。"

"我只效忠英格兰女王。"我重复道。

"你最好更为国家考虑一些，"她说，"塞西尔比国王和王后更了解英格兰。你在意的只是谁在王位上，塞西尔比你更有远见。他知道上议院和下议院同样重要。他知道最重要的是人民。而百姓们可不想再要一个喜欢火刑和迫害的邪恶女王，就算她的继承权再强上十倍。一定记得告诉她这一点。"

## 1571年8月

**玛丽 于图特伯里城堡**

在这个破旧的城堡里,我就像一只被陷阱困住的狐狸,简直要因为愤怒和精疲力尽咬掉自己双脚。伊丽莎白承诺让我回到苏格兰,但同时又在竭尽全力让我再也不能得到英格兰这份更大的奖励。

她像个知道自己最后的机会终于到来的女人,接受了王子的求爱。人们都在说,这个愚蠢的老女人已经爱上安茹,下定决心要拥有他,她知道这是最后的机会,结婚、做爱和生育的最后机会。因为我的出现,加上所有大臣都支持我,她终于意识到必须给他们一个儿子和继承人,使我远离王位。终于,她决定去做这件每个人都认为必须做的事情:和一个男人结婚,祈祷他能给予她一个儿子。

法国的家人竟然忘了他们自己的尊严,选择背叛我和我的事业,这再一次提醒了我凯瑟琳·德·美第奇这个劲敌的可怕。在这关键时刻,他们本该全身心关注我安全回到苏格兰的事情,但现在却把所有时间和精力都放在了如何让小亨利·德·安茹同这个英格兰的老处女结婚的事情上。他们会站在她身旁反对我和我的事业。他们会同意她的观点,认为我应该被遗忘。伊丽莎白会把我困在这让人痛苦的图特伯里,或者把我捆住送往其他遥远的堡垒;她会把我囚禁在金博尔顿庄园,就像可怜的阿拉贡的凯瑟琳那样,我会在默默无闻中死去。她会生下一个儿子,剥夺我的继承权。她将和我的亲戚——法国王子结婚,然后瓦卢瓦王室将忘记我曾经是他们中的一员。这场婚礼将是人们最后一次想起我和我的王位的时刻，我必须在婚礼举行前得到自由。

塞西尔已经向议会强行提交了议案，声称天主教徒不能继承英格兰王位。这议案很明显是冲着我来的，设计在新教继承人出生之前就剥夺我的继承权。如此奸诈、谎言连篇的议案刺激得我无法呼吸。朋友写信告诉我还有比这更加糟糕的事情：所有天主教徒将不能继承家族的土地，这是对我宗教的公开攻击。他计划将我们全变成自己土地上的乞丐，这是令我无法忍受的事情！我们必须得马上采取行动。每一天，敌人的抵抗都愈加强烈；每一天，塞西尔对我们天主教徒的仇恨都愈加强烈。

我们的时机到了，必须到了。不能有任何拖延。大英帝国计划必须在这个月启动。我不能再耽搁了，塞西尔已经通过法律剥夺了我的继承权，伊丽莎白会把我从家族里赶出去。他们承诺让我回到苏格兰，可我又一次回到了图特伯里。我们必须现在启动计划。我们准备好了，盟友们发誓会帮助我们，时间已经定好了。

此外，我早就渴望行动。即使会失败，我仍然喜爱品尝努力的快乐。有时候，我想，就算注定失败，我还是会继续做下去。我写信给博斯维尔，向他倾吐满腔的绝望，然后他回信了：

只有笨蛋才会走向失败。只有笨蛋才会自愿为遥不可及的希望献身。你见识过我如何铤而走险，但我绝不会为注定失败的事情行动。不要做傻瓜，玛丽。有必赢把握的时候再行动。为了死亡和荣誉而出征，只会便宜了你的敌人。玛丽，你以前只做过一次这样的傻瓜。

B

看信时我忍不住笑了起来。博斯维尔居然建议我要小心谨慎，真是稀奇。再说了，我们不会失败的。因为我们终于得到了所需的盟友。

法国大使来信告诉我，他已经给亲爱的诺福克送去了三千克朗的金币，足够支付我的军队开销，诺福克会想办法让他手下的信使秘密把金币送来给我。利多尔菲报告说他已经与尼德兰的西班牙将军阿尔瓦公爵见过面了，他会从英吉利海峡港口周边的低地国家出发，带领西班牙军队执行攻击任务。他已经得到了教皇的赐福，教皇也亲口允诺给他财政支援。只要西班牙军队一踏上英格兰国土，罗马教廷的权威和财富就是他们坚实的靠山。现在，利多尔菲正赶往马德里，确保西班牙会按照原定计划给予我们全力支持。有了教皇的支持和阿尔瓦公爵的建议，西班牙的菲利普亲王一定会下令部队继续前进。

我写信给约翰·莱斯利，罗斯的主教，询问他最新进展，还同时写给老部下查尔斯·拜利，他现在在莱斯利手下做事。但是他们两人都没有给我回信，这种情况很是糟糕。巴伊可能因为主教下达的秘密任务而外出，但我的使臣本应立刻给我回信的，我知道他在伦敦等待"大英帝国"计划的消息。没有收到回信，于是我立刻写信给诺福克，向他打听消息。

诺福克把回信藏在新鞋的空心鞋跟里送给了我，当然是用密码写的。他说，他已经亲自写信给莱斯利，并派了一位可靠的仆人前往其住所，但是房门紧闭，莱斯利并不在家中。家里仆人说他正外出拜访某位朋友，但是他们并不知道他究竟在哪里，更奇怪的是他没有带任何行李，也没有带上贴身小厮。

诺福克说这不像是外出拜访，更像是抓捕，他担心主教已经被塞西尔的特务组织逮捕了。感谢上帝，至少他们不会对他用酷刑：他可是一名主教和公认的使臣。他们不敢威胁或者伤害他，但是却能阻止他给我和诺福克写信，可以阻断主教给我们提供的信息。在这最关键的时刻，主教不见了，如果塞西尔真的逮捕了莱斯利，那就说明他一定在怀疑，怀疑是否有阴谋正在酝酿，即使他现在还没有掌握具体情报。

塞西尔绝不会做无用功。他本可以随时抓走莱斯利主教，却偏偏选择这个时候才行动，就说明他肯定知道我们正在计划某些重要的事情。但我又自我安慰地想，我们总算把他从暗处逼到了明处。博斯维尔过去常说，要把敌人赶到开阔地带去，那样敌军数量就一目了然了，塞西尔现在肯定在害怕我们，才会如此公然展开行动。

麻烦远远不止这些。诺福克信中提到他已经把三千克朗的金币交给什鲁斯伯里手下的一位布商，让他给我送来，这位布商以前也是诺福克家里的一位专职跑腿的仆人。他们没有告诉这位商人箱子里面到底装了什么。诺福克认为这样反倒更安全，只说箱子里面装的只是一些封好的文件和少量的钱币，请他顺道把东西捎上，带来图特伯里。但这样做风险太大了，不知道货物的真实价值，送货人的警惕心会很低，不够重视，可如果他太好奇了，又可能会直接开箱子。我猜想，诺福克是觉得如果他知道了箱子里面装的东西很贵重，那么他可能会偷走金子——而且我们无法因为他的偷窃行为抱怨或者逮捕他。不管怎样，我们都很危险，但是我还是希望诺福克可以从他几千名可信的仆人中挑一个来承担这项任务，保守这个秘密。这些可是我用来支付起义军的费用啊，诺福克居然让什鲁斯伯里的布商运送它们！

我得咬紧舌头才能稍微耐心一点。上帝啊！如果是博斯维尔，一定会找来一个奴隶，或者是死士。诺福克一定也有这样的人，为什么不用呢？他毫无危机感，但我们可是要推翻一位当权的女王啊，他表现得好像我们很安全一样，我们可并不安全。我们将和英格兰最强大的势力抗衡，要在她的领地上挑战她；我们将和塞西尔及他的特务组织一决高下，而且他已经警醒并开始怀疑了。上帝知道，我们一点都不安全。我们当中，没有一个人是安全的。

## 1571年9月

**贝丝 于谢菲尔德城堡**

漫天尘埃与燥热的英格兰暮夏来临了，树叶儿像那化装舞会过后女人身上的礼袍，早被折腾得皱巴巴的了。我们又获令回到了谢菲尔德。不管他们所恐惧的危机是什么，似乎都已经结束了，夏天也因此又再次晴朗了起来。朝中一切顺利，温多弗夫人从奥德利庄园写信告诉我，伊丽莎白对她表亲霍华德家的态度变得宽容亲切了。陛下现在正在他们家做客，并不时说起霍华德以前的功绩和好处，故而其他人正准备向她求情，让她原谅霍华德，取回他的官职和在诺福克的庄园。霍华德家的孩子们很是可怜，他们家现在落入了王室评估人的手里，所以只能祈求伊丽莎白高抬贵手，放他们一马。大臣们都期待这件事能圆满解决。我们也希望他们能够和解。

除了霍华德家族，伊丽莎白没有其他家人；她和霍华德是从小一起长大的表姐弟。他们或许像其他表姐弟一样吵架，但亲情依然深厚，这是无可厚非的。她终会原谅他的。在霍华德家做客、享受他儿子的殷勤招待，就是她让步的标志，就是她允许霍华德回归的方式。

我期待，这是持续了两个夏天的危险与不幸的终结。伊丽莎白下令让我们回到了谢菲尔德城堡，当初被放逐到图特伯里的恐惧终于消散了。伊丽莎白终会原谅霍华德，或许她还会和安茹结婚，生个儿子给我们。苏格兰女王会被送回苏格兰，结果好坏就全凭她自己的能耐了。我可以慢慢恢复在老爷心中的地位，一点一点地，我们会收复失去的财富。被卖掉的即是永远失去的，不能再要回来，但贷款总能偿还，抵押总能赎回，佃农们也会习惯即时涨高的地租。我已经计划好了，抵押一座煤矿，再卖掉几块土地，那么在未来五年之内，我就能把老爷的外债全部还清。另外，如果苏格兰女王能信守承诺，或者伊丽莎白分担些开销，哪怕只偿还我们一半的费用，应该就可以度过这次严重的财务危机，不至于非得卖掉一座庄园。

把老爷和女王安顿在谢菲尔德后，我会回到查茨沃斯。像分别已久的爱人，我对查茨沃斯的思念如潮水般泛滥。今年夏天已经过了一大半，我可不想再错过树叶逐渐干枯、凋落时的美景。今年我们没钱重建或装修，明年也不行，或许接下来的十几年都没有机会，但至少我现在能计划自己想做的事情了；至少我能享受工作了。至少我不再是另一个年轻女人宫廷里的无名小卒，而是以伯爵夫人的身份在自己的土地上巡视，拜访朋友，和孩子们一起生活。

这个秋天，老爷和我会护送女王回到苏格兰，如果她能对老爷大加奖赏，我们应该可以拥有苏格兰的土地或者苏格兰公爵的爵位。如果她把收纳入港税的权力交给老爷，或者下放一些限制商品进口税的权力，又或者将边境通行费的收缴权力交给老爷，那么我们或许可以从这次痛苦的经历中重新恢复元气。就算她食言，不给我们任何补偿，至少我们能摆脱掉她，只要能摆脱掉苏格兰女王，对我来说就相当于一个男爵封号的奖励了。而且只要她离开了，老爷的心思就会回到我的身上，这一点是毫无疑问的，老爷和我的婚姻并不是一时冲动的结果，而是建立在互相尊重和一定感情基础之上的；再者，我们俩的利益现在紧紧连在一起，还是同以前一样，因为婚姻法的规定，我把土地交给他保管，他则把孩子和伯爵夫人的头衔交到我手上。可以确定的是，当她离开，他从那愚蠢的迷恋中清醒过来后，就会回到我的身边，我们能像以前那样再次重归于好。

所以，从玫瑰园漫步到花园大门的途中，我安慰着自己，期待一个更好的未来。之后我突然停顿了下来,因为世界上最可怕的声音响起了:飞驰的马蹄声,快得像万分焦虑的心跳,我一下子就明白过来了,没有一丝怀疑,一定是可怕的事情发生了。真正可怕的事情再次发生了。飞驰的马儿把恐怖带进了我的生命。它把恐惧带到了我家的门口,来得如此迅猛,如此突然。

# 1571年9月

乔治　于谢菲尔德城堡

听到贝丝大喊我的名字和城堡钟声响起的时候，我正在马厩，照看最喜欢的那只老鹰。

被钟声惊到的老鹰在我手腕上使劲扑腾着想要飞走，于是我一边对付着乱扇的翅膀，一边心怀疑惑叫唤着养鹰人，混乱得好像世界末日到了。他跑着过来用袋子罩住被惊吓的鸟，动作敏捷地用手稳稳抱住她，我松开皮带后直接把鸟交给了他。在这期间，恐怖的钟声没有停止，吵闹异常，声音大得可以把死人唤醒，活着的人也都受不了。

"上帝保佑，这是怎么了？"他问我，"西班牙人登陆了？还是北方又暴动了？"

"我不知道。好好把她养着，我得走了。"我边说边跑去前门。

钟鸣声让我心慌意乱。虽然心中恐惧泛滥，但我不能跑，那会有失身份。于是我强迫自己慢下来，管住肺和两只脚，不要任意奔跑。当我到达前门时，看见贝丝已经在那里了，面色像床单一样苍白，她跟前的地上倒着一个男人，头埋在两腿之间，精疲力竭地就要晕过去了。

她沉默地把一封信递给了我。是塞西尔的笔迹，但是相当潦草，像是在神志不清的情况下写的。看到收信人是我时，我的心往下使劲沉了沉。除了收信人外，信封上还写了其他的东西："一五七一年，九月五日，晚上九点。赶快，赶快寄出。快，要快，事关重大！"

"快打开！打开！怎么现在才来？"贝丝对着我尖叫道。

我撕开了封蜡。地上的男人叫唤着要水喝，呼吸也异常困难，但没人有空顾及到他。

"怎么回事？"贝丝问，"是陛下吗？别说她已经驾崩了！"

"西班牙人要来了。"我说，声音里透着止不住的紧张和恐惧，"塞西尔说六千人的西班牙军队马上要登陆了。六千！六千！他们要来救她了。"

"我们怎么办？要去图特伯里吗？"

那个男人抬起头，声音嘶哑地说："去也没用了。"

贝丝茫然无措地看着我说："往南方走？"

"你是塞西尔的心腹？"我问那个男人。

他给了我一个扭曲讽刺的微笑，好像在说那样的人还没有出现。"来不及转移她了。我有另外的任务，"他说，"我要调查清楚她所知道的一切，然后向大人汇报。你们只能在这里等着侵略开始。你们不可能有他们快。"

"上帝，"贝丝说，"他们真来了我们要怎么办？"

男人没有说话，但我知道回答一定是：杀了她。

"陛下安全吗？"我问，"我们的女王，伊丽莎白？"

"我离开伦敦时她很安全，塞西尔大人当时正派人去奥德利庄园，接她回伦敦。"

"他们计划抓捕伊丽莎白陛下，"我简要地告诉贝丝，"信里这么说。他们有个大计划：绑架伊丽莎白陛下，释放苏格兰女王，号召人民起义。西班牙军队会踏平英格兰。"我转向那个男人。"你离开时伦敦没有失守吧？"

他摇头。"感谢上帝，我们比他们快了几天。苏格兰女王的间谍，一个叫利多尔菲的男人，在马德里把整个计划泄露给了一个英格兰商人。感谢上帝，那个商人立刻明白事关重大，于是以最快的速度派人把消息送给了塞西尔大人。大人派我来您这里。我们认为西班牙几天之内就会发起进攻。

他们的无敌舰队已经起航了，尼德兰也已全面备战，而且教皇正把他的财富拿来武装那些卖国贼，号召英格兰的所有天主教徒起义。"

我继续看信。"塞西尔要我质问苏格兰女王，说服她告诉我全部事情。"

"我和您一起去。"他说，步履蹒跚地站了起来，拍着马裤上的灰尘。

我对此感到很生气，自己竟不被人信任。不过这人太累了，居然靠着大门柱又倒了下去。

"这不仅仅是有关荣誉的事情，"他发觉我想拒绝他的要求，便说道，"我必须看到她，然后到她房间里搜查信件。苏格兰女王可能知道西班牙军队会在哪里登陆。我们必须召集军队，做好应战准备。这关系到英格兰的生死存亡，不单单关系到她的声誉。"

"我会和她谈。"我转向贝丝，"她在哪里？"

"花园里散步呢，"她说，脸色像坟墓般阴沉，"我派人去通知她。"

"直接去吧。"年轻男人决定道，但当他试图走路时，双腿却止不住地往下跪。

"你连站都站不稳啊！"贝丝说。

他抓住马鞍上的鞍桥，使劲把自己拖直站起来。他看着贝丝的神色很绝望。"我不能休息，"他说，"我不敢休息。我必须记下女王告诉我们的话，立马回去告诉大人。如果她知道西班牙军队在哪个港口登陆，可能还来得及在海上拦截无敌舰队，把他们赶走。六千人一旦登陆，我们不可能有胜利的机会，但是如果可以在海上拖住他们……"

"那就来吧，和我一起去。"我伸出手臂扶住他，然后我们俩，一个因为痛风一个因为力竭，颠颠簸簸地向花园走去。

她就在那儿，在门口，像个等待爱人的女孩。"我听到了钟响。"她说，脸上洋溢着希望。看了看这个年轻男人后，她对我说："发生了什么事情？为什么要敲钟？"

## 另一个女王

"陛下,我必须问您一些问题,这位绅士——"

"皮特·布朗爵士。"他向她鞠躬。

"这位绅士将旁听。他是伯利男爵的属下,给我们带来了些令人不安的消息。"

她凝视我的眼神如此诚实和真实,让我肯定她对这件事一无所知。如果西班牙人要登陆,他们也不会让她知道。如果他们要来救她出去,把她从我身边抢走,也不会是她授意的。她向我和莫顿大人保证过,不会和任何人密谋任何事情。她打算遵守伊丽莎白的条约,回到苏格兰,而不是破坏英格兰的和平。她保证过,不会再有任何阴谋。

"陛下,"我信任地问,"您必须告诉皮特爵士所有您知道的事情。"

她消沉了些许,像被雨水冲刷过后的耷拉下头的花朵儿。"可是我什么都不知道,"她温柔地说,"你知道我和朋友们还有家里人都断了联系。你看过每一封给我的信,而且我都是经过你同意再看信的。"

"恐怕您知道的比我更多,"我说,"恐怕您有些事情并没有告诉我。"

"你现在不相信我了?"她睁大黑色的眼睛,好像不相信我会背叛对她的真心,好像她无法想象我竟会指控她作假,特别是在一个陌生人、她敌人的信使面前。

"陛下,不是我不愿相信您,"我笨拙地说,"皮特爵士转告了伯利男爵的要求,必须问您这些问题。您被牵涉进一起阴谋事件,我必须查明您到底知道些什么。"

"可以坐下吧?"她以女王的口气疏远地说,转身背向我们,领头进入花园。凉亭里有长凳,周围开满了玫瑰花。她铺开长袍坐了下去,像个和求爱者见面的女孩。我在她女侍用过的凳子上坐下,而皮特爵士直接坐在了她脚边的草地上。

"问吧,"她主动道,"请便,任何事情。我需要为自己辩护,让所有事情都正大光明。"

"您能保证所说的都是实话吧?"

玛丽女王的脸像孩子般坦诚。"我从没对你说过谎,损斯贝依,"她甜美地说,"你知道我一直坚持要有给朋友和家人写信的自由,你也知道他们不得不秘密地给我写信和收回信的事。但是我从没有阴谋迫害过英格兰的女王,我也决不会支持鼓励她的臣民起义反抗她。你可以问任何想问的问题。我问心无愧。"

"您认识一个叫罗伯托·利多尔菲的佛罗伦萨人吧?"皮特爵士轻声问道。

"听说过,但从没见过,也没有和他通过信。"

"您是从哪里听说过他的?"

"我听说他借了诺福克公爵一些钱。"她对答如流。

"您知道那钱是用来做什么用的吗?"

"私人用途,我想。"她说,然后转向我,"大人,你知道我再也没有收到过公爵的信吧。你知道他已经放弃我们的婚约,发誓对伊丽莎白尽忠吧。因为伊丽莎白的命令,他撕毁了婚约,遗弃了我。"

我点头。"没错。"我对着皮特爵士说。

"您没有收到他的信?"

"自从他悔婚之后再也没有。就算他写了我也不会收,他已经拒绝我了。"她骄傲地说。

"您最后一次收到罗斯主教的信是什么时候?"皮特爵士问她。

她皱眉,试着回忆。"损斯贝依大人应该记得,或许。他的信一直是损斯贝依大人转交给我的。"她转向我,"他在查茨沃斯拜访过后,写信告诉我他已经平安回到伦敦了,是吧?"

"是的。"我确认道。

"自从那以后就没有收到他的信了?"

她又转向我。"没有了吧。对吧?没有。"

皮特爵士靠着尚有温度的石墙站了起来,以便稳住身形。"您收到过教皇和西班牙的菲利普亲王或者他们的仆人的信吗?"

"你说的是什么时候?"她稍带疑惑地问。

"今年夏天。最近几个月吧。"

她摇摇头。"没有。他们有给我写信吗?难道弄丢了?我想是伯利男爵的间谍把它们偷去了吧。你可以告诉他,就说是我说的,这么做是不对的。"

皮特爵士鞠躬。"谢谢您的配合,陛下。我告退了。"

"我有个问题问你。"她说。

"是什么?"

"我是个囚犯,但这并不能保证我的安全。刚才的钟鸣让我很担心,你的问题也没有让我放心。请告诉我,皮特爵士,发生了什么事情?伊丽莎白陛下,我的表姑,还好吧?"

"您是觉得她可能有危险吗?"

她垂下了眼睛,好像这个问题很尴尬。"我知道有些人对她的制度有异议,"她羞愧地说,"我很担心有人阴谋迫害她,而且还可能盗用我的名义。但那并不意味着我有参与其中。我只希望她平安无事,一直都在希望。因为相信她的承诺,我在她的国家、她的权势范围之下被囚禁着,可是她没有遵守诺言,没有遵守两个女王之间的契约。但就算如此,我也还是希望她健康、平安、繁荣昌盛。"

"陛下一定会因您的友谊得到祝福的。"皮特爵士说,我很好奇他是否说的反话,于是迅速地看了他一看,却什么也没发现,他和女王表现得都很冷漠。我看不透他们到底在想什么。

"所以，她是平安的吧？"她问。

"我离开伦敦时，陛下正在巡游中，在乡村享受温暖的天气。伯利大人及时揭露了一起阴谋，并消灭了它。所有参与其中的人都被判了死刑。所有人。我来这里的目的也只是确认您的安全。"

"那她现在在哪里？"玛丽女王问他。

"巡游中。"他镇定地回答。

"那个阴谋是关于我的吗？"她又问。

"很多阴谋都是关于您的，"他说，"不过幸运的是伯利大人的手下都很周密。您在这里很安全。"

"那么，谢谢你了。"她冷漠地说。

"借一步说话。"离开她后，皮特爵士对我说道，于是我跟着他走到了花园大门。"她在说谎，"他坦言道，"简直是信口雌黄。"

"我敢发誓，她没有——"

"我知道她在撒谎，"他说，"利多尔菲身上有她亲自向教皇写的介绍信，他拿给塞西尔的属下看过了，向别人夸耀女王对他的信任。女王告诉教皇要像相信她一样相信利多尔菲。利多尔菲有个叫做'大英帝国'的计划，会毁了我们全部人。我们现在正面临的危机就是因这个计划而起。她召唤来了六千个狂热的天主教西班牙人对付我们，而且知道他们会在哪个港口登陆，她还为他们准备了佣金。"

我撑住门柱，以免腿软站不住脚。

"我不能审问她，"他继续道，"不能像平时那样审问她。如果她不是女王，现在早就被抓进伦敦塔了，我们会在她身上压石块，直到她的肋骨断掉，那样真话就能和她最后一口呼吸一起被挤出来。我们不能那样对她，但是压力也快大得我们承受不了了。说实话，我差点就要忍受不了和她说话，也忍受不了那张虚假的面孔了。"

## 另一个女王

"世界上没有比她更漂亮的女人了!"我爆发出声。

"哦,那倒是,她很漂亮。但是人们怎么会喜欢这种两面三刀的女人呢?"

我差点和他争论了起来,可又想起她表面一副甜美问候伊丽莎白的模样,背地里却给西班牙的菲利普写信,将西班牙人引进英格兰,召唤无敌舰队意图毁灭英格兰。"你确定她知道这次的阴谋?"

"知道?明明就是她一手策划的!"

我摇头。不相信!不想相信!

"我没问出什么结果,但她可能对你或者伯爵夫人会更加诚实些,"年轻男人急切地说,"回去找她,看看能否发现更多线索。今晚我在这儿住下休息,明天一早离开。"

"利多尔菲有伪造介绍信的可能,他可能在这件事情上撒谎了。"还有别的可能,我想,在一团混乱之中的我们不可能对每一件事儿都百分百肯定。或许是你在对我说谎,又或许是塞西尔在对我们所有人撒谎。

"现在我们就假设是她在说谎,"他说,"顺着这条思路,看看能不能从她那里挖出些东西。特别是关于西班牙入侵的计划。我们必须得知道对方的行动纲领。如果她知道,一定会告诉你的。只要有一点线索可以推测出他们在哪里登陆,就可能拯救成千上万条生命,还可能拯救我们的祖国!离开前再来找你,我现在去她的房间,带来的人应该已经把房间翻了个底朝天了。"

他匆匆鞠了一躬便走远了。我转身回去凉亭。穿过草坪时,她一脸微笑地看着我,那是一张摄人心魄的笑脸,也是我熟悉的,恶作剧得逞后的淘气笑容。我知道这笑容的意思,也在一瞬间确定:她,就是幕后主使人。

"脸色真差,亲爱的损斯贝依,警报对我们都不是好事。听到钟鸣时我还差点晕过去呢。"

"您知道，是不是？"我疲惫地问，我没有再坐到她脚边的凳子上，而是继续站着，她见状便起身，来到了我的身旁。她秀发间的芳香清晰可闻，离得这么近，我随时可以伸出手环住她的细腰，然后从背后紧紧抱住她。她的头向后仰着，微笑着，心心相印的笑容，温暖的好朋友之间的笑，爱人之间的笑，暧昧不清。

"我什么都不知道。"她淘气又笃定地笑着说。

"我刚才告诉他，这个利多尔菲可能是假借您的名义说谎的骗子，但是他并不相信，甚至我也很难相信。您认识利多尔菲，对吧？是您授予了他所有权力，没错吧？您派他去找教皇，去找尼德兰的公爵，去找西班牙的菲利普——是您命令他策划这场入侵的吧？即使您和伊丽莎白签订了新的协议？即使您向莫顿保证过不会再策划阴谋，也不会再寄出任何信件？即使您私下里向我承诺过，我们俩人之间约定过，要特别小心？即使您知道如果我不做您的护卫，他们就会把您从我身边带走？即使如此，您还是违背了所有承诺？"

"我不能活得像具行尸走肉。"她小声说道，虽然这里除了我们并没有其他人，唯一能听到的只有午后花园里的画眉鸟，"我不能放弃自己的事业和生命。不能像具躺在棺材里的尸体，期盼着有个大善人把我运到苏格兰或者伦敦。我必须活下去。必须行动。"

"但是您保证过，"我像个固执的孩子，"如果亲耳听到您以女王之名做了承诺，亲眼看到您在协议上签署名字并封存，结果却发现这一切毫无意义，我要怎么再相信您说的话呢？难道您说的都是假话？"

"我被囚禁了，"她说，"除非恢复自由，否则一切免谈！"

太可恶了，我怒气难平，背叛的滋味让人无法忍受，于是我转身背向她，向前跨了两大步远离这个女人。这无疑是对女王的侮辱：在朝廷上，背对女王可是大不敬，就算有稍微一点不敬也会被驱逐出庭的。我发现自

# 另一个女王

己行为有所不妥,但一点也不想跪下朝她请罪。

我是个傻瓜。从始至终,我都一厢情愿地以为她是清白的,给塞西尔的报告里我总说自己拦截掉了她所有的信件,而她没有收到过任何密信。我告诉他,我可以肯定,苏格兰女王并没有主动找过那些人,也许她会招引阴谋,但她并没有自己酝酿过,但其实从始至终,塞西尔都知道她一直在背后策划着谋反起义,计划破坏英格兰的和平。从始至终,他都知道我是错的,他才是对的,苏格兰女王是我们的敌人,我对她表现出来的友善迁就,虽然算不上叛国却也极其愚蠢。她一直在行恶魔之事,我却相信着她、协助着她伤害我自己的利益、朋友还有我的同胞们。为了她,我成了一个彻头彻尾的傻瓜,她却一直利用我的信任伤害我的家人、我的财产以及我的妻子。

"你侮辱了我,让我成了笑柄!"我激动地说,依然和她拉开着距离,低着头背朝着她。"在塞西尔和大臣面前让我颜面尽失。我发过誓要保护你,让你远离阴谋,你却让我违背了自己的誓言。你倒是坏事做尽,把我变成了傻瓜。傻瓜!"一口气憋着差点窒息,我因为屈辱哽咽得难受。"你把我当成傻瓜玩弄于股掌之间!"

她仍然没有说话,我也没有转身面对。

"我告诉他们你没有酝酿阴谋,告诉他们应该让你享有更多的自由空间,告诉他们你和陛下签了协议,向莫顿做过承诺,并以女王的声誉发过誓。我说你绝对不会违背誓言——就像金币一样坚实的誓言,不会损坏女王的声誉。我告诉他们你是女王,最出色卓越的女王,不可能食言的女人。"我颤抖着声音继续道。"我觉得你对声誉一所无知,"我痛苦地说,"你不知道声誉是什么。你毁了我的声誉。"

我感觉到了她的触碰,轻柔地,像一片花瓣飘下。她来到我身后,把手放在我的肩膀上。我没有动,于是她轻轻地把头靠在了我的肩胛骨上。

如果我转身就能把她拥入怀抱,她冰凉的脸颊正好是我气愤得潮红的脸颊的降温药膏。

"你让我变成了一个傻瓜,在我的陛下面前、大臣面前还有我的妻子面前,"我哽咽地说,后背因为她的触碰刺痛难耐,"你在我的庄园里让我声誉尽失,而声誉和庄园就是我的一切!"

她放在我肩上的手力道更重了些,轻轻拉了拉我的外套,于是我转身对着她。那双黑色的眼睛里噙满了泪水,因为悲伤,脸上的表情变得扭曲。"啊,不要这么说,"她小声说,"损斯贝依,不要说那些话。对于我来说你是那么高尚的人啊,是我真正的朋友。从来没有一个男人像你一样为我服务。从来没有一个男人像你这么关心我,即使在我没有希望回去的时候。我想对你说,我爱——"

"停,"我插嘴道,"一个字也别再对我讲。别再给我承诺。我要怎么再面对你的话?我不相信你说的任何一句话!"

"听我说完!"她坚持道,"我是没说实话。但我是个囚犯,没有说真话的义务!我是被迫的,我的承诺没有任何意——"

"你违背了誓言,同时,也伤透了我的心。"我简短地说完,然后甩掉她抓住我的手,头也不回地离她而去。

# 1571年10月

贝丝 于谢菲尔德城堡

今年秋天比以往更冷，树叶儿凋落的时间比以往更早，似乎在预示着一个寒冷难耐的冬天。我们终究逃过了一劫，被一次闲聊拯救了，对，一次闲聊而已。苏格兰女王的间谍兼谋划人罗伯托·利多尔菲，曾在各大基督教国家寻求联盟对抗我们。他拜访了罗马的教皇、尼德兰的阿尔瓦公爵、西班牙皇帝及法国国王。他们要么准备了金子要么准备了军队要么两者都准备好了，计划入侵英格兰，谋杀伊丽莎白女王，然后将玛丽女王推上王位。还好利多尔菲狂妄自大，在一次闲聊中泄露了阴谋计划，并且刚好传到了塞西尔敏锐的耳朵里，这才救了我们。

塞西尔把苏格兰女王的主教送到伊利的主教那里做客。那一定是一场欢乐多多的派对。他把莱斯利主教的仆人抓进了伦敦塔并用压刑、悬空吊等酷刑让他招供。那个男人——苏格兰女王的老部下——回答了逼供者提出的所有问题，或许还招出了更多的东西。之后，诺福克的属下也被抓进了塔里，在指甲被拔出来的同时也全都招供了。罗伯特·亨福德招出了藏匿密信的位置，就在房顶的瓷砖下面。威廉·巴克尔供出了他们的阴谋计划。劳伦斯·班尼斯特破译了苏格兰女王写给她未婚夫诺福克的信，信中充满了激情和承诺。最后，他们把在剑桥郡做客的约翰·莱斯利主教，苏格兰女王的朋友兼大使，邀请到了伦敦塔，让他享受到了更加热情的待客之道和更加异于常人的痛苦滋味，而后他也对他们供出了所有情报。

又一轮搜捕行动开始了，诺福克又被送回了伦敦塔。真是难以相信，诺福克似乎在投降之后仍继续给另一位女王写信，酝酿阴谋，并且和西班牙与法国勾结一气，计划破坏英格兰的和平。

我确信，如果那计划得逞，一天之内，我们就能被西班牙的侵略摧毁，伊丽莎白会被谋杀，下一步这位"血腥玛丽"玛丽·都铎的真正传人——玛丽·斯图亚特——将会登上王位，那之后，熊熊烈火将在史密斯菲尔德再次燃起，新教的殉道者们将再一次被焚烧而亡。

感谢上帝，利多尔菲是个虚夸自大之人；感谢上帝，西班牙皇帝是个谨慎小心之人；感谢上帝，诺福克公爵蠢得让一个不可靠的马屁精运送金币，阴谋者之间还互相背叛；感谢上帝，有塞西尔坐镇领导整个间谍组织，掌握着所有情报。另一位女王如果得逞，她就会立即入住伦敦白厅宫，可能伊丽莎白已经驾崩，而英格兰，我的英格兰也会一去不返。

伴着越来越寒冷的夜晚，伯爵老爷变得一天比一天情绪低落，一天比一天沉默。他一个星期只去觐见苏格兰女王一次，态度冰冷地询问她是否安好，是否缺点什么，是否需要他转发信件，是否有什么要求或者是否对他和朝廷有什么抱怨跟不满。

她以同样冰冷的态度回答，说她状态不好，说她需要得到自由，说她要伊丽莎白遵守诺言送她回苏格兰，还说她没有信件需要寄送。他们十分正式地道别，像被逼在一起跳舞的敌人，不得已才碰在一起，随后又马上分开。

我应该为他们的友谊结束得如此生硬和糟糕欣喜；我应该躲在袖子背后偷笑，没有信誉的女王本就不值得他效忠。但是，在这么一座监狱里，我很难体会到那样的愉悦。过去几天里，我的伯爵丈夫一下子老了好几岁，他脸上愁容满布，几乎不开口说话。苏格兰女王本就寂寞，现在失去了他的宠爱，就只能再次来找我解闷，打发无聊的下午时光。她悄然无声地来了,像个不招人喜欢的女仆,我得说,让我吃惊的是她竟然会因为老爷的冷漠深受打击。任何人看到了都会觉得,她对老爷是有感情的。我们会让蜡烛一直燃到清晨五点,因为她说害怕幽黑的夜晚和灰暗的早晨。如日中天的好运势已经全部溜走了,好运气被她用干了。她知道,自己将会在囚禁中度过又一个冬天。她现在没有任何可能回到苏格兰。她亲手毁了自己的希望,而我也担心我的庄园会永远地受到这个悲哀的鬼魂的诅咒。

"贝丝,伦敦现在的情况怎么样?"她问我,"告诉我吧。我现在几乎得不到任何消息。我想,每个人都应该比我知道得更多。"

"诺福克公爵被捕了,被再次起诉同西班牙勾结策划谋反,已经被抓回了伦敦塔。"我对她说道。

她立刻吓白了脸。啊哈,我幸灾乐祸地想,终于有一次我们比你更快,知道得更多。她的间谍和联系人一定都藏了起来,所以她并不知道这件事。

"贝丝,不!这是真的吗?"

"他被控告参与释放你的阴谋,"我说,"你应该比我更清楚这件事。"

"我发誓——"

"别,"我冷淡地说,"省省吧。"

她沉默下来。"啊,贝丝,如果你处在我的位置上也会做同样的事情。他和我——"

"您真心爱过他吗?"

"我以为他能救我出去。"

"好吧,您把他送到了死神手里,"我说,"那是我不可能做的事情。就算我在您的位置上。"

"你根本不知道女王应该怎么做,"她坦言道,"我是女王。不是其他普通的女人。我必须是自由的。"

"您让自己面临终身监禁,"我预言道,"还导致了他的死亡。不管我是不是女王，如果我处在您的位置上可不会那么做。"

"他们找不到控诉诺福克的证据，就算他们伪造证据，严刑诱逼他的仆人做伪证，他仍然是女王的表弟。他是王室宗亲。伊丽莎白不会把自己的家人处死，王族是神圣不可侵犯的。"

"陛下有其他选择吗？"我恼怒地说，"您倒是说得容易，但是她有其他选择吗？霍华德给她其他选择了吗？虽投降过又被赦免，他仍然没有停止酝酿阴谋，您承诺停止行动后，也还是继续在活动，她还有什么办法结束这一切？她不可能用一辈子的时间来等待您的暗杀者把她杀了！"

"她不能杀他！他是她表弟，也是血统纯正的王族。而且她也不能杀了我，"她宣称，"她不能杀死一位女王。我也不会派遣暗杀者。这一切不会这样粗暴地结束的。"

"你们已经成了彼此的噩梦，"我说，"而且好像你们两人都无法从梦里清醒过来。"

我们沉默了一段时间。我正在绣查茨沃斯庄园图样的挂毯，和建筑师的设计图一样精确。我常常想，当我不得不以最低价格变卖掉查茨沃斯，变卖我的骄傲和快乐时，也许这就是我唯一能留下的关于查茨沃斯的东西。这些年以来所有幸福的记忆，都凝固在刺有我爱的庄园的挂毯上。

"我已经很久没有收到使臣的来信了，"女王轻声对我说，"约翰·莱斯利，罗斯主教，他被抓了吗？你知道吧？"

"他参与阴谋了吗？"我问。

"没有，"她疲惫地回答，"没有。我不知道任何阴谋。他也没有参与任何阴谋。就算他收到过某人的来信，或者和某人见了面，也不能被抓，因为他是使臣，有外交豁免权。就算在这样的国家里，在这个间谍发表声明、下议院通过法案的国家里，他也不能被捕。"

"那他就没什么可怕的了，"我刻薄地说，"您不用害怕。诺福克公爵也不该害怕。根据您的说法，他很安全，还有您和使臣大人，你们都是不可侵犯的，你们圣洁的身体，清白的内心。如果是那样的话，您的脸色为什么那样苍白呢，陛下，为什么我的丈夫不再陪您上午外出骑马了呢？为什么他不再找您，您也不再接见他了呢？"

"我要回去了，"她轻声说，"我累了。"

# 1571年11月

玛丽　于谢菲尔德城堡

我必须等待。数月沉默的等待间我管住舌头，甚至没有给自己的使臣写信询问消息，在囚笼中焦虑不安。终于，我收到了一封从巴黎寄来的信，已经被人打开过的信，上面说诺福克已经被捕，会被以叛国罪起诉。

上一次他被关进塔里，塞西尔说公爵只是有失国体而不是叛国，最后把他释放到了伦敦的别院里。但是这一次就完全不同了。塞西尔正控制着那些指控者，把公爵和他家里的人全部抓了起来。毫无疑问，仆人们会被酷刑折磨，要么招供事实，要么编造谎言逃避痛苦。如果塞西尔下定决心要公爵面临叛国罪的起诉，那么他一定会找到证据，霍华德家族的好运会在这一代终结，这种事最近常常发生。

第二张纸上的消息更糟糕。约翰·莱斯利主教，我忠诚的朋友，居然选择流亡法国，放弃回到舒适的家。他到了巴黎，决心作为一名流亡者终身生活在法国。他没有说在英格兰到底发生了什么事，也没有说为什么现在会出现在法国。他哑巴了。传言说他变了节，向塞西尔招供了所有一切。我无法相信，读了一遍又一遍手里的报告，但它仍然确定地说约翰·莱斯利抛弃了我的事业，给出了足以让诺福克定罪的证据。他们说莱斯利告诉了塞西尔一切他知道的事情，他当然什么都知道，他知道利多尔菲的所有事情——为什么？因为他就是阴谋的策划人之一。现在，全世界都知道公爵、银行家、主教还有我勾结法国、西班牙及教皇一起设计暗杀伊丽莎白，

## 另一个女王

入侵英格兰。全世界都知道，我选了一个牛皮大王、一个懦夫和一个傻瓜当同盟。我自己也是个傻瓜。

什鲁斯伯里再也不会原谅我了，因为我没有遵守和他的誓言，因为我对塞西尔，对莫顿还有他说了谎。自从那天在花园里他说我破坏誓言也伤透了他的心之后，就几乎不和我说话了。我试着跟他沟通，但他转身离开；我把手放在他的手上，但他轻轻抽回自己的手。他看上去生病了，而且疲惫不堪，但却什么都没对我说。他再也没对我说过任何话。

因为担心着开销，担心着未来，还因为长久积累下来的对我的怨恨，贝丝也变得精疲力尽。这个秋天，整个庄园笼罩着懊悔和仇恨。我不得不抱着希望，希望苏格兰人民会再次来找我，要求我回国；我不得不坚信会有一位新的勇士给我写信，带着计划救我出去；我不得不坚信西班牙的菲利普不会因为这次灾难性的结果丧失信心，虽然我们先前向他保证过不会让计划失败。我找不到信心再次提笔，再重新开始，重新缝制一条阴谋的挂毯。

什鲁斯伯里说我毁掉了作为女王的声誉，我很担心未来不会有人再相信我，不会有人再觉得我的判断是正确的。我想，这次我是彻底败了。我最棒的勇士和唯一的朋友博斯维尔现在仍然被关在丹麦的监狱里，没有被释放的希望，而且他写信告诉我说这样的监禁快要把他逼疯了。我的密码被破译了，朋友被关进了监狱，大使不再为我代言，未婚夫正面临叛国罪的起诉，还有那个爱过我的男人，那个甚至不知道自己爱过我的人，再也不会和我彼此凝视了。

# 1571年12月

## 乔治 于谢菲尔德城堡

我以为自己早就痛苦过了。我以为我早就失去了对妻子的爱和责任，特别是在她认为我是个傻瓜之后。我曾经默默地，总是默默地对一位地位远在我之上的女人——不仅是女王，更是天使般的女王——发誓效忠。但是现在我发现在已经熟知的那座地狱之下，还有一座新的地狱。我发现那个被我默默许以忠诚的女人不过是个叛徒，一个自欺欺人的背叛者，违背誓言之人，骗子，没有高尚品德的人。

应该感到好笑的是我曾经还看不起农民出身的贝丝，因为她有严重的德比郡口音，因为她对神学知识一窍不通却偏说自己是新教徒，因为她坚持使用英文写的《圣经》，不认识拉丁文，因为她用被遗弃的修道院里的赃物来装饰墙壁和房间。因为她不过是个盗贼的寡妇，农民的女儿。可现在，我为自己犯下的傲慢虚荣之罪嘲笑自己，但那嘲笑声听起来好像我喉咙里发出的临终哀鸣。

我把真心和财富交给了一个谎话连篇、肆意妄为的女人，却没有交给我的妻子，那个直率、粗俗又可爱的妻子。玛丽女王会说三国语言，但从不用它们来说真话。她会像意大利人那样跳舞，却走不出一条直线。她的女红比女裁缝的还要好，写得一手好字，但她签在文件底部的署名却毫无意义可言。相反，我的贝丝在整个德比郡都是出了名的诚信商人，只要和贝丝做生意，你大可把性命赌在上面。可这位女王，就算在真十字架上发

## 另一个女王

了誓，也只会产生短暂的效力。

我把财富花在了一位飘忽不定的女王身上，我把荣誉交给了这个凯米拉①怪兽。我把贝丝的嫁妆和孩子的遗产浪费在了这位女王身上，却不知在那高贵的外表下其实是一个不折不扣的叛徒。我让她在我的屋檐下发号施令，尊她为女王，让她任意支配仆人和物资，因为在我忠诚的内心深处，一直相信这是一位独一无二的女王。

唔，至少这一点我是对的。她的确是独一无二的女王，没有王国、没有王冠、没有尊严、没有权力，也没有荣誉的女王。上帝命她为女王，让她受了膏礼，但却在某种意义上完全把她给忘记了。或许她也向他撒谎了。

现在我也必须忘记她的全部。

贝丝到了我的门前，却只在门口等待，似乎不确定我是否欢迎她的到来。

"进来。"我说。本想用友善的语气，听起来却很冷漠。我们俩之间的默契早已不在了。"找我有什么事吗？"

"没事！"她尴尬地说，"只是想和你说说话。"

我把头从正在阅读的文件堆里抬起来。管家坚持要我把它们看完，都是些我们借钱的单据还有女王的日常开销清单，数量可不小，而且明年借条就到期了。除了变卖土地，找不出其他方法还债。我轻轻地把一张白纸盖在单据上，这样贝丝就不会看见了——没必要为此让她担心——然后我慢慢地站起身来。

"别，我没想要打扰你。"她道歉。

这些日子以来，我们总在给彼此道歉，在屋里也要小心翼翼地踮着脚尖走路，像家里有丧事一样。是啊，我们的幸福死了，而且全是我的错。

"你没有打扰到我，"我说，"怎么了？"

---

① 希腊神话中的怪兽，羊身、狮头、蛇尾。

"我是来道歉的,但是这个圣诞季我们家确实没办法对外开放、招待佃户们过节了,"她急忙地说,"我们没法招待所有的佃农和他们的家人,仆人们也一样,没办法招待他们全部。今年不行了。"

"没钱了吗?"

她点头。"没有了。"

我想笑,但觉得那样更不妥。"到底需要多少钱?金库里的金币和金盘肯定够了吧,只是我们自己家的人,吃顿晚饭还有麦芽酒的钱。"

"已经所剩无几了啊。"

"你已经试过借钱了吧?"

"在本地范围内,能借的都借了。我已经把土地拿去抵押了。他们不再全额贷款,因为担心我们没有能力偿还。如果情况还没有任何改善的话,我们将不得不把金盘拿到伦敦的珠宝商那里低价变卖。"

我吓到了。"不能卖掉我家族的黄金。"我抗议着,想象着那些刻有家徽的金盘子被融化成碎片的惨状,想象着那些珠宝商们一边称量银器,一边看着我家的家徽,嘲笑我也会落魄到如此田地。

"不会,当然不会卖的。我们先卖我的东西。"她波澜不惊地说。

"我很抱歉,你最好也告诉管家,让他通知佃农们今年不能过来吃圣诞晚宴了。也许明年也不能。"

"这样他们就会知道的,"她提醒我说,"他们会知道我们境况不佳。"

"我想所有人都知道,"我干巴巴地说,"自从我每月给陛下写信,祈求她偿还拖欠我们的账单以来,信件都是在公共场所由人念给她听的。整个朝廷都知道了。整个伦敦都知道了。所有人都知道我们濒临破产。没人会给我们贷款的。"

她点头。

"我会让事情好转的,"我急切地说,"如果你不得已把金盘拿去卖了,我会帮你找回来的。我会找到解决办法,贝丝。你不会后悔和我结婚的。"

她低下头,紧咬着嘴唇,那样才能吞下本该脱口而出的责备。我知道她早就后悔和我结婚了。她一直在想前任丈夫们,为她处心积虑地集积财富的那些男人们。那些曾被我耻笑为篡夺者的男人,没有家族可言的男人。她从他们的婚姻里收获了财富:一笔巨额财产,但却被我浪费掉了。我弄丢了她的财产。而且,现在我还弄丢了荣誉。

"你圣诞期间会去伦敦吧?"她问我。

"诺福克的审判被延迟到了圣诞之后,"我说,"有这么一个鬼魂游荡在宴会上,我很怀疑他们在王宫里会过得愉快。他的审判应该由我负责。那时我肯定会去伦敦,过完第十二夜。之后见到陛下,我会再次提起关于欠债的事情。"

"她也许会付钱给我们的。"

"也许。"

"有任何送苏格兰女王回国的计划吗?"她充满希望地问道。

"现在没有,"我轻声说,"他们已经把她的主教流放到了法国,还有她的间谍利多尔菲,流放至意大利。西班牙大使也被赶出国了,其他人都被抓进了伦敦塔。苏格兰人不会想要她回去的——在看到她无良的同盟者之后,看到她言而无信、出尔反尔、违背同莫顿勋爵的承诺之后。诺福克一案的证据定会牵连她,这一点塞西尔肯定想到了。唯一的问题是,他会如何利用对她不利的证据。"

"他们会起诉她吗?罪名是什么?"

"如果他们能证明是她勾结西班牙入侵英格兰,或者阴谋暗杀伊丽莎白陛下的话,那么她就会被视同谋反,那可是死罪。当然,他们不能处死她,但可以定罪后让她被判无期徒刑。"

贝丝沉默了下来,避开了我的眼睛。"真遗憾。"她尴尬地说。

"谋反的下场就是死刑，"我冷静地说，"如果塞西尔能证明她试图暗杀伊丽莎白，那么她就得面临审判。这是她应得的报应，如果是普通人干了这些事，早就被处死了。"

"她说伊丽莎白永远也不会杀死她。她说自己是神圣不可侵犯的。"

"我知道，她是神圣的。但是这罪名会把她永远地送进伦敦塔，而且在欧洲没有势力能保护得了她。"

"诺福克要说些什么才会让她的下场那么惨？"

我耸耸肩："谁知道她给诺福克的信上说了什么，或者给西班牙、给她的间谍、给教皇的信里说了些什么？谁知道她向他们承诺过什么？"

"那诺福克会怎么样？"

"应该是叛国罪，我应该会是首席法官。谁能想到呢，我竟然是审判托马斯·霍华德的法官！我们可是一起长大的交情啊。"

"他会被无罪释放的，"她预测道，"或者陛下会在审判后原谅他。他们虽然会吵架，但陛下仍是关心他的。"

"但愿如此，因为如果要我判他有罪，宣读他的死刑执行书的话，那将是我最黑暗的一天，也是英格兰最黑暗的一天。"

# 1571年12月

**玛丽　于查茨沃斯**

双腿又僵又硬，痛得差点走不了路。我忍着痛在庭院里蹒跚而行，突然看见一块石头从墙外被扔了进来，带着弧线，滚到了我的脚边。有张纸包在石头外面，我不顾膝盖的阵痛，立刻把它踩在脚下，用长袍把它藏了起来。

心跳加快，嘴唇扬起了微笑。啊，又一个开始，又一个提案，又一个阴谋。本来以为打击太大，我已经无力再做更多了，但现在，随着一个新的阴谋落到脚边，另一个获得自由的希望跃然心田。

我向四周望望，除了小侍童安东尼·巴宾顿外，并没有人在监视。我像踢足球的少年一样迅速把石头踢向他，他弯下腰快速地捡起来放进口袋里。我又挣扎着走了几步，虚弱疲惫，看起来好像膝盖疼得更厉害了，然后我出声叫他过来。

"孩子，把肩膀借我用用，"我说，"今天腿太软了，走不了路。扶我进房间。"

我几乎能肯定没有人注意到我们，但是阴谋的快感之一即是等待。等走到楼梯的拐弯处时，我急切地对他说："快！现在！现在！"他的小手伸进马裤口袋把石头拿出来，扯出皱巴巴的纸条，递给了我。

"好孩子，"我小声说，"晚餐时来找我，到时奖给你一个甜李子。"

"我是为了信仰效忠您的。"他说。黑色的眼睛里满是兴奋的光芒。

## The Other Queen

"我知道，上帝会为此好好奖励你的，但是我还是想给你甜李子。"我微笑着对他说。

他笑了起来，帮我打开房间的门，然后鞠躬离开了。艾格尼丝·利文斯敦扶我进了房间。

"您很痛吧？伯爵夫人还说今天下午要过来和您坐坐。需要我告诉她不用过来了吗？"

"不用，让她来，让她来。"我说。不能让他们察觉一个新的阴谋已经开始，一场新的战争就要爆发。

我打开一本圣诗集，把一些白纸任意散在桌子上。门开了，贝丝走了进来，屈膝行礼，在我的允许下坐下来。她坐的凳子很矮，因此看不到我放在桌上的信。好笑的是，她就在我身边坐着刺绣，而我拿着信——一封邀请我毁了她的女王和她的信函——当着她的面打开了它。

只大概浏览了一下，我就面带恐惧地吸了口气。"快看这个，"我突然对她说，"看！看这里！从院墙外面扔进来的东西！"

这是一幅图画，画上的我是一条美人鱼，赤裸着上身的荡妇，画的下方是一首淫诗，写着我所有丈夫的名字，评价说他们都死了，好像上了我的床就等于进了停尸房。上面说可怜的法国国王弗朗西斯是被我毒死的，达恩利是被博斯维尔杀害的，我又让博斯维尔上了自己的床作为奖赏。上面还说博斯维尔被当成疯子关在一个面朝北海的镶有铁条的山洞里，而我呢，上面把我叫做他的法兰西荡妇。

贝丝把信丢进火里烧掉。"淫秽之物，"她简单地说，"别想太多。一定是有人圣诞节喝多了麦芽酒，趁着喝醉唱了一段歌，然后随便画了一张画。没别的意思。"

"这是对我的正面攻击。"

她耸耸肩。"利多尔菲阴谋的消息会传遍整个英格兰，您也会因此受到责备。您已经失去了人民的爱戴，他们原本以为您是被苏格兰人虐待的悲剧女王，可现在他们却认为您只会带给我们麻烦。所有人都害怕和讨厌西班牙人，因为您勾结西班牙人入侵英格兰，他们是不会在短时间之内原谅您的。即便是天主教徒，也在责备您煽动教皇反抗伊丽莎白陛下。他们想要的是和平生活，我们也都想要和平，可您却意图破坏它。"

"但是这张纸上的内容与西班牙还有你所说的一切都没有关系，"我说，"这上面没有说利多尔菲和诺福克公爵的事情。全部都在谈论达恩利、苏格兰还有博斯维尔。"

"酒馆里的男人就喜欢那种调调，并不是特意针对您的，他们什么都说，而且这都是很久以前的丑闻了。"

我摇摇头，想把多余的想法甩出去，然后抱起小狗找些安慰。"但为什么偏偏是这个丑闻？为什么是现在？"

"只要一有风吹草动，他们就会跟着到处八卦，"她冷静地说，"这不是好几年前的新闻了吗？老早以前的丑闻？"

"但是为什么要现在提起？为什么他们不说我煽动教皇或者勾结西班牙入侵？为什么这个旧故事会更吸引人们的注意？为什么是现在？"

"我不知道，"她说，"在这里我没听到任何流言。而且也不知道为什么是现在。"

我点头。我想我已经知道是怎么回事了，而且也知道谁是幕后指使人。除了他还会有谁能诽谤我？"贝丝，你觉得有没有可能，伊丽莎白派出到酒馆和市场的间谍，除了打探消息，还会散布言论？当他们探听对她不利的消息时，会不会也同时散布我的丑闻，还有她敌人的丑闻？你不认为他们除了在门洞边偷听外，也把恐惧像毒药般滴进了普通百姓的思想里吗？你不认为他们待我不敬，而且到处散播对异邦和战争的恐惧，谴责犹太人和天主教徒吗？你不认为伊丽莎白是在靠恐吓人民来保证他们对英格兰的忠诚吗？她的代理人遍布全国，唯一的任务不就是散播恐惧和保持人民的忠诚吗？"

"嗯，是的。"她同意道，伊丽莎白的英格兰是个可以买卖真相和明价出卖丑闻的地方，"但是为什么每个人都在谈论您的那条丑闻？为什么是现在？"

"问得好，为什么是现在？在这个特别的、敏感的时刻？正好在诺福克审判之前？会不会是因为他拒绝招供任何对我不利的证据？他们是不是在担心诺福克直到死，都不会提供我叛国的证据？因为他知道他是清白的，没有参与任何反抗伊丽莎白的阴谋，而我也同样是清白的。我们想要的只是能够结婚然后回到苏格兰。我们所做的只是为了恢复我的自由。但是他们却想要处死诺福克，然后毁了我。你不觉得这就是事实真相吗？"

贝丝的针线仍在挂毯上穿梭。她知道我是对的，她了解我的敌人，知道他是如何工作的，也知道他成功的手段。"但是为什么要拿这条丑闻来中伤您？"

"我是个女人，"我轻声说，"如果你恨一个女人，第一件要做的事情就是损坏她的声誉。他们会认为我是个没有羞耻心的女人，不适合做统治者，也不适合结婚。如果他们毁了我的声誉，那么诺福克的罪名可能会更严重。他们把他塑造成了准备和一个通奸犯兼杀人凶手结婚的男人，让他看起来像个野心勃勃的疯子，而我则是个卑劣的淫娃荡妇。谁还会跟随诺福克或者为我服务呢？苏格兰王室或者英格兰人都不愿要我这样的继承人，他们会判我谋反罪成立，因为觉得我就是个荡妇和杀人凶手。"

贝丝勉强地点点头。"即使不能把你们两人都带上法庭，也会使你们的声誉受损。"

"谁能够散布这样的消息？贝丝·塔尔伯特，你认为会是谁？你觉得是谁，能利用流言、伪证和恶意中伤来破坏别人的声誉？永远地消灭他们？

不能在调查中证明他们有罪，便下定决心要让他们声誉尽失？谁会那么做？谁有足够的人力物力和权力做到这一点？"

我看透了贝丝那张失措的脸，她一定知道是谁在指挥间谍，散布丑闻。"我不知道，"她笃定地说，"我不知道有人能做出这些事情。"

我决定无视这张图画。反正比起刚刚被烧掉的纸团，我听过更糟糕的民谣，也见过更下流的画像。我没有逼迫贝丝说出塞西尔就是这一切的主使者。"好吧，好吧，"我轻快地说，"如果像你这样在朝中生活多年，见过无数有权有势的大人物的人都不知道的话，那么我肯定也同样不知道。"

# 1572年1月

乔治　于伦敦　哈勃公馆

糟糕的天气，糟糕的旅途，到了伦敦后我直接住进了家里的公馆，不过那里只打扫出了几个房间供我使用。到了之后我才发现，那些揭露苏格兰女王恶行的证据早在三年前就到了塞西尔手里，不过当时被伊丽莎白下令作为国家机密不得公开，而现在却是到了公布的好时机——那些邪恶、下流的淫诗和丑陋的密信。

在之前那次对苏格兰女王的公开调查中，我们一致拒绝审核那些秘密信件，认为要么把它们作为呈堂证供，要么就不要拿出来。可现在却发现那些曾经被认为太过惊世骇俗的，不同意在公开调查中讨论的可怕的秘信，被编辑成册、明码实价地在商店出售，而且穷人们还根据那书册上的污秽故事编了好多民谣，画了许多连环画。这些邪恶污秽故事的主角苏格兰女王被伦敦市民一致谴责，而且整个英格兰的民众似乎都知道了那些信件，就连不识字的最无知的人都清楚地知道她是博斯维尔的情妇，杀死达恩利的凶手，第一任丈夫的囚徒，法国岳父的情人，还有恶魔联盟的成员之一。他们胡乱编造着邪恶又扑朔迷离的关于苏格兰女王的民谣和故事。她，那个我第一眼看到的她，风与火之女王，现在却变成臭名远扬的荡妇，众人口中的笑料。

当然，这让诺福克的处境更加糟糕，所有人都认为他愚蠢至极。在审判还没正式开始前，我们就会先入为主地认为诺福克一定是被野心灌醉了，

## 另一个女王

才会让如此一个恶毒的女人引诱上钩。在没有任何证据呈上之前,甚至在他走上审判席之前,每一个有主见的英格兰人就已经开始谴责他,谴责他的愚昧和好色。

除我之外。我不会谴责他。有什么资格谴责?她让我情不自禁,就像诺福克一样;我渴望她,就像诺福克一样。就算心知她可能是个坏女人,但她仍然是苏格兰的女王,可以让诺福克成为国王。诺福克至少还有老霍华德家的野心,我比他更加愚蠢,只是想为她尽忠,不求回报,不计代价。只是单纯地想要侍奉她而已。

# 1572年1月

贝丝　于谢菲尔德城堡

　　我们必须等待，等待在伦敦的托马斯·霍华德的判决结果，除了等待，我们什么也做不了。玛丽女王迫不及待地想知道结果，却又害怕真正听到。看到这样的她，你也许会真的相信他们是真心相爱的，相信这个女人爱上了一个受审中的男人。

　　她登上城墙眺望南方而不是北方，因为那是诺福克所在的方向。她知道，今年不会再有北方军队为她而来。被她诱骗的诺福克和为她拉帮结派的罗斯都被监禁了，手下的间谍也逃跑了，她变成了孤家寡人。阴谋主使利多尔菲也仅能保住自己的安全。她最后一任丈夫，博斯维尔，永远也无法从丹麦的监狱中逃脱了，苏格兰和英格兰的贵族们一致决定不能让如此一个危险的敌人得到自由，因此，博斯维尔对于她再无利用价值。她唯一的一位朋友兼糊涂的崇拜者，我的丈夫，正在从心碎中恢复，而且终于记起了对自己女王和国家的职责，还有对我的承诺。被她引诱上钩的男人们现在都对她没了用处。没有拯救她的军队，没有为她效忠的死士，没有偷偷藏在数十个隐秘之处的探子。她被彻底打败了，朋友们都被抓了起来，面临酷刑的折磨，或者统统都逃命去了。她终于成了真正的囚徒。完全在我的控制之中。

　　奇怪的是，我并没感到有多快乐。也许是因为她输得太过彻底：曼妙的身材变得肥胖，优雅被病痛的笨拙取代，眼睛因为哭泣变得浮肿不堪，

# 另一个女王

玫瑰花蕾般的双唇因为折磨缩成了一道薄薄的僵硬的线条。总是看起来年轻洋溢的她,突然变得和我一样老,和我一样疲惫不堪,和我一样忧愁心伤。

我们组成了一个秘密同盟:都明白了女人要在这个残酷的世界生存不是一件容易的事情。我失去了最后一位丈夫的爱情。她也一样。我可能会失去家园,而她却失去了王国。我的时运可能会再次兴旺,她的可能也会。但在这寒冷、灰暗的冬日里,我们像两个卑微的寡妇,只能紧紧抱在一起取暖,期待着好日子,虽然很怀疑它们是否会到来。

我们谈论着彼此的孩子,仿佛他们是我们幸福的唯一希望。我说起女儿伊丽莎白,她说伊丽莎白的年龄,正好和查尔斯·斯图亚特,也就是她丈夫达恩利的弟弟相配。如果他们能结婚——我们在刺绣时开的小玩笑——他俩的儿子就会成为英格兰的王位继承人,是在她儿子詹姆斯之后的第二王位继承人。如果这段野心勃勃的婚姻真会成功,想到伊丽莎白惊慌失措的模样就让我们捧腹大笑,好像两个恶毒的女人阴谋策划着复仇。当然了,这是不可能实现的幻想。

她询问关于欠款的事情,我毫不避讳地告诉她住宿开销已经把老爷逼到了破产的边缘,他现在靠着我的土地和变卖我的财产来填补他的漏洞,我的嫁妆已经一点一点地被抵押了出去,以便偿还他的外债。她并没有悔过的意思,只是坚持说老爷应该向伊丽莎白讨债,优秀的国王和女王不会让忠心的属下有财务之忧:如果那样他们怎么能治理好国家?我告诉她,伊丽莎白确是历代统治者中最小气的女王。在她可能会帮助你的时候,伊丽莎白会给你她的爱,她的情,她的信任,甚至给你荣誉和声望,偶尔(概率很小)还会给你份肥差事儿,但是她绝不会给你现金,不会给你她金库里的金币。

"但她现在需要他的友谊啊,"苏格兰女王指出,"为了让公爵罪名成立，她一定意识到了现在必须得把欠款还清。什鲁斯伯里可是大法官，伊丽莎白肯定需要什鲁斯伯里按她的意愿行事。"

　　这一番话让我明白，她根本不了解什鲁斯伯里，哪怕只是一丁点儿。我发现自己爱上的就是他那股傻乎乎的高傲劲儿，虽然我也时常会因为这个高傲的傻瓜而满腔愤怒。"老爷不会因为伊丽莎白付了钱就判诺福克有罪的，"我说，"他可是塔尔伯特家的人，谁也不能收买他。他会仔细查看证据，衡量罪行，给出公正的裁决，不管他会付出什么，也不管代价是什么。"我的声音里透着骄傲。"老爷就是那种人。我想您现在应该明白他是什么样的人了吧。您不能贿赂他，也不能收买他。他有他的原则和底线，不是可以随意支使的人，也不是个懂得变通的人。他不明白尔虞我诈的世界，也不是个聪明的男人。您甚至可以叫他傻瓜——当然他曾是您的傻瓜——但是他从来都是，一直都是一位高尚的人。"

# 1572年1月

### 玛丽　于谢菲尔德城堡

审判前一天晚上，女侍们退下后，我坐到壁炉旁陷入了回忆，不过对象并不是明天就要面对法官的诺福克公爵，而是博斯维尔。他可不会自首被抓，他绝不会让自己的仆人招供，绝不会用能被破译的密码写信，也绝不会让那些密信被人找到。这个男人——上帝知道，他凌驾于所有人之上——绝不会相信利多尔菲这样的叛徒。这个男人绝不会相信我对利多尔菲的判断，绝不会认为他就是我们要找的人。博斯维尔一眼就能看出大使约翰·莱斯利忍受不了酷刑；会看穿利多尔菲是个夸夸其谈的人。他会猜到那次阴谋不可能成功而且也不会参与其中。博斯维尔——想到这里我忍不住笑了起来——不会把一个女王的赎金放在没有标记的箱子里，让什鲁斯伯里的布商运送，并相信自己有好运气。博斯维尔是个贼子，绑架者，强奸犯，凶手，邪恶之人，卑劣之人，但绝不是受害者。没有人能长久困住博斯维尔，瞒住他，或者欺骗他，或者让他损害自己的利益，没有人——直到他遇见我为止。当他为自己而战时，他是无敌的。

我想起了和达恩利新婚时的那段在荷里路德宫的日子。结婚没几个月，我就发现这个我爱上的漂亮男孩只是个徒有其表的荒淫之君。一结婚他就原形毕露：酒鬼，同性恋，意图排挤我独揽大权。

发现他的为人之后，我变得十分厌恶他，虽也因此而自责，但事情渐渐变得更不受控制了。记得博斯维尔到荷里路德宫觐见我的那天，宫里的

## The Other Queen

侍女和随从们像往常一样后退着争相为他让路,而博斯维尔表情严肃地、强势地向前进,挺胸抬头,目空一切。有人不满地发出嘘声,有人摔门而去,还有人边向后退边抓紧系着佩剑的腰带。我没有因为被轻视而生气,反而被他那强烈的男子气概所吸引,所折服。他不像那些苏格兰贵族,农民气息浓厚,也不像羸弱的达恩利,女气得很。他生得一张国王的脸,站着就有国王的气势,他像我的公公,法国国王,不管有什么人在场,始终都认为自己才是最伟大的人。

这才是我想要的男人,我看着他想到,这想法如此简单又罪孽深重,当我看着他,就知道他能帮我稳住王位,打败那些低三下四的背叛者,对抗约翰·诺克斯还有那些厌恶我的人,化解贵族内部矛盾,让法国按时支付我的抚恤金,为我击垮英格兰,让我成为英格兰女王。除了他没有人能做到。除了他,我的敌人们谁也不怕。因此除了他,我不想要任何人。他是唯一能确保我安全的人,唯一能把我从这些野蛮人手里拯救出来的人。因为他就是个野蛮人,所以能统治其他野蛮人。我看着他,知道他就是那个我一直等待的人,能让我实现命运的人。有了他,我就能统治苏格兰;有了他,我就能侵略英格兰。

他看到我的那一瞬间——镇静的漂亮的坐在王座上的我——是否能明白这一切?我可不是傻瓜,不会把渴望写在脸上。我冷静地看着他,对他点头示意,说我母亲比任何人都相信他,他是我母亲忠诚高贵的属下。他是否知道,当我冷静地对他说话时,心脏却在长袍底下猛烈跳动,身体因为紧张不断出汗并感到阵阵刺痛?

我不知道。直到后来,我依然不知道。他永远都不会告诉我,就算我们在夜里倾诉衷肠时也没有,他是不会告诉我那些事情的,当我问他时,他只是慵懒地笑着说:"一个男人和一个女仆……"

"我可不是女仆。"我说。

# 另一个女王

"比这更糟糕,"他说,"一个已婚妇女,结过两次婚的女人,还是一位女王。"

"那你知道当时我想要你吗?"

"宝贝儿,我知道你是个女人,所以一定会想要个男人。"

"但是你知道我想要的是你吗?"

"嗯,除了我还有谁在那里呢?"

"你不能正面回答我的问题吗?"

"你坐在那里,紧紧捏着双手,绝望地寻求着帮助。有人计划要绑架你,逼迫你结婚。你像一只野生的鸟儿,寻觅着属于自己的小窝。而我呢,渴望财富和地位,寻找可以了结新仇旧恨,然后统治苏格兰的机会。我们俩难道不是天造地设的一对?"

"你不爱我吗?从来没有过?"

他把我拉进怀抱,低头吻上我的唇:"不爱。一点不爱,你这个法兰西荡妇,高贵的狐狸精,我的,只属于我一个人的。"

"不。"当他把全身的重量压在我身上时我开口道。我总是这么对他说。这个字对我和他来说意味着欲望,意味着肯定:"不。"

# 1572年1月16日

乔治　于伦敦威斯敏斯特大厅

伦敦沉浸在一片哀痛之中。自从伊丽莎白幼时被命令从伦敦塔转移到乡下加以囚禁，我们担心她再也回不来以来，我再也没看到过这样悲伤的伦敦。现在她的表弟开始了另一场可怕的旅途，从伦敦塔到威斯敏斯特的星法院。但这次做出命令的是我们，信新教的英格兰人民对抗一个同样是新教徒的英格兰人。为何事情会演变成这样？

寒冷的早晨，天还没亮——上帝啊，为什么这时候的人们没有继续躺在床上睡觉，或者去做他们的生意？为什么他们会出现在这里，排着长队，气氛沉痛，一片寂静，不祥的预感填满了各条大道？塞西尔下令所有王家侍卫和市长的手下维持街道秩序，在他们宽厚的肩膀之后，是一张张渐渐出现的普通男人和女人的苍白的面孔，民众希望能见到女王的表亲路过，希望他能听到人们为他喊出的祈祷，祈祷他能平安无事。

可他们连这样的机会也是没有的。当然了，塞西尔谁也不相信，甚至不相信英格兰人民单纯的善良本质。他下令让侍卫们用王家驳船从水路通行，押送诺福克去威斯敏斯特大厅。桨手踩着鼓点划着水，船上并没有扬起任何旗帜。这船显然配不上诺福克的身份，没有传令官，没有象征身份的标志：一切对他来说都很陌生。

这一定是他最黑暗的时刻，比世界上任何人都要孤独的时刻。孩子们被禁止与他见面，塞西尔不允许他有任何拜访者，他甚至连律师都没有。

## 另一个女王
*8.96*

他已经是个站在绞刑架上的人了，孤立无助，行将就木。更糟糕的是，身边连一个为他祈祷的牧师都没有。

我们中没有人——二十六个人里面没有一个人申请担任此案的法官，无法想象那会是什么感觉。过去几年里，我们中有太多人失去了朋友或者亲人。我想到了威斯特摩兰和诺森伯兰——他们都已离我而去，离开了英格兰，一个的妻子变成了流放中的寡妇，而另一个的妻子则藏在自己的土地上，发誓再也不想知道任何事。这样的事情怎会发生在英格兰，我的英格兰？我们怎会如此迅速地跌入多疑与恐慌的黑洞？上帝知道，现在的我们有多害怕、多没有信心吗？西班牙的菲利普威胁着我们的海岸，当他和我们上一任女王结婚并成为英格兰国王的那段时间里，我们从没感觉到像现在这样强烈的危机感。我们被他和他的宗教狠狠胁迫着。事情会发展成什么样子？人们会变得敌友不分，看不清世界的真实面貌，不知道谁是他的仆人，谁是他的盟友，最终成为一个完全孤独的存在。

我不得不和其他同事一起坐在审判席上面对托马斯·霍华德，诺福克公爵，然后还得听到一些肮脏的东西。我并不相信那些通过酷刑从仆人痛苦的尖叫声中得到的证据。什么时候酷刑逼供成为了监狱里理所当然的常规，而且还得到了法官们的默认？我们可不是酷刑合法化的法兰西，也不是把残酷作为艺术的西班牙。我们之所以成为新教国家，是因为我们相信每个人都应该有宗教自由的权利，而不应该被火刑强制就范。我们是英格兰人，如此野蛮的行径不属于我们，除非在那暴君横行的悲惨时代。英格兰是有自己的精神的。

不管怎样，英格兰理应如此。

不管怎样，英格兰曾经如此。

因为女王的顾问从不避讳任何原始的野蛮行为，我得以掌握了各种各样的"证据"，而且还得装作不知那些背后的卑劣行径。我的老朋友可能被宣布成叛徒，押上刑台，而那条通向绞刑架的大道则是用仆人们被逼供出的所谓证据铺成。这就是英格兰的新正义，证据来自那些被施以压刑的人口中，法官们则在审判前就被告之该如何裁决。我们何时能击垮侍童们的意志，何时就能将他们主人脖子扭断。

哎，我不明白。我不明白。当我们将伊丽莎白推向王座时，并不希望这样的事情发生。这不是我们期望的那个和谐平安的新世界，不是我们希望新公主带给我们的东西。

坐在自己的驳船里，沿着河道向威斯敏斯特前进，一路上我都在自言自语，尽量拖慢速度。我从摇摆的船上下来，走上潮湿的阶梯，穿过宫殿入口，来到大厅，情绪是从未有过的低落，因为塞西尔那伟大的计划，要让英格兰从天主教、西班牙和苏格兰女王的行动下得以平安的计划，我失去了我的财富，妻子就是我的债主。我的内心再也无法恢复平静，我被自己的妻子监视，而我爱的女人、曾经爱戴过的女王陛下因为自己的谎言声誉尽失，变成了一名叛徒，这也让我身败名裂。我挺胸抬头，仪态庄重地走入大厅，像一个塔尔伯特人，像其他大臣中的一员，像我的父亲，像我的祖父，像族里其他先辈，我想，亲爱的上帝，他们没有人可以体会我现在的心情：忐忑，如此忐忑不安，如此失落。

我坐在最高位上，两旁是其他和我一起主持审判的内阁大臣，一起面对这场痛苦审判的同僚，上帝原谅他们吧。塞西尔为这场审判做了精心挑选，黑斯廷斯就在其中，这个苏格兰女王的死敌。另外还有温特沃斯、罗伯特·达德利和他的兄弟安布罗斯，都是诺福克的老朋友，但现在没有一人敢为了他拿自己的声誉冒险；也没有人敢为苏格兰女王辩护。三年前私下反对塞西尔的我们，现在缩成一团，像被吓坏的小学生，完全按照他的要求做事。

塞西尔来了——伯利，现在得记得这么称呼他。女王制造的最新、最

## 另一个女王

鲜的产品：伯利男爵，穿着他最鲜亮的新礼袍，衣领上镶着白色的蓬松的貂皮。

坐在我们之下的是皇家法官们，诺福克所站的审判席则在众人之前。审判席后面是贵族的座位，再后面则是供乡绅和平民站着听审的位置，他们是专程来伦敦观摩审判的，一场对女王表弟的审判——以叛国和谋反罪被起诉的王室宗亲。王室家族又一次重现内讧的奇景。可我们对此一点也不期待。

八点，天依然又黑又冷，门外一阵喧哗，托马斯·霍华德出场了。他和我短暂对视了一会儿，这三年对我们俩都不容易。因为要照顾苏格兰女王，内心又失去平静，我的脸上布满了愁容和皱纹，而他则显得异常疲乏，脸色发青，显现出被关押已久的犯人那般虚弱的苍白色，以往那棕褐色的皮肤现在看来失去了健康的光泽。这是伦敦塔的青白色：在他父亲的脸上，还有他祖父脸上都出现过。他站在审判台上，出乎意料的是，我并没有看到他一如既往的傲慢和自恋——他的背变得佝偻了，像个被诬告的没精打采的犯人。

当宫廷职员宣读罪状时，公爵抬起了头，他向四周望了望，像一只精疲力竭的老鹰在扫视马厩：警觉，随时准备面对危险，但眼神里没有了以前的骄傲。他们把他关进了他被控谋反的祖父当年那间牢房，从窗户看出去，他能看到那片处死他父亲的草坪——冲撞王室而被判死刑的父亲。霍华德家族一直是王室内部最大的危险。托马斯一定感觉到了家族被诅咒的滋味。我想如果陛下现在能看他一眼，她一定会仁慈地宽恕他。他可能收到了错误的建议，可能做错了事，但他已经受到了惩罚。这个男人现在也是强弩之末。

轮到他为自己辩护了，但他没有回答问题，而是要求法庭为他指派一位可以咨询的律师。不用塞西尔摆出一脸拒绝的模样，首席法官凯特莱已经在我们反应之前站了起来,他只露出一个头颅,像个娃娃一样,解释说叛国罪的审判是不允许律师辩护的,霍华德只需问答是或不是即可,而且也不会有从轻量刑的可能。但这样的审判中,如果说是,就等同于说想死。

托马斯·霍华德看着我,认为我还是那个他所认识的老朋友,会公正地对待他。"给我的时间太少了。白天和晚上加起来还不到十四个小时,来不及理出头绪。不仅时间太短,而且没有任何书面材料,没有法典,也没有法典摘记。这是一场没有武器的战斗。"

我低头翻看着手里的文件。的确,我们总不能不给他时间做合理的辩护就把他送上绞刑架吧?或许我们可以允许他拥有律师?

"站在你们面前的我,是一个可能失去生命、土地和财产,孩子和地位的人,我必须慎重、诚实,"他急切地对我说,"我以我的荣誉起誓。我的法律知识有限,请让我拥有法律保障的基本权利,给我指派一位律师。"

我差点就要命令法官们满足他的要求。我们曾是他的朋友,这样合理的请求我们不能拒绝。霍华德必须得到法律援助。突然,一张来自塞西尔的便条滑进了我的手里,从底下传上来的,经过了许多人的手。

1. 如果有律师,苏格兰女王对他的承诺的所有细节都会暴露在众人面前。我可以向你肯定地说,那些信上的内容你一定不愿意在这里公开。它们只会让她成为丑闻漫天的荡妇。

2. 所有事情均发生在你的看护下,之后你绝对会被调查审讯。你不会允许那样的事情发生吧?

3. 审判会被延期,苏格兰女王的声誉和荣誉会被完全摧毁。

4. 他们的谈话内容会让我们的陛下在众人面前被藐视,会动摇民心。

5. 让我们体面快速地结束这场审判,然后让陛下决定结果。审判一旦结束,她就会像往常一样原谅他的。

# 另一个女王

看完后我说:"你必须现在回答问题。"

他用那双诚实的黑眼睛看着我。看了很久,然后点头。"那么我必须反对起诉的罪名。"他说。

我同意了,但是我们都知道叛国罪是在所难免的。塞西尔颁布的新法律扩大了叛国的定义,只要是现在生活在英格兰的人,每一天,每一个小时,都可能犯叛国之罪:揣测女王的健康是叛国,说她可能某一天会死是叛国,认为她可能不会成为法国王后肯定是叛国,虽然大家心里都明白,我们已经永远地失去了加莱①。甚至连在心里批评女王都是叛国。因此,托马斯·霍华德的叛国罪一定成立,我们也一样,每一天都一样,塞西尔自己也一样。

他们对霍华德唠叨挑剔个没完,就像猎犬试图惹怒一头疲惫的狗熊——这样的他让我想起了狗熊,被铁链拴住了一条腿,猎犬们跳着咬上一口,又迅速闪避。他们重现了约克郡的那次调查,指控霍华德对苏格兰女王有非分之想、指控苏格兰女王对英格兰王位有非分之想。他们说他收到女王的暗示,如果和她结婚,便能成为英格兰的国王。他们说他和苏格兰贵族、他的妹妹斯克洛普夫人、威斯特摩兰和诺森伯兰策划了这场联姻。

他们像在约克时那样调查每一个细节,指出了苏格兰贵族与他见面并提出联姻的证据。这是无法否认的,因为是真的。那不是秘密,我们全都同意过。罗伯特·达德利现正坐在我旁边,同样是法官,他脸上没有任何表情,他当时也是投赞成票的一员。他也应该和霍华德一起被控叛国吗?威廉·塞西尔,这场审判的首要剧作家和编剧,也知道联姻的事情。我自然更加知道,因为正是我妻子向他报告的,作为塞西尔手下的、监视我的妻子。那塞西尔也要上审判席吗?我的妻子也要?我也要?但现在,我们所有人都急切地想要忘记自己曾在这场联姻中扮演过的角色。我看着霍华

---

① 港口城市,一度被英国占领,后被法国收回。

德奋力甩开两边的猎狗，说他不可能记住所有事情，虽然他承认自己忽略了对陛下的职责，没有尽到好臣民和表亲的责任，但是这并不能构成他叛国的罪名。

在这场只有镜子、戏服和假面的化装舞会上，他却尽全力想要讲出真相。如果没有悔恨和对他的不忍，我可能会大笑出声。他竟想在这间谍和骗子的法庭上讲真话？

我们都疲乏了，准备休庭用晚餐，这时尼古拉斯·巴勒姆，陛下的侍卫和塞西尔的爪牙，突然呈上来一封罗斯主教约翰·莱斯利写给苏格兰女王的信。他以证据的形式呈递上来，我们都顺从地看了起来。信里，莱斯利主教告诉苏格兰女王，他的未婚夫已经背叛伊丽莎白，加入到了苏格兰贵族的阴谋中。上面记述了伊丽莎白的所有计划，所有议员为她提出的建议、所有她秘密的提案，都被诺福克一字不差地泄露给了英格兰的敌人。这是最让人震惊的信件和证据，铁证如山，证明他联合苏格兰反抗英格兰，为玛丽女王效命。真是让人难以置信的证据，毫无疑问，它证明了诺福克是一个彻底的叛徒。

该死，真是该死。有人在问尼古拉斯·巴勒姆这封信是中途拦截的还是从苏格兰女王的房间里搜查到的，除此之外，所有人都看着我，当然了，我才应该是那个中途拦截信件的人。没能拦下这封信是我的失职。我摇头，巴勒姆则流畅地回答说这信曾经一度丢失，被放错了位置，它并没有被寄出，所以我也没能拦到。苏格兰女王从没有看过到这封信。他理直气壮地说，这封可怕的信的附件被藏在一间密室里，经过几年才被默里公爵詹姆斯奇迹般地找到，他去世前几天上交给了伊丽莎白陛下。

我忍不住怀疑地看向塞西尔，他居然期待人们——不是相信童话的孩子，而是俗世的成人，还有他的同僚——接受这个虚构的复杂故事。他回了我一个空泛的微笑。是傻瓜才会接受这种说法。对塞西尔来说，合不合理并不在考虑范围之内，只要能定罪即可。

"我们现在可以吃饭了吗？"他愉悦地问道。

我起身然后向外走，中途傻傻地向诺福克看去，好像我们能像其他大臣一样一起去用餐，然后我会把手放在他的肩膀上一会儿，小声地对他说："勇敢点，虽然不能脱罪，但是陛下会在审判后宽恕你。"

当然了，他不能和我们一起吃饭。我忘记了。我们都会去大厅用餐，他只能一个人在牢房里吃饭。他无法和我们一起，这是不被允许的，而我再也不能把手搭在他的肩膀上了。

# 1572年1月

贝丝 于谢菲尔德城堡

上帝知道，虽然我对苏格兰女王不甚喜爱，但也比不上拉尔夫·萨德勒对她那样的严苛与冷酷。这位大人是我家的新房客和苏格兰女王的临时看管者。他是个铁石心肠又坏脾气的老头儿，对美丽的事物完全免疫，不管是谢菲尔德树上的白色冰晶，还是苏格兰女王苍白、紧张的漂亮容颜。

"我有任务在身。"苏格兰女王离开餐厅后，他沙哑地对我说道。苏格兰女王小声地说她头疼，需要回房休息，其实是无法忍受萨德勒喝浓汤时发出的巨大响声。我也希望能像她那样轻易逃掉，但我是庄园的女主人，必须尽到对客人的责任。

"任务？"我礼貌地问，看着他又舀了一大勺浓汤送进自己的大嘴巴。

"对，"他说，"看守她，保护她，防止她逃跑，如果所有措施都失败了……"他摊平手做了一个可怕的抹脖子的姿势。

"你会杀了她？"

他点头。"她不可能被释放，她是英格兰至今为止最危险的敌人。"

我一下就想到了西班牙无敌舰队，他们说菲利普正在他那骇人的船坞里建造船只。我想到了教皇，他号召所有天主教徒公开反抗伊丽莎白女王，并下令杀掉她。我又想到了法国和苏格兰人。"怎么会？"我问，"她不过是一个孤立无助的女人，你觉得我们何时会面临那些危险？"

"因为她是个精神领袖，"他严厉地说，"因为她是法国人，因为她是苏格兰人，因为她是天主教徒。因为她如果自由了，我们再也不能睡个安稳觉。"

"因为睡不好觉就要杀死一个女人，听起来似乎有些残忍。"我尖锐地说。

他给了我一个责备的眼神，这位严肃的老人显然不习惯和一个有主见的女人打交道。"我听说她把你和你家老爷都收服了，"他惹人厌地说，"我听说他对她尤其青睐有加。"

"我们都是陛下忠实的仆人，"我坚定地说，"正如陛下所知，还有我的好朋友伯利大人所知的那样。从来没有人怀疑我家老爷的声誉和荣耀。而且我既是陛下的忠实仆人，同时也不想看到苏格兰女王被谋杀。"

"你也许是如此，"他阴沉地说，"但我不是。而且到时候，我想和我一样的人比你这样想法的人更多。"

"她或许会在战斗中阵亡，"我说，"如果，上帝原谅我，有战斗的话。或者，我想她也可能死于暗杀。但是她不能被处死，她是高贵的皇族，不能被指控为叛国贼；她是神圣的女王。没有哪个法庭可以审判她。"

"哦？谁说的？"他突然问道，丢下汤勺，把那张大脸对着我。

"英格兰法律。"我结巴地回答。那张大脸和坏脾气让他看起来很吓人。"英格兰法律保护所有人，天子与庶民。"

"法律是人制定的，"他得意地说，"她会发现的，你有一天也会明白。法律会随我们的想法而变。凡是威胁我们、恐吓我们的人，都会发现他们不在我们的法律保护范畴之内。"

"那样的法律还是法律吗？"我坚持道，毕竟我可是上议院特别刑事审判长的妻子。"法律对任何人都应该是一视同仁的，天子、庶民、无罪之人，还有那些还没有被定罪的犯罪嫌疑人。"

萨德勒笑了起来，粗鲁又大声。"或许在卡米洛特①确实是那样，但是现在的世道早就变了，如果没有法律或者证据，我们会为他们量身定制出新的法律和证据。"

"那你和他们都是一丘之貉。"我小声地说，而后又转头大声地对厨房的侍者说，"快为拉尔夫爵士斟满酒。"

---

① 英国传说中亚瑟王的宫殿所在地。

## 1572年1月

玛丽　于谢菲尔德城堡

我的未婚夫正在法庭上殊死搏斗，法官们和他一样心中充满恐惧。儿子离我很远，唯一能救我的男人却在遥远的监狱里，可能一辈子都别想再见到面。我最大的敌人是我现在的看管人，就连贝丝，我认识的最虚伪的女性朋友，也看不惯他的严苛，而转向我这一边。

我开始害怕了。万万没有想到，伊丽莎白居然会派如此一人来做我的看管人。这样的看守人是对我的侮辱。伊丽莎白早就谙熟此道：她也曾被囚禁过，应该知道一个如此严苛的看守将会毁了犯人的生活。他不允许我在公园里散步，哪怕是在冰天雪地的上午；不允许我骑马外出，只让我在院子里散步十分钟。他说我不应该使用伦敦的奢侈品，不应该收巴黎来的信件。还说我不该在晚餐时享用如此多的菜肴，还有好酒。他想把象征我身份的挂毯拿掉，让我坐在普通的椅子上，而且在我面前从来都不经允许就自顾自地就座。

我无法相信这一切会发生在自己身上。也没料想到伊丽莎白竟会将自己的表弟、最亲的亲人送上审判席，指控他为叛国贼，特别是她明明知道诺福克除了有野心想娶我之外根本没有任何过错——虽然这在虚荣心过大的伊丽莎白眼里难以接受，但也并不能算犯罪。他没有发动起义，没有用自己一分钱来资助叛军——因为他弄丢了本来要送出去的法国金币。虽然家人攥着他不要他离开，他还是按照命令去了伦敦。他交出了肯宁霍尔，最大的庄园，剥夺了后代的继承权：一切如伊丽莎白所愿。他顺从地待在伦敦的别院，又按她的命令回到伦敦塔。他见过几次利多尔菲，这是事实。但是我知道，正如他们所知道的一样，他断不会和利多尔菲一起策划谋杀伊丽莎白然后夺取她的国家。

我也犯过此罪——上帝，真的，我不会否认，虽然不会在他们面前承认。我想看到伊丽莎白毁灭，让英格兰从她违法且异教的统治下解放，但是托马斯·霍华德绝不会那么做。说得更坦白一点——他不是那块料，没有那种气魄。唯一一个我知道的，会做这种计划且成功达成的男人，现在正被严密地看管在丹麦的牢房里，面朝北海，思念着我，再也没有机会过上戎马生涯了。

"什么希望都没有了。"我阴沉地对玛丽·西顿说，此时我们正在私人餐厅里用餐。要我和拉尔夫·萨德勒一起用餐，还不如让我饿死。

和我们一起用餐的还有四十个陪伴者和仆人，侍者们一道一道地端上菜肴，等我尝过后又把菜端给其他人食用。他们仍然侍奉三十多道菜肴，这是对待一位女王的礼节，如果菜肴的道数减少，那是对我的侮辱。

玛丽·西顿没有我阴沉，她黑色的眼睛里满是顽皮的笑容。"*您总是有希望的，*"她用法语小声地对我说道，"您又有了一位加拉哈特骑士①，做好了为您服务的准备。"

"加拉哈特骑士？"

"或许吧？"她说，"或许他更像兰斯洛特②，一位愿意为您牺牲全部的绅士。他是秘密前来的，一个您认识的人，一个您意料之外的人，一个计划在审判结束前将您救出的人，在您所有丑闻在法庭上被公开之前。"

"博斯维尔。"我呼出一口气。我立刻认定他一定从丹麦逃出来了。是

---

① 亚瑟王的圆桌骑士之一。
② 亚瑟王圆桌骑士的第一勇士。

# 另一个女王

啊，哪有监狱会困住他？博斯维尔逃出来了，正向我赶来，会把我从这里救出去，然后立马带我回苏格兰。他会在边境组织起一支军队，把苏格兰弄个底朝天。博斯维尔会让苏格兰知道，谁才是她的主人。一旦他骑上战马，拔出佩剑，他就是鸡笼里的那只狐狸。那将是英格兰的噩梦，是我最好的复仇。"博斯维尔。"

感谢上帝，她没有听到我的话。我不想让玛丽知道我正想着博斯维尔，他曾是我毁灭的原因。我从不在她面前提起他。

"亨利·珀西爵士，"她说，"上帝保佑他。这封信是小巴宾顿给我的。拉尔夫爵士看得太紧，我们没找到给您的机会。本来是想在您睡觉前给您的。"

她递给我了一张小便条。简短且直击重点。

请在午夜时分准备好。请您晚上十点时在卧室窗前点一支蜡烛。等到午夜时分吹灭蜡烛，从窗户爬下来。我这里准备了马匹和护卫，可以立刻带您去法国。相信我，我愿意为您付出一切。

亨利·珀西

"您敢吗？"玛丽问我，"他肯定指的是离花园最近的那扇窗户。离地面大概有十二米左右，和博尔顿城堡那次情况差不多，如果不是那个女孩摔下去，上次我们就成功逃脱了。"

"当然了。"我说。立刻，房间里的蜡烛亮得更耀眼了，桌上的食物变得如此诱人，让我的食欲大增。餐厅里所有的人都是我亲爱的朋友，虽然会为我的离开伤心，但也会为我的胜利高兴。我立刻又活了过来，生机勃勃，充满希望。想到拉尔夫·萨德勒和贝丝明早发现我不在房间、逃脱了他们的监管后惊慌失措和崩溃的样子，我忍不住咯咯笑起来。我会到法国说服国王和他的母亲，让他们派出军队护送我回苏格兰，镇压苏格兰贵族。他们会要求释放博斯维尔，让他来领导我的军队。他们会从中得到好处，如果他们不愿意这么做，我还可以去请西班牙的菲利普帮忙。如果我从这里逃出去，远离我表亲的邪恶囚禁，就可以去找菲利普，或者教皇，或者其他富有的愿意帮助我的天主教徒。

"啊，不行！您不是答应过什鲁斯伯里伯爵，答应他一定不会在他离家的这段时间里逃跑吗？他让您以女王之名发过誓，您也答应他了。"玛丽突然惊恐地回忆道，"您不能毁掉和他的承诺。"

"被迫做出的承诺没有任何效应，"我高兴地说，"我要自由了。"

## 1572年1月

乔治 于伦敦

我试着读完白天在诺福克审判案上做的笔记,但摇曳的烛光让我昏昏欲睡,纸上潦草的字迹在我眼前渐渐变得模糊不清。来自罗斯主教的证据足以毁灭诺福克,但问题是写信的人过于恐慌,竟没有把故事编得让人信服。一半的证据均是由塞西尔口述的,而且是来自那些被严刑逼供的人口中;另一半则没有证人可以证实,根本就算不上证据。除了塞西尔的谎言,明目张胆的谎言外,什么都没有。

我疲倦又无奈地想,如果我是个比别人更正直的人,就应该站出来告发塞西尔,要求其他贵族和我一道去请愿,坚持让陛下听取我们的意见。我可是英格兰最伟大的人物,是上议院特别刑事审判长,捍卫英格兰免受错误的决策影响是我的责任和荣誉。

但是很遗憾的是,我知道,我并不是那样的人。用我妻子的话可以很简单地说明白:我没有那样的智慧也没有那样的勇气坚持并反抗塞西尔,在同僚中我并没有那样的威望。最糟糕的是,我已经不再相信自己,没有自己的骄傲了。

在我们面前,最后一位敢于挑战塞西尔的人正因叛国贼的罪名接受审判。要是我们能在小公主第一次被塞西尔的思想影响之前阻止他,那该有多好,或者在他羽翼未丰时支持达德利反抗他,又或者早几个月支持霍华德反对他……但是我们却像一把筷子,团结一致的时候看似坚不可摧,可塞西尔偏偏把我们分开，一根一根地折断了。已经没有人能救得了托马斯·霍华德了，也没人有能盖过塞西尔的权力！我也不能。塞西尔的谎言无处不在，全国都有为他默默卖命的间谍，专司酷刑的狱卒，还有认为塞西尔幻想中的危险比法律更重要的人，为了塞西尔撒谎的人，不在乎真相的人。我知道所有一切，但我却不敢站出来反抗他，因为我知道，我没有这个胆量。

# 1572年1月

玛丽 于谢菲尔德城堡

小小的烛光在我的窗前跳动,午夜,我弯腰吹灭了它。花园里,高树与低矮灌木丛中的隐蔽处一盏提灯迅速熄灭,那是作为回复的暗号。当我看到提灯熄灭时,心里升起来一丝犹豫。夜空中挂着一轮新月,将自己藏在层层云朵背后,让我身下的城墙没有一点光亮,如深渊般黑暗。

三年前,在博尔顿城堡,我做过同样的事情,那时的我相信好运会一直在我身边,没有墙能困住我,一定会有人来救我出去。伊丽莎白不能击垮我的信念,家族里的人会为我起义,博斯维尔会为我而来。我相信自己能再回去美丽的宫殿,被宠爱着,被人迷恋着,是所有事物的中心。

可现在不一样了。我也不一样了。三年的软禁生活让我精疲力竭。我的体重增加了,力气减小了,没有了源源不断的精力和不可击败的气势。当初从博尔顿城墙上爬下来之前,我已经为躲避敌人连续跑了一个星期,体能上得到了强化,但在这里,三年奢侈的软禁生活不仅令我营养过剩,生活无聊,还为虚假的希望和白日梦空欢喜了好几场。这三年来,我一点也不好。

从内心来看我已经是另一个女人了。我见过北方军队为我起义又败退,见过村头十字路口的绞刑架上摇摆不定的残骸——他们是为我而死的勇士。我经历过联姻,未婚夫却被逮捕进狱。我一遍又一遍地期待着、等待着博斯维尔,相信他一定会为我而来,可是他没有来。他来不了了。我开始意识到他再也无法出现在我面前。即使我命令他不要来，即使我派人告诉他我再也不想见到他，即使他会明白这样的禁止其实是邀请，他还是来不了。

勇敢一点！我低头吹灭了那小小的火焰。已经没有害怕失去的东西了，相反，如果能成功出逃，我会赢回一切。一旦再次获得自由，一切都将回到我身边，健康、美丽、财富、乐观，还有博斯维尔。检查好系在腰间的床单，我将另一头交给约翰，我的管家，然后微笑着看向玛丽·西顿，伸出手让她亲吻。这次，我不会等她，不会带走任何女仆。只要脚碰到地面，我会立刻开始逃亡。

"到了法国之后，我会立刻派人来接你。"我对她说。

她的脸色苍白又紧张，眼里全是泪水。"快，祝您好运！"

她打开花格窗，约翰将床单做成的绳子套在牢固的床腿上，又把床单系在自己的身上，以便减轻我下降时的冲击。

我点头向他道过谢，伸腿迈出窗沿，低下头探出窗外。正当此时，门外却响起了闷锤般的敲门声还有拉尔夫·萨德勒粗暴的吼声："开门！以陛下的名义！给我把门打开！"

"快走！"约翰催促道，"我护着您呢！快跳出去。"

我向下看去，身下墙角处有金属光泽在闪烁，那是等待中的士兵。从主屋方向正跑来十几个拿着火把的人。

"开门！"

转眼看见玛丽·西顿惊骇的眼神，于是我退缩了。我试着微笑，但嘴唇却颤抖不已。"我的老天，"我说，"响动太大了！今晚不行，走不了的。"

"以陛下的名义，开门！不然我立刻把门撞开！"萨德勒像公牛一样怒喝道。

我向约翰点头。"还是让他进来的好。"我说。

我把手伸向玛丽，让她帮我从窗户上下来。"快点，把绳子解开。可不能让他看见我这副模样。"

她笨拙地解着绳子,萨德勒同时用剑柄用力地砸着门板。约翰猛地拉开门,他一下子撞了进来,身后是贝丝,脸色苍白地用手拉着他的袖子,把他拿着剑的手臂向后拽。

"该死的叛徒,你,该死的叛徒,邪恶的叛徒!"撞进屋里的萨德勒一看到地上的床单和打开的窗户便大吼出声,"她应该把你的头砍下来,不用任何审判,直接砍下你的头!"

我像一位女王一样站立着,没有说话。

"萨德勒爵士……"贝丝抗议道,"她是女王。"

"我该亲手把你给杀掉!"他大喊道,"如果现在把你从窗户扔下去,我会告诉其他人是你自己弄断了绳子,摔下去死掉的。"

"动手啊。"我强势地说。

他愤怒地低吼着,玛丽走过来挡在我们中间,约翰也靠得更近,担心这头畜生会趁着怒气对我下手。但是实际阻止他的人却是贝丝,她拉紧他的手臂平静地说:"萨德勒爵士,你不能那么做。所有人都会知道发生了什么。陛下也不会让你犯下谋杀罪。"

"陛下会向上帝感谢我那么做了!"他激动地说。

贝丝摇摇头。"她不会的。她不会原谅你的。她不想要她的表亲死去,陛下花了三年时间,想要找到方法,让她恢复王位。"

"看看她现在得到的回报!看看她仁慈的后果!"

"即使是这样,"她心平气和地说,"陛下也不希望看到她死亡。"

"这会是我给她的礼物。"

"那会让她良心上过意不去。"贝丝更具体地说道,"她不能容忍,也不会希望如此。她不会下那样的命令。女王的生命是神圣的。"

我浑身冰凉。我不会感谢贝丝对自己的维护,她只是在保护她的庄园和自己的声誉。她不想在历史上留下一条杀死王室贵客的女主人的骂名。玛丽·西顿把手伸过来握住我的手。

"你不能碰她，"她轻声对拉尔夫爵士说，"除非你先杀了我，还有我们全部人。"

"你该庆幸拥有这些忠实的朋友，"拉尔夫爵士苦涩地说，"虽然你不是个诚实的人。"

我没有回答他。

"叛徒。"他说。

第一次，我抬头看着他。他被我轻视的眼神气得红了脸。"我是女王，"我说，"没有人能叫我叛徒。世上没有这样的规矩。我拥有高贵的血统，没有人可以指控我叛国，没有人可以按法律判处我死刑。我是不容侵犯的。而且你没有资格对我说这样的话。"

他太阳穴上青筋暴跳，眼睛像岸上的鱼鼓得老大："陛下能容忍你待在她的土地上，就已经是一位圣人了！"他咆哮道。

"你的女王不经我同意就将我软禁此地，她是个罪犯！"我说，"给我出去。"

他的眼睛眯了眯。我相信，如果他能，肯定会杀了我。但我是不容侵犯的。贝丝轻轻地拖住他的手臂，一起退出了房间。我差点笑了起来：他们是倒着走的，一步接着一步，正是接见王室成员的礼仪。萨德勒可以恨我，但是他不能不遵循礼节。

门在他们身后关上了，蜡烛仍然冒着白烟，窗户仍然打开着，绳子还在半空中摇摆不定。

玛丽把绳子收了起来，掐灭了蜡烛，关上了窗户。她向外望着花园。"希望亨利·珀西爵士顺利逃走了，上帝保佑他。"

我耸耸肩。如果萨德勒知道准确的时间和地点，这说明整个计划早被

## 另一个女王

塞西尔看穿了,可能从亨利·珀西爵士开始雇佣马匹那一刻起塞西尔就察觉到了。毫无疑问,他现在肯定正被追捕,而且几周之内就会被处死。

"我们现在怎么办?"玛丽问,"现在怎么办?"

我深吸一口气。"我们继续计划逃跑,这是场游戏,死亡游戏,伊丽莎白这个笨蛋让我一无所有,只剩下这场游戏可以玩。她会继续想方设法把我扣留住,而我也会想方设法从这里逃出去。等着瞧,游戏的结局,看看是你死,还是我亡。"

# 1572年3月

贝丝 于查茨沃斯

老爷传令让我去见他，去他的私人办公室，和他的律师还有管家一起进行一次正式会议。他的律师和文员们特意从伦敦赶过来，我的大管家也和我一起，以便给我建议。我装作不知情，其实很明白这到底是为什么。自从霍华德定罪后，老爷沉默地回到家里，我已经为此刻等待了好几个星期。

老爷为伊丽莎白女王尽职尽忠，和其他忠实的仆人一样，但直到依她所愿让霍华德定罪，她也没有奖赏老爷。他或许还是英格兰的上议院特别刑事审判长，但那也只是名义上的荣誉，现实中他已经是个乞丐了，他没有一分钱，全部土地也都被抵押出去了，从伦敦回来的他变得一无所有，彻底破产。随着霍华德被判死刑，英格兰将会变成塞西尔的天下，老爷不可能在塞西尔统治下的英格兰活得平静而富裕。

根据我们的婚约，老爷必须在我儿子成年后付给我一大笔费用。亨利现在已经二十一岁，查尔斯也马上二十了，老爷欠我他们的继承财产，还有其他孩子的抚养费，时限是今年的四月一日。老爷还有对我的其他义务，我知道他兑不了现，而且差得极其遥远。

除此之外，我还把自己的钱借给他，让他支付去年女王的开销，虽然我半年前就知道他没有能力还给我了，女王的食宿和护卫已经花掉了他所有土地的租金和税收，收入远远不够。为了解决他欠我的债，履行他对我的责任,他必须卖掉土地或者拿土地抵债。

直到他无法开放庄园举行圣诞宴时,他才最终意识到自己陷入了怎样的危机。他最终意识到自己再也不能继续往苏格兰女王身上抛金撒银了。当我告诉他金库已经空了,德比郡再也不会接受我们的贷款时,他才看清楚自己这三年来每一天渐渐累积起来的灾难有多严重,我警告过他,而且不止一次,每一次寄出账单而没有收到回复的时候都提过。过去的三年里,我每一天都在担心,如此庞大的开销会让我们变成什么样子,这样的担心像疼痛折磨了我整整三年,所以我很清楚自己想要什么。穷困潦倒对于他来说很陌生,对我可不是。

我也没有坐以待毙,实际上,从知道他没有偿还能力的那刻开始,我就有意将他的债务从外人手里转到我的手里,把自己的钱借给他。一直以来我都清楚自己想要的是什么,会满足于什么,会拒绝什么。

我坐在高背椅上,手垂在大腿上,全神贯注地听着站在我面前的律师向我解释,老爷的财务危机并不是他有意为之,并不是他的过错。为了效忠女王陛下,他花费了任何贵族都无法承担的金钱。我像个顺从的妻子一样低着头认真听着。老爷看着窗外,好像也无法忍受像这样愚蠢的陈述。

律师告诉我说,考虑到伯爵和我的婚约,他所需履行的义务还有他欠我的钱,这里有一份可供参考的解决方案。我的大管家看了看我,显然被贷款的巨大数量惊到了,我看到他脸上露出希望的神情,不过我依然顺从地低着头。

律师建议,结婚时由我带来的土地,可以全部还给我。所有土地,最亲爱的威廉·圣·洛,还有谨慎的威廉·卡文迪什留给我的礼物,都可以回到我手里,但相对的,我必须将老爷欠我的钱,还有婚约上承诺给孩子们的抚养费全部一笔勾销。简单地说,就是把婚约上拟定的协议全部解除。我可以要回自己的全部土地,而他也将不再对我和我的孩子负有任何责任。

终于得以解脱，我本该放声大哭，但还是沉默地保持冷静。这是重新赢回遗产的机会，我可以要回那些和前几任丈夫们苦心经营得来的财富，他们都是懂得珍惜金钱和土地价值的人。这是赢回我自己的机会。我可以再次成为有财产的女人，掌握自己命运的女人。我将拥有自己的庄园，自己的土地，经营自己的财产。我将成为一名独立的女性。我终于再次安全了。我的现任丈夫或许是个傻瓜，或许是个挥霍无度的人，但是他的败落将不会牵扯到我的身上。

"这是最慷慨的赠予。"他的律师说，而我没有说一句话。

其实不是。这不是慷慨的赠予，而是一份诱饵。为我量身定做的诱饵，如果我坚持要他还钱的话，他只能被迫卖掉大部分的土地才能还清所有债务，而我可以用最低的价格买到那些土地，从中获利。但是，我想，这不是伯爵和伯爵夫人应有的相处之道。

"我接受。"我简单地回答道。

"你接受？"

他们原本还期待我讨价还价呢，觉得我会抱怨失去的金钱，会要求现金。在英格兰，除了我，大家都喜欢现金而不喜欢土地。

"我接受。"我重复道，对老爷扯出一个毫无血色的苍白微笑，他正坐在那里生闷气，终于意识到了对苏格兰女王的迷恋让他付出了什么样的代价。"我希望同我的丈夫，伯爵大人，一起同甘共苦。我相信只要苏格兰女王回国，她一定会偿还所有债务。"这可是向他伤口撒盐的狠招。我们都知道，苏格兰女王不可能全胜而归。

他对我的乐观施以薄笑。

"有文件需要我签吗？"我问。

"有一份准备好的。"律师说。

他将文件递给我。文件名称叫做"赠予书"，好像老爷并没有被迫要将土地还给我。我没有挑剔字眼,也没有点破那些被高估的土地和林场的价值。如果不是急切地想要结束,我会找到许多漏洞,但我太想要回自己的土地了。

"您明白一旦签字,您将自己支付孩子的抚养费吧?"律师递给我一支羽毛笔,我咬紧牙关才没有大笑出声。

抚养我的孩子!伯爵老爷从始至终只做过一件事情,那就是供养苏格兰女王。连他自己孩子的遗产都全部浪费到了苏格兰女王的奢侈品上。感谢上帝,他再也不用对我和我的财产负任何责任了。

"我明白,"我说,"我会自己供养孩子和我的家庭,不会再让伯爵帮忙。"

他听出了其中告别的意味,于是抬起头,看着我庄重地说:"如果你要责备我,那你就错了。"

"傻瓜。"我心想,但没有说出来。这是最后一次在心里叫他傻瓜,当我签字时,我对自己承诺道。从现在开始,不管他是英明还是愚蠢,都不能再让我的土地有所损失了。要做傻瓜是他的自由,不过他再也不会伤害到我了。土地又回来了,在我的手里它们会很安全。现在,他的财产任他怎么处理都行,如果他愿意,可以为她失去自己的所有土地,但他不能碰我的。

但是他确实听出了我话中决绝的意思。他曾是我的丈夫,我给了他我的心,像一个好妻子应该做的那样,将我的财富、孩子和所有的一切放心地交给他,像一个好妻子必须做的那样。现在,我将自己的心和财产安全地要了回来。再见了。

## 1572年6月1日

乔治　于伦敦

　　女王最终做出了我们从没想过她会做出的决定：她判处了霍华德，她的表弟死刑。执行日就在明天。她传召我下午到威斯敏斯特宫殿觐见，于是我和其他人一起在她的会客大厅里等待着。从没有见过如此忧郁的宫廷。那些曾经和另一位女王有过秘密勾当的人全是一副胆战心惊的模样，不过这也在情理之中，即使是那些清白的人，也仍然十分紧张。我们的宫廷变成了多疑和困惑重重的地方。塞西尔布下的阴影正在侵蚀着英格兰的心脏。

　　伊丽莎白女王陛下对我勾勾手指，然后从王座上站起来，领我走到了一扇可以看到河流的窗户前，这样我们就能单独谈话了。

　　"她的罪名已经确定无疑了。"她突然说道。

　　"她的罪名？"

　　"他的，我是说他的，他的罪名。"

　　我摇摇头。"霍德华只是送过钱，虽然知道整个计划，但他确实屈服了，并没有举兵反抗您。他遵从了您的命令。"

　　"接着又再次谋反。"她说。

　　我弯腰，稍微退了一小步，从侧面瞟了她一眼。白色的粉底下，她的脸布满皱纹，精神疲惫。她保持着女王的强硬姿态，但这一次任何人都看得出她的勉强。

　　"您可以宽恕他吗？"我问。这是冒险的举动，但要我保持沉默地看着他被处死是不可能的。

"不可能,"她说,"那就等于给英格兰每一位暗杀者手里都放上一把匕首。而且,如何阻止他再次谋反?我们不能再相信他了。上帝知道,她至死为止会一直策划阴谋诡计。"

听到对她生命有威胁的事让我全身僵硬了起来。"您不会要起诉她吧?不会让塞西尔起诉她吧?"

女王摇摇头。"她是一位女王,不是我的臣民,不受我的法律约束,除非我发现她阴谋要杀害我。没有证据显示她想要我的命,也没有其他可以起诉她的证据。"

"如果让她自由……"

"永远不可能,"她坦率地说,"不管怎么说,和利多尔菲的阴谋让她失去了自由的机会。就算我去求苏格兰人,他们也不会想要她回去的,而且我没法把她交给其他人。她已经是我公开的敌人了。我会囚禁她至死。"

"在伦敦塔里?"

她给了我一个像毒蜥一样难看的笑容。"我将把她的下半生交到你的手里,"她说,"作为对你和她的惩罚。"

在她向我散布更多诅咒之前我跟跄着退出了议事厅,回到了在伦敦的公馆。无法入眠。我起身漫步在安静的街道上,除了妓女和间谍,街上空无一人,今晚谁也打扰不了我。

我走在去伦敦塔的路上。漆黑色的厚重围墙和银光粼粼的安静河面正好相映成趣。河面驶过一艘王家驳船,低调而奢华的装饰显示出来人高贵的身份。看来,陛下今夜同样无心睡眠。

驳船安静地驶入闸门,那是她被当成叛徒时曾走过的路,当时的她在雨中哭着说可能今生再无机会重见天日了。我走到一扇小铁门前,一位守门人认出了我，便让我进去了塔内。我像鬼魂一样站在墙下的阴影里，看到女王悄悄地走进了塔中。在他临死前一晚，她还是来看他了，她的表弟，最亲的亲人。我心里坚信她是来宽恕他的。在看到他失去骄傲的英俊的脸上布满伤痛之后，任何人都不会忍心将托马斯·霍华德送上绞刑架。但是，她最终还是没有进去，而是到了他隔壁的房间。她无法与他见面，却还是决定同他在一个屋檐下共度这一夜：他在牢房，她在贵宾室。他永远也不会知道她在这里，和他一起分享临死之痛。她知道他不会睡。他会祈祷，在黎明前做好服刑准备，给孩子们写信，让他们要彼此照应。在他按照她的要求做死亡准备的时候，他不会知道，原来她离他如此之近。她就在他的隔壁，和他一样无法入睡，从同一栋建筑里望向窗外，等待黎明的到来，在同一个屋檐下倾听细雨的滴答声。上帝才知道此时她在想些什么——她一定是在犹豫不决中痛苦地挣扎吧，所以才在这里陪他一起度过不眠之夜。

　　她知道他必须死。所有顾问都说她必须硬起心肠，把他处死。他或许是她的表弟，亲爱的家人，但同时又是公认的叛徒。活着，他会是每一个叛徒的精神领袖，每一天都是，直到王朝的终结。宽恕他会让每一个间谍抱有被宽恕的希望，如果女王仁慈宽厚，塞西尔如何再用恐惧来支配英格兰？塞西尔希望英格兰被忧虑逐渐吞进黑暗。他不想拥有一位善良的女王。不管他喜不喜欢，霍华德都是他恐惧政策的一个挑战，所以，他必须得死。

　　但这是她从小到大的亲爱的表弟啊。我们都了解并爱着他。他的脾气和智慧声名远扬，天生自傲和好品味是他的特点。我们喜欢他好客的大手笔，羡慕他众多的土地，忠诚的仆人，对妻子们的体贴，他是我值得骄傲的朋友。我们都关心他的孩子——明天就要变成孤儿的孩子，又一代心碎的霍华德家族继承人。我们都希望他能活着。但是，明天我将站在他的绞刑架前面，见证他的死亡，然后坐船顺流而下去告知他的表妹，女王陛下，他死亡的消息。

# 另一个女王

绕着白塔冷清的大道散步时,我的头脑里全是这些想法,突然,我看见有两位妇女从另一条路走来。借着闪烁的火光,我看出有一位是女王,后面跟着一位女侍,一名王室警卫紧随她们身后,手里的火把让从河里升腾出的寒冷空气白烟滚滚。

"你也来了?"她轻轻地对我说。

我摘下帽子,单膝跪在潮湿的鹅卵石上。

"也睡不着,老人家?"她带着淡淡的微笑说。

"失眠又难过。"我说。

"我也是,"她叹了一口气,"但是如果我原谅了他,就等于自己给自己签了一张死亡证明。"

我站了起来。"和我走走。"她挽住我的手说。我们一起慢慢地走着,月光下,身旁的白塔微微闪着光芒。我们一起走上了绿塔的草坪,那里架设着刚建好的断头台,散发着新鲜木料的香味,像是在期待演员上台表演的舞台。

"向上帝祈祷,一切都在这里结束。"她说,看着她母亲被斩首的那个断头台,"什鲁斯伯里,如果你能阻止她的阴谋,霍华德就将是最后一个为她而死的人。"

我没法保证。另一位女王到死也会要求自由,声称自己的身体神圣不可侵犯。我很清楚,因为我了解她:她是我爱着的女人,我研究了她许多年。

"您永远都不会处死她吗?"我声音低沉地问。

她脸色惨白地转身面对我,那冰冷而令人生畏的美丽让我想起了蛇发女怪,一位危险的天使。身后的火把给了她一个圣人般的光环,但那浓烟散发着硫黄的臭味。看看现在的她,一位成功的女王,拥有火焰的光环,陌生而沉默,无声的威压与恐惧,好像是某种先兆,燃烧着的,预兆死亡的彗星。

"她说她的身体是圣洁的,但事实上并不是,"她轻声说,"不再是了。她是博斯维尔的荡妇,我的囚徒,她不再是神圣的女王。百姓们也叫她荡妇,她毁了自己的魔法光环。她是我的表亲,但是——看看这里——今晚,她教会了我如何杀死自己的亲人。她逼迫我把自己的家人推上了断头台。和我一样,她是个女人和女王,是她向我说明了一个女人和女王也是无法逃过被暗杀的可能的。是她告诉了我如何在女王的喉咙上插上一把匕首。我祈祷我不用被迫杀了她。我祈祷一切在这里结束,以我的兄弟,亲爱的兄弟为界。我祈祷他的死亡能阻止她。因为如果再有人提议让我杀了她,那么她已经教会我该怎么动手了。"

她微微挥挥手示意我退下,于是我弯腰行礼,独自离开了,留下女侍和警卫陪在她左右。我从黑暗的塔里走入更黑的街道,然后回到家中。一路上,在我身后始终有轻微的脚步声,那是间谍的脚步。这一路都有人监视我。我躺在床上,没有脱衣服,并不打算睡觉,不过打盹儿的时间里却做了一个让自己一生都无法忘记的噩梦。思绪一片混乱,恶魔般的错乱与邪恶的动荡,但是梦境却异常真实,像是即将发生的预告。我差点以为自己着魔了,以为自己拥有了预知能力。

我站在断头台的前面,和上议院的贵族们一起,但是从房间里出来的并不是诺福克,而是伊丽莎白女王的另一位谋反的表亲:我的玛丽,我爱的玛丽,苏格兰女王。她穿着纯黑色的天鹅绒长袍,脸色苍白,白色的面纱服帖地罩在头上,她手里拿着象牙白的十字架,手腕上戴着祈祷用的天主教念珠。她穿着黑白色的服饰,像是等待中的修女,如同第一次见面时般美丽。在火焰之中的她,站在博尔顿城堡的墙下,深陷困境。

我注视着她,看到她将最外层的长袍脱了下来,交给身旁的女仆。大厅里的人群立刻爆发出一阵骚动,因为在长袍之下,她穿着猩红色的丝绸,

# 另一个女王

红衣主教礼袍的颜色。如果没有咬住颤抖的嘴唇,我一定会笑出声。

她长袍的颜色像是扇了这些新教观众狠狠一耳光,告诉他们她的确是个异教徒。但在天主教的世界里,红色却有另一个不同的含义:猩红色象征着牺牲,她打算身穿猩红色作圣人打扮,声明自己是为了信仰而牺牲的圣人,而斥责她的我们,在这里见证她死亡的我们,将是天堂的敌人,我们的所作所为是恶魔撒旦的行径。

她在大厅另一头用眼神寻找着,不多时就找出了我来。在看到我的一瞬间,她的眼睛里亮起了温暖的光芒,而我的心里则溢满了对她的爱意——我否认多年的感情现在毫不掩饰地写在看着她的脸上。她是唯一一个真正知道站在这里的我付出了什么样的代价的人,虽然我是她的法官,她的死刑执行官。我开始抬起双手,但很快制止了自己的行为。我在这里代表着英格兰的女王;我是伊丽莎白女王的上议院特别刑事审判长,不是玛丽的情人。对她的爱情早在伸出手拥抱她的过程中消散不见了。我不应该幻想自己可能有机会抱住她。

她的嘴唇动了起来,我想她是要对我讲话,于是我放任地向前倾身想要听清楚。我甚至向前迈了一小步,走出了队伍规定的位置。肯特伯爵就在我旁边,但如果她想要对我说些什么的话,我不会无动于衷。如果这位女王呼唤我的名字,用她独一无二的称呼:"损斯贝依!"那么我一定会去到她的身旁,不管会付出什么代价。如果她向我伸出手,我会紧紧握住它。只要她愿意,即使当她的头被按在刑台上的时候我也会紧紧握住她的手。现在的我无法拒绝她,也不会拒绝她。我的一生,为一位女王奉献忠诚,为另一位女王奉献爱情。为了她们俩,我的心裂成了两半,但是现在,此刻,在她将死之时,我属于她一个人。如果玛丽女王想要我过去,我会站在她的身旁。我是属于她的。我是她的。我是她的男人。

然后她把头转开了,我知道她无法和我说话,我也无法听她说话。我把她弄丢了，丢在了天堂，丢进了历史的河流。她是一位完美无缺的女王，不会让这最神圣的一刻遭到任何一点丑闻的玷污。在她的刑台上，玛丽完美地扮演着自己的角色，如同在两次加冕仪式上所表现的那样。她做好了发言的姿势和准备。她再也不会和我说话了。

我该早想到这一点，在我进入房间告诉她行刑时间的时候，告诉她第二天就是她的死期的时候。当时的我并没有意识到这一点，所以也没有向她道别。现在我早就失去了机会，可能不能和她说再见了，小声地说也不行。

她转头，对牧师说了一句话。他开始用英语做祷告，随后便看到她独特的生气的耸肩动作，还有暴躁的摇头动作，这意味着有人拒绝了她的要求，她没能如愿以偿。她的急躁，她的倔强，即使是在这刑台上，也让我心动不已。即使是在临死的时刻，她还在恼怒着事情没按她的要求进行。她要求众人尊她为女王，顺从她的意志，上帝知道，服侍她一直是我的快乐，多年的服侍——许多，许多年，她做了我十六年的囚徒和情人。

她转向断头台，跪了下来。她的女仆上前用白色的头巾将她的眼睛蒙起来。我手掌传来尖锐的疼痛，紧握的拳头让指甲嵌入了肉里。无法忍受。虽然目睹过几十次行刑的过程，但受刑人从不是女王，从不是我爱的女人。无法忍受。我听见一声如受伤动物般的痛苦呻吟，接着才意识到那是自己的声音。当她结束祷告，将头轻轻地放在刑台上，惨白的脸颊贴在木头上的时候，我紧咬着牙关，什么话也没说。

刽子手举起斧头的那一刻……我从梦里醒了过来。眼泪打湿了我的双颊，我一直在睡梦中哭泣，为了她像个孩子一样地哭泣。用手摸摸潮湿的枕头，那上面全是我的眼泪，我感到了耻辱。因为要面对霍华德被判死刑的现实，又要为苏格兰女王担心害怕，我变得软弱，失去了应有的男子气概。我一定是对今天将要发生的事情感到十分疲惫和不知所措，所以才会

## 另一个女王

在梦中像个孩子一样哭泣。

我摇摇头,走向窗户。这不是个好现象。我从不是个爱幻想的人,但却无法将刚才的梦境甩出脑袋。这不单是一场梦,这是一个预知梦。细节如此清晰,我的悲伤如此强烈。这绝不是一场简单的梦,而是将来的结局——我知道。我和她的结局。

黎明来临。霍华德执行死刑的时间到了。糟糕的夜晚之后,糟糕的今天来到了。今天,我们将处死诺福克公爵,而我必须振作起来,侍奉那位除了杀害自己的亲人什么也做不了的女王陛下。上帝保佑我远离那场噩梦。上帝保佑苏格兰女王幸免于难。上帝保佑我爱的人,亲爱的宝贝,不会有那样的结局,保佑我不会成为梦中的见证者之一。

## 1587年2月8日

贝丝　于哈德威克大厅

上帝宽恕他们两人，宽恕逝去的时光。

我没有理由喜欢他们，也没有理由原谅他们，但我确实原谅了他们，在她死刑的这一天，在他终于彻底心碎的这一天。

她曾是我女王的敌人，我祖国的敌人，我信仰的敌人，还有我，我自己的敌人。而他是个傻瓜，为了她献上了自己的财产，到了最后，如我们大多数人所想的那样，献上了他的声誉和威望。她毁了他，就像她毁了其他人一样。可是我却发现我可以原谅他们。他们注定会如此。她是女王，这些年以来公认的最伟大的女王，而他发觉了她的本质，愿做她忠实的骑士，并爱上了她。

好吧，今天，她偿还了一切。那个他害怕的日子，那个她发誓绝不会到来的日子最终还是来了。那是个冬天的早晨，她从福瑟临黑的楼梯走向大厅里为她修建的舞台，英格兰所有伟大的人，包括我的丈夫，见证了她的死亡。

最后的阴谋无法得到宽恕，也无法被无视，她不能把罪名推给任何人——阴谋策划杀害伊丽莎白并夺取她王位的罪名。苏格兰女王在那份策划书上签上了自己的名字，那是致命的证据。安东尼·巴宾顿，曾经是我可爱的侍童的小巴宾顿，现在已是个年轻小伙儿，也是这场阴谋的主要策划人，为此付出了他的生命，可怜的青年。我向上帝祈祷希望他们从没见过面，因为正当他还是个孩子的时候就被苏格兰女王捕获了真心，她是他的死神，正如她是那么多人的死神一样。

她写过成千上万的信，策划了那么多阴谋，经过了那么多的训练和那么久始终保持警戒的生活，最终还是百密一疏，或者还是被人陷害得手了。在策划谋杀伊丽莎白的计划书上，她签下了自己的名字，那就是她的死亡证明。

或者是他们伪造的也不一定。

谁知道呢？

在一个疯狂渴求自由的囚徒和不择手段的狱卒之间，在她和塞西尔、沃尔辛厄姆之间的真相，谁会知道到底是如何？

但是在今天，苏格兰女王赢得了她的战争。她总是说自己不是一个悲剧人物，不是传说中的女王陛下，但是最终她发现了唯一能打败伊丽莎白的方法——完全地，彻底地打败她——做一个伊丽莎白无法做到的女英雄：一个悲剧的女英雄，受尽折磨的女王，毁尽了青春与美貌。伊丽莎白可以把自己命名为"童贞女王"，因惊人的美貌被无数爱慕者簇拥，但苏格兰的玛丽女王会被人们铭记为一名美丽的王朝殉道者，一个爱人们心甘情愿为之献出生命的女人。她的死亡是伊丽莎白的罪孽，她的背叛是伊丽莎白最大的耻辱。所以，是她，赢得了那顶桂冠。虽然她在竞争英格兰王位的战役中屡战屡败，但她将在历史被书写时赢得胜利。那些历史学家们——绝大部分是男性——将爱上她，为她编造各种借口，一次又一次。

他们告诉我，老爷在她执行死刑时泪流满面，悲伤得沉默无语。我相信是真的。我知道对她充满激情的爱让他失去了所有一切。他只是个被爱冲昏了头脑的平凡人——仅此而已。我在场，看到了全过程。没有男人可以抵抗她的魅力，她是个潮汐般的女王，被月亮的力量引导，无法抗拒。他爱上了她，于是她毁掉了他的财产、骄傲和真心。

而她呢，谁能知道？问问任何一个爱上公主或女王的男人便可。你永远不会知道她可能在想些什么。那样的女人，本质就像是大海，神秘莫测又自相矛盾。但我实话实说，我觉得她根本不爱任何人。

而我呢？我从名为苏格兰玛丽女王的风暴中得以自保，像佃农一样，风暴来临时紧闭窗户，闩牢大门，看着狂风过境。乔治和我分居了，各自居住在自己的庄园。他尽力保护着苏格兰女王，尽力隐藏对她的真心，尽力满足她的需求；我也为着自己和孩子们努力经营着生活，感谢上帝让我远离他们俩，远离这场苏格兰玛丽女王最伟大的爱情风暴。

多少年过去了，我对庄园和土地的热爱并没有减弱。在一次和伯爵丈夫的争吵中，我失去了查茨沃斯，但我又建起了一座新的庄园，一座传说中才会出现的庄园，坐落在我童年的家乡哈德威克附近。庄园拥有英格兰北部最大的窗户，令所有人都惊叹的从未有过的巨大玻璃镶嵌在巨大的石质框架里，而且随处可见。孩子们甚至为此编了一首儿歌：哈德威克大厅，玻璃比墙壁多。在这里，我创造了传奇。

庄园的里外墙壁上都刻有我的姓名缩写：ES。在塔顶上，面朝天空。所以，当地上的人抬头仰望的时候，会看到我的名字刻在了云朵上。庄园屹立在一座小山上，最高的房顶上刻着我的名字，那两个字母像戴在哈德威克头顶的王冠，气势宏大。

伊丽莎白[①]·什鲁斯伯里。我的庄园向德比郡、向英格兰、向全世界宣布：伊丽莎白·什鲁斯伯里用自己的财富、能力和决心建起了这座伟大的庄园，稳稳地扎根在德比郡的基石上，房顶上刻着主人的名字。伊丽莎白·什鲁斯伯里建起了这座庄园，向世界炫耀她的名字，她的头衔，她的财富，还有她对这片土地的所有权。看到我的庄园你会立刻明白我的骄傲，看到我的庄园你会惊叹我的富有，看到我的庄园你会敬畏如此一位白手起

---

① 伊丽莎白为贝丝的全称。

## 另一个女王

家的女强人，而且她为此自豪。

孩子们的财产安全地在我手里。我达成了所有目标，建立了自己的王朝：所有的孩子都拥有了爵位，什鲁斯伯里伯爵、德文伯爵，还有伦诺克斯伯爵。我儿子威廉是第一代德文伯爵，女儿玛丽将会成为什鲁斯伯里伯爵夫人，孙女阿尔贝拉是斯图亚特家族的一员，正如我和玛丽女王计划的那样。那个我们在刺绣时半开玩笑制订的计划，被我变成了现实。我排除万难，甚至违背了伊丽莎白女王的意愿，挑战法律，成功地将女儿嫁给了查尔斯·斯图亚特。他们的孩子，我的孙女，是英格兰王位的继承人。如果她有足够的幸运——对我来说幸运就是坚定的决心——她会最终成为一位女王。在英格兰，除了我，谁敢抱着这样的期待？

我对自己说：不错——相当不错。对于一位一无所有的寡妇的女儿来说，一点都不差。对于一个来自哈德威克，生来债务缠身，必须自给自足的女孩儿来说，一点都不差。我成就了自己，作为一个新世界的新女性，拥有独立意志的独立女性，享有前所未有的荣誉。谁能预测出这样的女人们在未来会有多大成就？谁能知道我的女儿们、孙女们将会有何种成就？伊丽莎白的世界到处是冒险家，不管是那些远洋航行至遥远土地上的人们，还是那些待在原地的人们。用我的话说，我也是他们中的一员。我是一种新生物，一项新发现：把命运掌握在自己手中的女人，把财富掌握在自己手中的女人，拥有独立的处事原则，为自己的行为负责，而且懂得如何维持自己的骄傲和尊严。一个并不谦卑的女人，一个敢于为自己代言的女人。一个珍惜财产并精心经营成功的女人。我是一个骄傲自强的独立女性。

这个世界上，永远没有人会称呼我为蠢太太。

·全书完·

# 作者手记

苏格兰女王玛丽是英国历史中最具标志性的人物之一,撰写本书的过程也是我不断获得启发的过程,希望各位读者朋友也能从阅读中得到些许灵感。近来对玛丽女王的研究显示她与传统认知中的浪漫与愚笨的女性形象相差甚远。我相信,她是一位勇敢且坚强的女王,即使在难以管制的苏格兰,也是一位卓有建树的女王。她和她成功的表亲伊丽莎白之间最大的区别便是明智的顾问和好运气,并不是如传统历史书籍中所记载的,因为一个女人用头脑治理国家,而另一个女人用心治理国家。

当然,像玛丽女王这样在如此复杂的环境中生活,并长久活跃于历史舞台的人物,自会有各种不同版本的描述。在我的笔下,她这样自我介绍:"我是一个在法国长大,拥有幸福童年,却在苏格兰长期守寡的悲剧女王。民谣歌手会把我描述成一个嫁给英俊却体弱多病的达恩利勋爵的女王,渴望着终有一天能有一个强壮的男人回来拯救我。吟游诗人则会将我描述成一位生来就被诅咒,在黑暗之星笼罩下出生的公主殿下。无论哪种版本都无所谓啦。人们总是喜欢编造关于公主的故事,王冠下的我们是逃不掉这种命运的,只需善加利用即可。如果一个女孩同时拥有美貌和公主的身份,像我一样,那么她身后一定会有一群比敌人更可怕的信徒们。我一生中的大部分时间都在愚蠢信徒的崇敬和精明人的憎恨中度过,而且呢,这两类人都会编造关于我的故事,要么把我当成圣人,要么就当我是荡妇。"

# 另一个女王

书中玛丽女王的故事主要集中于她被囚禁的日子,被囚禁在伊丽莎白时代另一个具有传奇色彩的女性手中的日子:这个女人叫做哈德威克的贝丝。有趣的是,贝丝是又一个因为丈夫众多而出名的历史人物。玛丽·S.洛弗尔最新出版的传记显示,贝丝除了是个爱钱如命的女人外,还是个女商人、颇具眼光的土地开发商和经营家。她最后一任丈夫乔治·塔尔伯特,什鲁斯伯里伯爵,并不符合大多数历史书籍里描述的形象。有大量证据显示他曾经爱上过玛丽,作为她的房主和看守人长达十六年之久,在她执行死刑时,确实有证据证明他止不住泪流满面。

书中三人的故事正是那个伟大时代的悲剧。他们的希望和失落在伟大的北方起义中展现得淋漓尽致。那场起义的目的是释放玛丽,恢复她在苏格兰的王位,保证她英格兰王位继承人的资格,确保天主教徒的宗教自由。如果他们成功了——他们看上去几乎必然会成功——那么伊丽莎白的英格兰将会是另一番不同的景象。

北方起义被记录为伊丽莎白统治时期最大的一次挑战和威胁,但却甚少在历史书籍中有所记载,渐渐被遗忘在了历史的角落,而威胁性更小的西班牙无敌舰队却有着众多令人兴奋的记载。实际上,北方军队蓄积的力量足以攻占整个英格兰,远比亨利八世的博斯沃思战役规模宏大,正如我书中所提到的,他们的战败是信仰导致的失败,而不是因为军事力量不够强大。

北方军队的落败标志着英格兰北部的彻底没落。英格兰北部一直是都铎家族的眼中钉、肉中刺,甚至在今天,历史的伤痕也没有愈合。

我一直是心怀感激的,感激优秀且多产的历史学家们和他们的传记,小说是在大量历史事实的基础上创作成功的。但是,一如既往,在备受争论的事件上,我以事实为基础并加上自己的理解,进行重构和修建。当翻到历史的空白页时,我便如小说家一样,自由发挥想象,不过这一切并没有脱离已知事实。

如想进一步了解本书背景及作者的其他小说，与读者互动，或想获得更多其他信息，请访问网站：www.philippagregory.com。

## 参考书目

Baldwin Smith, Lacey. Treason in Tudor England: Politics & Paranoia, Pimlico, 2006.

Bindoff, S. T. Pelican History of England: Tudor England, Penguin, 1993.

Brigden, Susan. New Worlds, Lost Worlds: The Rule of the Tudors, 1485 – 1603, Penguin, 2001.

Cheetham, J. Keith. Mary Queen of Scots: The Captive Years, J. W. Northend, 1982.

Childs, Jessie. Henry VIII's Last Victim, Jonathan Cape, 2006.

Cressy, David. Birth, Marriage and Death: Ritual Religions and the Lifecycle in Tudor and Stuart England, OUP, 1977.

Darby, H. C. A New Historical Geography of England before 1600, CUP, 1976.

De Lisle, Leanda. After Elizabeth, HarperCollins, 2004.

Dixon, William Hepworth. History of Two Queens, vol. 2, London, 1873.

Drummond, Humphrey. The Queen's Man: Mary Queen of Scots and the Fourth Earl of Bothwell—Lovers or Villains?, Leslie Frewin Publishers Ltd, 1975.

Dunlop, Ian. Palaces & Progresses of Elizabeth I, Jonathan Cape, 1962.

Dunn, Jane. Elizabeth and Mary: Cousins, Rivals, Queens, HarperCollins, 2003.

Durant, David N. Bess of Hardwick: Portrait of an Elizabethan Dynast, Peter Owen Publishers, 1999.

Edwards, Francis. The Marvellous Chance: Thomas Howard and the Ridolphi Plot, 1570 - 1572, Rupert Hart-Davis, 1968.

Eisenberg, Elizabeth. This Costly Countess: Bess of Hardwick, The Derbyshire Heritage Series, 1999.

Elton, G. R. England under the Tudors, Methuen, 1955.

Fellows, Nicholas. Disorder and Rebellion in Tudor England, Hodder & Stoughton, 2001.

Fletcher, Anthony and Diarmaid MacCulloch. Tudor Rebellions, Longman, 1968.

Guy, John. Tudor England, OUP, 1988.

Haynes, Alan. Invisible Power: The Elizabethan Secret Services, 1570 - 1603, Sutton, 1994.

——. Sex in Elizabethan England, Sutton, 1997.

Hogge, Alice. God's Secret Agents, Harper Perennial, 2006.

Hubbard, Kate. A Material Girl: Bess of Hardwick 1527-1608, Short Books Ltd, 2001.

Hutchinson, Robert. Elizabeth's Spy Master: Francis Walsingham and the Secret War That Saved England, Weidenfeld & Nicolson, 2006.

Kesselring, K. J. Mercy and Authority in the Tudor State, CUP, 2003.

Loades, David. The Tudor Court, Batsford, 1986.

Lovell, Mary S. Bess of Hardwick: Empire Builder, W. W. Norton & Company Ltd, 2005.

Mackie, J. D. Oxford History of England, The Earlier Tudors, OUP, 1952.

Perry, Maria. Sisters to the King: The Tumultuous Lives of Henry VIII's Sisters—Margaret of Scotland and Mary of France, André Deutsch Ltd, 1998.

Plowden, Alison. The House of Tudor, Weidenfeld & Nicolson, 1976.

——. Tudor Women, Queens and Commoners, Sutton, 1998.

——. Two Queens in One Isle, Sutton, 1999.

Randall, Keith. Henry VIII and the Reformation in England, Hodder, 1993.

Robinson, John Martin. The Dukes of Norfolk, OUP, 1982.

Routh, C. R. N. Who's Who in Tudor England, Shepheard-Walwyn, 1990.

Somerset, Anne. Elizabeth I, Phoenix Giant, 1997.Starkey, David. Elizabeth, Vintage, 2001.

Thomas, Paul. Authority and Disorder in Tudor Times, 1485 - 1603, CUP, 1999.

Tillyard, E. M. W. The Elizabethan World Picture, Pimlico, 1943.

Turner, Robert. Elizabethan Magic, Element, 1989.

Warnicke, Retha M. Mary Queen of Scots, Routledge, 2006.

Watkins, Susan. Mary Queen of Scots, Thames and Hudson, 2001.

Weatherford, John W. Crime and Punishment in the England of Shakespeare andMilton, McFarland, 2001.

Weir, Alison. Britain's Royal Families: The Complete Genealogy, Pimlico, 2002.

——. Elizabeth the Queen, Pimlico, 1999.

——. Mary, Queen of Scots and the Murder of Lord Darnley, Pimlico, 2004.

Williams, Neville. A Tudor Tragedy: Thomas Howard, Fourth Duke of Norfolk, Barrie and Jenkins, 1964.

Youings, Joyce. Sixteenth-Century England, Penguin, 1991.